KEY·可以文化

可以悦读·外国文学

The Confidence - Man : His **Masquerade**

Herman Melville

骗子 的 化装表演

〔美〕赫尔曼·麦尔维尔 著　　陆源 译

浙江文艺出版社
Zhejiang Literature & Art Publishing House

图书在版编目（CIP）数据

骗子的化装表演/（美）赫尔曼·麦尔维尔著;陆源译. —杭州：浙江文艺出版社,2024.4
ISBN 978-7-5339-7507-4

I. ①骗… Ⅱ. ①赫… ②陆… Ⅲ. ①长篇小说-美国-现代 Ⅳ. ①I712.45

中国国家版本馆 CIP 数据核字（2024）第 047796 号

策划统筹	曹元勇
责任编辑	胡远行
营销编辑	耿德加　胡凤凡
责任印制	吴春娟
装帧设计	朱云雁
数字编辑	姜梦冉　诸婧琦

骗子的化装表演

[美] 赫尔曼·麦尔维尔　著

陆　源　译

出版发行		浙江文艺出版社
地　　址		杭州市体育场路 347 号
邮　　编		310006
电　　话		0571 - 85176953（总编办）
		0571 - 85152727（市场部）
印　　刷		上海盛通时代印刷有限公司
开　　本		889 毫米×1194 毫米　1/32
字　　数		250 千字
印　　张		14.75
插　　页		4
版　　次		2024 年 4 月第 1 版
印　　次		2024 年 4 月第 1 次印刷
书　　号		ISBN 978-7-5339-7507-4
定　　价		79.00 元（精装）

Dedicated to victims of auto da fe.

Dedicated to victims of Auto da Fe

献给宗教裁判所的牺牲者

译序 双重密写的讽世之书

《骗子的化装表演》(*The Confidence-Man: His Masquerade*)是赫尔曼·麦尔维尔生前最后一部公开发表的长篇小说。不少批评家认为,其价值仅次于《白鲸》(*Moby Dick*)。理查德·蔡斯(Richard Chase)便持这种观点。另一位论者伊丽莎白·福斯特(Elizabeth S. Foster)更是主张,《骗子的化装表演》堪与《白鲸》比肩,虽然可能没几个人读得懂它。同样,约翰·施罗德(John W. Shroeder)指出,《骗子的化装表演》与《白鲸》各有千秋,但显然高于麦尔维尔创作的其他长篇作品。

《骗子的化装表演》于1857年由纽约的迪克斯和爱德华兹公司(Dix, Edwards & Co)出版,发行日期为4月1日,即愚人节当天,与小说故事发生的日期相同。这一选择自然别有深意,不仅契合作品的主旨,应该也在相当程度上反映了作者的处世观念。寄给朋友塞缪尔·萨维奇(Samuel Savage)的一封信里,麦尔维尔写道:"一个人毕生的境遇,尤其是他遭受的厄运——如果他遭受过厄运——无不以玩笑的方式发生,领悟这一点,是或者大抵是智慧的。同样,我们应该记住,这玩笑开得很随意,却又不偏不倚,因此大多数人无须认为,自己特别倒霉,竟撞上了其中最糟糕的玩笑……"考虑到麦尔维尔坎坷的经历和他鲜获掌声的创作生涯,这段话固然有解嘲之效,但恐怕更是小说家洞明世事的总括性结论。读者不难发现,《骗子的化装表演》当中层层嵌套的故事,那些真真假假的圈套,如同一个接一个不期而遇、令人破财受窘的玩笑,不断印证着作者的思想。至于"忠诚号"客轮那趟鱼龙混杂的密西西比河旅程,则无疑构成了我们生命历程的某种莎士比亚式象征。

麦尔维尔这部作品复杂难解,呈现明显的多义特征,而这多义本身又加剧了文本内容的含混朦胧。故此,译者认为,有必要将一份浅陋的"研究报告"以译序的名义,置于整本译作之前,以期提醒、提示读者诸君,你们即将看到的作品非比寻常,堪称一部"双重书写"(double writing)加"密写"(secret writing)的奇书,其中一些谜团,至今让研究者争论不已。

"骗子"(Confidence-Man)是美国用语,最初实指一名1849年被捕的超级诈骗犯。英语单词"Confidence"既有"信心"之意,也有"欺骗"之意。据《骗子的化装表演》诺顿评述版的一篇导读,此书讽喻了各种各样的美国式信心-欺骗——诸如激进的社会改革方案、接受大自然馈赠的思潮,又如对法律程序正义的信念,以及对自由派基督教济世之功的大肆宣扬等等。麦尔维尔让"撒旦"选在愚人节这天,从圣路易斯登上开往新奥尔良的轮船"忠诚号"(Fidèle),向乘客们实施了一连串令人眼花缭乱的哲学和神学"洗脑"。

约翰·施罗德教授在长文《麦尔维尔〈骗子〉的源流及象征》(Sources and Symbols for Melville's Confidence-Man)中写道:"麦尔维尔这部作品里,每一页都隐藏着许多讽喻和象征。"举例之前,请允许译者姑且以最为粗线条的方式,梳理一下小说的主要情节,亦即骗子其人先后扮演了哪些角色。按照一般理解,骗子登上"忠诚号"客轮之初,首先扮成一个聋哑人,继而扮成一个瘸腿的老黑人,此后,他又陆续假扮一名抽卷烟的男子、穿灰外套的男子、戴旅行帽并夹着转账簿的男子、草药医生、戴小铜牌的男子,接着从第 24 章开始,他扮成一位衣饰花里胡哨的所谓世界漫游者,直至结尾的第 45 章。以上总共8 个角色,通常认为全是骗子其人所扮演。

这些角色的名字,颇有讲究,同时,或许还隐约透露了某个秘密。约翰·施罗德分析,瘸腿的老黑人名叫"黑基尼"

(Black Guinea)，这名号乃由魔鬼的颜色（黑色）与一个货币单位（几尼）构成。而抽卷烟的男子姓"林曼"（Ringman），夹着转账簿的男子姓"杜鲁门"（Truman），世界漫游者姓"古德曼"（Goodman），他们的姓氏与"骗子"（confidence-man）一词，均含有"人"（man）这一语义要素。沿着这条线索，约翰·施罗德提到小说第42章里世界漫游者与理发师的对话。

"啊！只不过是个人在说话。"（Ah! it is only a man, then.）

"只不过是个人？听上去好像人不值一提。"（*Only a man? As if to be but a man were nothing.*）

请注意，这两句对话正是所谓"双重书写"。从上下文来看，理发师要表达的意思应该是：说话者是人（man）而不是鬼怪。但依照字面义理解，也可以认为理发师要表达的意思是：说话者是一个人（a man）而不是几个人。世界漫游者随之反驳了理发师。约翰·施罗德据此提出一个观点，即"骗子"不是一人（a man）而是多人。"骗子"不是独行侠，前述诸多角色，其实是一个骗子团伙，世界漫游者弗兰克则是他们的首领。约翰·施罗德的结论，与通常的认识不同。事实上，译者在阅读和翻译《骗子的化装表演》时，也屡屡感到迷惑，始终搞不清楚所谓"骗子"究竟是一名没有助手的"伪普罗米修斯"呢，还是一支分进合击的"撒旦军团"。如今译者倾向于认为，约翰·施罗德的看法不无道理。以 24 章为分水岭，小说的前半部分一直让读者看到，信任是愚蠢的，而在后半部分，"骗子"扮演的世界漫游者弗兰克则不断呼吁世人应彼此信任。人体观之，世界漫游者更多是在理论层面施展骗术，与诸多难缠的人物交锋，隐隐然具有某种"领袖群伦"的气质，其言谈举止跟小说前半部分那些形而下的诈骗行径殊为不同。当然，这点阅读感受并不能算作过硬的"直接证据"。无论如何，从方便读者欣赏作品的角度，译者在给译文加注时，仍会遵循"'骗子'是一个人而非一伙人"这一比较传统的意见。

不过，无论"骗子"是一个人还是一伙人，即无论是"骗子"一人分饰多角，还是他仅仅扮演了世界漫游者弗兰克一角，总之"忠诚号"客轮上绝不只一个骗子手在四处游荡，在诓诈普通乘客。第 29 章题为"欢乐的同伴"，世界漫游者弗兰克那位欢乐的同伴查理·诺布尔，应该也是一名骗子。另外，与理查德·蔡斯教授的观点不同，约翰·施罗德认为第 45 章兜售腰包的少年商贩，不是来阻挠世界漫游者行骗的，而恰恰是助他行骗的同伙。

由上述例子可见，麦尔维尔的"双重书写"除了有拟喻、象征和戏仿等作用，还让文本甚至在一些最根本问题上也显露多义面貌。因此伊丽莎白·福斯特教授在《〈骗子〉导读》(*Introduction to The Confidence-man*) 中写道："（作者）含糊其词，似乎不是在阐说意义，而是在让它变得愈发晦涩。""很可能，作者不想让任何人略窥其幽暗故事之端倪。"塞缪尔·威利斯 (Samuel Willis) 则在《麦尔维尔的私密讽喻与公开讽喻》(*Private Allegory and Public Allegory in Melville*) 一文中解释："毋庸置疑，麦尔维尔希望欺骗'那些匆匆浏览的肤浅读者'（正如他在《霍桑与他的青苔》里分析了霍桑也这么做），但他一定在期待优秀的读者，包括霍桑，去理解他的作品。"

其次，《骗子的化装表演》也是"密写"之作。据学者分析，书中有不少人物是以 19 世纪英美两国一些文学家、艺术家、政治家、科学家和社会知名人士为原型。其中既包括我们比较熟悉的纳撒尼尔·霍桑 (Nathaniel Hawthorne)、埃德加·爱伦·坡 (Edgar Allan Poe)、拉尔夫·沃尔多·爱默生 (Ralph Waldo Emerson)、亨利·戴维·梭罗 (Henry David Thoreau)、詹姆斯·费尼莫尔·库柏 (James Fenimore Cooper)，以及美利坚合众国第六任总统约翰·昆西·亚当斯 (John Quincy Adams)，也有中国读者兴许不太熟悉的诗人威廉·卡伦·布莱恩特

（William Cullen Bryant）、女演员范妮·肯布尔·巴特勒（Fanny Kemble Butler）、废奴主义者查尔斯·萨姆纳（Charles Sumner）和化学家汉弗莱·戴维爵士（Sir Humphrey Davy）等人士。

卡尔·范·维克滕（Karl Van Vechten）在《卓越的超验讽刺作品》（*The Great Transcendental Satire*）一文中确然点明，书中骗子的原型就是爱默生，他说，读《骗子》之前，应该先读读爱默生的《友谊》。在《骗了》第 8 章开头，作者写道："如果说一个处于清醒状态的酒鬼最迟缓笨拙，那么一个狂热分子若被理智主导，就会从他生龙活虎的巅峰滑落。"（If a drunkard in a sober fit is the dullest of mortals, an enthusiast in a reason-fit is not the most lively.）维克滕认为这句话是对爱默生所谓"崇高而迷人的竞技场"（lofty and enthralling circus）的精彩总结。

卡尔·范·维克滕还指出，《骗子的化装表演》形式上仿照了威廉·赫雷尔·马尔洛克（William Hurrell Mallock）的著作《新理想国》（*The New Republic*），让理论派和实践派、超验派和现实派的代表人物展开可笑的对话，再让恶魔的拥护者赢得胜利。维克滕认为，霍桑如果读到《骗子的化装表演》应该会偷着乐，因为爱默生曾经公开宣称，"好人纳撒尼尔的作品"他没有读完过一本。

简言之，麦尔维尔《骗子的化装表演》一书指涉不少作者生活年代的文坛轶事、社会新闻、国际局势、时世风潮。尤其是对爱默生、霍桑、梭罗、爱伦·坡诸家的品评和暗讽,出于不难想象的原因,麦尔维尔必须以"密写"的方式来完成它们。

除了上文介绍的这类"密写",还有一类"公开的密写",它比前者更容易辨认一些。例如约翰·施罗德提到,在全书末尾,白发老者要返回自己的客舱休息,怎奈煤油灯已经昏暗,于是骗子假扮的世界漫游者对他说道:"我还能看见,您跟我走。不过,为了肺部的健康,让我把灯灭掉。"这一场景,让人联想到《圣经·启示录》第22章,亦即《圣经》末尾的内容:"不再有黑夜,他们也不用灯光、日光,因为主神要光照他们。"《骗子》中的场景,仿佛是《圣经》这一场景的反写。同时,它又可与《失乐园》中魔王撒旦看到地狱里"没有光,只有看得见的黑暗"(No light, but rather darkness visible)一句相类比。骗子熄灭煤油灯这一场景之"密写",正应了约翰·施罗德的断语:"《骗子》是一部黑暗之书。"

译者在此只能试举一两个例子,意在向读者稍稍展示《骗子》"双重书写"加"密写"的手法和特色。若要详尽解析全书,非长文、专著无法胜任。在英美文学批评界,关于《骗子的化装表演》的研究文章,虽不至于像我国学者研究《红楼梦》的著述一样汗牛充栋,其数量应该也不少。仅附载于诺顿出版社 1971 年版的《骗子》后面的评论（reviews）和批评（criticism）便达到 28 篇。许多评论家对麦尔维尔这部长篇小说给予有力评价。理查德·蔡斯认为："骗子其人是美国文学中最非凡的人物之一。"劳伦斯·汤普森（Lawrence Thompson）在专著《麦尔维尔与上帝的争吵》（*Melville's Quarrel with God*）中写道，这部长篇里的骗子皆为上帝的代言者。莱昂·霍华德（Leon Howard）则在《赫尔曼·麦尔维尔传》（*Herman Melville, A Biography*）中写道，《骗子》的主题是人类的愚蠢。他称《骗子》是超世绝俗的伟大讽刺作品。"借此，麦尔维尔报复了那些指摘他早前作品有超尘绝俗倾向的人士，这是一部超尘绝俗的伟大讽刺作品。"

写作《骗子》时，麦尔维尔的状况不大好，无论是身体和精神都因为长年劳累而出现了问题。当时，家中的经济条件尚可以维持体面，但出门旅游、疗养的花费就无法支付了。在各方面压力之下，麦尔维尔仍奋力写作，甚至整个冬天足不出户，反复锤炼词句，增删不倦。友人家人都劝他搁笔，好好休息一阵子。可以说，作者为《骗子》一书倾注了大量热情和心血，似乎知道这将是自己最后一部长篇小说。麦尔维尔在书中隐晦地反驳批评者，含蓄表达对同行、对同时代人的看法，回应他们的观点和主张。等到小说定稿，发表过程也一波三折。或许是由于麦尔维尔在 1856 年，即《骗子》面世前一年，出版的《阳台故事集》(*Piazza Tales*) 销量不理想，导致《骗子》的合同迟迟无法签订，而在《普特南氏月刊》(*Putnam's Monthly Magazine*) 上连载的计划，也未能实现。据说麦尔维尔起初并没有打算将《骗子》当成一部严格的小说(novel)来创作。他本想写个系列故事，这个故事"没有结尾"，"忠诚号"客轮可以一直航行，骗子则不断改头换面，不断招摇撞骗。奇妙之处在于，麦尔维尔这部最晚创作、最晚出版的长篇小说，灵感源泉却是他青年时代最初的工作经历：在密西西比河的轮船上当水手。那段岁月，比他登上捕鲸船出海的时间更早。而形形色色的旅客乘船出行，这无疑是一个展现百样人生、千般际遇的绝佳舞台。麦尔维尔并不意外地引用莎士比亚表达了此一观念：

　　全世界是一个舞台，所有的男男女女不过是一些演员；他们都有下场的时候，也都有上场的时候。一个人的一生中扮演着好几个角色。①

---

① 这段话出自莎士比亚的喜剧《皆大欢喜》(*As You Like It*)第 2 幕第 7 场。译文引自朱生豪先生的译本。

　　然而,等到《骗子》最终定稿,我们发现麦尔维尔似乎打破了自己原先的设计:有些人物形象在第 3 章虽经瘸腿老黑人之口而出现在书中,但在随后章节里他们并未真正登场。译者斗胆揣测,麦尔维尔之所以改变了写作计划,从 24 章开始让世界漫游者这个形象一直保持到终章,是因为人们不仅是演员,同时还是观众,就好像世界漫游者弗兰克那样,既卖力表演,也看遍了尘间万象。

　　翻译《骗子的化装表演》全书,译者主要依据"古腾堡计划"(Project Gutenberg)在互联网上共享的英文版本,以及美国诺顿出版社(W. W. Norton & Company, Inc.)印行的诺顿评述版(Norton critical edition)。注释译文时,除了参考诺顿评述版的英文注释,还参考了美国弗吉尼亚大学(The University of Virginia)在其网站上提供的英文注释。

　　译者先前翻译过麦尔维尔的短篇小说集《苹果木桌子及其他简记》(*The Apple-Tree Table and Other Sketches*),然而在翻译《骗子的化装表演》时,仍感到相当吃力。麦尔维尔笔法精妙,意旨深远,如何使译文流畅易读,同时又保留原文的些许韵味,每每令译者犯难。在这部长篇小说里,麦尔维尔延续其一贯风格,戏仿、双关、用典相当频密,而且顺手拈来,天衣无缝,所以,转换成中文时,部分译文不得不选择意译法,并适当加注说明。

麦尔维尔的作品有许多句子、情节,以及人物形象源自《圣经》,这在《骗子的化装表演》中表现得尤为突出,对此欧美学者做了大量研究,也足见这部小说内涵之丰富。诺顿评述版《骗子的化装表演》的注释和弗吉尼亚大学网站的注释,不约而同都极具学院气,其中不乏研究者的深入剖析、解说乃至揣测。比如,在第2章,作者描述"忠诚号"客轮时,提到船上有一些偏僻的舱室"堪比写字桌秘密抽屉"(like secret drawers in an escritoire),弗吉尼亚大学网站的注释提出,这一形容暗示"忠诚号"如一张写字桌,麦尔维尔是想强调轮船乘客的所谓"文本性"(textual nature),这意味着他们的身份和故事有必要仔细审视、分析、阐释。又比如,在第5章,骗子遇到一位大学生时,"沿栏杆慢慢滑近"(slowly sliding along the rail)对方,诺顿评述版注释道,骗子的这一动作与蛇相似,而《圣经》说:"耶和华神所造的,惟有蛇比田野一切的活物更狡猾。"这便赋予了骗子"慢慢滑近"这一动作更深刻的含义。再比如,在第9章骗子说过一句:"转账簿。法院传唤我带着它上庭。"(My transfer-book. I am subpoenaed with it to court.)诺顿版注释道,这个场景未必是象征末日审判,但法庭无疑是指上帝的法庭。

而在第10章,与骗子对话的大学生谈到转账簿时说"我又没有见过真实的那一本"(I have never seen the true one),诺顿版注释道,"真实的那一本"意指《圣经》,而两人议论的"转账簿"里,记录着魔鬼收买人类灵魂的交易信息。

除了上述这种研究气息浓重的注释,还有一种注释,关涉麦尔维尔的其他作品,或者其他作家的作品,特别是霍桑的作品,指引读者注意《骗子的化装表演》与它们的照应、互文。比如在第9章骗子捏造了一座名为"新耶路撒冷"的城市,介绍说那里有不少学园(lyceums)。诺顿评述版的注释提示说,在霍桑的短篇小说《通天铁路》(The Celestial Railroad)里,名利城(Vanity City)的教士们可以让市民"甚至无须学会读书就能获得广博的知识",而麦尔维尔关于学园的闲笔,其讽刺态度是与霍桑一致的。又比如,在第6章,麦尔维尔写到一个瘸子发泄了一通之后,他"一跛一跛走开了,显然心满意足了"(with apparent satisfaction hobbled away)。弗吉尼亚大学网站的注释指出霍桑《通天铁路》里的亚玻伦(Apollyon)表现也是如此。像这样的注释,译者大多没有添加到中译本里,要么是觉得研究者的推衍太过,要么是觉得我本人无法逐一去检视所谓的互文作品。或许此类注释,确有助于我们探寻作者遣词用字的隐意和渊源,但译者并不是专门从事英美文学研究的学者,精力、水平有限，更怕连篇累牍，只好选译了一小部分自认为比较重要的研究性注解，这一点还请读者原宥。

关于《骗子的化装表演》原文的风格、韵味，想再啰唆两句。这部长篇作品写于一百六十多年前，距今已远，加之作者刻意经营，令小说的文字愈显古奥。译者虽不是英语专家，但也感觉它与当下的英语小说多有差异，词句似乎更典雅、繁复、精警。于是要不要让译文带上些泛黄的旧时代光晕，译者始终为此犯难。反复权衡，决定还是先尽量保证译稿的叙述明白畅晓，对话平顺自然，在此前提下，再考虑兼顾所谓的风格特色。麦尔维尔还很重视幽默。他在《骗子》第 29 章借世界漫游者之口说道："幽默十分宝贵。""幽默为尘世贡献良多。""幽默通常被当作心灵的标志。"为了秉承麦尔维尔幽默的志趣，译者也颇费了些工夫，有时穷思竭虑，效果仍不理想。总之，麦尔维尔的章法、句式灵动多彩，如神如魔，译成汉语往往会造成原文韵味的损失，译者力图以中文自身的韵味稍加弥补，但能力所限，不免捉襟见肘，挂一漏万，望读者见谅，再望方家指正为幸。

陆 源

2020 年 4 月 17 日于北京

目 录

第1章

密西西比河上，哑巴登船

某年四月一日的拂晓，有个身穿奶油色外套的男人突然出现在圣路易斯城①的河岸边，犹如曼科·卡帕克②出现在的的喀喀湖③畔。

他容貌英俊，下巴胡须柔软，亚麻色头发，戴着一项白色皮子帽，上面的绒毛又长又蓬松。他没有行李箱，没有衣物包，没有旅行袋，也没有大背囊。他既无搬运工跟随，亦无朋友陪伴。他游荡在熙来攘往、笑声和低语声不绝于耳的人群

---

① 圣路易斯城(City of St. Louis)，美国密苏里州东部大城市，位于密西西比河畔。——本书注释，均为译者所加，以下不再逐一标明
② 曼科·卡帕克(Manco Capac)，古代南美洲印加传说中的开国君主，由其父亲太阳神派遣到大地上，率领印加部族在秘鲁的库斯科建立王国。
③ 的的喀喀湖(Lake Titicaca)，南美洲面积最大的淡水湖，位于玻利维亚和秘鲁两国交界的安第斯山脉。

中间,显而易见,是个彻头彻尾的陌生汉子。①

　　他一来到码头,便立即登上了广受欢迎的"忠诚号"②汽轮,这艘客船的航程终点是新奥尔良③。他在绝少善意的注视之下,在不闪不避、粗俗无礼的众目睽睽之中沉静前行,步履坚定,无论是穿过城镇,还是横越荒野。男人沿着下甲板一路走去,直到不经意看见船长室旁边的公告牌,上头正悬赏捉拿一名神秘的骗子手,那家伙可能刚刚从东部窜来此间,在耍奸使诈方面是个极具创意的天才。以下你们要读到的,尽管并不是他新颖骗术的大揭秘,但据说仍是其追随者提供的一份详尽叙述。

　　这一纸告示有如剧场节目单,引来大群围观者,其中不乏一些骗子④,他们平静的目光,要么停留在告示的字字句句上,要么越过前方层层身影,热切地搜寻这些字字句句。然而,他们指头的动作却十分隐秘。某一时刻,有个骗子似乎在从另一个骗子那儿买东西,后者扮成了一名腰包贩子,这是他诸多

_____

① 此人是骗子假扮的第一个角色。
② "忠诚号"原文为"Fidèle",为法语单词,源于拉丁语"fides"。
③ 新奥尔良(New Orleans),美国路易斯安那州南部的一座海港城市,位于密西西比河的入海处。
④ "骗子"原文为"chevaliers",即"chevalier d'industrie"的省写。这些骗子聚在公告牌前,是想偷东西,因此后文才说"他们指头的动作十分隐秘"。

伪装手段之一。而另一名商贩——也是个诡计多端的大骗子——正穿梭于拥挤不堪的人群内外，吆喝兜售着一干盗渠的往日秘辛，这帮家伙当中包括了俄亥俄州的强盗梅森①，密西西比河的水匪穆雷尔②，以及肯塔基州格林河地区的恶徒哈珀兄弟③。上述人物，跟其余同类一起，有段时间被一个不剩地消灭殆尽，而且他们中的绝大多数，就像所在区域遭捕杀的狼一样，后继者寥寥无几。对此，民众一致欢呼，毫无怜悯之情。不过也有人发觉，现今地方上狼群绝迹，狐狸的数量却大为增长。

　　陌生汉子一路畅行无阻，最终走到公告牌旁，并牢牢扎根在此。他掏出一块小板子，往上边写了些词儿，再举到胸前，使之与公告牌齐高。如此一来，大伙去看其中一个，便可以看到另一个。他写下的句子是：

---

① 梅森（Samuel Meason, 1739—1803），美国独立战争期间为弗吉尼亚民军的上尉，战后成为一名强盗头子。美国作家詹姆斯·霍尔（James Hall, 1793—1868）在其著作《西部历史、生活、风俗概要》（*Sketches of History, Life, and Manners in the West*）中提到过此人。

② 穆雷尔（John Murrell, 1806—1844），嗜血的匪首，统领着一个称为"穆雷尔神秘家族"的千人团伙，19 世纪早期在密西西比河上杀人越货。

③ 哈珀兄弟（Harpe brothers），指麦凯亚·哈珀（Micajah Harper, 约 1748—1799）和威利·哈珀（Wiley Harper, 约 1750—1804），恶贯满盈的强盗，詹姆斯·霍尔笔下的哈珀兄弟尤其心狠手辣，加入梅森匪帮的小哈珀最终砍掉了梅森的脑袋。

　　爱不计算人的恶。①

　　为抢占位置,他颇费工夫,甚至非常折腾。虽然他并不曾
冲撞到谁,但围观者难免觉得,这分明是硬闯,令人不太舒服。
凑近了细看,会发现汉子身上并没有公职人员的神气,相反,
应该说他格外天真无知。大伙认为,此人多多少少有点儿不
合时宜,进而很容易形成这么个观念,即他写下的句子同样不
合时宜:简言之,大伙把他视作奇怪的傻子,无害的傻子,他特
立独行,又不全然是一根可恶的搅屎棍。他们毫不客气地将
他推到一边。更有一位老兄,比其他人更狠,或者说更爱搞恶
作剧,竟偷偷一扬手,巧妙地拍扁了陌生汉子的皮绒帽。男人
没去整理自己脑袋上瘪塌塌的帽儿,他默默转过身去,又往小
板子上写了个句子,再度举起:

　　爱是恒久忍耐,又有恩慈。②

----

① "爱不计算人的恶"(Charity thinketh no evil),语出《圣经·哥林多前书》第
　十三章。(麦尔维尔在原书中引用或化用的《圣经》句子,大多源自 KJV 英
　文本,而本书凡涉及《圣经》句子的汉译,均以和合本为据,后不再逐一
　说明。)
② "爱是恒久忍耐,又有恩慈"(Charity suffereth long, and is kind),出处同上。

　　陌生汉子的固执非常讨厌。众人并无恶意地骂骂咧咧，推推搡搡，第二次把他挤到圈外。然而，与这群好斗的家伙反复纠缠，明显让陌生汉子难以支撑，他如同一名面对重重困难而最终陷入绝望的冒险者，慢慢让开位置，但在离去之前，仍旧写出了下面这行字：

　　爱是凡事忍耐。①

　　男人将小板子举在身前，好像举着一面盾牌，缓缓移动于瞪视和讥嘲之间，他左腾右闪，即将转过拐角时又一次更换了词句：

　　爱是凡事相信。②

　　接着是：

　　爱是永不止息。③

------

① "爱是凡事忍耐"（Charity endureth all things），语出《圣经·哥林多前书》第十三章。
② "爱是凡事相信"（Charity believeth all things），出处同上。
③ "爱是永不止息"（Charity never faileth），出处同上。

"爱"这个词,从一开头就没有变过,始终保留着,好比印刷在最左侧的那个日期数字,而其余地方则是空白,以方便填写。

对于旁观者来说,陌生汉子的怪异——如果还算不上精神失常——因其沉默无言而进一步加剧。此外,在这次司空见惯、并无新意的群体行动之中,陌生汉子的所作所为或许与轮船理发师的做法构成鲜明对比。后者的住处,位于一个乌烟瘴气的大舱房下方,冲着一间酒吧,跟船长室隔一扇门。这儿如同一道又长又宽、顶上搭有遮盖物的甲板,两边是商店式橱窗,类似于君士坦丁堡的拱廊或集市,汇聚了各行各业。而那位河上理发师,系着围裙,穿着拖鞋,邋邋遢遢,这会儿,他说不定刚刚起床,刚刚开门营业,并且好好把自己收拾了一番。理发师的麻利劲儿很有生意人派头,他咔啦咔啦地放下百叶窗,再往铁架子上插定一根小小的装饰柱,让它倾斜如棕榈,于是众人路过时,不免磕手碰脚。他相信此举将促使大伙绕道躲避。他跳到一张高脚凳上,按照习俗往自己的房门上敲了颗铁钉,以悬挂一块花里胡哨、闪闪发光的纸板牌子。他还自己动手,精妙地弄了个镀金图形,好像一柄准备为你刮胡子的剃须刀。另外,为公众利益起见,牌子还写着几个字,除了理发店,在岸上其他铺面很少能看到它们:

　　勿信他人。

　　这么一行题字，某种程度上，与陌生汉子那些意思相反的句子一样令人不适，但它似乎并未引发任何嘲讽或惊奇，更不要说愤怒。此外，很显然，这行字也不会给题写者招来傻瓜的名声。

　　男人拿着小板子继续行进，跌跌撞撞，让不少旁观者由瞪视改为讥笑，由讥笑改为推挤，再由推挤改为捶打。突然，陌生汉子转身之际，背后两名扛着大木箱的搬运工冲他嚷嚷。喊声虽大，却没有丝毫效果，他们有意无意地撂下大木箱，拦住去路，差点儿将陌生汉子撞倒。这一刻猝不及防，男人含混地一声怪叫，舞动着可怜的手指头，令大伙意识到他不仅是个哑巴，还是个聋子。

　　到目前为止，陌生汉子似乎多少受了些旁人的影响，他朝前走去，在水手舱一个偏僻之处坐下休息，那儿靠近一条通往顶层甲板的扶梯，船员们不时由此上上下下，忙碌于各自的事务。

　　陌生汉子径直来到这么个破败角落，说明他看上去虽愚笨，但作为一名统舱乘客，对自己该在哪儿待着倒并非一无所知,即便他选择甲板通道的部分原因是贪图方便。由于没带行李,男人很可能只在船上停留几个钟头,将从某个小港登岸。然而,纵使剩下的路途很短,他早前的旅程却似乎极为漫长。

男人的奶油色外套既不脏也不皱,可感觉相当潦草,几乎是毛烘烘的,仿佛他夜以继日旅行,从一个遥远的地区穿越大草原抵达这里,已经久不曾沾床。男人的样子温和、疲惫,而且自打他坐下之后,神思便愈发恍惚,魂不守舍。倦意逐一阵阵侵袭,他亚麻色头发之下的脑袋低垂着,羊羔似的身子松弛下来,斜倚在梯脚上动也不动,犹如一场三月小雪,悄然下了一整夜,如此宁谧,让黎明时分朝门外张望的黝黑农夫大吃一惊。

第2章

仁者见仁,智者见智

"怪胎!"

"可怜虫!"

"他是何方神圣?"

"卡斯帕·豪瑟①。"

"我的上帝!"

"非常之士。"

"犹他州的素食先知。"

"江湖骗子!"

"纯真奇人。"

---

① 卡斯帕·豪瑟(Kaspar Hauser,1812?—1833),德国人,据称在一间与世隔绝的黑屋子里长大成人。卡斯帕·豪瑟的生平及其死亡在当时引发了许多讨论和争议。诺顿版原文将"Kaspar"拼写为"Kasper"。

"有点儿意思。"

"灵歌者。"

"疯子。"

"丧家犬。"

"打算捞一笔。"

"要提防他。"

"在这儿倒头就睡,毫无疑问,来船上扒窃的。"

"好个青天白日的恩底弥翁①。"

"逃犯一名,已经走投无路。"

"在路斯做梦的雅各。②"

诸如此类的碑铭式评语,充斥着矛盾的言论和观点,正出自一个鱼龙混杂的人群。这帮家伙聚集在邻近顶层甲板前端的一座居高临下、横向铺开的露台上,并未目睹先前所发生的事情。

与此同时,又聋又哑的陌生汉子快快活活忘记了所有流言,不论是言之凿凿的,还是无聊闲扯的,他如同一个入魔者,

①　恩底弥翁(Endymion),希腊神话中的美男子,牧羊人。他与月亮女神塞勒涅(Selene)相恋,长眠以永葆青春,并每夜在睡梦中与塞勒涅相会。

②　路斯(Luz),《圣经》中"伯特利"的迦南名称。雅各(Jacob)在这里看到一架通天的梯子,将此地命名为"伯特利",意为"神殿"或"神之家"。

躺在自己的坟墓之中，始终沉睡不醒。这时候，轮船解缆起程。

这段密西西比河挺像中国的大运河①，流量丰沛，河岸低远且盘绕如葡萄藤，河床平缓如曳船的水道，承载着众多摇摆不定的巨大蒸汽轮船，它们装饰华丽，内部髹漆，宛若中国的皇家平底帆船。

吃水线上方，两层炮眼似的窗子在庞大的白色船体上排列。遥遥望去，船艏装饰会被初见者误以为是一座浮动小岛上刷得粉白的堡垒。

乘客们在班轮的层层甲板上蝇攒蚁聚，而从那些看不到的角落里，传出繁忙蜂巢般嘤嘤嗡嗡的低沉声响。漂亮的走廊、圆顶大厅、冗长的通道、日光充足的露台、秘密的门径、新人的婚房、多如鸽子窝的高级包间，以及堪比写字桌秘密抽屉的偏僻舱室，公共或私人的场所各自呈现。无论是拍卖商还是假币贩子，皆可在此轻轻松松拓展他们的业务。

航程虽长达一千二百英里，穿过不同的地区，跨越不同的

---

① "中国"原文为"Flowery Kingdom"，直译为"开满鲜花的王国"，这是西方世界对中国的一种称谓。而"大运河"的原文为"the great ship-canal of Ving-King-Ching"，显然中国并没有一条名称发音与"Ving-King-Ching"相似的大运河。美国人有时会模仿华人说话的声音编造一些毫无意义的伪汉语，有戏谑乃至歧视之意，或许麦尔维尔在当时大环境下也未能免俗。

气候,可这艘巨大的"忠诚号"依然像任何一条小渡船一样,每次靠岸,有时候从左舷,有时候从右舷,不断接纳新乘客,以替换离船登陆的旧乘客。因此,即使客轮一直满载着陌生人群,仍不妨说她持续扩充他们的数量,或者用更加陌生的人群取而代之。她犹如里约热内卢的喷泉,源自可可瓦尔德山脉,那儿终年淌溢着奇异的流水,而各处包含的物质元素又从不完全相同。

如你所见,尽管到目前为止,穿奶油色外套的汉子尚未逃过公众的注视,却也偷偷躲进不显眼的角落睡觉,久久不醒,他似乎想让人忽略自己。这样一个卑微的愿望通常不难实现。岸边那些目不转睛的男女此刻已被远远抛在后头,仿佛黑压压麇集于屋檐上方的燕子。而甲板上拥挤的乘客很快便转去张望飞速掠过的、崔嵬险峻的密苏里河岸,或者他们周围体格肥壮的密苏里人和身材魁梧的肯塔基人。

不一会儿,客轮随意停靠了两三次,大伙将沉睡的汉子忘得一干二净,而他没准儿已经醒来并且下船了。众人一如既往,渐渐分化成各类群体或团伙,这些团伙在某些情况下又再次分裂为更小的团伙,三三两两,甚至一人独处。他们不由自主地屈从于大自然的律法,正如肉身终将消亡,群体同样要在其作用下瓦解四散。

　　奇人异士层出不穷，恍若置身于乔叟的坎特伯雷朝圣者①
之中，或置身于斋月期间穿越红海前往麦加的东方朝圣者之
中。形形色色的本地居民和外国男女，商贩和浪荡子，文雅之
士和山野匹夫，乡村猎户和沽名钓誉之徒，以及勾引富家女的
好手，渴求金钱之辈，捕杀野牛者，捕蜂者，贪欢买笑者，寻找
真理者，外加比以上追逐者更为狂热的追逐者，还有趿拉着拖
鞋的美妇人，穿莫卡辛鞋②的印第安女子，还有北方的投机商，
东方的哲学家，还有英国人、爱尔兰人、德国人、苏格兰人、丹
麦人，以及圣达菲③的条纹毯贩子，穿金戴银的百老汇花花公
子，英俊的肯塔基船夫，长得像日本人的密西西比棉农，还包
括毫无生气的贵格会④教徒，全副武装的美国大兵，还有奴隶、
黑人、黑白混血儿、四分之一黑人血统的混血儿，还有时髦的
西班牙裔克里奥尔人⑤，老派的法国犹太人，还有摩门教徒及

①　乔叟（Geoffrey Chaucer, 1340—1400）的《坎特伯雷故事集》（*Canterbury Tales*）由许多朝圣者所讲述的故事集合而成。
②　莫卡辛鞋（Moccasin），一种印第安人穿的软皮平底鞋。
③　圣达菲（Santa Fé），城市名，阿根廷、智利、哥伦比亚、玻利维亚等国家均有城市以此命名。
④　贵格会（Quakers），又称教友派、公谊会，是 17 世纪兴起于英国及其北美殖民地的宗教派别。
⑤　西班牙裔克里奥尔人（Spanish Creoles），指出生于美洲的双亲为西班牙人的白种人，区别于出生于西班牙而迁往美洲的移民；克里奥尔人（Creoles）则是一个更为宽泛、多元、演变复杂的概念。

信奉天主教的戴福斯和拉撒路①,还有宫廷小丑与举哀者,饮宴者和禁酒主义者,教堂执事和赌徒,顽固的浸礼会教友和食黏土者,还有呵呵傻笑的黑鬼,庄严如大主教的苏族②酋长。总之,这是一个斑驳陆离的议会,是各种各样朝圣者组成的阿纳卡西斯·克罗茨③代表大会。

正如松树、桦树、椴树、枫树、圆柏、铁杉、云杉、山毛榉和白蜡木,其枝叶在自然林中彼此交织,船上的众人也将他们五花八门的面孔和衣饰混作一团。这是一幅犷粗风格的画卷,充斥着异教文明的任意妄为与厚颜无耻。大胆进取、豪情万丈的西部精神在此泛滥,而这正是密西西比河本身的特质,它把相距遥远且迥乎不同的诸多地区的支流联结在一起,汹涌湍急,以四海一家、勇不可当的气势奔泻而下。

---

① 戴福斯和拉撒路(Dives and Lazarus),典出《圣经·路加福音》中的寓言故事"有钱人和拉撒路"(The rich man and Lazarus)。戴福斯和拉撒路分别指代富人和穷人。

② 苏族(Sioux),印第安人中的一族,自称达科他(Dakota)族。

③ 阿纳卡西斯·克罗茨(Anacharsis Cloots),即克罗茨男爵(Baron de Cloots,1755—1794),普鲁士贵族,他是一位在法国大革命中举足轻重的人物,领导一个鱼龙混杂的代表团参加法兰西国民议会,有"人类演说者"(orator of mankind)、"上帝的私敌"(a personal enemy of God)等绰号。

第 3 章

各色人物相继登场

在轮船前部,有个古怪的黑瘸子一度引人注目,他穿着一件粗麻衣服,拿着一面陈旧的铃鼓,框边乌亮如炭。腿脚上的毛病,让此人跟一只纽芬兰犬差不多高。[①] 他个性和善,黑羊绒外套乱蓬蓬的,他蹒跚前行,诚实无欺的黑面庞磨蹭着众人的大腿,他的音乐能够使最严肃的家伙也展露笑容。这瘸子肢体畸形,贫困潦倒,无家可归,但人们惊奇地发现,他甘之如饴,并给大伙带来快乐,而其中一些男女有钱有宅子,身心健全,却无法创造欢悦。

"你叫什么名字,老头?"一个紫膛脸的牲畜贩子问道,将他发紫的大手搁在瘸子厚实的羊毛外套上,仿佛那是一头黑

_____

① 此人是骗子假扮的第二个角色。

色阉牛隆起的前额。

"搭们管俺叫黑基尼,老爷①。"

"基尼,你主人是谁?"

"哦,老爷,俺系一条没有主银家的狗。"

"没有主人的狗,啊?好吧,自食其力呀,我很难过,基尼。没有主人的狗找食艰难。"

"系啊,老爷,系啊。不过,您瞧,老爷,瞧瞧介双腿。谁想要介样一双腿呀?"

"那么你住哪儿呢?"

"大河沿岸,老爷,一直介样。我打算到处看看。不过我主要句在城里。"

"圣路易斯,对吧?你晚上在哪儿睡觉?"

"在好心面包希的烤炉旁,老爷。"

"烤炉?请问,谁的烤炉?我想知道,是哪一位面包师,用自己的炉子烤这么块黑面包,跟他优质的白色小圆面包一起。请问,这位慷慨仁慈的面包师是谁?"

"介位就系他。"老黑人咧嘴一笑,铃鼓高举头顶。

"哦,太阳就是那位面包师?"

---

① 此句原文为"Der Black Guinea dey calls me, sar",老黑人的英语发音不准。下同。

"系呀,老爷。在城里,介位好心的面包希为黑老汉加热了习头,让他可以睡在街上,熬过长夜。"

"只有夏天能这么做,老头子。冬天呢,寒潮咣哒咣哒来了怎么办?老头子,冬天你怎么办?"

"那席候,可怜的黑老汉冻得级发抖啊,当真,老爷。哦,老爷,哦!别提冬天。"他说道,身体不由一颤,踉踉跄跄挤入最密集的人堆,犹如一只快冻僵的黑羊,设法在一群白羊的正中央找到一个温暖的立足之地。

直到此时,黑老汉也没赚上几枚铜币,而他异样的外表,终于让轮船前部那些不懂礼貌的乘客开始拿他取乐,当他是头怪物。突然间,黑老汉有意无意地临场发挥他诡谲的诱惑力,将大伙最初的兴致转化为享乐和行善,而他本人岂止是肢体残疾,甚至已变成一条狗。简言之,既然他样子像一条狗,那么眼下,以某种愉快欢欣的方式,乘客们逐渐真把他当成一条狗来对待。黑老汉仍在人群中跛行,他间或停下脚步,将脑袋往后一抛,张开嘴,好似动物园的大象仰接游客扔过去的苹果。众人在他身前辟出一块空地,展开一场奇特的丢硬币比赛,这时候瘸子的嘴巴立即变作靶子和钱包,而他会为每一次精彩的投掷欢呼,华丽地拍打手中铃鼓。接受施舍令人难堪,在此境况下还必须满脸感激,雀跃不已,则难上加难。但不论真实想法如何,他一概埋藏心底,并将每一枚铜币含在口中。黑老汉几乎一直咧着嘴,仅当喜欢胡闹的施予者把硬币抛到他牙齿附近,不方便咬住时,他才肯放弃那么一两次机会,而这类举动虽讨人嫌,却并非最糟糕的情况:有些扔来的所谓钱币,其实不过是衣服扣子。

尽管这场慈善游戏还处在高潮阶段,某个目光锐利、神情苦涩的跛脚男子——很可能是一名遭解职的海关官员,因为忽然被剥夺了轻松的谋生手段,决定报复政府和社会,于是他要么让自己过得很悲惨,要么仇恨、怀疑所有人所有事——这个浅薄的倒霉鬼,在黑老汉周围阴郁地观察了一阵,开始大声指斥他为了骗钱假装残疾,立即给掷钱币的欢乐善举蒙上一层阴影。

然而,质疑来自一个靠条木腿行动的家伙,这似乎无法说服在场的任何乘客。立身处世,首先要有恻隐之心,或者,至少不应该陷他人于困境,总而言之,对待不幸,应抱持些许同情。但这名走路一步一跛的男子却不那么想。

此时此刻,黑老汉一改先前温厚的神态,他面容愁苦,极度沮丧失落。这只纽芬兰犬低三下四,脸上挂满无奈、绝望的恳求之色,仿佛本能告诉它,结果是好是歹,跟这些上等人难以预料的情绪息息相关。

可是,本能虽富有洞察力,毕竟低于理智。在那部喜剧①
里,迫克用咒语将拉山德变成圣人后,以庄严的言词说道:

男人的意志是被理性所支配的。②

所以众人可能会突然转变,他们并没有一味胡行妄为,有
时也明辨是非。在拉山德的例子当中,或在眼前的情况下,他
们的表现恰恰如此。

于是乎,他们开始好奇地仔细检查黑老汉。木腿男人因
为自己的言语产生了作用,竟越发大胆,朝黑老汉一瘸一拐踱
去。男人神气活现,打算当场证实其指控,揭穿造假者,再把
他轰走。然而,大伙站到了可怜的黑老汉一边,吵吵闹闹将男
人拦住,他们刚刚还几乎一个不落地听信其说辞,眼下却大唱
反调。木腿男人不得不退到一旁。这下子,留在原地的诸君
发觉,他们必须自己来裁断真伪,根本无从推托:倒不是因为
审判一个处境艰难之人,比如审判走背运的黑老汉,可以使我

---

① “喜剧”(the comedy)在此是指莎士比亚的戏剧《仲夏夜之梦》(A Midsummer
Night's Dream),下文的拉山德(Lysander)是剧中男主人公,迫克(Puck)是
剧中一个喜欢恶作剧的小精灵。
② “男人的意志是被理性所支配的”(The will of man is by his reason swayed),
译文引自《仲夏夜之梦》,朱生豪译本。

们欢欣愉快,而是因为相较于旁观某位法官严厉地处置一名嫌疑犯且大生怜悯之心,众人突然在同一案件中担任裁决者,感知力竟奇妙地变得非常敏锐。从前,在阿肯色州,有个男子犯了谋杀罪,但人们认为判决不对头,便把他救出并私设公堂,再行审理。结果呢,大伙发现,该男子的罪责居然比法庭裁定的还要严重,故而立即送他下地狱。那次绞刑真可谓前车之鉴:一个人被他的朋友们亲手吊死。

然而,此刻众人并不曾撞上类似的极端状况。他们这时候满足于公正、谨慎地审讯黑老汉。在各种问题当中,大伙尤其想知道,他有没有文件,有没有任何清楚无误的文书可以证明,他不是一个造假者。

"不,不,可怜的黑老汉并无介些宝贵的文件。"他哭道。

"那么,有什么人能为你说句好话吗?"发问真是个年轻的英国牧师,刚从轮船另一个区域来到这里,他穿着一件又长又直的黑色外套,五短身材,但颇有阳刚之气。此人长着一双蓝眼睛,脸庞线条清晰,气质儒雅、理智而又纯真无邪,堪称三者兼具。

"哦,有的,先生。有的。"黑老汉急切答道,仿佛他的记忆此前已经被冷酷无情所冰封,这时才因为一句善意的话语而突然解冻,恢复运转。"哦,有的,有的,船上有一位抽卷烟的

先生,非墙正派、友好;还有一位先生,穿灰外套,系白领带,我
的事情他知道得一清二楚;还有一位先生,夹着本大册儿;还
有一名草药医生;还有一位穿黄坎肩的先生;还有一位戴着铜
牌儿的先生;还有一位穿蓝紫社长袍的先生;还有一位先生,
系个军人。有介么多好心、善良、诚实的先生,他们了解我,而
且愿意为我说话,上帝保油他们。① 对,船上介些先生了解我,
好比我这个可怜的老黑鬼了解我自己,上帝保油老黑鬼! 哦,
去找他们,去找他们,"他急切补充道,"让他们快点儿来,告诉
您一切,先生,告诉您介个可怜的老黑鬼非墙好,完全集得你
们诸位好先生放心信任。"

"可是,在这么多乘客当中如何找到那些人呢?"某个手执
雨伞的旁观者问道。此人正值盛年,显然是一位乡村商贾。
他自然流露的善意,让那名怀着极不自然恨意的退职海关官
员产生了警惕。

"我们上哪儿去找他们?"年轻的英国牧师语含责备。"我
打算先找到其中一位,起个头。"他立即说道。话音未落,他已
经行动,拔脚离开。

---

① 黑基尼列举的这些人物,应该是骗子在后续各章登场时伪充的不同身份。
但实际上,骗子后来并没有用上那么多身份。合理推测,麦尔维尔后来修
改了写作计划,但他没有改动这一份名单。

"白费力气!"木腿男人嚷道,他再度走上前来,"别相信船上有那样一帮人。试问哪个叫花子结交过这么一群高雅的朋友？只要他想走,准保够快,比我快得多。他装神弄鬼,打算空手套白狼。他和他的朋友们全是些骗子。"

"老兄,你怎么一点儿慈悲心肠都没有?"此时一位卫理公会的牧师走近发声。他那自我克制的语调,与他傲岸的身姿形成了奇异反差。这是个身材高大、肌肉发达、孔武有力的汉子,生于田纳西州①,墨西哥战争②期间曾作为志愿随军牧师加入一支志愿兵部队。

"慈悲心肠是一回事,真相是另一回事,"木腿男人答道,"要我说,他无赖一个。"

"但是,老兄,这家伙怪可怜的,为什么不能宽宏大量一些呢?"长得像个士兵的卫理公会牧师说。他越来越压不住火气,毕竟对方很尖刻,不配让人以礼相待。"他看上去挺诚实,没错吧?"

"看上去是一回事,实情是另一回事,"木腿男人强词夺

---

① 有研究者指出,第 1 章提到的水匪穆雷尔,生前就喜欢装扮成卫理公会牧师,而且穆雷尔也是个身材高大的田纳西人。

② 墨西哥战争(Mexican war),即美墨战争(Mexican-American War),1846 年至 1848 年在美国和墨西哥之间爆发的一场战争。

理,"说到宽宏大量,你岂能对一个无赖,他这样的老无赖,宽宏大量?"

"别那么刻薄,"卫理公会牧师力劝道,比之前更加不耐烦,"慈悲心肠,兄弟,慈悲心肠。"

"你该上哪儿慈悲就上哪儿慈悲!去天堂发慈悲吧!"他再次凶神恶煞地抢白道,"现今世界,真正的慈悲瞎了狗眼,虚伪的慈悲居心叵测。仁慈的傻瓜做了善事,以为人家对他感恩戴德,其实那不过是假情假意。而一个仁慈的坏蛋出庭作证时,会为他身陷牢笼的同伙说尽好话。"

"当然,老兄,"高尚的卫理公会牧师回应道,竭力克制自己升腾的怒火,"当然,再怎么说,你没把自己给算上。先照照镜子,"他继续发言,乍一看很平静,却因为内心的万丈波澜而颤抖不已,"好吧,根据你刚才这一番话,我得断定你是个品格低劣的家伙,你认为,我应该把你归入哪一类卑鄙、冷酷之人的行列?"

"毫无疑问,"木腿汉子歪嘴一乐,"应该归为丢掉了虔敬的冷酷之人,正如这个老骗子丢掉了自己的诚实。"

"老兄,凭什么那么说?"卫理公会牧师仍满怀真挚,仿佛这份情感是一只戴上了颈圈的猛犬。

"你没必要刨根问底,"汉子一阵冷笑,"天下乌鸦一般黑,世上也无人纯洁高尚。凑上去呀,多跟这些抓人眼球的东西打打交道。你帮我去找到一个品德高尚的骗子,我就给你找来一个乐善好施的智慧之士。"

"你在拐弯抹角骂人。"

"如果你没听出来,那才是蠢到家了。"

"恶棍!"卫理公会牧师大声喊道,此刻他的愤怒已近乎失控,"不敬神明的恶棍!若非我还心存善念,我一定要让你狗血淋头。"

"你当真要干?"木腿汉子抛来一句张狂傲慢的讥嘲。

"当真,而且要教教你,什么是心存善念,"受了刺激的卫理公会牧师大吼,突然揪住可恶对手的破衣领,不断摇晃他,令他那条木腿活像一个九柱戏瓶子,磕得甲板咚咚直响。"你以为我不会动粗,对吧?你这卑贱的胆小鬼,你觉得你可以侮辱一个正派人却不受惩罚。你打错了主意!"又是一通猛烈的摇晃。

"说得好,做得更好,教堂的斗士!"有人嚷道。

"圣坛对战俗世①!"另一个人高呼。

---

① "圣坛对战俗世"原句为"The white cravat against the world",直译为"白领结与世界对抗"。"白领结"(white cravat)是传教士的装束,指代牧师。译者用"圣坛"置换"白领结",以便汉语读者更好理解句子的含义。

"干得漂亮,干得漂亮!"大伙齐声喝彩,像在给一位坚韧不拔的冠军加油鼓劲。

"你们这帮蠢货!"木腿汉子胡乱扭动着身体,冲围观的众人恼火地咆哮道,"好一群蠢货,跟从如此愚蠢的头头,坐上一艘如此愚蠢的轮船①!"

谩骂立即引来一片惊呼,随后是一阵意义不明的威胁,他这个自食其果的罪人一瘸一拐走开了,似乎不屑于再与一帮乌合之众争论下去。木腿汉子的轻蔑一路招致嘘声。而英勇的卫理公会牧师对自己刚才施加的惩戒十分满意,他不再穷追猛打,表现得非常宽宏大量,仅仅是指着离开的死硬分子说:"他趔趔趄趄拖着一条腿,恰好映衬了他对人性的片面看法。"

"你们就相信那个乔装打扮的诈骗犯吧,"走远的木腿男人反过来指着黑瘸子,驳斥道,"我会报仇的。"

"我们不该相信他!"有个声音大喊。

"棒极了。"他讥讽道。"瞧瞧你们,"他停下脚步,站着一动不动,言道,"瞧瞧你们,指责我是一名刻薄之徒。很好。还

---

① 德国诗人塞巴斯蒂安·勃兰特(Sebastian Brandt, 1457—1521)创作的叙事诗《愚人船》(*Narrenshiff*)描述了形形色色的愚蠢之徒,最终他们坐船去了愚人岛。这部作品在西方十分流行。

是个粗鄙的家伙。非常好。而一名粗鄙的刻薄之徒在你们中间结结实实挨了一通抖搂。这真是再好不过。我敢打包票，肯定有不少坏种给抖搂下来①。它们会不会生根发芽啊？假如真要生根发芽，诸位砍去些嫩枝，它们会不会更加起劲地抽条？这分明是引诱、催动它们生长。瞧，我抖搂下来的种子，足够让你们的庄稼地出芽出上好一阵了，那么，诸位又何必弃如断梗！"

"这一大堆话是什么意思？"乡村商贾瞪着他问道。

"没什么意思，失败者的临别哀号罢了，"卫理公会牧师说，"满腹牢骚，怨气冲天，坏心肠的无信仰之辈必然结成这样的恶果，并因此而疯狂。我猜他天生是讨厌鬼。哦，朋友们，"牧师举起胳膊，犹如站在讲坛上一般，"哦，亲爱的各位，那个胡言乱语的家伙，他的惨相发人深省啊。让我们从中汲取教训吧。这教训就是：除了不要怀疑上帝的旨意，世人还应该祈祷自己不要去怀疑身边的同胞。我多年身处充斥着凄苦男女的精神病院，目睹了疑虑重重的后果：或悲观厌世，或忧郁成

---

① "粗鄙的"原文为"seedy"，本意为"多籽的"，而"刻薄之徒"原文为"a Canada thistle"，本意为"加拿大蓟"。"一个粗鄙的刻薄之徒"（a seedy Canada thistle）又有"一株多籽的加拿大蓟"之意。因此木腿汉子才会说，他身上可以抖下种子。

狂缩在角落喃喃自语，或长久如行尸走肉，或垂头丧气，双唇紧咬，自我折磨，而与此同时，对面角落的白痴还经常冲你做鬼脸。"

"前车之鉴啊。"有人低声道。

"能吓唬住泰门①。"另一个人接茬道。

"哦，哦，好先生们，你们不相信可怜的老黑鬼吗？"回到大伙中间的黑人哭道。刚才他很害怕，跌跌撞撞跑开了。

"相信你？"先前低声说话的那人回应道，语气陡然一变，"那还得看情况。"

"我来告诉你，黑老头，"接茬的男人也跟着改变了腔调，"那个贱胚，"他指了指远处的木腿汉子，"实打实的，是个十足的贱胚，我当然不会像他那样。但我可没说，你肯定不是一个黑皮肤的杰雷米·迪德勒②。"

"反正，还系不相信可怜的老黑鬼啰？"

"得等那位好心的先生回来，如果他找到了愿意为你作证

---

① 泰门（Timon），应指雅典的泰门（Timon of Athens），他是古希腊雅典城邦的公民，据普鲁塔克记载，生活于伯罗奔尼撒战争（前 431 年—前 404 年）期间，是一位著名的厌世主义者。莎士比亚创作有戏剧《雅典的泰门》。

② 杰雷米·迪德勒（Jeremy Diddler），是英国剧作家詹姆斯·肯尼（James Kenney, 1780—1849）创作的滑稽剧《筹款》（*Raising the Wind*）中的人物。该剧大受欢迎，以致"迪德勒"（Diddler）成为骗子的代名词。

的朋友，"第三个人说道，"我们就相信你。"

"眼下的状况是，"第四个人发话，"我们很可能要一直等到圣诞节。再也没见过那位好心的先生，这并不奇怪。他徒劳无功地找了一阵子，发现自己在做蠢事，因此纯粹是由于感到丢脸，他不打算回来跟我们见面了。实际上，我自己都开始觉得，这黑子不大对劲。黑子一定有古怪，准没跑儿。"

又一次，黑人放声号哭，从最后一名发言者跟前绝望地转过身去，揪着卫理公会牧师的外套下摆再三恳求。然而，这位慷慨激昂的仲裁者已然改变态度。他犹犹豫豫，深怀疑虑，默默盯着哀告者。不知何故，也许是人性本就如此，对黑老汉的不信任一旦扎根，便大肆蔓延，甚至变本加厉。

"不相信可怜滴老黑鬼。"他又一次哭号不已，放开了手中的外套下摆，挨个恳求身边的众人。

"不，我可怜的朋友，**我相信你**。"这时，前面提到的乡村商贾大喊道。黑老汉走投无路的哀告大概终于产生了作用，让他发了慈悲，决定挺身相助。"我这就来证明证明，我相信你。"他把雨伞夹在胳膊底下，手探进衣袋，掏出一个钱包，并且无意中捎上了自己的名片，结果一个没注意，掉落到甲板上。"拿着吧，我可怜的朋友。"他说道，递过去五十美分。

对于这枚硬币蕴含的仁慈，给予再多感激也不为过。瘸子脸庞放光,宛如擦得锃亮的铜制炖锅,他拖着残肢往前走了一步,伸出手接过施舍,同时,似乎不经意间,他那条皮革包覆的假腿踩到了甲板上的名片。

虽然乡村商贾的善行合情合理,但大伙很可能并不欣赏,因为在他们看来,这个做法多多少少表达了谴责之意。于是,反对老黑人的叫嚷再度高涨,比原先更为坚决。这家伙也再度号哭,悲伤难抑,还一遍又一遍提起自己的朋友,列举了好些人,说他们可以作证,乞求旁观者去找到他们。

"你自己为什么不去找他们?"某个粗鲁的船员诘问道。

"我上哪里去找他们啊？我系个瘸腿的可怜黑老汉,朋友们一定会来看我的。哦,那位抽卷烟的好先生系做什么的,那位黑老汉的朋友?"

这时候,有一名乘务员摇着铃铛走过来,招呼所有没拿到船票的乘客前往船长室。这番通告使围观者的数量迅速减少,而黑瘸子本人很快也落寞离去,没准儿是要忙活同一件事情。

第4章

旧识重逢

"您好,罗伯茨先生。"

"啊?"

"难道您不认识我?"

"当然不认识。"

涌入船长室的人群散开后,船尾侧面的露台上发生了上述相遇。两位谈话者一个穿着洁净、庄重而又朴素的丧服,帽子上插着一根长长的卷烟①,另一个正是前文写到的乡村商贾,而那位居丧的男子,与此人相识,于是走过来攀谈。

"亲爱的先生,您怎么可能,"他点燃了卷烟,"记不得我的长相?为什么我看到您时,立即就能想起来,仿佛我们只不过

_____

① 抽卷烟的男人是骗子假扮的第三个角色。

分开了半个钟头,而不是多年未见？这下子您想起来了吧？再好好看看我。"

"摸着良心说,"乡村商贾困惑不已,"上帝保佑,先生,我不认识您,千真万确。不过,等等,等等,"他瞥见陌生人帽子上的黑绉纱,神色欣喜,急忙补充道,"等等——没错——是这么回事,虽然我本人无缘结识阁下,但我敢肯定,我至少对您有所**耳闻**,而且是近来,刚过去不久。我想,船上有个可怜的黑子给大伙提起过您。"

"哦,那个瘸子,可怜的家伙。我跟他很熟①。他们找到了我。我为他作证,毫无保留。我觉得,我让他们少了些怀疑。我本该更好地帮助他。顺便说一句,先生,"男子道,"既然谈起此事,请允许我问一问,当一个极其谦卑的人谈到另一个处于痛苦之中的人,这情形是否或多或少证明了,后者具有高尚的品德？"

善良的商人满头雾水。

"我的样子,您还是没想起来？"

"我还是不得不老实承认,没想起来,尽管我使劲想了。"乡村商贾很不好意思地坦白道。

---

① 实际上,说话者和瘸腿黑子都是同一个骗子假扮的。

"我居然变化这么大？看看我吧。又或许是我弄错了？——先生，难道您不是亨利·罗伯茨，宾夕法尼亚州惠灵地区的转运商？如果您使用名片，又恰好带在身上，请您拿出来看一眼，看看您是不是我说的那个人。"

"怎么，"乡村商贾大概有点儿恼火，"我还能不认识我自己吗？"

"对一些人来说，认识自我可不太容易。亲爱的先生，谁知道您是不是曾经有那么一两次，把自己当成了另外一个人？更离奇的事情都发生过。"

善良的乡村商贩瞪着他。

"具体来说，亲爱的先生，我大约是六年前在布雷德兄弟公司的办公室里，与您初次见面。我当时去费城看一座宅子。老布雷德为我们引见，这您还记得吧。我们聊了聊生意，随后您非要拽我上您家喝茶，于是我们共度了美好时光。您没忘记吧，那个大茶壶，还有我曾提到维尔特的夏洛特①，还有那块面包和黄油，以及您讲过的那个关于一根大法棍的精彩故事。

---

① 维尔特的夏洛特（Werter's Charlotte），或指涉歌德的小说《少年维特的烦恼》（*Die Leiden des jungen Werthers*）。歌德年轻时结识夏洛特·布夫并爱上了她，后将姑娘的形象融入他前一位恋人绿蒂的形象之中，创造出小说人物绿蒂。

这些年它让我笑了不下百次。您起码应该记得我的名字——林曼,约翰·林曼。"

"大法棍?邀请您喝茶?林曼?林曼?拳击场?拳击场?①"

"先生,"男人忧伤一笑,"别这样翻脸不认人啊。罗伯茨先生,我知道,您记性不大好。但您要相信,我记性并不差呀。"

"唉,老实说,有时候我记性是挺糟糕的。"乡村商贾如实相告。"可是,"他深感疑惑,"可是我——"

"先生,您只管相信我,毋庸置疑,我们是旧相识了。"

"可是——可是我不喜欢这样跟自己的记忆过不去。我——"

"您总得承认,亲爱的先生,您记性有时候不太灵光吧?那么,大凡记性不好的人,是不是应当信任记性稍好的人呢?"

"可是,友好的交谈以及喝茶,我竟丝毫——"

"我明白,我明白,从脑海里统统给擦除了。先生,"男人突然发问,"这六年来,您有没有撞破过脑袋?类似的创痛,往往会造成难以料想的后果。不仅仅是让您受伤后或长久或短暂地失去意识——而且很奇怪——反过来使您遗忘此前某一

---

① "林曼"和"拳击场"的原文分别为"Ringman"和"Ring"。"Ringman"有"拳击手"之意。

段时期内发生的事情,悉数抹去,无法恢复。当初您明明是经历过的,并且将它们好好装进了记忆里,但一切纯属徒劳,创伤把之前的相关信息全部清理掉了。"

从一开始,乡村商贾就听得极为专注,非比寻常。男人继续说道:

"我小时候挨过一记马踢,昏迷了好久。等到恢复清醒,我大脑竟一片空白!我怎么接近那匹马的,它是匹什么马,它在哪儿,它如何把我踢倒的,连一丁点儿印象都没留下。朋友们将许多细节告诉我,令人由衷感激。不消说,我毫无保留地信任那些描述,反正一定发生过种种状况,他们骗我做什么?您瞧,先生,意识很容易受影响,非常容易受影响。可是画面,固然容易记住,却需要一段时间巩固、发酵而形成印象,否则我刚才提到的创伤会把它们立即擦去,仿佛从未存在过。正如《圣经》上说的,我们不过是泥土,先生,是窑匠的泥土①。泥土,软弱无力,太过柔顺。但我不想探究什么哲理。请告诉我,您前一阵子有没有过脑震荡的不幸遭遇?如果有过,鄙人很愿意提供更多详细的情况,讲述我们的交往,来填充您记忆

---

① "我们不过是泥土,先生,是窑匠的泥土"(We are but clay, sir, potter's clay),典出《圣经·以赛亚书》第64章,原句"我们是泥,你是窑匠"(We are the clay, and You our potter)。

的空白。"

男子滔滔不绝,乡村商贾的兴致不减反增,他犹豫再三,实际上犹豫得过了头,才终于承认,这期间他虽然没有受任何形式的外伤,可是患了一次脑膜炎,把好些时日的事情忘得一干二净。他正要往下说,陌生人情不自禁地惊呼道:

"哈,您瞧,我并不算错得离谱。这全怪脑膜炎。"

"是啊,不过——"

"请原谅,罗伯茨先生,"男人恭谦地打断道,"时间紧迫,我有一些私密的、特别的事情要跟您说,还望俯允。"

罗伯茨先生很善良,只好默许,于是两人静静走到一个相对隐秘的场所。这时候,抽卷烟的男子神态陡然一凝,几乎流露悲苦之色。他满脸所谓的扭曲表情。他似乎在竭力跟某种不可避免的灾厄搏斗。男人一再地试图发声吐字,却仿佛被词儿噎住了。他站在一旁的同伴又关切又吃惊,弄不清接下来要发生什么事。终于,他好不容易控制住自己的情绪,以一种相当沉静的腔调问道:

"假如我没记错,罗伯茨先生,您是一名共济会会员?"

"对,我是。"

为了避免自己再一次陷于焦躁,陌生人抓住对方的一只手。"如果您的兄弟急需一点儿钱,您会拒绝借给他吗?"

很显然,乡村商贾几乎要抽身撤退了。

"啊,罗伯茨先生,我相信,您不是那类永远不跟倒霉鬼做生意的商客。看在上帝的分上,别走。我想谈谈,想谈谈。身处陌生人之中,彻彻底底的陌生人之中,我境遇悲惨。我希望有一名可以交心的朋友。罗伯茨先生,您是我许多个星期以来碰到的第一位老相识。"

这次接谈令商人始料未及,与周围景象形成了鲜明对比,以致他尽管一向行事谨慎,眼下也心生恻隐,颇为动容。

而男子仍抖个不停,接着说道:

"先生,您一定很清楚,刚跟人打完招呼就讲出这番话,真令我羞愧难堪。我知道,这无异于在您面前自毁形象。但我别无选择:穷途末路,唯有孤注一掷啊。先生,我们是共济会会员,请再借一步说话。我会把自己的遭遇如实相告。"

他开始讲述,声音又低沉又压抑。从听者的神色来判断,这故事似乎格外有意思,关乎一些不可抵御的灾祸,而无论是正派守信,还是远见卓识,无论是力量、才智,还是虔诚,在它们的面前统统难以奏效。

每得知一则内情,商人的恻隐之心便有增无减。这并不是多愁善感的怜悯。随着故事的推进,他从钱包里掏出一张钞票,但才过一会儿,又听到更多使人不愉快的消息,于是他

换了另一张钞票,面值很可能更大的钞票,故事一讲完便塞到
陌生男子的手里,还刻意假装这并非施舍,而对方把钱揣进口
袋时,同样也刻意假装他并非接受施舍。

获得救助的男人一脸友善乃至庄重,在此等情形下,可以
说近乎冷漠。他说了些话,言辞不是很热切,但也不算失礼。
告辞之际他鞠了一躬,这个举动饱含着不可理解的、备受压抑
的独立精神,仿佛不论苦难有多重,终难以摧毁一个人的自
尊,不论恩情有多深,皆无法让一位绅士摇尾乞怜。

即将走远消失时,他站住了,似乎在思考问题,继而又快
步回到商人跟前。"我刚刚想起,黑色湍流煤炭公司的总裁,
也是一名过户代理人,恰好与我们同船,他带着过户账簿,接
受法院传唤,要在一场肯塔基的股票诉讼案中出庭作证。最
近一个月,有些狡诈之徒危言耸听,制造恐慌,导致不少轻信
的股东抛售股票。煤炭公司已事先得知他们的图谋,因此,为
了挫败这帮危言耸听的家伙,设法回购那些卖出的股票,决心
不让恐慌制造者捞到半点好处,既然所谓的恐慌毫无实据。
我听说,煤炭公司准备重新配置那些股票,当然,并不急于一
时。买入价很低,如今要以票面价出售,而在恐慌发生之前,
它们走高的价格十分抢眼。煤炭公司为什么打算这样做,理
由鲜有人知,反正现实是股票仍在煤炭公司的过户账簿上,给

现金充裕者提供了一个千载难逢的投资机会。随着恐慌一天天消退,股票将逐渐回归合理的价位,信心将强势恢复,引发争购。下跌而反弹的股票,比没下跌的涨得更高,股东不怕再遭受同样的命运。^①"

起初是因为单纯好奇,最终是因为有利可图,商人回应道,这阵子相关的朋友跟他提过煤炭公司,可以说他耳熟能详,但近来并未留意其波动。他强调自己不是投机者,至今没买过任何股票,然而眼下这家公司,他感觉确实很值得一试。"请问,"他直截了当,"您认为必要时可否在船上找到那个过户代理人,办股票转移手续?您跟他熟吗?"

"不太熟。但我碰巧听说过,他在船上。此外,根据小道消息,这位先生或许并不排斥乘船时做些小生意。您也知道,在密西西比河沿岸谈买卖,并不像在东部那样正儿八经。"

"没错,"商人回答,他低头思索了片刻,很快抬起头来,以非同往常的正颜厉色说道,"实在是个可遇不可求的机会啊。

① 骗子所说最后一句话原文为"from the stock's descent its rise will be higher than from no fall, the holders trusting themselves to fear no second fate",这是戏仿约翰·米尔顿(John Milton,1608—1674)《失乐园》(*Paradise Lost*)第 2 章的诗句:"……沉沦而再起的/天人,比没有沉沦的更光荣、可畏,/坦然无惧,不怕再遭受同样的命运。"(... From this descent / Celestial vertues rising, will appear / More glorious and more dread then from no fall, / And trust themselves to fear no second fate.)译文引自朱维之译本。

您最初听说这件事的时候，为什么不立即下手？我是指您自己！"

"我？——可能吗！"

发问者略显激动，作答者则有些尴尬。"哦，是的，我忘记了。"

此刻，陌生男子望着乡村商贾，神情平静而庄重，又颇为自然，更有甚者，这神情中不仅蕴含着优越感，可以说还透着谴责的意味。面对恩主，受惠之人如此态度让我们非常诧异。而且，不知为何，他泰然自若地接受施予，既无忸怩之色，也不见什么内疚的迹象，仿佛他本该获益，名正言顺。终于，他开口道：

"指责一个身无分文的男人疏忽大意，没抓住投资机会——可是，不，不，得怪失忆健忘，那可恶脑膜炎的后遗症。而事情越久远，罗伯茨先生越是记不清楚。"

"这个嘛，"商人重新振作道，"我并不——"

"请原谅，但您必须承认，就在刚才，您对我有所猜忌，尽管程度不深，然而还是令人不快。啊，怀疑虽很肤浅，却又那么奇妙，有时候可以侵入最仁慈的心灵，最智慧的头脑。不过，够了。先生，我之所以让您注意那些股票，是为了向您的善举表达谢意。我不求报答。如果我提供的消息毫无用处，请您务必记住我的初衷。"

男人鞠了一躬,最终离开自责不已的罗伯茨先生,后者一时不察,任由恶念生长,贬损了一位很显然自尊自爱的人士,而这份自尊自爱恰恰不容许他心存恶念。

第5章

抽卷烟的男子是大圣人还是大傻蛋？

"嗯,尘世间,有悲亦有善。而善,既不是稀罕之物,也不比悲更多。亲爱的好伙计。可怜的心啊,怦怦直跳!"

与商人作别后,抽卷烟的男子低声自语,他以手抚胸,好像犯了心脏病。

想到自己收获的善待,大约让男子也有所软化。可能,应该说极其可能,他在乞求时一向卑躬屈膝,因此才有如此感触。男子作为受施者的表现,会让某些人觉得他过于骄傲。而骄傲,在任何情境下都几乎是冷冰冰的。但实际上,那些对善行十分敏感的恭谦之士,受人恩惠而满怀谢意,有时候兴许是拘于礼节,反倒显得冷淡。所以,在这般场合,营造温馨的氛围,说些发自肺腑的言语,倾诉衷肠,不过是哗众取宠罢了。教养良好的人们对此尤其厌恶。今时今日,诚挚、恳切似乎很不受待见,然而这并非事实,因为世界本身就真真切切,恰似一个真实的场景,或一个真诚之人,只不过这真实、真诚的前提,必须是他们处在各自的位置上——亦即各自的舞台上。瞧瞧那帮家伙把世界弄成了什么可悲样子,他们懵然无知,迸发着爱尔兰式热情和爱尔兰式赤诚。而一位施予者,如果他有理性,有名望,正如他有仁慈之心,那么或多或少会对此感到恼火。况且,倘使他像某些人一样,生性敏感又苛刻,恐怕会一个劲儿往坏处想,认为上述受施者在以自己的感激使他痛苦,仿佛他若不出手援助,则岂止是轻率疏忽,简直是一桩罪行。不过,更善解人意的受施者往往深有同感,程度只在伯仲之间,他们既不会把这份痛苦强加于对方,也不会甘冒这么做而造成的任何风险。大部分人如此行事,颇为明智。于是你可以看到,那帮不替别人着想的家伙,只因世上少了些矫枉过正的殷勤致意,他们便抱怨说,今天已经没什么人懂得感谢。其实,真相是,感谢之忱与谦逊之德一样,所在多有。但两者在大多数情况下相当隐秘,故此大多数不为人知。

谈了这么多,无非是想解释抽卷烟的男子缘何神色大异,他抛却冰冷、庄重的伪装,将自己真实的心绪表露无遗,看上去几乎变成了另一个人。而这郁郁寡欢、深具柔情的神色,还充满忧郁,毫无掩饰的忧郁。虽然不合常理,可是男人的样子反倒佐证了他内心的真挚。我们无从探悉原委，不过有些时候，如同上面的例子，真挚即忧郁。

此刻，他倚着船舷的栏杆沉思，没有留意身旁的另一名沉思者——那是一位年轻绅士，衬衫的开领为女装式样，细长的脖子缠着一条绸带，仰面朝天。他佩戴着一块扁平的方形胸章，上边非比寻常地镌刻着希腊字母，说明小伙子应该是个大学生，没准儿刚读二年级，正在旅行，而且很可能，这是他生平第一次旅行。他手里攥着一本牛皮纸包裹的小书。

年轻人无意间听到身边男子的喃喃自语，颇为惊异地望着他，似乎挺感兴趣。然而，这个大学生很特别，他性格内向，并未搭腔。与此同时，男人愈发卑怯，已从自说自话转变为交谈口吻，语气中奇异地夹杂着友善和凄怆。

"瞧，这是谁？小伙子，你没听到我说话吧，还是听到了？你怎么也一脸悲愁？我的忧伤，无人可及！"

"先生，先生。"大学生舌头打结。

"好吧，"男子友好而感伤，沿栏杆慢慢滑近——"好吧，请告诉我，年轻人，你在读什么书？让我看看。"他从对方手上把书轻轻抽出来。"塔西佗①！"男子随便翻开一页，读道：

---

① 塔西佗（Tacitus，约 55—120），古罗马历史学家。

"总体而言，我面前是一个黑暗而可耻的时代。①" "亲爱的、年轻的先生，"男子惊慌地拍了拍他胳膊，"切勿阅读此书。它是毒药，精神毒药。即便塔西佗道出了真理，这些真理也将发挥谬误的功效，所以它们依然是毒药，精神毒药。我对这位塔西佗所知甚详。读大学时，我差点儿因为他而沦于玩世不恭。是啊，我开始不受管束，到处游荡，神情又矜傲又阴沉。"

"先生，先生，我——我——"

"相信我。现在，年轻人，你大概觉得塔西佗跟我一样，不过是有些阴郁。但他不止如此，他还丑陋。阴郁和丑陋，年轻的先生，不啻天壤之别！阴郁者仍可能向世人展现美，丑陋者却做不到。阴郁者尚有仁心善举，丑陋者却无法指望。阴郁者或许思想深邃，丑陋者却目光短浅。抛开塔西佗吧。依照颅相学，年轻人，你的脑袋发育良好，而且够大。可是一旦受限于丑陋的观点，塔西佗的观点，你的大脑袋，好比一头大公牛生活在界线分明的土地上，必定挨饿。不要像有些学生那样，幻想着抱持这等丑陋的观点，更深刻的书籍还会独独向你揭示更深刻的意义。抛开塔西佗吧。此人的精妙源自虚假。

① 据研究，这句话应该是麦尔维尔根据塔西佗的笔法杜撰的。

他对人性的洞幽察微,恰恰应了圣书中的一句话:'精巧者必怀有欺骗。①' 抛开塔西佗吧。来吧,让我们把书扔到水里去。"

"先生,我——我——"

"别说话;我知道你在想什么,而那也正是我接下来要说的。没错,你得明白,尽管这个世界上苦难众多,可它的邪恶——亦即它的丑陋——却为数甚少。同情一个人的理由很多,怀疑他的理由却很少。我过去饱经忧患,如今仍身陷泥潭。然而,我有没有因此愤世嫉俗?我没有,没有:根本不值一提!我只想着帮助别人。所以说,无论经历过什么坎坷,我对世人的信任还是有增无减。好了,现在,"男子胜利般微笑道,"你可以让我丢掉这本书了吧?"

"真的,先生——我——"

"我明白,我明白。你读塔西佗,固然是要从中了解人性——这么说好像真理也曾经来自诽谤。年轻人啊,如果你要了解人性,不妨丢掉塔西佗,往北进发,去拜访奥伯恩墓园

---

① "精巧者必怀有欺骗" (There is a subtle man, and the same is deceived) 是男子用基督教次经《便西拉智训》(Sirach) 第 19 章的两句话拼接而成。这两句话分别是"诡计多端的必多行不义" (There is an exquisite subtilty, and the same unjust) 和"外表谦恭忧戚者,心里满存着诡诈" (There is a wicked man that hangeth down his head sadly, but inwordly he is full of deceit)。

和格林伍德①墓园。"

"说实话,我——我——"

"不,这一切我预见到了。可是你揣着塔西佗,浅薄的塔西佗。我揣着什么?看一看——"男子掏出一本口袋书——"阿肯赛德《想象的快乐》②。你迟早会接触这部作品。不论好日子坏日子,我们都应该阅读宁静、愉快的书籍,以激发爱与信任。然而,塔西佗!我一向认为,那些个经典实乃学院的祸根。我不是指道德败坏的奥维德、贺拉斯、阿那克里翁以及其余诸人,也不是指侵蚀信仰的埃斯库罗斯和别的什么人——而是指修昔底德、尤维纳利斯、琉善③,塔西佗更不用说,试问还有谁比他们的观点更有害于人性?自打学术复兴以来,那些个经典一直广受一代又一代学生和学者的喜爱,想

---

① 奥伯恩(Auburn)和格林伍德(Greenwood)是两座墓园的名称,前者位于美国马萨诸塞州的剑桥市,后者位于纽约市的布鲁克林区。有研究者认为,考虑到抽卷烟的男子先前伤感的喃喃自语,他在此提及墓园,意图是让听者想起18世纪英国"墓园诗派"那些格调哀伤的诗歌。

② 马克·阿肯赛德(Mark Akenside,1721—1770),英国诗人、物理学家。《想象的快乐》(Pleasures of Imagination)是其创作的一首长诗,这部作品描绘了一个善意的宇宙,它秩序井然,充满美好、真理、智慧和仁慈。

③ 奥维德(Ovid,前43—17)、贺拉斯(Horace,前65—前8)均为古罗马诗人。阿那克里翁(Anacreon,前570—前480)为古希腊抒情诗人。埃斯库罗斯(Eschylus,前525—前456)为古希腊悲剧作家。修昔底德(Thucydides,约前460—约前400)为古希腊历史学家。尤维纳利斯(Juvenal,约60—约127),古罗马讽刺诗人。琉善(Lucian,约125—约180),古罗马作家。

到这一层，我不寒而栗。好几个世纪，众多无可争辩的异端邪说充斥着所有重大主题，将妄念一点一点注入基督教世界的心脏之中。但是，塔西佗——此公是异端里最不同凡响的特例，他对人毫无信任①可言。把那样的家伙尊为智者，并把修昔底德推崇为政治家的典范，实在是莫大讽刺！塔西佗——令人憎恶的塔西佗。不过，我敢肯定，这份憎恶绝无罪愆，而纯为正义使然。塔西佗自己缺乏信任，还摧毁他所有读者的信任。信任，如兄如父的信任，遭到破坏。上帝知道天底下人人应该满怀信任。因为，亲爱的朋友，像你这种涉世未深的青年，难道从没有注意到，其中的信任很少，非常少？我是指人与人之间的信任，尤其是两名陌生人之间的信任。在一个可悲的世界里，这是最可悲的情况。信任！有时候我几乎觉得，信任已经逃之夭夭，信任是又一位艾斯特莱雅②——远走高飞——难觅踪迹——一去不返。"男子再度悄然滑近，颤抖着屈身仰视，以最轻柔的语气问道，"我亲爱的、年轻的先生，照眼下的情况，你能否权当试验，姑且信**我**一回？"

----

① "信任"的原文为"confidence"。在英语里，"信任"和"欺骗的"皆为单词"confidence"的一个义项。因此原文当中的"confidence"有一语双关的效果。

② "艾斯特莱雅"原文作"Astrea"，通常作"Astraea"，希腊神话中的正义女神、纯洁女神、星空女神，因看到凡间太多罪恶，逃回天界，化为星座。

如诸位所见,大学生从一开始就越来越尴尬,这很可能是因为以上奇谈怪论出自一个陌生人之口——而且还那么洋洋洒洒,那么累赘冗长。他不止一次徒劳想要打断对方,试图反驳,或者道一声再见。枉费工夫。不知为什么,陌生男子让他着迷。所以毫不奇怪,听到请求时,他几乎哑口无言。不过正如先前提到的,年轻人明显十分害羞,他突然转身走开,留下陌生人独自懊恼,朝着相反的方向缓步离去。

第6章

最初,某些乘客对行善的吁求充耳不闻

"我——呸!为什么船长受得了邮轮上有你这种叫
花子?"

以上恶言恶语,出自一位身着深红色天鹅绒背心的富
绅,他脸膛也呈深红色,手中的文明杖镶着红宝石,正在辱骂
一名穿灰外套、系白领带的男子①。前文的交谈才结束不久,
此人便找到富绅,请他给一所孤儿寡妇收容院捐款,这家机构
是在塞米诺尔人当中建立的②。根据某种草率的看法,该男

① 穿灰外套的男人是骗子假扮的第四个角色。
② 塞米诺尔人(Seminoles),北美印第安部族。文中所说的孤儿寡妇收容院
 (Widow and Orphan Asylum)主要接收塞米诺尔战争(Seminole War,1835—
 1842)阵殁者留下的孤儿和寡妇。有研究者分析,所谓"塞米诺尔孤儿寡妇
 收容院"是麦尔维尔开的一个玩笑,似在讽刺清教徒领袖科顿·马瑟
 (Cotton Mather,1663—1728)将印第安人与魔鬼画上等号:"魔鬼劝诱基督
 徒照料魔鬼的孤儿寡妇。"

子没准儿像抽卷烟的男子一样,似乎也是一位时运不济的高雅人士。然而,凑近了细瞧,他脸上几乎看不到悲伤,反倒充满神圣感。

富绅又说了两三句难听话,随后匆匆离开。穿灰外套的男子虽然遭到拒绝,受到无礼对待,却并无怨言,他一个人留在原地,冷冷清清站了好一阵子,尽管如此,他脸上还是隐隐透着卑顺的依赖神情。

终于,有位动作稍显笨拙的老先生慢吞吞走至近前,男子又向他乞求捐款。

"你瞧瞧,"老人猛地停下脚步,冲男子怒目而视,"你瞧瞧,"他好像一个摇摇晃晃的气球,身形在对方面前大肆膨胀,"你瞧瞧,你在替别人讨钱,你这家伙,脸耷拉得跟我胳膊一样长。好吧,听着,重力确实存在,这该死的东西确实存在,但脸拉那么长不外乎三种情况:悲苦的劳动者、天生鞋拔子脸、冒名顶替之徒。你最清楚自己是其中哪一类。"

"愿上天多多赐福于您,先生。"

"而且少赐一些虚伪于你,先生。"

说完这句话,这个硬心肠的老人迈开步子,向前走去。

男子无助地站着,恰在此时,前文提及的年轻牧师,从他身旁路过,不经意瞥了他一眼,突然想到什么事情。年轻牧师沉吟片刻，又急忙说道："抱歉，我一直四处找您，不过倒没花多长时间。"

"找我?"男子惊诧于他这么个小角色，竟也值得一找。

"对，找您。您是否了解那个黑人，船上瘸腿那个? 他到底是不是在装神弄鬼?"

"哦，可怜的基尼! 您有没有被人怀疑过? 您所举质证，大伙又该去何处寻觅?"

"这么说您果然认识他，而且他非常值得信任啰? 真让我松了一口气——大大松了一口气。来吧，让我们找到他，再看看能做点儿什么。"

"又一个信任来得太迟的例子。很遗憾告诉您，先前停船时，我亲眼看见他在架好的舷梯上帮着残疾者登岸。他忙于扶助病弱，无暇交谈。他兴许没告诉您，他有一个兄弟住在附近。"

"说真的，无法再一次见到他，我很遗憾，很可能比您想象的还要遗憾。您瞧，刚离开圣路易斯不久，他便来到前甲板。在那儿，我和许多人一起看见他，并且信任他。① 我如此信任

---

① "我和许多人一起看见他，并且信任他。"(with many others, I saw him, and put trust in him.) 此句似源于《圣经·约翰福音》第 20 章："你因看见了我才信。"(because thou hast seen me, thou hast believed.)

他，以至于应他请求，来找您，好让那些质疑者信服。他提到并且或多或少描述了几个人的样子，他说这几个人愿为他说话，而您是其中之一。但我努力找了一番，没找到您，也没遇见他列举的任何一个人，怀疑终于冒头。不过怀疑间接来源于——我也只好这么认为——另一个人的无情指斥。反正，可以肯定，我开始怀疑了。"

"哈，哈，哈！"

这笑声与其说是笑声，不如说是呻吟。然而，不知道为什么，它似乎仍试图成为笑声。

两人转过身来，年轻的牧师看到那个木腿汉子在他身后不远处，神色愁惨冷峻，犹如背上抹了芥末膏的刑事法官。而此刻的情形里，芥末膏很可能是近来某些令人痛苦的挫折、屈辱所留下的记忆。

"你们不会以为，是我在发笑吧？"

"您在笑谁？或者说，打算笑谁？"年轻的牧师面孔涨红，问道——"笑我吗？"

"既不是笑你，也不是笑你周围的任何一个人。但你大概不会相信。"

"如果他生性多疑，确实有可能并不是在笑，"穿灰外套的男子冷静插话道，"多疑者的愚昧在于，爱想象自己遇到的每一个陌生人，无论这些人多么漫不经心，朝他微笑或奇奇怪怪地冲他打招呼时，必定偷偷把他当成了笑柄。有时候，多疑者走过一条街道，他一路向前，会觉得眼前是一幕幕讥讽自己的哑剧。总之，多疑者搬砖砸脚，自讨苦吃。"

"谁能够这么做，十有八九给别人省鞋底了。"木腿汉子执意想搞点儿幽默。可他使劲咧嘴一笑，转过身来，直对着年轻的牧师，"刚才你依然认为，我是在嘲笑**你**。为了证明你错了，我要告诉你，我在嘲笑什么。我当时正好想到一个故事。"

于是乎，他以粗鄙的方式，以挖苦的细节，使听众厌烦的重复，讲了一个故事，而该故事更讨人喜欢的版本叙述如下：

某个新奥尔良的法国佬，又老又瘦，兜里有几个钱，一天晚上他去看戏，对剧中一位忠贞的妻子十分着迷，以至于回到现实生活，他除了结婚之外什么都不想做。因此他结婚了，娶了个漂亮的田纳西姑娘。她自由奔放的风采令他一见钟情，为此他通过姑娘的亲戚与她结识，而她接受的教育和她的性情同样自由奔放。这番赞美虽盛，可并非夸大其词。不久之后，未经证实的流言四起，说这女子自由奔放得过了头。虽然朋友们及时告知法国老男人各种各样的状况，但大多数班尼迪克①会认为,那全是无中生有,所以他一个字也不相信。直到一天夜里,他意外中断旅程,打道回府,进门时遇到一个陌生男子从角落冲出来。"乖乖!"他大喊道,"现在我**开始**生疑了!"

讲完故事,木腿汉子扬起头,长吼一声,伴随着喘息和痰音,似压力巨大的引擎喷射蒸汽般使人难以忍受。如此一通发泄之后,他一跩一跛走开了,显然心满意足。

"这个阴阳怪气的家伙是谁,"穿灰外套的男子无不热心地问道,"这家伙,即使他言辞中有真理,他说话的方式也让真理变得像谬误一样令人讨厌。②他是谁?"

"我跟您提过他,正是他不相信黑基尼,"年轻的牧师心绪平复下来,回答道,"总之,就因为他,我才产生了怀疑。他坚称基尼是个白人骗棍,是个乔装打扮、改头换面的诱饵。没错,我想他原话如此。"

"不可能!他怎么会如此固执己见。能否请您把他叫回来,让我问问他,他这是当真吗?"

---

① 班尼迪克(Benedick),莎士比亚戏剧《无事生非》(*Much Ado About Nothing*)中的人物,用来指代刚结婚的老男人。

② 这是骗子对全书第一出"戏中戏"的评论。他作为骗子,很关注叙述的多义性。而在后续的第13章、第19章、第28第、第35第和第41章里,他同样充当着"戏中戏"的评论者角色。

年轻的牧师遵命照办。独腿汉为此大发牢骚，不过最终还是同意返回，待上片刻。穿灰外套的男子于是对他说："先生，这位可敬的绅士告诉我，有个可怜的黑人，一个瘸子，您认为他是个狡猾的骗棍。好吧，我知道世上有些人士，他们没办法更好地证明其聪颖，异常热衷于表现自己对同类的敏锐观察，以及无情的怀疑。我希望您不是他们中的一员。总之，您此刻能否向我说明，关于那个黑人，您抛出的见解不是仅仅在开玩笑。可以吗？"

"不，不可以。我没那么好脾气。"

"那只好随您便了。"

"哼，他就是我说的那个德行。"

"一个伪装成黑人的白人？"

"千真万确。"

穿灰外套的男子看了看年轻牧师，低声对他说道："我本以为，您这位朋友属于疑心很重的那一类人，但他似乎有一种奇特的轻信。——劳烦相告，先生，您当真认为一个白人能假扮得如此像黑人吗？依我看，这演技够厉害的。"

"并不比其他任何一个人更厉害。"

"怎么会？莫非全世界都在演戏？比方说，**我**是个演戏的？我这位可敬的朋友，也是个表演者？"

"对啊,难道你们两个不演戏? 行走坐卧,统统是演戏,因而所有行动者无不是演员。"

"您没事找事。我再问一遍,如果他是个白人,怎会那么像个黑人?"

"我估计,你没见过黑人流浪乐手?"

"是没见过,但他们往往涂得太黑。老话说——这跟善良的情形差不多——'魔鬼永远被涂得比他自己还黑。[1]' 再看看他的腿,如果不是残疾,为什么瘸成那样?"

"其他装可怜的乞丐,又如何弯折各自的手脚? 很容易看明白它们是怎样吊在半空的。"

"这么说,那些冒牌货是您指控的证据啰?"

"对敏锐的眼睛来说足够了。"他目光一闪,极其狰狞。

"好吧,基尼在哪儿?"穿灰外套的男子问道。"他在哪儿? 我们立刻把他找出来,让事实来反驳不公的指责。"

"找啊,"独眼男人[2]高喊,"把他找出来,我很有兴致,先前还在他裤子上抹了一道油漆,就像狮子在一个非洲黑人的身体上留下爪痕一样。他们可不许我碰这家伙。快找到他!

---

① "魔鬼永远被涂得比他自己还黑"是原句"the devil is never so black as he is painted"的直译,这句英文谚语意译过来的意思是"魔鬼没有那么坏"。

② 原文如此(one-eyed man)。疑应为"独腿男人"。

我要把他披着的羊皮揭下来，再把他的皮揭下来。"

"别忘了，"年轻牧师提醒穿灰外套的男子，"是您自己帮着可怜的基尼上岸的。"

"确实这么做了，我确实这么做了。真不巧。不过您看，"他对木腿汉子说，"我认为基尼无须亲自到场，也能够证明您是错的。请问，如果一个人很有头脑，足以像您讲的那样改容易貌，再费尽周折，甘于冒险，只为了不值一提的几个铜板，而且我还听闻，那全是他辛辛苦苦挣到的，可以算得上辛苦吧，您觉得这一切合理吗？"

"根本不容辩驳。"年轻牧师说，朝独腿汉子投去颇具挑战意味的一瞥。

"你们这两个生瓜蛋子！你们以为，世间的辛苦、冒险、欺诈和为非作歹的唯一动机是弄钱。魔鬼诱骗夏娃，赚到了多少钱？"

言讫，他再度一跩一跷走开了，留下一路讥嘲之声，令人难以忍受。

穿灰外套的男子目送他离去，默默站了好一会儿，然后转过身来，对同伴说："好个坏蛋，危险分子，放在任何基督徒团体之中都得被打倒。——就是这家伙设法令您产生了怀疑？啊，我们理当对怀疑充耳不闻，而只聆听忠信之声。"

"您这个原则,如果今天上午我遵从了,想法应该会跟现在一样。——他单枪匹马,只有一条腿,煽风点火的本事却很强大。他一句坏话,便可以将蛊惑人心的毒液——依我之见,确实有毒——注入众多一向友善的头脑。但我也透露了,他抛出的恶言恶语当时对我不起作用,眼下同样不起作用,只有过后它们才发挥功效。我承认,这让我感到困惑。"

"没什么好困惑的。对于仁爱的灵魂,怀疑心理就好比某些药剂,它进入其中并潜伏不动,时间或长或短。但只要它继续休眠,便无伤大雅。"

"您这处理方法可不太让人舒服。比方说,那个有毒的家伙,他刚才再次向我放毒,我又如何能确定,此刻有效的免疫力可以长久保持?"

"您无法确定,但您不妨跟怀疑作斗争。"

"怎么斗争?"

"把任何怀疑的症状扼杀于萌芽状态,往后您一旦受到挑拨,这症状便可能显现。"

"我会这么做的。"年轻的牧师自言自语般补充道,"我确实、确实应该被指责,因为独腿男人胡扯时,我一直袖手旁观。我深受良心谴责。——那个可怜的黑老头啊。没准儿您是不是还能见到他?"

"遇上的机会不多，尽管未来几天，根据行程，我得路过他如今停留的地方。毫无疑问，诚实而又心存感激的基尼一定会来看我。"

"如此说来，您给过他施舍啰？"

"给过他施舍？我可没这么说。我只是认识他。"

"这点儿钱您拿着。下次见到基尼，交到他手里。就说捐助者完全相信他忠实正直，并且对自己一度心存怀疑，无论历时多么短暂，感到由衷抱歉。"

"我接受这份信任。另外，顺便提一句，既然您天性如此仁爱，应该不会拒绝帮助塞米诺尔孤儿寡妇收容院吧？"

"我从没听说过这家慈善机构。"

"它是最近才建立的。"

年轻的牧师动作停顿了片刻，犹犹豫豫地将手探入口袋。这时候，受到对方表情的吸引，他诧异地、几乎忧虑不安地望着自己的同伴。

"啊，好吧，"穿灰外套的男子笑容惨淡，"如果我们刚刚谈到的那根毒刺起效得那么快，算我白说一通。再见。"

"别走，"年轻的牧师有点儿激动，"您对我不公正。与其继续怀疑眼下这件事，我倒宁愿补偿此前的过失。拿着，给您那座收容院的。数目不大。不过有一分钱是一分钱。想必您揣着纸吧?"

"当然,"男子掏出一本记事簿和一支铅笔,"让我写下名字和金额。我们会公布这些名字。现在,请允许我介绍一下我们收容院的简史,以及它是如何幸运诞生的。"

第7章

佩金袖扣的先生

穿灰外套的男子说着说着,说到关键之处,使得年轻的牧师颇感好奇,几乎欲罢不能。岂料这个节骨眼儿上,叙述者话锋一转,抛开故事,不惜受到质疑。穿灰外套的男子之所以那么做,只是由于不经意瞥见了一位绅士,这人似乎始终在场,但直到此刻,男子才向他投去关注的目光。

"请原谅,"穿灰外套的男子挺身说道,"那边有一位先生,我认为他乐意捐款,并且数目不小。我不得不离开,您别介意。"

"去吧,尽职尽责,是当务之急。"回答通情达理。

这个陌生人极具魅力。他原本离得挺远,而且凝伫不动,仅仅依仗其容貌,便把穿灰外套的男子吸引过去,让他不再讲述自己的故事。这好比一棵枝繁叶茂的榆树孤零零生长在草场上,凭着优美身姿,诱使那正午挥舞镰刀的劳作者丢下自己的草捆,跑去享受大树的浓荫。

但是,考虑到身心健朗在人群里并不罕见——这个词儿为所有语言共享,全世界都耳熟能详——而它竟然使一名陌生人抢眼如外国游客,那就相当怪异了。他置身于群体之中(对某些人来说,他会因此在画面里多多少少显得不大真实),表情平淡无奇,普普通通。这样的身心健朗,结合了运道,他半辈子一路行来,兴许根本不知道何谓肉体上或精神上的弊疾,更无法借助观察或推理,去认识或猜想后者会达到多么恶劣的程度。于是乎,此人的性情可能毫无瑕疵,反而也可能不乏缺陷。说到其余方面,他大约五十五岁,说不定六十岁,高个子,脸庞红润,体格介于壮实和肥胖之间,正处在气色最佳的阶段。至于服饰,先不谈年龄,仅以场合论,此人很特别,华贵光鲜如过节一般。他长长的外套拿白缎子做衬里,看上去越发不合时宜。应当指出,它剪裁的手工好像没比挑花刺绣简单多少,我们这么说吧,那是无意而为之的挑花刺绣,既华美又内敛。或者可以说,面料精致,里料更精致。他一只手戴着白色小山羊皮手套,另一只手没戴,却几乎一样白。"忠诚号"的状况与大多数汽轮类似,甲板上到处是煤灰的印痕,栏杆尤甚。这样的情形下,那双手居然干干净净,着实令人惊

叹。不过,如果你观察一阵子,会发现它们不触碰任何东西,
你还会发现,他有一名黑人贴身侍从,两掌如抹乌漆,这也许
跟磨坊工们穿白衣服的意图相同。该侍从为自己的主人处理
大部分动手的事务,因此沾染污渍,但并未因此沾染其偏见。
然而,倘若一位绅士为了不弄脏自己的双手,竟要随从代他作
恶,那得多吓人啊!此等做法,世所不容,即便真实存在,机智
的道德家们亦绝不可能公开宣扬。

　　故此,我们有底气断言,如同那名犹太行省的总督①,这位
先生知道该怎样使双手保持洁净,他一生从未突然撞上忙忙
慌慌的房屋粉刷或者大扫除。总而言之,他十足幸运,可以做
一个成色十足的大好佬。

　　绝不是说他看起来像威尔博福斯②那一类人物。他很可
能并没有这等卓越的功绩。其行为谈不上正直无私,只是温
良和善罢了,而正直无私远高于温良和善。两者尽管有差
异,却不相互排斥。我们希望正直无私之人也不妨温良和
善。可是,反过来说,如果你仅止于温良和善,无非天性不

---

① “犹太行省的总督”指本丢·彼拉多(Pontius Pilate,?—约39)。据《圣经》
　记述,他在人前洗手,表示自己与耶稣的死刑判决无关。
② 威廉·威尔博福斯(William Wilberforce,1759—1833),英国政治家、慈善
　家,主张废除奴隶贸易。

错,教士们一贯主张,那离正直无私还差上一大截,若不彻彻底底转变,则休想跨越这道鸿沟。虚伪者很清楚正直无私从何而来,偏要极力否认。无论如何,尽管圣保罗本人的思想不同于教士们的,双方的观点仍在某个程度上近似,他十分明确地表示过,以上两种品质究竟哪一种更符合基督精神。圣保罗的言语意味深长:"为义人死,是少有的;为仁人死,或者有敢作的。①"因此,回到那位绅士,我们说他只不过温良和善而已,很难经得起种种严苛的检视,但是他身上的温和至少不该被视为可耻。无论在什么情况下,没有一个人——即便他正直无私——会觉得这位绅士理应入狱,成为囚犯,如此想法绝非正常。尤其是,除非所有情况已公之于众,否则这位绅士毕竟很可能在品德问题上并无罪咎,正如他外表干干净净一样。

正直无私之人,亦即穿灰外套的男子,向温良和善之人致意,获得对方回应,这一场景令旁观者感到欣悦。显然,男子的劣势在于,其社会地位不像其身材那么高。而那位绅士再一次化身为仁慈的榆树,朝对方挥动他温良和善的千枝万叶,

---

① "为义人死,是少有的;为仁人死,或者有敢作的"(scarcely for a righteous man will one die, yet peradventure for a good man some would even dare to die),语出《圣经·罗马书》第5章。

态度平易朴实,闪耀着真正的威严之光,让你如沐春风,轻松惬意。

男子代表塞米诺尔孤儿寡妇收容院请求捐助。绅士问了一两个问题,得到答复后,他随即掏出一个古朴大气、样式优美的绿色钱包:做工精良,上等摩洛哥羊皮革材质,捆扎的绸带同为绿色,而其中的钞票又新又脆,刚从银行取出,上头完全没有守财奴们留下的污垢。这些钱,或许散发着铜臭,但还未遭受浊世的熏染,并不肮脏可厌。绅士把三张崭新的钞票塞到求助者手里,请他原谅捐款数目不大。其实,之所以没带什么钱,是因为他只不过要乘船到下游很近的地方,去参加侄子在一片欢乐小树林里举办的午后婚礼,而这也解释了他为何盛装出行。

穿灰外套的男子正准备表达谢意,绅士却愉快地加以制止:他才是应该感恩的那一个。绅士说,对他而言,做慈善在某种意义上不是奉献,而是享乐。他太过沉溺于此,所以他那言辞幽默的管家时不时要责备他几句。

随后两人开始闲聊,谈到慈善组织的模式。绅士觉得,今天有如此众多的公益团体,却相互隔绝,各自为政,没办法像团体之中的个人那样拧成一股绳,非常可惜。他认为,若可做到这一点,必将在更大范围内产生类似好处。实际上,正如国家之间的政治联盟挺管用,慈善组织之间的联盟,效果没准儿也相当不错。①

到目前为止,穿灰外套的男子举手投足一直很得体,而绅士这番建议所引发的效应,印证了苏格拉底的一种观点,即灵魂是一首和谐的曲子。② 据说一支长笛在任何特定的调式里奏出乐声,均能引动任意一架竖琴,使之震颤发响,不仅音量清晰可闻,音高也协调一致。男子的反应也是如此。这一刻,他兴致勃勃,内心的丝弦振鸣不已。

顺带说一句,穿灰外套的男子或多或少亢奋得过了头,毕竟一开始他是那么沮丧愁苦。几度交谈后,可否认为,其实在某个层面,在一定程度上,此人已不再废话连篇。他时时流露庄重、克制的神色,便是绝佳证明,而这样的情形比比皆是。他抓住宝贵的机会,大加利用。接下来,男子的言论进一步为我们揭示了真相,并且可能多少有点儿令人震惊。

"先生,"他热切地说,"您这主意鄙人也想到了。在伦敦的世界博览会③上,我提出过类似的计划。"

"世界博览会?您去了?是怎么一回事?"

---

① 此话写于烽烟四起的 19 世纪 50 年代,自然是一句反讽。
② 见于柏拉图《理想国》《裴多篇》和《普罗泰戈拉篇》等著作。
③ 指 1851 年在伦敦举办的第一届世界博览会,当时又称万国工业博览会。

"首先,让我——"

"不,首先请告诉我,您去世界博览会有何贵干?"

"我发明了一种供残疾人使用的安乐椅,拿到博览会上展示。"

"这么说,您并非一直在做慈善?"

"减少人们的痛苦不也是做慈善吗? 我相信自己过去始终是,今天同样是,将来也依然是个慈善业者,名副其实。但慈善可不是一根饰针,你做针头,我做针尖。慈善是这么个行当,优秀的工作者有能力在任一分支做出成绩。我发明了百变安乐椅,为此废寝忘食。"

"您管它叫百变安乐椅。给我介绍介绍吧。"

"我的百变安乐椅,各部分均可拼接,折叠,充填,不仅有弹性,能伸缩,而且反应极其灵敏,靠背、坐垫、踏板及扶手可以无限次更换,最烦躁不安、最劳累艰辛的肉体,多多少少,都能以这样或那样的方式从中找到平静。我相信,为了仍在忍受痛楚的人们,必须让这样一张椅子名扬四海,所以我才砸锅卖铁,带上它去参加世界博览会。"

"您做得对。不过要谋定而后动。您是怎么想到来这一手的?"

"我正打算跟您说说。我看到自己的发明正式登记并展出后,思想境界便大大提升了。我流连于那场熠熠生辉的艺术盛会,身处来来往往的各国观众之中,意识到这一座玻璃殿堂里闪耀着全世界的骄傲,而凡俗的伟大建树竟如此弱不禁风,令我深感震撼。我对自己说,我倒要看看,这片浮华虚荣的展场能不能给人类带来更多好处。如今是该让一个世界级的善举惠及全人类了。总而言之,受到眼前景象的启发,第四天我在世界博览会上宣布了自己的计划,成立世界慈善大会。"

"很有想法。不过,还请您再介绍介绍。"

"世界慈善大会是这么一个组织,其成员应是现存所有慈善机构和团体派驻的代表。该组织唯一的目标,是统筹管理全世界的慈善活动。为此,必须废除当下自发而混乱的捐助制度,各国政府要授权大会,按年向所有人征收一笔数目可观的慈善税。如同在奥古斯都·恺撒时代那样,全世界一体课税。而既然是税收,理应仿照英国的所得税来设计,之前也提示过,它属于综合税种,囊括一切可能的慈善税捐。好比在美国,联邦税、州税、城镇税和人头税,统统由评税人员合并成一个税。这个慈善税,经过我仔细计算,每年能筹集到略少于八亿美元的资金。议会将颁布法令,代表各个慈善机构和团体,把钱投到某些事情上。据我估计,十四年之内,可累积一百一

十二亿善款,以此确保大会解散,因为这笔资金若明智而慎重
地使用,世界上将不会再有一个穷人或野蛮人。"

"一百一十二亿!可以说,统统是**筹募**得来的。"

"没错,我不是傅立叶①,不是一个异想天开的规划师,而
是一名慈善家和金融家,提出切实可行的慈善和金融方案。"

"切实可行?"

"可行。一百一十二亿。这吓不倒任何人,除了小打小闹
的慈善家。十四年里,每年不过八亿,算得了什么?八亿,摊
到全世界每个人的头上,差不多一块钱,算得了什么?而谁又
能拒绝,即便是土耳其人和达雅克人②,为了做慈善缴纳这一
块钱?八亿!每年人类用于奢侈浪费、制造苦难的钱财,比这
多得多。想想那个血腥的挥霍者,战争。难不成人类如此愚
蠢,如此邪恶,以至于众多事实摆在面前,他们仍无意悔改,无
意投入他们的资源来改善世界而不是毁坏世界?八亿!不必
再花力气挣这笔钱,它原本就装在他们的口袋里,他们只需化
恶为善。要做到这一点,几乎没什么代价。实际上,总体来
说,他们并不会因此变穷一丝一毫,反倒会更好,更欢快。您

---

①　夏尔·傅立叶(Charles Fourier,1772—1837),法国思想家,空想社会主义
　　者。他鼓吹建立一种以"法伦斯泰尔"为基层组织的社会主义社会。

②　达雅克人(Dyak),东南亚加里曼丹岛的古老居民。

莫非不明白？您得承认，人类没有发疯，我的计划也切实可行。毕竟，除了疯子，有谁不愿扬善抑恶，既然我们很清楚，不论是善是恶，迟早会报应到我们自己身上？"

"您这番推理，"好绅士一边拨弄自己的金袖扣一边说，"似乎挺有道理，但世人不会那么做。"

"那么世人便不可理喻，看来理智对他们没作用。"

"这与我们谈论的事情无关。另外，刚才提到世界人口的状况，而根据您拟订的全球计划，一个穷人和一个富翁向扶贫事业捐款的数额相同，而一个野蛮人和一个文明人向教化事业捐款的数额也相同。这如何解释？"

"唉，请原谅，您在吹毛求疵。先生，没有哪一个慈善家喜欢别人故意挑刺。"

"好吧，我不挑刺了。可是，不管怎样，按照我对您这计划的理解，它并没有太多新意，只不过强化了现有的手段。"

"既强化又激发。首先，我会彻底改造各慈善团体。我会用华尔街精神使它们复苏。"

"华尔街精神？"

"是的。众所周知，要实现某些崇高的目标，必须借助于世故圆滑的手段，所以，为了实现如此崇高的目标，崇高的规划者们当然不能轻视这样一个典范，这样一套营利事业的灵活策略。① 简言之，至少目前的方案是,野蛮人的教化——固然有赖于我们努力——将由世界慈善大会以合同的方式加速实施。在印度、婆罗洲、非洲,不妨引入投标机制。放开竞争,允许刺激。垄断造成的慵懒低效将一去不返。我们不该建收容站、简易房,否则造谣者会有鼻有眼地胡扯说,慈善组织已经退化成某种征收关税的机构。但关键在于,金钱的力量将如同阿基米德的杠杆一般发挥效用。"

"您是指那八亿美元的力量?"

"是的。您看,这么一点钱,微不足道,世界却因此受益。我正在努力使世界变好。我正在使世界一劳永逸地变好,而且经使它变好了。不过,亲爱的先生,还要想到中国为数众多的异教徒。对此我们一无所知。在一个香港的寒冷清晨,倒毙于街头的贫穷异教徒多得好像一仓库豆子里大量的残碎豆子。在中国要获得救赎,无异于在一场暴风雪里变成一片雪花。对于这样一个民族来说,十几个二十个传教士顶什么用?杯水车薪。我要一次派遣一万名传教士过去,让全体中国人

----

① 这一句话中,"世故圆滑的手段"原文为"worldly means","营利事业"原文为"worldly projects","灵活策略"原文为"worldly policy",作者在此连用三个"worldly",有文字游戏意味。译者根据该词的不同义项,选择不同汉语词汇译出。

在他们抵达六个月之内皈依基督教。等做完这件事，就可以忙活其他事了。"

"我担心您过于狂热。"

"慈善家肯定得狂热。不狂热又怎会有非凡业绩？您再想想这么个例子：伦敦的贫民。对于那些穷苦大众，烤肉在哪里，面包在哪里？我打算先给他们送去两万头牛、十万桶面粉。这下子可以温饱了，伦敦的贫民可以有一阵不挨饿了。周边的地方也应当如此。"

"同您描绘的蓝图差不多，我认为这些事情，与其说是将要发生的奇迹，不如说是白日做梦的奇迹。"

"难道奇迹的时代一去不返了？难道世界已经老态龙钟，已经一片荒芜？想一想撒拉①吧。"

"那么说我是讥笑天使的亚伯拉罕啰。不过，总体上讲，您的规划似乎相当大胆。"

"倘若大胆的规划加上与之对应的稳妥行事，结果会如何？"

"怎么，您居然相信，您这个世界慈善机构真能付诸实施？"

———————————

① 撒拉（Sarah），《圣经》中人物，亚伯拉罕的妻子。《圣经》说她在九十九岁时怀孕生子。

"我相信它能。"

"您是不是过于自信了?"

"虔诚之人当然这样!"

"但阻碍重重啊!"

"阻碍? 我有信心冲破阻碍,哪怕移山。① 不错,我对世界慈善大会信心十足,已提名我自己暂任财务主管,反正没有人更胜任这一职务。收到捐款我会高兴。目前,我正想方设法砍去一百万预算。"

谈话在继续。穿灰外套的男子将千年承诺②铭记心间,满脸慈爱之色,而这份慈爱已遍及五洲四海的所有国家,好比农夫的勤劳精神,预见即将到来的播种季节,他受此激发,三月份便在火炉旁浮想联翩,魂游自己农场的每一寸土地。穿灰外套的男子心弦大动,仿佛不会再停止振荡。他巧舌如簧,姿

---

① "我有信心冲破阻碍,哪怕移山"(I have confidence to remove obstacles, though mountains),此句源于《圣经·哥林多前书》第 13 章:"有全备的信,叫我能够移山。"(I have all faith, so that I could remove mountains.)

② 《圣经·启示录》第 20 章写道:"我又看见一位天使从天降下,手里拿着无底坑的钥匙和一条大链子。他捉住那龙,就是古蛇,又叫魔鬼,也叫撒旦,把它捆绑一千年。扔在无底坑里,将无底坑关闭,用印封上,使它不得再迷惑列国。等到那一千年完了,以后必须暂时释放它。"而将撒旦捆绑一千年,之后暂时释放,即所谓"千年承诺"(millennial promise)。

态好比在五旬节上遭圣灵附体一般①,其说服力之大,以至于在它面前,硬似花岗岩的心肠也会碎成石砾。

因此,很奇怪,男子的对谈者看起来那么心地善良,却始终辩才无碍,种种请求也不能使他动摇。这位绅士抱着愉快的怀疑,倾听良久,当邮轮到港时,他半幽默半怜悯地再次给男子塞了张钞票。最后一刻他依然慷慨,不过仅仅是对狂热的梦幻示以慷慨。

---

① 《圣经·使徒行传》第2章记述了圣灵在五旬节降临,使徒们被圣灵充满,按照圣灵所赐予的口才说起别国的语言。

第8章

慷慨的女士

　　如果说一个处于清醒状态的酒鬼最为迟缓笨拙，那么一个狂热分子若被理智主导，就会从他生龙活虎的巅峰滑落。可是这无损于他大大提高的理解力。因为，如果此人唯有登上疯狂的顶点才感到快乐，那么丧失斗志也不过是他头脑清楚的极致表现罢了。显而易见，穿灰外套的男子眼下便大抵如此。人群使他兴奋活跃，孤独令他没精打采。孤独犹如海上的轻风，源自非常深远的空虚，而他如同一个老光棍，并不觉得这怡神悦性。总之，没人来让那男子重燃激情。他形影相吊，无声无息恢复了最初的神色，谦恭和拘谨里头掺杂着哀伤。

　　不久，他慢吞吞走进女士们的大厅，仿佛在跟踪某人。然而，朝周围失望地扫了两眼后，他坐在一张沙发上，陷入了忧郁的筋疲力尽与压抑消沉。

沙发另一端,坐着一位丰满可爱的人儿,其容貌似乎在暗示我们,假如她有什么弱点,那不是别的,一定是她的好心肠。她的穿戴风格既不适合青春少女,也不适合暮年老妪,而适合进入生命黄昏的妇人,从这身打扮很容易猜得出来,她已经守寡,刚结束居丧。她在读一本封面烫金的《圣经》。女人有些走神,捧着书浮想联翩,手指正扫过《哥林多前书》第十三章的段落。之所以会心不在焉,可能是因为她见识过那个哑巴和他写有警句箴言的小板子。①

她不再注视神圣的书页。但正如太阳下落之际,西边的山峦仍披满夕晖,她虽已抛开那些文字,面庞却依然保留着它们的轻柔光彩。

与此同时,陌生人的神情吸引了女士的目光。而他并没有望过来。这会儿,她颇为好奇地打量着他,合上了书本,随即又翻开。两人未曾寒暄,只是怀着质朴的善意。女士的眼睛灼灼发亮。显然她不是不惹人注目。很快,陌生人俯身颔首,以低沉、悲伤、温文尔雅的语气轻声说道:"女士,原谅我直率无礼,您脸上有什么东西,让我感到十分奇特。请问,您是

---

① 本书第 1 章中的哑巴往小板子上所写的句子,正出自《圣经·哥林多前书》第 13 章。

教会中人吗？"

"啊——其实——您——"

担心她尴尬，他急忙解围，却又好像没有那么做。"这儿让一个教会兄弟感很孤独，"他盯着众多乘客之中极为抢眼的女士，"我找不到一个人堪可交流思想。我**知道**自己或许太偏执，但我还是无法强迫自己同世人平易相处。我喜欢与坚定的兄弟姐妹为伴，多沉默寡言都无妨。女士，可否问一下，您能够将信任寄予他人吗？"

"其实，先生——啊，先生——其实——我——"

"比方说，您能够信任**我**吗？"

"其实，先生，我对您的信任——我是指——正如大伙信任一个——一个陌生人，几乎可以说，一个完完全全的陌生人。"这位女士回答。她言语亲切，却相当局促，身体的姿态是放松了些，而心里可能越发警惕。她在仁善与谨慎之间摇摆不定。

"完完全全的陌生人！"男子一声长叹，"唉，谁会是个陌生人？我到处游走，徒然往返。没人相信我。"

"我觉得您挺有意思，"女士稍感诧异，说道，"我要怎样做，才可以跟您成为朋友？"

"如果不相信我，就没法跟我成为朋友。"

"可是我——我——至少在一定程度上——我是说——"

"不,不,您没有,完全没有。请原谅,我看得一清二楚。毫无信任。傻瓜,我一定要找个盲目轻信的傻瓜!"

"先生,您很不公正,"女士兴趣更浓了,回答道,"或许您遭遇过什么挫折,于是看法偏激。我也应该反思。请相信我,我,是的——可以说——嗯——可以说——"

"可以说您信任我?那么证明一下吧。给我二十块钱。"

"二十块钱!"

"瞧,女士,我告诉过您,您不信任我。"

这位女士深受震动。她如坐针毡,不知该怎么办才好。她设想了二十种不同的辞令,可是无一说得出口。最终,她绝望地急匆匆问道:"先生,请您告诉我,您要拿这二十块钱做什么?"

"难道我不是——"男子瞥了一眼她几乎仍在服丧的妆扮,"为了孤儿寡妇。我四处为塞米诺尔孤儿寡妇收容院筹款,这家收容院是新近在塞米诺尔人当中建立的。"

"刚才您为什么不讲明白?"女士稍稍松了一口气,"可怜的印第安人,被残忍对待的印第安人。给,拿着吧。我不该犹犹豫豫。很抱歉只有这么多了。"

"别难过,女士,"男子折好并收起钞票,"我承认,这微不足道,是一笔小钱,不过,"他拿出铅笔和记事簿,"我还得写上,另外也要写明捐款动机。再见。您能够信任他人。没错,正如那位使徒对哥林多人说过的那样,您也可以对我说,'我如今欢喜,能在凡事上为你们放心。'①"

---

①　"我如今欢喜,能在凡事上为你们放心。"(I rejoice that I have confidence in you in all things.)出自《圣经・哥林多后书》第 7 章。《哥林多后书》是使徒保罗给哥林多教会所写的书信。

第 9 章

两个讨价还价的生意人

"先生,请问您有没有在附近见过一位叼卷烟的男士?他样子相当愁苦。奇怪,我们不到二十分钟前才聊过,他这是上哪儿去了?"

说话的汉子神色快活,满面红光,戴着一顶挂着流苏的旅行帽,胳膊下面夹着一本账簿似的大册子。① 他在询问上文提及的那个大学生。如前所述,后者离开船舷不久,旋即返回,并且一直待在栏杆旁边,眼下正与人交谈。

"先生,您有没有见过他?"

陌生汉子的亲切直率明显让小伙子不知所措。他恢复过来,以非同寻常的迅捷答道:"是的,不久之前,有个叼卷烟的

———————————

① 此人是骗子假扮的第五个角色。

男人待在这儿。"

"脸相愁苦?"

"对,应该说还有点儿精神失常。"

"就是他。不幸的遭遇八成扰乱了他的大脑。快说说,他往哪儿走了。"

"恰好去了您来的方向,舷梯那边。"

"是吗? 这么说穿灰外套的男人没胡扯,他刚才告诉我,那家伙肯定下船了。① 真不走运!"

他十分着急,旅行帽的流苏震颤不已,垂到腮帮子上。他接着说:"哦,很抱歉。实际上,我有东西要给他。"汉子凑近了些,"您瞧,他请求我捐款。可我呢,对他心存偏见,不够公正。他开始直言不讳,您晓得吧。那时候我太忙,便拒绝掏钱。这么做恐怕非常无礼,再加上态度冷漠,脸色阴沉,无动于衷。不管怎么说吧,还没过三分钟,我便感到自责了,我一阵冲动,势不可当,把一张十美元钞票塞给这倒霉的家伙。您笑了! 不错,可能很邪乎,但我情不自禁。我有弱点,谢天谢地。接着又一次,"汉子继续乱诌,"近来我们一直生意兴隆——所谓我们,是指黑色湍流煤炭公司——真是赚到盆满钵满啊,所以

---

① 在此,骗子以第五个伪装身份之口,援引自己第四个伪装身份的言词,讲述其第三个伪装身份的下落。

横看竖看,捐一两笔款子做点儿慈善,当然合情合理,对不对?"

"先生,"大学生毫不忸怩作态,"您在黑色湍流煤炭公司正式任职,我没理解错吧?"

"正确,我恰好是公司的总裁兼过户代理人。"

"是您呀?"

"对啊,不过您为什么在意这个? 您要投资?"

"那您会否出售股票?"

"没准儿卖一些,可是您问来干吗? 您要投资?"

"假设我要投资吧,"年轻人镇定自若,"就在这儿,您能不能为我把手续办妥?"

"上帝啊,"汉子惊讶地盯着大学生,"您还真有生意头脑。实话实说,您让我瘆得慌。"

"哦,没必要这样。——那么,您可以卖一些股票给我啰?"

"我拿不准,拿不准。肯定有少量股票,是公司在特殊情况下买进的。不过,要把这艘船变成企业的办公室难度挺大。我认为您最好推迟几天。所以,"汉子神情淡漠,"您见过我说的那个倒霉的老兄对吧?"

"那个倒霉的老兄只好自求多福了。——您夹着一个大本子,是什么东西?"

"转账簿。法院传唤我带着它上庭。"

"黑色湍流煤炭公司,"本子背面,斜斜印着烫金文字,"我久闻大名。请问,您手上有没有任何关于贵公司现状的声明。"

"有一份最新印制的声明。"

"请原谅,我天性好奇。可以看看吗?"

"我再说一遍,我觉得,把这艘船变成企业的办公室并不适宜。——那个倒霉的老兄,您有没有捐钱给他?"

"让那个倒霉的老兄自个儿捐钱好了。——给我看看声明。"

"好吧,您真是个生意精。我没法拒绝。拿去。"汉子将一份铅印的小册子交给对方。

年轻人动作娴熟地把它倒转过来。

"我讨厌疑神疑鬼的家伙,"汉子观察着他,"但我得说,我喜欢一个人小心谨慎。"

"在这方面,我会让您感到无可挑剔,"大学生懒洋洋地递回小册子,"因为,正如我刚才说的,我天性好奇,同样的,我也小心谨慎。我从不为表象蒙蔽。您这份声明,"他补充道,"讲了个极好的故事。可是,请问,你们的股票前一阵子表现是不是太差了点儿? 是不是一直下跌? 股东是不是想抛售?"

"没错,行情不好。天知道为什么。谁在捣鬼?熊市,先生。我们的股票下跌,阵阵熊嚎是罪魁祸首,那虚张声势的阵阵熊嚎。"

"如何虚张声势?"

"唉,这些卖空者啊,在所有虚张声势之徒当中他们最是可怕。鼓噪会变天,鼓噪黑暗而非光明。摆脱沮丧抑郁,精神才强健兴旺,终日愁郁则适得其反。他们是炮制萧条这一邪恶艺术的行家里手。好一群冒充的耶利米①。好一伙伪装的赫拉克利特②,阴惨的日子结束后,他们像乞丐之中伪装的拉撒路一样跑回来,凭自己弄虚作假的落魄相赚取利益——卑鄙无耻的卖空者!"

"您很喜欢贬斥卖空者嘛。"

"我这么做,与其说是记恨他们损害本公司的股票,倒不如说是劝诫那些市场信心的破坏者,以及证券交易的悲观论调传播者,虽然他们骨子里虚假不实,可此类信心的破坏者,悲观论调的转播者于世间当真是大行其道。他们在股票、政

---

① 耶利米(Jeremiah),《圣经》所记述的先知,他斥责人们的罪行和堕落,并预言因此而降临的厄运。在本书第24章,骗子假扮的世界漫游者说,他听说过先知耶利米。

② 赫拉克利特(Heraclitus,约前535—约前475),古希腊哲学家。

治、面包业、道德、形而上学、宗教信仰——不管它是什么——诸多领域散布黑色的恐慌，遮盖本性沉静的光明，伺机从中捞取油水。这帮悲观论者展示的尸骸，不过是他们用来操控市场的差不多先生摩根！①"

"我倒宁肯那样，"年轻人故意拖腔拖调，"这些阴郁之辈我可不喜欢，比方说有个愁眉苦脸的家伙来到我家，吃过晚饭，喝过香槟，还坐在我的沙发上，抽我的进口雪茄——烦人啊！"②

"我猜，您会告诉他，那都是钱。"

"我会告诉他，那不正常。我会对他说，你知道自己快乐，也知道其他人跟你一样快乐。你知道我们再快乐不过了。可是，你仍然整天哭丧着脸。"

"这种人的怨气从哪儿来的，您知道吗？不是从生活中来的，因为他大多数时候离群索居，或者太年轻，还没经历过什

---

① "差不多先生摩根"（Good-Enough-Morgan）是一个习用词，指代可以用于临时影响投票者的手段、策略。"摩根"是指威廉·摩根（William Morgan，1774—约 1826），此人宣称要出版一本揭秘共济会的著作，却于 1826 年在纽约州的卡南代瓜失踪，1827 年，尼亚加拉河上发现一具尸体，被认为可能是威廉·摩根。这在当时成为一个争议事件，矛头直指共济会。纽约州反对共济会的政治人物瑟洛·威德（Thurlow Weed，1797—1882）开玩笑地讲过，那具尸体"对我们来说差不多是摩根，直到你们将劫走的那个摩根放回来"。媒体随即把这句话改编为那具尸体"在选举之后差不多是摩根"。总之，提及"差不多先生摩根"，当时的美国人自然会想到种种不正当手段。
② 有研究者认为，大学生对阴郁之辈的厌烦，是向骗子的第三个伪装身份——抽卷烟的男子——学来的。

么。不,他是从一些公演的老剧目中看来的,或者是从一些阁楼上发现的古籍上读来的。十有八九,他从拍卖行搞了本发霉的老塞涅卡①,回到家便开始给自己填塞那一类腐朽陈旧的草料,更因此觉得,牢骚满腹的样子既博学又古雅,觉得这是卓尔不群,是特立独行。"

"完全正确,"大学生赞同道,"我间接认识、见识过不少这样的奇人异士。另外,说来也怪,您要找的那名叼卷烟的汉子,似乎把我视作一个多愁善感的软弱之徒,原因仅仅是本人一直不吭声,并且由于我拿着一本塔西佗,他就认定我读它是为了汲取阴郁思想,而不是为了阅读书中事件。我全当耳旁风。实际上,我投其所好,任他自鸣得意。"

"您不该这么干。那个倒霉蛋,您狠狠愚弄了他。"

"如果我做过什么,也是他咎由自取。不过我喜欢朝气蓬勃的家伙,还有愉快安逸的家伙,比如您。这种人一般来说较为诚实。而且,我口袋里正好多了一样东西,我会——"

"——帮一帮那个倒霉蛋?"

"让那个倒霉蛋自己帮自己吧。为什么您一而再,再而三提起他?这不免使人感觉您无意做成任何买卖,也无意出售

---

① 塞涅卡(Lucius Annaeus Seneca,约前 4 年—65 年),古罗马政治家、斯多葛派哲学家。

任何股份,因为您的心思全在另一些东西上面。我说了,我打算投资。"

"别走,别走嘛,这里太嘈杂——我们去那边商议。"

夹着大册子的男人礼节粗疏,陪着同伴走进一间私密的小舱室,隔绝于外界喧嚣。

交易成功后,两人重新现身,走上甲板。

"先生,请告诉我,"夹着大册子的男人说道,"像您这样一位年轻的绅士,乍一看斯斯文文,怎么也想到买股票之类的事情?"

"世上有不少大学生误入歧途,"年轻人一字一顿,并且刻意整了整自己的衣领,"其中很重要的原因,是当代学人的本性,以及象牙塔的宁静本质,受到了流行观念的冲击。"

"有道理,有道理。老实说,您这一席话是我人生经验的新篇章。"

"先生,经验,"大学生慧眼独具地评论道,"是我们唯一的老师。"①

---

① 有研究者指出,"经验"在麦尔维尔思想中占有重要位置,是一个在本书中深入探讨的认识论问题。在第 14 章,作者写道:"在此,经验是唯一的指引,不过既然谁都没办法做到通晓万物,事事依靠它或许有欠明智。"在第 40 章,"戏中戏"人物奥尔奇斯说:"经验让我领悟的唯一真谛是,每个人总有走运的一天。"

"因此,我是您的学徒。而只有当经验发言时,我才会耐着性子听一听它有何高见。"

"先生,我的观念,"他不动声色地挺直腰杆,"主要受培根爵士的格言影响①,我认真思考那些个切合本人世务和心灵的哲理——请问,您还了解其他好股票吗?"

"您不太关注新耶路撒冷,对吧?"

"新耶路撒冷?"

"不错,是指一座新兴城市,在明尼苏达州北部。它最初由一伙逃亡的摩门教徒建立,故此起了那么个名字。它位于密西西比河畔。看,这是地图,"汉子摊开一卷纸,"那儿,那儿,您能看到一堆建筑——这儿码头,那儿是公园,再过去是植物园——而这里,这个小黑点,是永久喷泉,您明白吧。那儿,您可以看到二十个星号。它们是学园。里面有长青树②制作的讲坛。"

---

① "培根爵士"(Lord Bacon)指弗朗西斯·培根(Francis Bacon, 1561—1626),他在 1625 年版《论说文集》(The Essays, Counsels, Civil and Morall)的献词中写道:"my essays ... come home, to men's business and bosoms"。水天同译本将此句译为"拙作……能切合世务直达人心也"。仿此,译者将下面大学生所说的"I speculate in those philosophies which come home to my business and bosom"译为"我认真思考那些个切合本人世务和心灵的哲理"。

② "长青树"(lignum-vitae),典出《圣经·启示录》第 22 章,原意为"生命树"(tree of life),其果实可以让食用者永生不死。

"所有这些建筑,全造好了?"

"全造好了——**绝无虚假**①。"

"市镇周边常常发洪水吗?"

"新耶路撒冷发洪水?它地势很高②——怎么,您可不像是热衷于投资啊?"

"我不认为一定要把自己的文章标题看清楚③,好像在攻读法律专业。"大学生打了个呵欠。

"谨慎,您很谨慎。同时您又并不知道自己还没入门。无论如何,我宁愿要一份煤炭股票,也不要两份新耶路撒冷的股票。而且,考虑到定居点的创立者是两个赤身裸体从对岸游过来的逃犯,那地方还真令人惊奇。这一点,**绝无虚假**。但是,亲爱的朋友,我该走了。哦,假如您再遇见那个倒霉蛋——"

"——假如我再遇见他,"年轻人的拖腔颇不耐烦,"我会招呼乘务员,把他连同他的霉运一起扔到水里。"

---

① "绝无虚假"原文为拉丁文"*bona fide*",可直译为"真实的"。
② "地势很高"原文为拉丁文"*terra firma*",可直译为"坚实的陆地"。
③ "我不认为一定要把自己的文章标题看清楚"原文为"Hardly think I should read my title clear",这一句来源于以撒华滋(Issac Watts)的一首赞美诗:"When I can read my title clear / To mansions in the skies, / I'll bid farewell to every fear, / And wipe my weeping eyes."

"哈哈!——眼下不仅有悲观论者,还有神学的卖空者,他始终在寻找机会来一记熊嚎,促使人性的股票下跌。(您瞧,这不怀好意的观点来自一名崇奉阿里玛钮司①的胖祭司。)他必宣称那标志着心肠变硬,智识变弱。对,此人的阐释相当邪恶。然而,这其实不过是一种轻松、奇特的幽默——轻松却又乏味。承认吧。再见。"

---

① 阿里玛钮司(Arimanius),琐罗亚斯德教中黑暗势力的主神,是光明主神阿胡拉·玛兹达的死敌。这里,说话者将自己比作一名胖祭司。

第 10 章
在客舱里

老老少少,上智下愚,密集的人群占据了凳子、靠椅、沙发、坐床、长榻。他们手中的纸牌上印着方块、梅花、红心和黑桃。最受欢迎的玩法是惠斯特、克里巴奇以及吹牛。少数人不打扑克,他们大部分将手插进口袋,在扶椅与镶嵌大理石的桌子间闲荡,兴致勃勃地观战。这些人可能是思想家。但船上各处,总有旅客神色怪异地阅读一张传单,那是一首匿名者创作的颂诗,题名十分冗长:

多疑颂

因屡遭冷眼而痛定思痛
只为无私之心

要力争世人信任[1]

地板上散落着许多份传单,仿佛是从气球上飘下来的。它们来源于一位贵格会穿扮的老者。此公默默走出客舱,举止酷似一名在火车上推销的书贩,这种人为了做成生意而大肆吹嘘,再把图书直接或间接地推至公众眼前。老者一声不吭地分发颂诗,大部分乘客粗略瞥上一眼,便漫不经心地丢到一旁。毋庸置疑,那是精神错乱的吟游诗人创作的疯狂章句。

恰巧在此时,戴着旅行帽、夹着账册的红脸汉子将殷切的目光投向老者。这个乘船出游的男人轻快灵活地钻来钻去,面含渴慕与逢迎之色,由此可见他格外热衷于交际,简直就如同在说:"哦,诸位,真希望能认识你们,以及你们的兄弟。啊,世界多么美好,居然有幸与诸位,我的兄弟们,美好相识一场。啊,我们是多么快乐,多么走运!"

汉子跟一个又一个闲逛的陌生人称兄道弟,使劲吹捧他们,似乎真说过上面这番话。

"请问,您在看什么?"他跟一个刚搭上茬的男人打听,那

---

[1] 这首诗的名字模仿了威廉·华兹华斯(William Wordsworth,1770—1850)所写的《不朽颂》(*Ode: Intimations of Immortality from Recollections of Early Childhood*)。

家伙又矮又瘦,看上去好像从来不吃饭。

"一首小小的颂诗,也相当古怪,"对方答道,"满地纸页上印的,全是这首诗。"

"我刚才没留意它们。让我瞧瞧。"他捡起一张传单,完整读了一遍。"嗯,挺不错。哀而不伤,尤其是开头——

> 可悲之人,他只拥有一点点
> 真挚的期待与信任。

"——如果真是那样,他实在可悲。非常顺畅,先生。凄楚之美。但您认为诗歌表达的感情恰当吗?"

"这个嘛,"又矮又瘦的男子答道,"大体上我认为很奇怪,不过,我要羞愧地承认,它确实发人深省,引人共鸣。刚才,我莫名其妙地觉得它友好而又可信。以前我一直不知道自己的感触会如此强烈。我天生迟钝。但这首颂诗,以独特的方式给我当头棒喝,布道词则不同,它哀怜我这僵卧躯体犯下的过错和罪行,从而激励我昂首去追求善美的生活。"

"讲得不错,祝您好起来,就像医生们说的那样。不过究竟是谁在这儿散发诗歌?"

"说不准,我也刚到。"

"该不会是天使吧？您说您感受到友好，来，让我们像其他人一样打打牌。"

"谢谢，我从不玩牌。"

"喝点儿红酒？"

"谢谢，我从不喝酒。"

"抽根雪茄？"

"谢谢，我从不抽雪茄。"

"讲个故事？"

"说实话，我几乎不认识什么人值得一讲。"

"我看啊，您感受到的友好，已经在您体内苏醒，它好比奔腾的河流，岸边却没有水力磨坊。来吧，您最好伸出一只友好之手，攥住纸牌。刚开始，彩头小一些，随您喜欢，主要是为了助兴。"

"其实，请您原谅，我不太信任扑克牌。"

"什么，不信任扑克牌？友好的扑克牌？这次敝人得赞同我们悲伤的夜莺了：

可悲之人，他只拥有一点点
真挚的期待与信任。

"再见!"

夹着账册的汉子到处转悠、闲谈,终于再次疲乏了。他环顾四周,寻找座位,发现有只长椅空出了一部分,它被人拖到船舷上,摆在那里。他很快对眼前的景象兴致全无,恰如他偶遇的邻伴,那位善良的乡村商贾。有四个人在玩惠斯特牌:两名脸色苍白、举止轻佻而粗鲁的青年,分别戴着红围巾和绿围巾,他们的对家是两个冷漠、严肃、英俊、沉静的中年男子,穿着黑色的职业装,显然是名声煊赫的法学家。

汉子飞快扫了身旁的乡村商贾一眼,斜倚过去,用他攥着皱传单的手掩着嘴巴,低声说道:"先生,我不喜欢那两个人的模样,您呢?"

"不大喜欢,"乡村商贾低声作答,"这颜色的围巾品位可不高,至少不符合我的品位。不过我的品位也没法替代别人的品位。"

"您弄错了,我在说另外那两个,况且我也不是指穿衣打扮,而是指神情。我得承认,我不熟悉他们那样的大人物,只在报纸上读过他们的事迹——而这两位是——是骗子,对不对?"

"亲爱的朋友,远离我们好找碴、爱挑刺的天性吧。"

"说真的,先生,我并非找碴挑刺。我不是那号人。但可以肯定,至少,这两个青年的水平不高,另一对却厉害得多。"

"您是不是在暗示,戴彩色围巾那两位很笨,眼看要输,而穿黑衣服的两位精明狡诈,可能出老千?——亲爱的朋友,这是瞎扯淡。别胡思乱想。足见那首颂诗您读了毫无效用。年岁和阅历,我认为,并没有使您变得更有智慧。我们应该换一种新颖的、开明的思维,去看待这四位牌手——实际上是船舱里所有的牌手——在牌局中较量,他们公平竞赛,个个力争上游。"

"喂,您这话谁信啊。依我看,人人都可能赢的游戏,这世上还没有发明出来。"

"来吧,来吧,"乡村商贾舒舒服服地靠在椅背上,向牌手们投去闲适的一瞥,"票钱交齐。肠胃健康。担忧,辛劳,穷困,苦痛,卑微。朝这沙发上一躺,松开皮带,我们为何不高高兴兴顺从于各自的命运,非要大动干戈,在无忧无虑的尘世命运中挑毛病?"

说罢,一直目光炽灼的善良商人擦去额头的汗水,陷入了沉思。他起初心神不宁,此刻却归于平静。最终,他再一次对邻伴说:"唔,我觉得,偶尔抛开个人的盘算,这么做很好。反正,不知道为什么,我们关于某些人某些事的大部分观念,总是笼罩在猜疑的浓厚迷雾之中。可一旦甩掉这堆迷雾层层的观念,他们与别人的联结便马上消失,或者,他们至少会因此而改头换面。"

"那么您认为,我对您挺有帮助啰?我也许挺有帮助。不用谢,不用谢。在社交场合,我随性闲谈,到处与人为善,但全是不由自主的——槐树令周边的牧草变得甘甜,它何功之有?纯粹是机缘巧合,美好天性使然。——您明白吧?"

乡村商贾又一次盯着对方,两人再度沉默了。

账册一直搁在汉子的大腿上,非常碍事,于是主人把它摆放到长椅边缘,置于他和邻伴之间。过程当中,不经意将背面的文字显露出来——"黑色湍流煤炭公司"——可敬的乡村商贾很谨慎,极力避免去读这行字,他是真不想看,否则它肯定会直接落进他眼睛里。突然,陌生汉子似乎想到了什么,匆忙起身离开,没有带走账册。乡村商贾见状,毫不迟疑地拿着它追上去,恭恭敬敬地物归原主。结果。他不自觉地瞟见了部分文字。

"多谢,多谢,我的好先生。"汉子收下账册,然后继续往前走。这时候,乡村商贾问道:"请原谅,您是不是跟我听说过的那家煤炭公司有些关系?"

"我的好先生,您听说过的煤炭公司大概不止一家。"汉子笑道。他停下来,因烦躁而表情痛苦,又因讲究礼节而隐忍不发。

"可是您跟其中之一有关。——'黑色湍流',对不对?"

"您怎么知道的?"

"哦,先生,我听说贵公司相当可观。"

"请问,您听谁说的?"汉子的腔调有点儿冷漠。

"一个———一个叫林曼的人。"

"我不认识他。不过,毫无疑问,了解我们公司而不为我们所知的人很多。同样道理,您可以了解某人而不为他所知。——您认识这位林曼很久了吧?我猜是老朋友。——请原谅,我得赶紧离开。"

"先别走,先生,那支——那支股票。"

"股票?"

"是的。可能有点儿不合规范,但是——"

"亲爱的先生,您是打算跟我谈谈生意,对吗?我还没有向您通报自己的正式身份。这本过户账簿,瞧啊,"汉子将它举起,好让对方看清上面的文字,"您又岂能断定,它不是伪造的?至于我,您一无所闻,又怎敢轻易相信?"

"因为,"乡村商贾狡黠一笑,"如果我相信您可靠,而您实际上并不可靠,那么,您就不会这样挑动我生疑。"

"但您还没查看过我的账簿。"

“我已经相信它表里一致,那还有什么必要?”

“您最好看看。可能会让您疑惑。”

“也许,是可能引发疑惑,不过那说明不了问题。我若查看账簿,又何以知晓自己掌握了比眼下更多的信息? 如果册子的内容真实,我此刻已这么认为;如果不真实,我又没见过真实的那一本,不知道那应该是什么样子。”

“您的逻辑无懈可击,但您让我由衷感佩的信心,说实在话,简直是闹着玩,就跟我刚才引蛇出洞的办法一样。好了,我们去那边的桌子。在生意上,假如我能提供任何帮助,无论是以私人身份,还是以职务身份,请您尽管吩咐。”

第 11 章

只占一两页

交易完毕,两人仍坐在桌子旁促膝倾谈。他们如此亲密,已接近意气相投的无声沉寂,这是美好真情实感的终极升华和享受。某种社交场合的迷信认为,你若想与人保持友善关系,必须一直说些友善的话语,而不仅仅是持续做些友善的动作。真正的友谊,如同真正的宗教一样,不依赖言谈举止。[1]

最后,乡村商贾的宁静目光落在远处的欢乐牌桌上,开口打破沉默。他说一个人看到眼前的光景,很难猜测大船的其余部分是什么模样。他以一两个小时之前遇见的一名吝啬糟老头为例,此人穿着一件皱缩、陈旧的厚绒布大衣,身染重疾,直挺挺躺在移民客舱里一张光秃秃的床板上,急欲攥

---

[1] 耶稣说可以通过一个人的作品去认识他。《圣经·马太福音》第 7 章:"凭着他们的果子,就可以认出他们来。"(By their fruits shall ye know them.)

紧自己的生命和钱财,然而生命飞速流逝,钱财只是让他活受罪,还招来了一些不法之徒,耍尽手段要夺走它。他呼吸困难,只盼着求着撑过下一秒钟。他的思想从未成熟,如今却即将不复存在。其实,某种程度上,他什么也不相信,甚至不相信他手头制作精良的债券,这玩意儿很耐得住光阴啮蚀,老头子像贮藏桃子白兰地似的,把它们扎裹严实,封存在一只锡酒箱里。

高尚的男士持续讲述着种种令人沮丧的细节。他快活的同伴也并未全然否认,这样一个信任极度欠缺的例子,兴许对仁爱的心灵而言,其面目可不像晚餐过后的橄榄和葡萄酒一样使人惬意。尽管如此,红脸汉子仍不乏应对之策,大致办法是以温和、委婉的方式示意同伴,他有点儿多愁善感,并且抱持偏见。天性,红脸汉子引用莎士比亚的句子补充道,有谷实也有糠麸①。而正确的看法是,糠麸本身不应该受到责难。

乡村商贾并没有打算质疑莎士比亚的观点,但回到老吝

① "有谷实也有糠麸"(had meal and bran),出自莎士比亚的喜剧《辛白林》(*Cymbeline*)第 4 幕第 2 场培拉律斯的旁白:"懦怯的父亲只会生懦怯的儿子,卑贱的事物出于卑贱。有谷实也就有糠麸,有猥琐的小人,也就有倜傥的豪杰。"(Cowards father cowards and base things sire base. / Nature hath meal and bran, contempt and grace.)译文引自朱生豪译本。

啬鬼的例子,他既不认同这种看法,更不想发表什么高论。于是,两人又客客气气聊了一阵子那名不幸的守财奴,发现到彼此的意见无法协调一致,乡村商贾便谈起另一个例子:瘸腿的黑老汉。不过同伴认为,这个所谓可怜虫的所谓艰辛困苦,更多存在于观察者的怜悯之中,而非观察对象的亲身经历之中。他没见过那瘸子,对其一无所知,但是不妨揣测,我们若能体验到此人真实的内心状态,没准儿会发觉他跟大多数同类一样快乐,不然就像发言者自己一样快乐。红脸汉子还认为,黑人本质上是一个格外欢快的种族。谁也没听说过有一位非洲土生土长的齐默尔曼①或托尔克马达②。他们甚至借助于宗教,将苦闷忧愁一概解消。在狂欢的仪式里,他们手舞足蹈,可以说,恰如其状,好似信鸽振翅。因此一个黑子,无论怎样受制于残疾的命运,他都不可能抛弃开怀大笑的人生信条。

乡村商贾屡败屡战,举了第三个例子:抽卷烟的男人。这位仁兄的际遇先由他自己讲述,再由穿灰外套的男人确认并

---

① 齐默尔曼(Johann Georg Zimmermann,1728—1795),瑞士哲学家,著有《论孤独》。

② 托尔克马达(Tomás de Torquemada,1420—1498),西班牙第一位宗教裁判所大法官。

充实。乡村商贾此前还见过后者,现在要把故事说出来。① 他
并不隐匿灰外套提供的那些细节,而它们恰恰很敏感,以至于
抽卷烟的不幸男子压根儿不愿谈论。

　　但也许相比故事本身,乡村商贾能够更公正地看待故事
主角,同理,我们也不必使用他的语言,而应大胆使用自己的
语言来叙述,尽管这样做并不会产生什么额外影响。

---

① 这个所谓"故事",是骗子假扮抽卷烟的男人时告诉乡村商贾的,骗子假扮
穿灰外套的男人时,又向乡村商贾补充了细节。接下来,乡村商贾反倒要
在第 12 章把这个"故事"讲给骗子听,而此时骗子正假扮一个戴着旅行帽、
夹着转账簿的红脸汉子,他在第 13 章还将与乡村商贾一同讨论这个"故
事",并且有分寸地表达了"质疑"。有研究者认为,这正是麦尔维尔叙事高
妙之处,原因之一是,后面两章涉及的话题,在 19 世纪的美国社会很容易
引发争议。

第12章

不幸男子的故事,可从中了解他是否名副其实

那位不幸的男士大概有过一个妻子,她非常恶劣,差不多可以使一名根本意义上的人类喜好者怀疑,生具人形能否在任何情况下都切实保证我们生具人性,进而使他怀疑身体有时候近似于某种随随便便、无关宏旨的居所,更怀疑这会不会一举推翻了特拉塞亚①(不负责任的家伙,还觉得自己是大好人一个)的言论"谁憎恨邪恶,谁就憎恨人性"②。该女子若要自我辩解,绝不可引用下面这一句箴言:"只有好人才是人。"

---

① 特拉塞亚(Publius Clodius Thrasea Paetus,? —66),古罗马元老,斯多葛主义者,因谴责暴君尼禄,和塞涅卡一样被迫自杀。

② "谁憎恨邪恶,谁就憎恨人性"(he who hates vice, hates humanity),据研究者称,这句话收录于《普林尼》(即老普林尼的《自然史》)第8卷第22书。它的意思是,邪恶是人性的一部分,因此憎恨邪恶也就憎恨了人性。麦尔维尔之所以说这句话被那位妻子的实例推翻了,似乎旨在强调,那位妻子只有邪恶,没有人性。

贡纳莉①年纪轻轻，身姿婀娜却不失挺拔，实际上对女子来说已过于挺拔，她脸颊泛着天生的红晕，本该赏心悦目，可皮肤也因此显得焦硬，犹如石器上涂了一层釉彩。她深栗色的头发颇有光泽，打着又小又密的卷儿。贡纳莉的身材如印第安人般瘦削，胸部不够丰满。她嘴形很好，但是唇髭浓重，总体而言，如果好好打扮一番，并且站得够远，她可能在一些人眼里还相当漂亮，尽管这种漂亮相当怪异，相当死板②。

幸好，比起身体特征，贡纳莉的性情和品位并不那么引人注目。我们很难说得清楚，为何她生来就讨厌诸如鸡胸肉、蛋奶糊、桃子、葡萄之类的东西，却可以把硬薄饼和火腿当成一顿挺不错的午餐。她喜欢柠檬。至于糖果，她只爱一小截一小截干燥的蓝色黏土块，总是偷偷装在口袋里。她跟印第安妇女一样结实健康，而且意志坚定，行事果断。有观点认为，她适合过野蛮人的生活。尽管体态轻柔，又喜欢躺在床上发懒，她偶尔也像个苦修士，能受些辛劳。另外，她一贯沉默寡言。从清晨到下午三点，她很少说话——大伙无不觉得，她需要时间解冻，以此进入与人交谈的状态。其间她什么都不做，

---

① 贡纳莉（Goneril），莎士比亚悲剧《李尔王》（*King Lear*）中李尔王长女的名字，剧中的贡纳莉恶毒、狡诈而冷酷。

② "死板"的原文"cactus-like"，字面意思为"仙人掌似的"。

只是朝四周张望,用她闪着金属光泽的大眼睛不断张望。贡纳莉的敌人说,这是乌贼的冷酷眼睛,还有人说她像只瞪羚,因其虚荣肤浅。那些自以为最了解贡纳莉的男女常常纳闷,她这样一个人究竟有什么幸福可言,他们未曾考虑过,对一些家伙来说,收获幸福的捷径是让身边人感到痛苦。为贡纳莉古怪性子所苦的诸位深怀怨恨,大肆宣扬,说她不啻癞蛤蟆一只。然而,其中火力最猛的诋毁者如果还存着一点点公正之心,就不该指控她爱拍马屁。在很大程度上,贡纳莉思想独立。她善于说好话,甚至拐弯抹角称赞不在场人士,只要他配得上。她又很诚实,当面指出别人的过错。这招很毒,但绝非一时冲动。而冲动乃人之本性。贡纳莉像一把冰做的匕首,迅速将人刺伤并冻住。至少,他们是这么说的。根据同一权威记述,当贡纳莉看到直率和天真在其魅力的镇压下沦为可悲的怯懦,会偷着嚼起蓝色黏土块,你还能听到她在低声窃笑。这些怪癖令人不舒服,但还有一个怪癖,那才真正匪夷所思。与人相伴时,她往往假装不经意地轻轻触碰英俊小伙子的手或者胳膊,似乎可从中获得隐秘的愉悦。然而,她这所谓"德行败坏的触摸"是出自满足人性之需要,还是出自她心底其他什么东西,殊为丑陋且糟糕的东西,依旧成谜。

很显然,那位不幸的男士之所以痛苦,是由于他跟大伙聚在一起闲聊时，每每目睹妻子的神秘触碰，尤其还目睹被触碰者流露的惊诧之色，而良好的教养又禁止他捅破窗户纸，当场说个明白。这种状况下，不幸的男人也无法忍受以后再一次看见妻子触碰过的年轻绅士，生怕自己脸庞上显现屈辱的神情，这是一种或多或少带着刨根问底气势的神情。他会浑身颤抖着躲开那位年轻绅士。因此，贡纳莉的触摸对丈夫来说极具杀伤力，属于离经叛道的禁忌。他没责备过她。他几次抓住有利时机、谨慎小心、注意分寸地试着跟她谈论此事，隐隐暗示她那习惯可不大好。她早猜到他要讲什么。但她回答得极为冷酷无情，说一个人倾诉其幻觉并不明智，更何况这些幻觉还十分荒唐无稽，不过，如果她丈夫乐意让自己的灵魂接纳此类妄想，好比接纳伴侣，那么它们是可以给予他许多两人间的欢愉。贡纳莉触摸别人令她丈夫难过，然而不幸男子所承受的这一切，或许本该使他真真切切回忆起自己的誓言，即不管顺境逆境，始终爱她珍重她，只要上天仍允许亲爱的贡纳莉陪在他身旁。可随着时间推移，嫉妒的魔鬼潜入了她体内，这准是个黏土般的、块状的冷静魔鬼，因为除此以外，什么也别想迷住她。而这失常发疯的嫉妒竟指向她自己的孩子，一名七岁女童，父亲的小天使和小宝贝。当他看到贡纳莉巧妙地折磨无辜的女儿，再虚伪地扮演着母亲的角色，不幸男子长久的咬牙忍耐崩塌了。他意识到,她不会承认错误,更不会改正错误,而且很可能变本加厉。他认为,要想善尽父亲的责任,唯有让孩子与贡纳莉分开。但是,他既然爱女儿,就不能撇下她,独自浪迹天涯。因此他不避辛苦,坚持把小姑娘留在身边。而周遭的妇人即便一直瞧不起贡纳莉,却对她丈夫的所作所为大感愤怒,指责他无故抛下家中的妻子,还夺走了能够带给她欢乐的女儿,使她深深被刺痛。面对这所有种种,不幸的男子出于自尊自重,也出于对贡纳莉的怜悯,长期缄口不言。假如他继续这么做,倒也不错,因为他走投无路时,向人透露过一些真相,结果谁都不信。贡纳莉宣称他所说的统统是恶意诽谤。不久,在几名女权主义者的怂恿下,被伤害的妻子提起诉讼。借助于高明的律师和有利的证词,她打赢了官司,不仅夺回小孩的监护权,还拿到一笔离婚补偿金,数目之大足以令不幸的男子倾家荡产(所以大伙才那么叫他)。此外,她凭着自己在法律上收获的同情,使他当庭遭到斥责,名誉扫地。而更可悲之处在于,不幸的男子觉得,他在法官和众多旁听者面前最明智的手段,是忠于自己的认知,不偏离事实,把贡纳莉的精神错乱当作抗辩理由。他觉得如此一来,可以少受些羞辱,可以在防守中揭露她那些剥夺他婚姻快乐的种种怪癖,这将大大有助于胜诉,防止他反被指为精神错乱。

他尤其强调她对别人的神秘触摸。他的律师竭力要证明，事实上，如果贡纳莉有什么问题，那一定是精神错乱，然而这么做完全没用，并且适得其反，成了诬蔑妇女的恶行。这是诬蔑。最后，他听到一些风声，说贡纳莉打算把他永远关进精神病院。所以他逃跑了，变成一名无辜的流浪汉，凄惨地游荡于广阔的密西西比河谷，因失去了贡纳莉而在帽子上插一根卷烟；他近来读报得知她已经离世，认为自己此时应遵从习俗，服丧致哀。前一阵子，他试图赚一票钱，与女儿团聚，但眼下刚起步，仍两手空空。

故事的来龙去脉大抵如此，乡村商贾只好帮这个不幸的男子认真想点儿办法。

第 13 章

戴旅行帽的汉子①如此人道,似乎还是个
头脑最清醒的乐观主义者

多年以前,有位严肃的美国学者去往伦敦,在那儿出席一场晚会,他看到一个家伙,打扮得好像花花公子,衣领上系着一条乱七八糟的缎带。此人插科打诨,不停嘲讽大众所赞赏钦羡的事物。学者对其十分鄙夷。可是不久,他正好在一个角落里遇上这名傲慢之徒,便开始交谈,岂料对方竟很有头脑,几乎令他措手不及,深感惊讶。随后有个朋友在一旁耳语,他才知道这名傲慢之徒差不多跟自己一样,也是位大学者,声誉堪比汉弗莱·戴维爵士②。

---

① 本章"戴旅行帽的汉子"(the man with the traveling-cap),就是第 11 章那个夹着转账簿的红脸男人。作者在第 9 章、第 10 章均提到,此人戴着旅行帽,夹着大册子,红脸。从本章起,作者更强调他"戴旅行帽"这一特征,或是有意为之。
② 汉弗莱·戴维爵士(Sir Humphrey Davy,1778—1829),英国化学家、发明家、诗人。

讲述以上轶闻是想提醒读者，自负、轻率，或与之相近的性情，大部分可在头戴旅行帽的汉子身上看到。这多多少少会促使他们匆忙下结论。类此读者，当他们发现——其实他们即将发现——恰恰是同一位男士，大谈人道主义和哲学思考，并且不像往常，只随便抛出一两句话，而是几乎在聊天时全程说个不停，无休无止，如果他们目睹这一场景，没准儿会效仿那位美国学者，不动声色，强装镇定。毕竟，任何讶异的神色均与他们之前自视甚高的洞察力不太匹配。

乡村商贾的讲述到此结束。无可否认，另一个人或多或少受到了触动。他认为自己对那名不幸男子的同情并无失当。但他请求对方如实相告，此人究竟是凭着怎样的力量，去承受种种所谓祸殃的。他一蹶不振了吗，又或者他依旧满怀信心？

也许乡村商贾并没有搞懂这问题最后一个词的正确意思①，但仍回答道，无论那不幸的男子是否顶住了苦难与灾祸，关键在于，他足可申辩说，自己乐天知命，表现堪为楷模。他不仅从未片面理解世间的善良和正义，还一贯对别人抱有审慎的信赖，偶尔也会生出适度的愉悦之情。

而谈话另一方觉得，不幸男子的所谓遭遇，既无法让我们

---

① "信心"的原文"confidence"又有"欺骗"之意。

相信某种人性的观念,更无法让我们相信人性本身。很大程度上,乐天知命要归功于他思想正直,如同归功于他虔诚庄敬。显然,在旁人的劝诫下,他并未一时冲动,从一个仁爱者堕落为一个厌世者。同样,戴旅行帽的汉子从未怀疑,他自己的经验最终也将凭借一次完整、有益的转变,与不幸的男人一道,获得确认和深化,而且这番转变远不至于动摇其信念。尤其可以肯定,在他(不幸的男子)狂乱的思绪之中,贡纳莉的所作所为绝非处处公道,因此他心安理得(他迟早会心安理得)。不管怎样,良善之辈读到关于这位女士的描述,很难不认为它多少有点儿夸大其词,也有失公允。事情的真相兴许是,贡纳莉优缺点并存。她做得不好时,对女性知之甚少的丈夫便试图同她讲道理,而不是采取另一些更见效的手段。因此,他无法说服妻子,无法让妻子改变态度。这个节骨眼儿上抛下她离去似乎太过唐突。总之,或许双方都犯有小错误,是它们打破了个人美德所维系的平衡。你我不应该急着下判断①。

说来奇怪,即使反对的意见如此冷静、公正,且颇有些温情,乡村商贾仍要为不幸男子的际遇而大发感慨。这时候,同

---

① 骗子在此提请读者注意,乡村商贾夸大了事实,而事实不应全盘接纳,必须仔细分析。实际上,不幸男子的故事,最初是由骗子所讲。此后他又在各种各样的伪装下,对这个事例详加评析。

伴认认真真将了他一军，告诉他唉声叹气对解决问题毫无帮助。不幸男子是个特例，由此断定世间存在无缘无故的痛苦，尤其还把它归咎于横行肆虐的邪恶，这么做至少不够谨慎：对某一类人而言，他们最重要的信念很可能会遭受损害。并不是说那些信念天然地遵从于上述认识。因为在本质上，既然日常生活的现象永远不能只看一面，只听一边，不能像信风总是将旗子朝同一个方向吹，所以，姑且拿我们对天意的笃信程度来说吧，它就取决于平常事物的种种变化，在思维意识里，其波动起伏与局势不明朗的长期战争当中股票价格的波动起伏类似。汉子停顿片刻，瞥了自己的过户账簿一眼，继续发言。这是我们关于神性的正确观念之根本，恰如我们关于人性的正确观念，它更依赖直觉，而非经验，它超乎尘世的风风雨雨之上。

乡村商贾此刻全心全意赞成同伴的说法（他有理性，又有信仰，不得不那么做）。戴旅行帽的汉子很满意。当今是一个对这种观点有所怀疑的时代，他却依然能找到一名伙伴，与他看法相同，几乎完全相同，多么圆满、崇高的信任啊。

戴旅行帽的汉子大致认为，哲学不必受限于一定范围，可也觉得，把所谓不幸男子的事例当作哲学论题时，还应仔细推究情理，而无须一味怜悯悲惨的家伙。因为你若低头承认，不幸男子的事例充满谜团,他这类人就能让我们形同放弃追问。至于有时候明显偏袒某一方(恰如贡纳莉和不幸男子的传闻所暗示),那么过多强调恶有恶报的法则,以印证当下无罪,此等做法或许并不明智。实际上,尽管对正直的心灵而言,该法则非常正确,也足以抚慰伤痛,但顽固不化的论战只能激起肤浅的、有害的自负,这样一条法则无异于认定,天意并不是立即生效,可终究要生效。总而言之,心怀慈悲者应当坚守在信任的马拉科夫棱堡①里,切勿禁不住引诱,跑到理性的开阔地带,投入危险的战斗之中,这于人于己,都再好不过。因此,戴旅行帽的汉子主张,仁善者不该沉湎于哲学天地,要避免一个人冥思苦想,更不要与同道交流探讨,否则,即使他不乏怜悯心,也很可能养成一些轻率的习惯,在不适宜的场合出乎意料地产生有违初衷的念头和情绪。实际上,私下也好,公开也罢,关于某些话题,仁善者一贯自持守度,不去袒露自己内心的真情真意,因为在许多方面,世人的想法并不是它原本的样子,权威的训诫对他们影响深远。

戴旅行帽的汉子觉得,自己的言谈颇为枯燥。

天性善良的乡村商贾意见不同,表示他很乐意一整天依

---

① 马拉科夫(Malakoff)棱堡,克里米亚战争(Crimean War)时位于海港城市塞瓦斯托波尔(Sevastopol)的一座要塞,号称坚不可摧,1855 年被法军攻克。

靠这题目解乏。毕竟，坐在一个怡人的讲坛下，比坐在一株挂果的桃树下要好。①

戴旅行帽的汉子很高兴看到，自己并没有喋喋不休，如先前担忧的那样。他希望成为平等、亲切的同伴，而不愿给对方留下一个宣道牧师的印象。于是，再次提起不幸的男子时，他努力表现得更加友善。他把事情想得最坏去观察该案例。他承认那个贡纳莉的确就是贡纳莉。无论是从实质上，还是从法律上，想摆脱如此一个贡纳莉得多幸运才行啊！假使他与不幸的男子相熟，非但不会流露同情，反而要衷心祝贺。这位不幸的男士实在是吉星高照！归根到底，他敢说，那家伙运气真好。

乡村商贾回应道，他打心眼儿里希望这样。无论如何，倘若不幸的男子在尘世间毫无欢愉可言，那么，至少上了天堂可以快快乐乐。

他同伴则从未怀疑，不幸的男士今生快乐，死后也一样快乐。戴旅行帽的汉子当即买了些香槟酒，邀乡村商贾共饮，并

_____

① 前文的"枯燥"原文为"dry"，也可理解为"口渴"。而"依靠这题目解乏"是意译，原文为"refresh himself with such fruit"，可直译为"用这水果解渴"。因有这样一个比喻，此处才会出现"一株挂果的桃树"（a ripe peach-tree）的意象。

且戏谑地求告道，无论他与不幸男士有多少难容于时的相通之处，但愿一点点香槟酒足够让它们消逝泯灭。

每隔一阵子，两人便在沉思默想中慢慢喝上几杯。最后，乡村商贾脸红了，眼睛闪着湿漉漉的光芒，嘴唇则微微颤抖，不乏阴柔的敏感而又别开生面。这老兄没让烟草熏了脑袋，似乎倒让美酒注入了心间，于是大放厥词。"啊，"他推开杯子喊道，"啊，酒是个好东西，信任也是个好东西，但它们能不能渗透那些深思熟虑的坚硬岩层？它们能不能暖烘烘、红彤彤地流进真理的冰冷洞窟？真理**不会**令世人觉得舒服。我们盲目轻信，在可贵仁爱的引领下，在甜蜜希望的诱惑下，妄图建功立业，结果枉费心机。我们异想天开，最后一场空，除了让自己焦头烂额，一切全是泡影！"

"噢，噢，噢！"戴旅行帽的汉子惊愕地高呼，"天啊，所谓**酒后吐真言**①，若此话不假，您之前向我展示的所有美好信任，这下子又转变为疑虑，深深的疑虑，而且，好比爱尔兰人的大暴动②，它现在成千上万倍地从您体内迸发出来。这瓶酒，这瓶好酒，物有所值啊！我得说，"汉子捂住瓶子，半认真半开玩笑说道，"您不能再喝了。酒本该让我们身心愉悦，而不是让我

① 原文为拉丁文"*In vino veritas*"。
② 爱尔兰在独立之前，有过多次反抗英国的暴动。

们凄凄惨惨；它本该增强信任，而不是削弱信任。"

　　这番善意的戏谑使乡村商贾清醒了，羞愧得不知所措，他望着戴旅行帽的汉子，神色一变，结结巴巴承认道，他几乎跟同伴一样吃惊，吃惊于自己胡言乱语。他搞不清楚是怎么一回事。如此信口开河，轻率冒失，实在说不过去。这酒算哪门子香槟，他感觉脑袋瓜运转良好。实际上，如果它非得像点儿什么，顶多像咖啡里添放的**蛋**白，令人神清气爽，心情愉快。

　　"令人愉快？也许吧，可是不大像咖啡里的**蛋**白，而更像炉子边上的光泽——黑油油的，闪着威严的芒彩。我很懊恼自己点了香槟。您这么个性子，不宜喝香槟酒。亲爱的先生，请问，您好些了没有？信任感恢复了吧？"

　　"但愿如此。可以说是恢复了。我想我该走了，我们已经聊得太久。"

　　说着，乡村商贾起身告辞，离开桌子，留下个空座位。他感到很丢脸，没顶住真诚天性的鼓动，头脑发热，不管不顾地向同伴，也向自己曝露了他那十足怪诞、反复无常的内心想法。

第 14 章[①]

某些人或应考虑的问题

前一章以提示下文的叙述开篇,而这一章将为你呈上回顾的一瞥。

有些读者原本就惊异于一个人居然那么轻信,接下来他们可能会愈发惊异,因为乡村商贾一直在自我表露,最终一时冲动,到底还是把他那股深沉的怨气宣泄了出来。旁人没准儿觉得他自相矛盾,甚至他确实是自相矛盾。但你能怪作者吗?诚然,我们大可以要求小说家塑造一个角色时,首先保证其言行前后一致,而这也是一位敏锐的读者最用心去检视的内容。不过,尽管乍看之下似乎存在着破绽,若更为仔细地观察,你也许会发现并非如此。虚构作品除了要避免前后矛盾,

---

① 全书有三章属于纯议论章节,本章为其中之一,另外两章是第 33 章和第 44 章。

另一条差不多同等关键的标准也必须满足,那就是,所有小说都不能与事实基础相悖离,即使创作时允许一定程度的自由发挥。在日常生活里,从不自我矛盾的人物岂非**世所罕有**①?所以读者厌恶作品的矛盾之处,往往并不是由于它们有违真实,而是由于它们很难搞懂,令人困惑。然则,如果一位最聪颖的贤士高人能凭借自己的智慧,去剖析活生生的角色,我们这些个凡夫俗子是否也可以轻松理解②书上的虚构人物,如幽灵般飞掠,如阴影般扫过墙壁的虚构人物? 每一个角色都得全篇连贯,让读者一目了然,窥一斑而知全豹,否则作品便不够真实。但另一方面,作者创造一个角色,即使按照通常的观念来衡量,它不甚协调妥洽,好比会飞的松鼠,即使它在不同时期大相径庭,好比毛毛虫变成了蝴蝶③,即使这样,它也不一定虚假,而依然契合于真实。

按理说,大自然创造了众多如此矛盾的角色,没有一位作家能与之争锋。若一名读者可以将某本小说的矛盾区别于现

---

① "世所罕有"原文为拉丁文"*rara avis*"。

② "轻松理解"原文为"run and read",可直译为"随跑随读",语出《圣经·哈巴谷书》第 2 章:"将这默示明明地写在版上,使读的人容易读。"(Write the vision, and make it plain upon tables, that he may run that readeth it.)

③ 毛毛虫变成蝴蝶的譬喻,第 22 章又再度出现。不少评论家据此认为,可见这一章的叙述者本人也是一名骗子手。

实生活的矛盾,其智慧也必定非同一般。在此,经验是唯一的指引,不过既然谁都没办法做到通晓**万物**,事事依靠它或许有欠明智。当澳大利亚的鸭嘴兽标本第一次运送到英格兰,博物学家——根据他们的分类学知识——非常肯定,这个物种并不实际存在,那副扁嘴一定是什么人给装上去的。

大自然困扰着博物学家,但它创造了鸭嘴兽,世人只好听之任之,而作家用他们鸭嘴兽似的角色困扰读者,你更是无话可说。作家应始终清晰地,而不是模糊地刻画人性,大多数小说家也一直这么做,兴许在某些情况下,他们的成果还为作家群体赢得了一点儿荣誉。但不论有没有荣誉,试想,设若人性能轻易洞悉,则人性这片大海要么太清,要么太浅。总体上,我们倾向于认为,与昔日宣扬的神性观点相悖,人性充满了矛盾,这一看法对理解人性更为有利。如果你把人性摊开在阳光下,让大伙觉得你知之甚详,那反倒没什么助益。

虽然读者对书中自相矛盾的角色怀着偏见,但是,当他们最初的言行看似不合逻辑,嗣后却借由作家的技巧而转为贯通时,偏见也未尝消失。在这方面,文学大师的技艺尤其出神入化。他们笔下的角色处于错综复杂的境遇之中,令人诧异,等到谜底揭晓,读者恍然大悟,于是倍加赞赏。以类似的方式铺陈,偶尔甚至会达到匪夷所思的程度,这时候人物的最终命运再由作者奇妙可畏地创造出来①。

至少,部分心理小说家的写作手法差不多就是那样。我无意在此讨论他们的写作手法。但你其实不难想象,所有别出心裁的美妙语言统统是为了以一定尺度昭示人性,而这种手法业已被顶尖的评判者轻蔑地逐出了科学阵营,那个由相手术、相面术、颅相学和心理学组成的科学阵营。同样,在一切时代,上述彼此冲突的观念通过最杰出的头脑而为世人所接受。关于这个问题,跟其他许多问题一样,似乎可以说我们的无知相当普遍,且相当彻底。假如一名好学的青年细读过诸多描写人性的优秀小说,走进社会时不大可能经常犯错。然而,即使他在书中看到了真知灼见,肯定还要像一个拿着地图闯入波士顿的游客一样,遭遇种种麻烦。街道没准儿会七弯八拐,他没准儿会屡屡停下脚步。可是多亏了地图精准,他从未绝望地迷失方向。而且,说到这个比喻,不应该认为城市的复杂面貌永远是大同小异,人性的复杂状况却五花八门。今天的人性与一千年前的人性大抵相同。唯一的差异不在于它们的特征,而在于它们的表现。

---

① "奇妙可畏地创造出来"(fearfully and wonderfully made),语出《圣经·诗篇》第139章:"我要称谢你,因我受造奇妙可畏。"(I praise you because I am fearfully and wonderfully made.)

　　尽管听上去令人沮丧,但正如一些数学家还在试图找到一种确定经度的好方法,那些更为敬业的心理学家面对以往的失败,依旧怀揣着希望,想创立一套描述人心的可靠模式。

　　关于乡村商贾这一角色是否存在破绽或者模糊不清,已经解释得够多了。所以不妨回到我们的喜剧,或者应该说,从思想的喜剧转向行动的喜剧。

第15章

一个老吝啬鬼，受到鼓动，要拿出一笔钱做投资

　　乡村商贾走后，戴旅行帽的汉子独自坐了一会儿，神色好像他刚与一位卓越的人士聊完，正在回味对方的言论，而不管那些词句的思想是多么贫乏，都应该把它们的教益完全吃透。如果能从自己听到的真诚话语中收获启迪，他会非常愉快，这份启迪不仅在道德观念上给予你肯定，同时将成为你道德实践的指路明灯。

　　很快，男人的眼睛灼灼发光，仿佛他已捕捉到某种提示。他站起身来，手执账册，离开了客舱，步入一条昏暗、狭窄的走廊，与先前那条走廊相比，它更简陋、阴郁，近乎为脱逃而准备的便道。简言之，是移民的活动区域。不过，由于大船正顺流而下，你自然会觉得，这里还算空敞。因舷窗遭到遮挡，此处整个儿又黑又暗，大部分区域伸手不见五指。但刚走进去时，你可以看到纤细、微弱的天光在窗檐上零星闪烁。这地方不怎么需要照明,从设计上说它更适合黑夜,而不是白天,总之像个破败的、用松木建造的集体宿舍,铺位上没有床垫,布满了树疖子。好似企鹅与鹈鹕那挤挤挨挨的联合筑巢地,这些铺位以费城的整齐划一来排列①。但好似金莺雀的小窝,它们垂吊在半空,不仅如此,还从上到下分作三层。只需描述其中一套铺位,也就不难推知全体了。

四根绳索固定于天花板,往下穿过三块粗糙木板角上钻开的孔洞,木板之间的距离相等,分别以四个绳结支撑,最下面那一块比地面高一两英寸。整套铺位,大体上有如一个绳索捆扎的书架。只不过,它们并非牢牢抵着墙壁,而是在可允许的范围内来回摆荡。当一个生手移民爬到铺位上,试图躺好,木板便摇晃得尤其厉害,几乎可以把他甩下去。因此,假如你没什么经验,不妨选择最上层的铺位,那里更安稳些,有个初学者要躺在你下面也无须担心。有时候一群贫苦的移民,在某个突降大雨的夜晚涌到这些鸟窝中来,他们面目模糊,造成一片咣啷咣啷的震动喧响,伴随着声声喊叫,那阵势好比一艘倒霉的轮船撞上了岩礁,与全体水手一同粉身碎骨。

———————————

① 费城的街道以规划齐整而闻名。

床铺设计者存心要捉弄拮据的旅客，让他们不得安宁，而你若想好好睡一觉，从始至终也离不开安宁。这些普洛克儒斯忒之床①又糙又硬，卑微潦倒的好人在上边翻来覆去，指望休息休息，收获的却只有折磨。啊，试问谁会给自己造这种床铺？它们是为别人造的，而且说来相当残酷，你必须躺在上头！

不过，尽管这地方有似炼狱，汉子依然闯了进去。不仅如此，他还像走下冥府的俄耳甫斯②那样，惬意地哼着小调。

突然间，男人听见一阵喊喊嚓嚓，继而是一阵嘎吱嘎吱，有张吊床从一个阴暗的角落晃出来，仿佛一只疲惫的企鹅脚掌正谨小慎微地接近，这时候一通力竭声嘶的戴福斯式哀号③在他耳边炸响："水，水！"

此人是乡村商贾前面提到的吝啬鬼。

拿账册的汉子立即凑过去，速度堪比慈善会的修女。

"先生，可怜的先生，我能为您做什么？"

"啊，啊——水！"

---

①　普洛克儒斯忒之床（Procrustean bed），典出希腊神话。普洛克儒斯忒（Procrustes）是一名强盗，他强迫被劫的旅人躺在一张铁床上，要么砍断他们的手脚，要么把他们的身体抻长，总之要让床与人的长度相等。

②　俄耳甫斯（Orpheus），希腊神话人物，善歌琴，为了让死去的妻子欧律狄刻（Eurydice）复活，他前往地府求冥王开恩。

③　《圣经》中，戴福斯朝拉撒路叫喊，求他弄些水来。

汉子赶紧去弄了杯水,跑回来,托起受苦之人的脑袋,将水送到他嘴边,让他喝下去。"可怜的先生,他们就把您撂在这里,听任您干渴难耐?"

吝啬鬼是一个老瘦子,他五体槁枯,皮肉好像腌鳕鱼,头颅仿佛一块木疙瘩,是由一个白痴从一团树瘤上削斫下来的。他嘴巴扁阔,硬骨外戳,夹在鹰钩鼻和下颌当中。其表情则游移变化于守财奴和弱智者之间——忽而是前者,忽而是后者——老瘦子并未作答。他闭着眼睛,脸朝下贴着一件陈旧的灰白鼠皮大衣,脑袋犹如一颗干瘪的苹果在一堆脏雪上滚动。

终于,他缓过劲来,身子朝恩人斜了斜,咳嗽了一声,用悲惨的腔调说道:"我又穷又病,老乞丐一个,囊空如洗——请问,我该如何报答您?"

"只要您信任我就好。"

"信任!"他尖叫道,神色一变,床铺不停摇荡,"到我这岁数,信任寥寥无几,还剩下多少,您尽管拿去吧。"

"主要看您的心意。好极了。现在,给我一百美元。"

吝啬鬼听了,大为惊恐。他两手在腰部摸索,然后飞快伸向脑袋下面的鼠皮大衣,攥着什么东西塞了进去。同时,语无伦次地喃喃道:"信任?胡扯,瞎掰!——信任?哼,狗屁!——信任? 坑蒙拐骗! ——一百美元? ——一百个鬼!"①

　　骂累了,他静静躺了片刻,接着有气无力地撑起身体,提高声调,语含讥讽地说:"一百美元? 这信任的价钱真够高的。可您难道没看见,我是个老叫花子,躺在角落里奄奄待毙? 您帮助过我,但我穷成这样,只能朝您咳嗽两声,表达谢忱。咳咳,咳咳,咳咳咳!"

　　这一轮咳嗽如此剧烈,以致身体的震颤传递到床板上,他随之来回晃荡,活像一颗正准备投掷出去的石头。

　　"咳咳,咳咳,咳咳咳!"

　　"好一阵吓人的咳嗽。朋友,我真希望那位草药医生②眼下就在这儿。来一盒他的十全大补膏③,非常见效。"

　　"咳咳,咳咳,咳咳咳!"

　　"我很乐意去找他。此人在船上的什么地方。我见过他那身褐色长外套,他的医术举世无双。"

　　"咳咳,咳咳,咳咳咳!"

　　"哦,实在抱歉。"

　　"别提了,"老人再度尖叫道,"不过,您去吧,去甲板上,找

---

① 老吝啬鬼在此说了一大串黑话。难以直译。

② 草药医生是骗子要扮演的下一个角色,即第六个角色。

③ "十全大补膏"原文为"Omni-Balsamic Reinvigorator"。

一找您那位好大夫。甲板上有不少脑满肠肥、四处招摇的虚荣之徒，他们不会像我这老穷鬼一样，待在下面，待在孤独和黑暗中咳个没完。瞧我，贫病交加，眼看要咳进坟墓。咳咳，咳咳，咳咳咳！"

"看到您又咳嗽，又落魄，我万分抱歉。良机难逢啊。假如您有那么一笔钱，我倒可以为您做做投资。三倍收益。但即使您有这笔宝贵的资金，恐怕也没有更加宝贵的信任，正如我刚才说的。"

"咳咳，咳咳，咳咳咳！"老人急忙直起了身子，"什么投资？投什么，怎么投？您干吗不用自己的钱去投？"

"先生，**亲爱的**先生，您何以认为，我自私自利到如此荒谬的地步？为了捞些油水，我竟然要从一名素未谋面的陌生人那里搞来一百美元？亲爱的先生，我没疯。"

"为什么，为什么？"老人愈发困惑了，"难道，您周游列国，就为了帮别人做投资，自己分文不取？"

"先生，这正是本人的卑微职业。我活着不为自利。世人并不信任我，然而信任我便是大利了。①"

———

① "信任我便是大利了"（confidence in me were great gain），语出《圣经·提摩太前书》第 6 章："然而，敬虔加上知足的心便是大利了。"（But godliness with contentment is great gain.）

"可是，可是，"老人一阵眩晕，"您拿着别人的钱去做——做——做什么呢？咳咳，咳咳！如何赚到收益？"

"商业机密。我一旦公开，人人都来干这一行，那么谁都赚不上钱。秘密，不可说。我所要做的，就是获得您的信任，而您所要做的，就是按时领取红利，三倍收益，分三次支付。"

"什么，什么？"老人越来越糊涂了，"但是，得有凭有据，有凭有据。"他态度又突然变硬。

"真诚的最佳凭据，便是真诚本身。"

"可我看不到您的真诚。"透过一片昏黑，老人注视着对方。

这是吝啬鬼最后一次理智的闪光，他走了回头路，再次唾星四溅地自言自语，不过又开始关心数字。他闭上双眼，躺在床板上低声嘟哝：

"一百，一百——二百，二百——三百，三百。"

他睁开眼睛，病恹恹地盯着汉子，病恹恹地说：

"这儿有点暗，对吧？咳咳，咳咳！但我即使老眼昏花，也看得出来，您相当真诚。"

"很高兴您这么说。"

"如果——如果，我投一些——"老人试图坐起来，但白费工夫，他一番挣扎，只是让自己精疲力竭而已，"如果，如果，我投一些,投一些——"

"别如果如果的。要么完全信任我,要么免谈。上帝,行行好,我自己也快没信心了。"

汉子讲这番话时,语气淡漠,显得高高在上,而且似乎要转身离去。

"不,不要走,朋友,请再忍耐一下。年纪并不能缓解疑虑。它不能,朋友,不能。咳咳,咳咳,咳咳咳!哦,我七老八十,身世凄惨。我是该找一位保护者。请告诉我,如果——"

"如果?算了吧!"

"别走!我的钱——咳咳,咳咳!——要多久能回来?要多久,朋友?"

"您不必再信。告辞!"

"别走,别走,"老人像个婴儿一样倒下,"我信,我信。但我信得不够,朋友,求你帮帮我!①"

吝啬鬼从一只破旧的鹿皮袋子里哆哆嗦嗦地掏出十个鹰扬金币,它们毫无光泽,好像十个老式牛角纽扣。他把钱交给对方,样子既殷切又勉强。

---

① "我信,我信。但我信得不够,朋友,求你帮帮我!"(I confide, I confide; help, friend, my distrust!)典出《圣经·马可福音》第9章:"我信,但我信不足,求主帮助!"(Lord, I believe; help thou mine unbelief.)

"我拿不准是否该接受这份无奈的信任，"汉子收下金币，冷冷道，"不过，这好歹是最终时刻的信任，是病榻前的信任，是精神衰微、弥留之际的信任。我倒想要一份健全之人以健全心智赋予的健全信任。但无所谓了。好吧，再见！"

"不，回来，回来——收据，给我收据！咳咳，咳咳，咳咳咳！你是谁？我干了什么？你要上哪儿去？我的金币，我的金币！咳咳，咳咳，咳咳咳！"

可是，很不幸，在这理智最后的闪光时刻，汉子已经远去，已经听不到他呼喊，而如此微弱的呼喊，任何人都无法听到。

第16章

一个病夫，烦躁过后，终于肯接受治疗

天穹一派湛蓝，崖岸徐徐展开。湍急的密西西比河不断拓宽。流水轰鸣，闪闪发光，漩涡随处可见，并在一艘威武炮舰①的航迹间逐渐扩大。太阳如金灿灿的奇迹，从自己的帐篷里钻出来，于尘世上方擦亮自己的头盔。世间万物雀跃不已，皆在景致中升温变暖。制造精良的大船飞速前行，如梦如幻。

然而，在一个角落里，坐着一名不合群的男子，此人裹了件披肩，阳光照到他身上，却无法向他传递些许温度。他好似一株枯死的植物，可是花蕾仍在绽放，种子仍在萌动。他左侧的凳子上坐着个陌生汉子，穿褐色长外套，衣领后翻。这家伙的手势极富鼓动力，眼睛闪烁着希望的华彩。不过，如果一个

---

① "一艘威武炮舰"原文为"a seventy-four"，为"seventy-four gunship"的省略写法，可直译为"一艘七十四门炮战舰"。

人因长年抱怨而恍惚失意,陷于绝望,想以希望唤醒他兴许相当困难。

从语气、神色来看,这个病人的应答似乎很不耐烦,而与他交谈的陌生汉子却言辞恳切:

"不要认为我试图贬低同行的医术,以此抬高自己的医术。不过,当一个人相信真理掌握在他手上,而不是在别人手上,要他宽厚包容并非易事。难点在于良知,不在于脾气。宽厚会导致容忍,对吧,容忍又暗含着许可,而这实质上无异于某种认同。所以说宽厚一步步发展到认同的境地。莫非谬误也该得到认同? 不,为了世人的福祉,我拒绝认同这些草头医生的事业。我乐于将他们视为犯了错的好心人①,而不是有意作恶之辈——先生,我请问——这难道是一个抢生意的冒牌货和傲慢者的看法吗?"

病人浑身无力,没法用语言或手势来作答,但他哑剧表演般流露出虚弱的表情,仿佛在说:"你走吧,有谁是靠交谈治好了病的?"

然而,穿褐色长外套的汉子似乎早已经习惯承受这样的

---

① "好心人"原文为"good Samaritans",可直译为"好心的撒玛利亚人"。在《圣经》中,一个撒玛利亚人帮助了被强盗打伤的犹太人,"撒玛利亚人"由此引申为好心人、见义勇为者。

冷眼,他友善而坚定地往下说道:

"您告诉我,遵从路易斯维尔①一位杰出生理学家的建议,您服用了铁酊。为什么服用?为了让您恢复气力。结果如何?当然,按健康学的观点,血液里充满铁元素,而铁元素十分强大,可以说它是动物活力的源泉。您活力不足,症结在于您缺铁。因此您必须补铁,因此您才服用酊剂。关于这个理论,我哑口无言②。不妨假设它正确。接下来,作为一个在实践中检视该理论的普通人,我要恭恭敬敬地向您那位杰出的生理学家提问:'先生,'我会说,'在自然进程中,无生命的物体一旦被当作营养吸收,便化为活体的一部分,但是,无生命的物体可否在任何情况下,既不改变自身的无生命特性,又为生命体运送质料?先生,如果除了通过消化吸收,生命体就什么都无法获取,如果消化吸收意味着一种东西转变为另一种东西(好比点一盏灯,燃油即转变为火焰),照这个思路,让加尔文·埃德森③使劲吃,他是不是也能吃成个大胖子?也就是

---

① 路易斯维尔(Louisville),美国肯塔基州北部城市。

② "我哑口无言"原文为"I am mute",可直译为"我是哑巴"。有研究者指出,这句话说明,第1章出现的那个哑巴是骗子扮演的第一个角色。

③ 加尔文·埃德森(Calvin Edson),有"活骷髅"(living skeleton)之称,曾经在巴纳姆(Phineas Taylor Barnum,1810—1891)创建于纽约的美国博物馆(American Museum)里供人参观。

说,餐桌上的脂肪等同于身体上的脂肪? 若确实如此,先生,药水瓶里的铁便等同于血管里的铁。' 这推论岂不是太过自信了吗?"

病人又一次展示他哑剧般的表情,好像在说:"快点儿走吧。你那些令人痛苦的言语,难道是想表明,我咬紧牙关承受的种种痛苦,根本毫无意义?"

但是,穿褐色长外套的汉子大概没注意到他那厌恶的神色,接着说道:

"不过,认为科学可以把农夫当作人形工具,高兴让农田生长什么就生长什么,这个观念对于下边要谈到的构想来说毫不稀奇。那就是,当今的科学非常成熟,医治您这样的肺病患者,只需开个药方,让您吸进某种蒸汽,即可达到最令人惊叹的完美效果:您摄入体内的,统统是无生命的微粒,同时又是生命本身。可怜的先生,您还告诉我,根据巴尔的摩①那位伟大药剂师的命令,整整三个星期,您出门必须戴口罩,而且每天定时支在一个储气罐上,里面装着焙烧药粉生成的吸入剂,您全靠它振作精神,似乎这种人造的混合气体是份解药,用来抵抗大自然空气的毒素。哦,谁还会惊讶于那样的责难,

———————————

① 巴尔的摩(Baltimore),美国马里兰州最大城市,重要海港。

把科学归入无神论的古老责难？我反对这些药剂师的主要理由是，他们的发明太多太多。除了揭示凡人的技艺与神力相比是如此简陋、肤浅之外，他们的发明还有什么作用？我可以丢掉这个想法，可是那伙药剂师及其酊剂、烟雾、火罐和神秘兮兮的符咒，对我来讲不过是法老的巫师，徒然要挑战天意而已[1]。我不分昼夜，满怀善念，为他们打圆场，说上帝应该不至于受什么刺激，因其发明而恼火，而报复。您落在这些埃及人手上，简直可悲透顶。"

病人无动于衷，依然是一副哑剧里的神情，仿佛在说："你走吧。庸医，以及针对庸医的愤怒，两者皆无益处。"

但是，又一次，穿褐色长外套的汉子继续发言："我们草药医生可不一样！我们没什么主张，没什么发明，但我们拄着拐杖，走进林子，爬上山坡，在大自然中漫游，谦逊地四处寻找药物。真正的印第安医生，姓名虽不为人知，其本质我们却很熟悉——继承了所罗门王的智慧，他通晓所有草木，从黎巴嫩的香柏树，到墙上长的牛膝草[2]。是的，所罗门王是第一位草药

---

[1]　《圣经·出埃及记》中，法老的巫师对上帝降下的瘟疫束手无策。

[2]　典出《圣经·列王记上》第 4 章："他（所罗门）讲论草木，自黎巴嫩的香柏树直到墙上长的牛膝草。"（And he spake of trees, from the cedar in Lebanon to the yssop hanging on the wall.）

医生。而在更古老的时代，草药的优点也备受尊崇。书上不是说吗，在一个洒满月光的夜晚，

> 美狄亚采集了灵芝仙草
>
> 使衰迈的伊阿宋返老还童。①

哦，如果您信任我，您就会成为新一代的伊阿宋，我会是您的美狄亚。来几瓶十全大补膏吧，我保证，您一定可以长些气力。"

这时候，恼怒和厌憎压倒了关于药膏疗效的许诺，已无法遏制。面容灰惨的男子从长久无言的麻木冷漠中醒来，开始放声大吼，声音仿佛气流穿过结构复杂的烂蜂巢："滚蛋吧！你们全都一个德行。打着医生的幌子，号称济世救人，真可恶！这些年，我成了个药罐，被你们拿来做实验，不停吃药，吃得如今皮肤铁青，身体一点点垮掉。滚蛋吧！我恨你们。"

"假如我冷酷卑劣，必定痛击您这番信任缺失的言论，那是叛徒行径的苦涩产物。不过，我容许一个感情丰沛之人——"

---

① "美狄亚采集了灵芝仙草/使衰迈的伊阿宋返老还童。"（Medea gathered the enchanted herbs / That did renew old Æson.）语出《威尼斯商人》（The Merchant of Venice）第5幕。译文引自朱生豪译本。

"滚蛋吧！六个月前，那名折腾水疗法的德国医生，也是这副嘴脸。我刚结束水疗。痛不欲生的六个月，我离坟墓又近了六步！"

"水疗法？哦，大好人普雷斯尼茨①的致命妄想！——先生，相信我——"

"滚蛋吧！"

"不，病人不应该总是自作聪明。啊，先生，想想看，您这份疑忌多不合时宜。您如此虚弱。而虚弱，难道不正好是给予信任的良机吗？没错，虚弱让一切绝望，所以是时候凭信心获得力量了。②"

病人的神色缓和下来，朝对方投去深深的哀告目光，像是在说："即使信任能带来希望，那么，希望了又怎样？"

从长外套的口袋里，草药医生掏出一个密封的纸盒，举到病人眼前，郑重说道："听好了。这也许是健康的最后一次请求。靠您自己的力量，唤起信任，从灰烬之中，让它苏醒。照

---

① 文森特·普雷斯尼茨（Vincent Preissnitz，1799—1851），西里西亚的水疗师，写过一本关于水疗法的专著，开设水疗诊所，在 19 世纪四五十年代影响甚大。

② "凭信心获得力量"（to get strength by confidence），典出《圣经·以赛亚书》第 30 章："你们得力在乎平静安稳。"（In quietness and in confidence shall be your strength.）

我说的，为了救您自己一命，唤起它，让它苏醒。"

病人沉默无语，身体颤抖。随后，他稍显矜持地向对方询问药膏的成分。

"各种草药。"

"都是些什么草药？它们有什么功效？它们又为什么有功效？"

"没法说得清楚。"

"那我可不会买。"

草药医生平静地望着眼前无精打采、满面愁云的男子，沉吟半晌，言道："我不干了。"

"怎么？"

"您不只病了，还是个哲学家。"

"不，不，我不是哲学家。"

"但探究成分，刨根问底，恰恰是一名哲学家的标志，正如其结论是施予笨蛋的惩罚。生病的哲学家是无法医治的。"

"为什么？"

"因为他没有信心。"

"为什么这会使他无法医治？"

"因为他拒绝服药，或者说，如果他服药，那药也毫无益处。而把同样的药物开给一个病况相似的农夫，则会产生神奇的效果。我并不是唯物主义者。但精神一向如此作用于肉体,您若没有信心,健康就无从谈起。"

病人还是不为所动。他好像在思考,如何以质朴的真理来解释这一切。最终他说道:"你谈论信心。草药医生给别人开方子非常有信心,可他本人犯病时,给自己开方子却极度缺乏信心,他怎么会如此没有自信?"

"但他对自己请来的同行有信心。而他既然请来了同行,便无须再受指责,因为他知道,身体一旦垮了,头脑不可能灵光。对,这时候草药医生只是不相信他自己,并非不相信他从事的行当。"

病人的学问不够,无法反驳。然而他似乎不大沮丧,还挺高兴对方辩赢了,这正是他所期待的。

"那么,你可以给我希望吗?"他原本垂下的眼皮往上抬起。

"希望与信心相对应。您给我多少信任,我便给您多少希望。因此,"穿褐色长外套的汉子举着纸盒,"如果单靠这玩意儿,我就该歇业了。它完全来源于大自然。"

"大自然!"

"您干吗一惊一乍的?"

"我也不知道,"男人一阵抖颤,"但我听说过一本书,名叫

《染病的大自然》①。"

"这书名我可不赞同。从科学的角度它颇值得怀疑。染病的大自然？好像说大自然，神圣的大自然，根本不健康，好像说疾病是通过大自然散布传播的！不过我刚才有没有提到科学的意图，那枚禁果？先生，如果想起这书名让您灰心丧气，请无视它。相信我，大自然很健康，毕竟健康是好事，而大自然的运转又从不出问题。她几无可能犯错。拥抱大自然，您就会收获健康。好了，再强调一遍，这药完全来源于大自然。"

病人的见识有限，这番话让他又一次无言以对。并且，他又一次不急于诘驳。男子还敏锐地感觉到，倘若自己真这么做了，难免给人以笃信宗教的印象。他心中不乏感激，因为相反的看法正体现着草药医生那些充满了希望的说辞，而如此一来，他不仅在医药上，同时也在信仰上有了保证。

"那么你确实认为，"病人热切地问道，"假如我吃了这药，"他不由自主地伸手去抓纸盒，"我将恢复健康？"

"我不会鼓动虚假的希望，"穿褐色长外套的汉子把纸盒让给对方，"我会直言相告。虽然坦率有时候是草药业者的弱

---

①　《染病的大自然》(*Nature in Disease*)是美国外科医生亨利·雅各布·比奇洛(Henry Jacob Bigelow, 1818—1890)的一部文集。

点,但草药医生必须坦率,否则一事无成。接下来,先生,说到您这个病,要用猛药——猛药,明白吧,才可以让您康复——猛药,先生,我不会也不能许诺什么。"

"哦,没必要!我只求重获力量,不再是别人的累赘负担,不再自怜自艾。我只求治好这可悲的虚弱。我只求可以在阳光里漫步,不再散发腐臭,惹来苍蝇。这就足够了,我别无所求。"

"您的要求不过分。您是聪明人。您并没有白白遭罪。我认为,您那点儿要求,不难满足。但请记住,不是一天,也不是一个星期,兴许也不是一个月,反正或早或晚。我说不准见效的日期,因为我既非先知,亦非骗子。不过,您若依照纸盒上的说明持续服药,无论时间近远,从不中断,没准儿你最终会平静地等到一个好结果。可是我再说一遍,您必须有信心。"

男子狂热地表示,自己现在深信不疑,而且每一分钟都在祈求信心增长。这时候,某类病人特有的反复无常突然间冒了出来,他继续说道:"但是,对我这样一个人来讲,太难,太难了。那些让我信心百倍的希望经常破灭,因此我也经常发誓,绝不再,绝不再相信它们。哦,"他无力地绞着手,"你可不知道,你可不知道啊。"

"我知道一份正确的信心，从来不会一无所获。然而时间紧迫。您拿到药了，要么留下它，要么还给我。"

"我留下，"病人攥着纸盒，"多少钱？"

"您觉得它值多少，就值多少。"

"什么？——你是指药价？"

"我以为您在说信心，以为您问应该有多大的信心。至于药膏——五十美分一瓶。纸盒里有六瓶。"

银货两讫。

"好了，先生，"草药医生说，"我还得做生意，所以很可能再也见不到您，如果那样——"

他停了下来，因为病人一脸惨白。

"请原谅，"他大声道，"原谅我措辞不够谨慎，说了'再也见不到您'。我只是从自己的立场考虑，忘了您或许对这样的表达很敏感。那么我重新说一遍，短期内我们可能不会再次见面，因此，今后您若还想弄到几盒药膏，除非去药店买，否则很难如愿。而你如果去药店，说不定又搞错配方的比例。十全大补膏非常受欢迎——它之所以大行其道，不是由于蠢蛋的追捧，而是由于智者的信赖——许多制药者日夜开工——当然我不这么干——明知会对公众造成损害，仍急着供货。有人把此类制药者称为谋杀犯和催命鬼。但我并不同意，因为谋杀罪(假如谋杀真可以实行)源于内心,而这帮家伙的动机来自钱袋子。要不是他们太穷困,我认为他们干不出那些勾当。但本人必须保卫公众的利益,不让他们混饭吃的下三烂手段获得成功。简言之,我已做好预防措施。您从药瓶上将包装纸撕下来,用阳光照一照,能看见一个水印,大写的'**信心**'字样①,这也是药膏的牌子,我期待它行销全世界。若包装纸上找不到那标记,药膏肯定是仿冒品。如果您仍有任何疑问,请把包装纸寄到这里,"说话者递来一张名片,"我会写信答复。"

起初病人兴致勃勃地听着,可汉子还没说完,另一个奇怪的念头逐渐占据了他的大脑,令他一脸忧伤欲绝。

"又怎么了?"草药医生问。

"你刚才告诉我要有信心,说信心是不可或缺的,现在又向我宣传怀疑精神。啊,纸包不住火!"

"我说过您得有信心,毫无疑义的信心,我是指,对真药的信心,对真诚的**我本人**的信心。"

"但见不到你,只购买几瓶据称是你制作的药膏,我大概没办法产生毫无疑义的信心。"

---

① 同上文,"信心"的原文"confidence"又有"欺骗"之意。

"察验所有瓶子，相信那些真药。①"

"可是，去质疑，去挑刺，去验证——去不停做这些累人的事情——要寻找信心绝无可能。那是邪恶！"

"从邪恶达到善好。怀疑是通往信心的一级台阶。我们的交谈难道还没有证明这一点？您嗓子都哑了。怪我让您说得太多。您已经拿到药膏。我这就告辞。不过等一等——今后如果听到您恢复了健康，我不会像某些同行那样，使劲吹嘘自己。我会把全部功劳归于应得之人，比方说，归于真诚奉献的草药医生，维吉尔②笔下的雅丕克斯，他在维纳斯那不可见而又效果显著的影响下，轻而易举地治愈了埃涅阿斯的创伤：

> "这次成功靠的不是人力，也不是靠我的医术，
>
> 不是我的手，把你治好的，是比我强的神，是神把你医好。③"

---

① "察验所有瓶子，相信那些真药"（Prove all the vials; trust those which are true），典出《圣经·帖撒罗尼迦前书》第 5 章："但要凡事察验，善美的要持守。"（Prove all things; hold fast that which is good.）

② 维吉尔（Virgil，前 70—前 19），古罗马诗人。

③ 见维吉尔的《埃涅阿斯纪》（*Aeneid*）第 12 卷。雅丕克斯（Iapyx）是埃涅阿斯（Aeneas）阵营的军医。译文引自杨周翰译本。

第 17 章

草药医生最终证明,他是个以德报怨之人

在邮轮的前舱,有一群面容可敬的乘客,男女错杂,从沿途小站登船,无精打采地坐在彼此窘怯的静默之中。

草药医生从他们身边缓步走过,手执一只方形小瓶,它上面刻着个椭圆形标记,是一张充满柔情的脸庞,犹如天主教的圣母玛利亚头像。他频频向两侧转身,斯斯文文说道:

"女士们,先生们,我手里拿的是'好心人止痛膏',图案上这位无私的人类之友,她极其幸运地发明了此药。纯植物精华。十分钟内,保证消除最剧烈的疼痛。无效将赔偿五百美元。对心绞痛和三叉神经痛作用尤其显著。请看一看这位衷心奉献的人类之友。售价仅五十美分。"

徒劳无功。听众都非常健康——他们随意瞥了汉子一眼,对其彬彬有礼的举止不仅不鼓励,反倒似乎很不耐烦。而

且，可能只是因为胆怯，或许是因为有点儿担心汉子的感受，他们并未直言相告。但男人要么对听众的冷漠浑然不觉，要么大度地视而不见，说话的调子越发诚恳热切："我可否作一个小小的假设？女士们，先生们，请问诸位允许吗？"

面对如此谦卑的邀请，无人回答一个字。

"好吧，"他无奈道，"沉默至少不等于拒绝，没准儿意味着同意。请听本人的假设：在场的某位女士，很可能有一位好友因为脊椎出了些问题，病卧家中。那么，对这样一个患者来说，还有什么礼物，比一小瓶精致的止痛膏更合适？"

他再次扫视周遭，然而状况依旧。那些人毫无反应，脸孔透着怜悯或惊异，好像在耐心说："我们出门旅行，因此本该遇到，也本该不声不响地忍受许多滑稽的笨蛋，以及更加滑稽的庸医。"

"女士们，先生们，"男人毕恭毕敬地注视着他们志得意满的面庞，"女士们，先生们，诸位能否允许我，再作一个小小的假设？是这样，有一名罕见病患者，今天中午在床上翻滚挣扎，但不发作时，他安心享受健康和快乐。好心人止痛膏是唯一可以让所有生灵都免于苦病的良药。——谁知道？——也许一个正在或即将遭罪的患者知道。总之一句话：——哦，幸福握在我右手，平安握在我左手。你们明智地崇奉神灵，难道还缺少防患于未然的悟性吗?① ——防患于未然!"男人举起药瓶。

　　这番呼吁并没有什么实际的效果。此时,轮船停靠在一个光秃秃的码头上,它仿佛遭遇了塌方,才从一片阴暗的森林中挖出一条路。可以看到一条孤零零的窄路延伸于众多树木之间,周围堆叠着一层层阴影,拥挤着千枝万叶,景象宛若某座城市中狭长的、两侧布满窗洞的幽深老街,比如伦敦闹鬼的科克巷②。有个男子远远打小路上走来,穿过码头,登船进入前舱。他毛发蓬乱,弯腰驼背,步子十分沉重,好像口袋里装满了铅弹。这是个土里土气的伤残巨汉,胡须又黑又长,有如卡罗来纳苔藓,还挂着柏树的露珠。此人脸色蜡黄,阴沉得好似浓云笼罩的铁砂矿区。他拄着一根笨重的栎木手杖,领着一个瘦弱的小姑娘,她穿了双莫卡辛鞋,有可能是他女儿,但母亲很显然来自另一种族,兴许是克里奥尔人,甚至是卡曼奇人③。小姑娘的眼睛相当大,瞳仁漆黑,宛若山谷间松柏环抱的潭水。她披着一块橙黄的印第安毯子,铅灰色流苏缀在毯子周围,似乎今天早上还在为小主人遮风挡雨。女孩手脚发

① "神灵"原文为"Providence","防患于未然"原文为"provide",两个单词有相同词根。
② 科克巷(Cock Lane),位于伦敦的史密斯菲尔德市场(Smithfield market)旁。1762年,传闻科克巷33号闹鬼,经调查,发现所谓闹鬼只是一场恶作剧。
③ 卡曼奇人(Camanche),北美印第安人中的一个部落,又作科曼奇人(Comanche)。

抖,如同一位紧张兮兮的小卡珊德拉①。

草药医生看到这对父女,满面笑容,东道主般张开双臂走上前去,不顾小姑娘的厌恶,抓住她的手欢叫道:"啊,我的五月小皇后,你正在旅行吧? 真高兴见到你。好漂亮的莫卡辛鞋。很适合跳舞。"他随即又唱又跳:

嗨,嘀咚,嘀咚,

小猫和提琴,奶牛跳过月亮。

来吧,呼啦,呼啦,我的小小知更鸟!②

这戏谑的欢迎仪式既没有激起孩子的共鸣,也未能让父亲舒眉展颜。结果,男人用一抹轻蔑而悒悒不欢的微笑,消解了他那悲苦神色的千钧重负。

草药医生平静下来,改以一副例行公事的、充满阳刚之气的架势,冲男人打招呼——如此转变多多少少有些突兀,然而并不勉强。实际上,这表明他先前的浮夸举动与其说是源自

----

① 卡珊德拉(Cassandra),希腊神话中特洛伊的公主,拥有预言的能力,但又遭到太阳神阿波罗诅咒,以致预言不被世人相信。

② 这首童谣,爱伦·坡在其短篇小说《欺骗是一门精密的科学》(*Diddling Considered as one of the Exact Sciences*) 的开篇也引用过。"嘀咚"原文为"diddle",意即"欺骗"。

轻率的本性,不如说是好心肠那愉悦的屈尊就卑。

"请原谅,"草药医生道,"如果我没记错,前几天咱们还说过话——在肯塔基州一条船上,对吗?"

"反正不是跟我。"男人回答。他声音低沉而落寞,很像来自一口废弃的煤井底部。

"啊,我又搞错了,"草药医生的目光落在栎木手杖上,"不过,先生,您有一点儿跛脚,是吧?"

"我这辈子从来不跛脚。"

"真的?我觉得,那不算跛脚,只能说是走路不稳,程度很轻微——本人在这方面颇有经验。让我猜猜原因。可能是一颗留在腿上的子弹。您知道,不少参加过墨西哥战争的骑兵正是这样——苦难的命运!"草药医生叹道,"残酷无情啊,世态凉薄!——您掉了什么东西?"

陌生人闷不吭声,弯下腰,似乎要捡拾掉落的物件,不过他那僵在半道的难看姿势,简直像挨了一句定身咒语。男人高大的身躯歪歪斜斜,犹如一根主桅杆屈服于风暴,或如亚当屈服于雷霆。

小姑娘拉着父亲。他猛然直起了身子,望向草药医生,很快又默默收回视线,这既不是因为激动,也不是因为反感,更不是因为激动加反感。男人再度弯下腰来,找个位子坐好,让女儿站在自己的两膝之间。他把脸转到一边，巨大的双手不住颤抖。而小姑娘抬头瞪着草药医生那张满是怜悯的面孔，目不转睛，眸子里满是阴郁和厌恶。

观察了片刻，草药医生说道：

"您恶病缠身，无疑非常痛苦。身体强健，痛苦才最剧烈。试一试我的特效药吧，"他举起瓶子，"仔细瞧瞧这位人类之友的面容。相信我，这方子包治百病。您不看一下吗？"

"不。"男人咕哝道。

"好得很。祝您愉快，五月的小皇后。"

这下子，看到没什么人接受自己的药方，他拎着货品，正打算和和气气离开，却终于有生意上门。主顾是个病快快的青年，他并非才登船不久，只不过原先待在邮轮的另一区域。小伙子提了些问题，随即掏钱买药。如此一来，周围的其余男女仿佛从梦中苏醒，冷漠与成见的鳞片打他们的眼睛里掉落下来①。最后，这些人产生了一个念头，似乎那种药确实不错，颇值得一买。

------

① "冷漠与成见的鳞片打他们的眼睛里掉落下来"（the scales of indifference or prejudice fell from their eyes），典出《圣经·使徒行传》第 9 章："扫罗的眼睛上好像有鳞立刻掉下来。"（And immediately there fell from his eyes as it had been scales.）

相比之前，草药医生越发亲切、和气地发展他乐善好施的业务，每一笔交易都伴随着买家的赞赏称誉。突然，那个坐在远处的阴沉巨汉出人意料地喊道：

"刚才你说什么来着？"

提问清楚明白，又别具深意，有如一座大钟——那振聋发聩的劝诫者——鸣声令人浑身一震。虽然，你只听到一响，但它其实是钟塔传出的层层音波叠加而成的。

生意全数暂停。索取药物的一只只手缩了回去，而所有眼睛都此时都望着问题抛来的方向。草药医生毫无窘色，他一反矜持克制的常态，提高音量应答道：

"既然您想知道，鄙人很乐意重复一遍，我手里这瓶药叫作'好心人止痛膏'，能够治愈或缓解任何疼痛，使用后十分钟内见效。"

"它会让身体麻痹？"

"完全不会。这正是它最大的优点。此药绝非鸦片。它止痛，又能让您保持知觉。"

"撒谎！有些疼痛，身体不麻痹就无法缓解，而且人不死就无法消除。"

阴沉的巨汉只说了这几句，止痛膏的生意已大受影响，再讲什么纯属多余。大伙半钦佩半惊愕地注视着直率的发言者，继而默默地交换眼神，确认彼此的失望。那些已经买了药膏的男女，或局促不安，或满面羞愧。有一名愤愤不平、蓄着垂须的小个子，似笑非笑的表情令人及其厌恶，他独自坐在角落里，用一顶褪色的帽子遮脸，欣赏着这场好戏。

草药医生神色矜傲，但他并未出言反驳，只是重新开始推销，语气较此前更为笃定，甚至声称那药膏不仅可以减轻肉体的疼痛，还可以减轻精神的苦楚。或者，讲得再明白些，在有的病例当中，以上两种疾痛互相激发，双双达到极其深重的程度——在这样的病例当中，他说，药膏的效用尤为显著。他举了个例子：有一名路易斯安那的寡妇，因丧夫丧子而痛不欲生，整整三周无法成眠，她认真用过三瓶止痛膏，马上踏踏实实睡了个好觉。此事有铅字为证，附带可信的签名。

草药医生大声朗读着印单，突然挨了一拳，倒在地上。

巨汉出手了，他分明是癫痫发作，满脸狂躁的神情，高喊道：

"心怀鬼胎的诈骗犯！毒蛇！"

他还想继续骂，身体却不住抽搐。于是他没再言语，示意小姑娘跟着自己，摇摇晃晃走出了船舱。

"野蛮！凶暴！禽兽不如！"草药医生大吼，挣扎着起身。他停下来，查看伤处，不忘涂上少许止痛膏。它似乎颇有些效果。男人自言私语道：

"不,不,我不要赔偿。清白无辜便是赔偿。不过,"他转向众人,"如果那个汉子的愤怒挥拳,并没有让我愤怒,难不成他恶毒的怀疑,倒可以诱发你们的怀疑? 我衷心希望,"草药医生骄傲地提高声调,扬起手臂,"为了人性的光辉——我希望,尽管那个胆小鬼大肆诋毁,所有在场朋友对好心人止痛膏的信任,依旧不可动摇!"

草药医生受了伤,还一直忍着痛,但是不知何故,他这状况并没有引发多少同情,正如他刚才的言辞没有激起多少热忱一样。他继续恳求态度冷漠的众人,样子可悲透顶。突然间,他中断演讲,仿佛要回应远处一声迅疾的召唤,急急忙忙说:"来了,来了。"接着,这位草药医生步履匆匆,朝船舱外走去。

第18章

探究草药医生的真面目

"那个忙忙慌慌的家伙不会再出现了，"一位棕红色头发的先生对身旁的鹰钩鼻男子说道，"从来没见过有哪个推销员，被如此不留情面地揭了老底。"

"你认为这样揭一个推销员的老底合理吗？"

"合理？干得好。"

"不妨设想一下，巴黎证券交易所里热火朝天，魔王阿斯蒙蒂斯①懒洋洋走进来，向人们发传单，揭露现场所有交易员的真实想法和阴谋诡计。那在阿斯蒙蒂斯看来很合理吧？或

---

① 阿斯蒙蒂斯(Asmodeus)，基督教次经《多俾亚传》(*Book of Tobit*)中记载的魔王。另，法国作家阿兰·勒内·勒萨日(Alain Rene Le Sage，1668—1747)的小说《瘸腿魔鬼》(*Le Diable Boiteux*)里，阿斯蒙蒂斯为自己的恩主掀开屋顶，向其展示房间里发生的事情。

者,正如《哈姆雷特》中写的,这么考虑事情,是不是'太想入非非了'?①"

"我们才不会走进巴黎证券交易所。不过,既然你承认那家伙是个骗子——"

"我可没承认。或者,如果我说过,我收回发言。毕竟,如果他根本不是骗子,也没什么好奇怪的,又或者,只有一点点像骗子。针对他,你能证明什么?"

"我能证明他诓人上当。"

"许多外表光鲜的家伙同样这么做。还有许多不完全是无赖的家伙,也这么做。"

"他最后那番表演又如何解释?"

"我猜,他骨子里并不是个十足的骗子手,他本人就是众多受骗者中的一员。难道你没有看到,我们的庸医朋友也涂上了自己的止痛膏?好一名狂热的庸医,本质上是个傻瓜,表现得像个骗子。"

棕红色头发的先生整理着思绪,弯腰俯视着他两腿之间的地板,并且用手杖在上面乱画。随后,他眼睛往上一瞥,

---

① "太想入非非了"(to consider the thing too curiously),见《哈姆雷特》(*Hamlet*)第5幕第1场。霍拉旭说:"那未免太想入非非了。"('Twere to consider too curiously, to consider so.)译文引自朱生豪译本。

说道：

"反正我没法想象，你怎么会把他当成个傻瓜。他油腔滑调，夸夸其谈，尽说漂亮话。"

"聪明的傻瓜总是说漂亮话。聪明的傻瓜一贯喋喋不休。"

按照这么个套路，两人的讨论继续推进。鹰钩鼻男子谈吐非凡，见解精当，试图揭示一个聪明的傻瓜素来如此讲话。没多久，他几乎说服了对方。

交谈间，棕红色头发的先生刚刚预测不会回来的那个家伙再度出现。他引人注目地站在门口，朗声问道："塞米诺尔孤儿寡妇收容院的代表在这儿吗？"

无人作答。

"这里有谁是慈善机构的代表或者职员？"

似乎没人够格回应，或者认为值得回应。

"如果有谁是，我给他捐两美元。"

某些乘客来了兴致。

"我被人匆匆叫走，忘记了自己的部分职责。好心人止痛膏的老板规定，要将销售收入的一半，即刻捐献，用于慈善事业。我在这里卖掉了八瓶药。因此，要捐出四个五十美分。谁愿代管这笔钱？"

有那么一两双脚在地板上搓动，仿佛在挠痒痒。但无人起身。

"莫非胆怯已经压倒了责任感？听我说，在场的任何一位先生，或任何一位女士，谁与慈善机构有联系，请他或她走上前来。可能不凑巧，你一时间无法证明那样的联系，不打紧。感谢上帝，我并不多疑，我将对你充满信任，把这钱交给你。"

有个样子挺庄重的妇人，穿着一条俗里俗气、皱巴巴的裙子，解下自己的面纱，站起身来。大伙的目光齐齐向她射去。结果这又让她觉得，自己还是重新坐下比较好。

"我居然要相信，在这文明人的群体之中，连一位慈善之士都找不到？我是说，没有一个人跟慈善事业沾边？好吧，那么有没有谁接受过慈善组织的帮助？"

这一来，只见一名愁眉苦脸的女子，身穿丧服，整洁而破旧得令人悲伤的丧服，举着个细长的包袱挡脸，开始哭泣。与此同时，由于看不到女子的面庞，也听不到她说话，草药医生再度发言，这一次他颇为动容：

"这里有没有贫苦之士，获得帮助时，觉得他在好日子里向别人提供的帮助，比自己曾经接受的帮助更多？男人或者女人，有没有谁这么觉得？"

哭泣声更大了，尽管那女子在竭力抑制。几乎所有人的注意力都集中到她身上。这时，有个像是做散工的汉子，脸上缠着白色绷带,遮住鼻翼,他嫌板凳冰凉,原本一直坐在自己的红法兰绒袖套上,肩头搭着外衣,打补丁的袖口垂于身后——他慢腾腾站起来,迈着戴脚镣的罪犯般拖泥带水的步子,上前领取他应得的救济。

"噢哟,可怜的伤残者!"草药医生叹了口气,把钱放进汉子弯成贝壳形状的手里,转身离去。

男人拿到施舍,刚要走开,棕红色头发的先生便拉住他说道:"你别害怕。我只想瞧瞧那些硬币。不赖,不赖,是优质白银,优质白银。揣着吧。下回再四处走动,记得全身用绷带缠缠好。听到没有?把你自己,从头到脚,当成一块鼻子上的伤疤。好了,走吧。"

要么因为天性随和,要么因为激动而无法言语,那汉子沉默着匆匆离开。

"奇怪,"棕红色头发的先生回到朋友身边,"那些银子没什么问题。"

"是啊,你所谓的骗子行径在哪儿呢?捐掉收入的一半来搞欺诈?我再说一遍,这家伙傻瓜一个。"

"别人会当他是一位独特的天才。"

"对,蠢得很独特。天才?榆木脑袋的天才。这年头,那么独特的行为可不多见。"

"没准儿他既是骗子,又是傻瓜,还是天才?"

"请原谅,"有个始终在偷听两人谈话的老兄,脸上挂着传闲话的神色说,"那家伙让你相当困惑,而你,大概也一样。"

"你对他了解多少?"鹰钩鼻男子问道。

"不了解,但我对他有些怀疑。"

"怀疑。我们要知道事实真相。"

"先怀疑,事实真相才会显露。真知灼见或来自怀疑,或来自上帝的启示。这是鄙人的座右铭。"

"然而,"棕红色头发的先生说,"智者虽凡事多所怀疑,仍保留些许确信在心间,至少瓜熟蒂落、收获真知之前,他一直如此。"

"你听说过那位智者?"鹰钩鼻男子问插话之人,"讲讲看,你怀疑他什么?"

"我嗅到了可疑的气息,"对方热情回应道,"那些耶稣会修士偷偷摸摸在我们的国家游走。① 据说,为了实施不可告人

---

① 1834 年 12 月 24 日,有一份名为《美国新教卫道者》(*American Protestant Vindicator*)的报纸发表文章,号召美国人警惕耶稣会的传教士,并有鼻子有眼地引用一位新教福音会牧师的言论,说这些耶稣会传教士已潜入美国各地,化装成各色人等,采用各种手段,千方百计传播天主教,他们假扮舞蹈家、木偶戏表演者、音乐教师、手风琴演奏者、售卖饰品的小贩,遍布美国西部诸州。显然,麦尔维尔是在嘲讽美国当时这种偏执和无知的社会现象。

的计划,他们乔装打扮,有时候,言行举止会非常怪异。"

鹰钩鼻男子听罢,不知何故一脸坏笑。由于增加了一名谈话者,讨论演变成三方交锋,然而,争到最后,他们仍旧坚持己见,各执一词。

第19章

一名幸运的士兵

"墨西哥？莫利诺德尔雷？雷萨卡·德拉帕尔马？①"

"雷萨卡·德拉**坟墓**！②"

别人的褒贬草药医生早已见怪不怪，他对乘客们的议论充耳不闻，径直朝客轮前部走去。在那儿，他遇到一个古怪的家伙，此人穿着又脏又旧的军服，面孔枯槁，神情冷漠，两条坏腿僵硬如冰柱，而身体悬于简陋的拐杖之间，迟钝得好像一根长长的气压计支在常平架上，随着轮船的起伏机械地晃来晃去。摆动躯干时，瘸子垂下眼睛，仿佛在沉思默想。

---

① 莫利诺德尔雷(Molino del Rey)、雷萨卡·德拉帕尔马(Resaca de la Palma)均为美墨战争(1846—1848)的战役发生地。
② "坟墓"(the Tombs)是纽约市曼哈顿拘留所(Manhattan Detention Complex)的别称，建成于1838年。

　　此情此景令草药医生颇为动容。他猜这是一名参加过墨西哥战争的负伤英雄,便深怀怜悯地上前致意,随即收获了十分含糊的回应。瘸子脾气不好,加之跟人打招呼受到刺激,他神经兮兮地一通抽搐,身体摆荡得愈发剧烈(他情绪一波动就会这样),让人错觉是狂风吹袭,致使轮船和气压计摇晃不已。

　　"坟墓?我的朋友,"草药医生略感惊异,大声说,"你还没死呢,对不对?我本以为你是一名受伤老兵,一位高尚的战争之子,为了你亲爱的祖国而光荣挂彩。但你似乎是一个拉撒路①。"

　　"没错,伤病缠身的拉撒路。"

　　"啊,**另一个拉撒路**②。我一直不知道,拉撒路还当过兵。"草药医生盯着破旧的军装。

　　"好了,玩笑开够了。"

　　"朋友,"男人语带责备,"这你可说岔了。通常,我总是对不幸之人讲些喜庆话,好让他们暂忘痛苦。明智而仁慈的医师,很少会毫无保留地同情自己的患者。你瞧,我是一名草药

————————

① "拉撒路"(Lazarus),指《圣经·约翰福音》第11、12章里记述的拉撒路,他死后,耶稣行奇迹使之复活。
② "**另一个拉撒路**"(the *other* Lazarus),是一名乞丐,典出《圣经·路加福音》第16章。本书第2章和9章中提到的拉撒路,也是这个拉撒路。

医生,也是一名跌打大夫。我兴许太乐观,不过,我觉得可以帮帮你。抬起头来吧。跟我讲讲你的故事。我给人治病之前,要掌握他方方面面的情况。"

"你帮不了我。"瘸子粗声粗气地回答道,"走开吧。"

"你似乎极缺——"

"不,我不缺。至少,今天,我还能自己付账。"

"实际上,跌打大夫很高兴听你这么讲。但你别急。我不是说你缺钱,而是说你缺少信心。你认为跌打大夫没法帮你。好吧,姑且假定他帮不了,这难道还妨碍你给他讲讲自己的故事?朋友,很明显,你吃过苦头。就算是为我好吧,请告诉我,你从未获得爱比克泰德①这位高贵瘸子的助力,又是如何达到哲人的境界,英勇无畏地直面艰困的。"

草药医生说这番话时,瘸子那讥嘲的目光一直没有移开,这目光属于一个顽强抗争、不屈服于悲惨命运的男人。最终,瘸子一咧嘴,笑容浮现在他食人魔般胡子拉碴的脸庞上。

"说吧,说吧——随和点儿,通情达理点儿,朋友。别摆着张臭脸,我看了难受。"

"我估摸,"瘸子一声冷笑道,"你就是那个鼎鼎大名

① 爱比克泰德(Epictetus,约55—约135),古罗马斯多葛学派哲学家。他奴隶出身,跛脚。

的——快乐汉子。"

"快乐? 朋友,是的,至少我应该快乐。我心安理得。我相信每一个人。我相信自己从事这卑微的职业,能够给世人增添一些福祉。是的,我认为,毫无疑问,我可以斗胆同意这个说法,我是个快乐汉子——快乐的跌打大夫。"

"那么,听听到我的故事吧。这些年,我一直渴望遇到个快乐汉子,在这闲人的身上钻孔,塞入火药,把他炸成碎片。

"可怜的家伙,你是恶魔附体了,"草药医生倒退两步,大声惊呼,"好个牛鬼蛇神!"

"别跑,"瘸子摇摇晃晃紧随其后,伸出结实的大手揪住他身前一颗角质纽扣,吼道,"我名叫托马斯·弗莱。我死也要——"

"——你跟弗莱夫人①是亲戚?"草药医生插话道,"我和这位卓越的女士一直通信,讨论监狱的改良。请问,你跟**我的**弗莱夫人有没有什么关系?"

"滚他妈的弗莱夫人! 那些个多愁善感的男女,懂什么监狱,懂什么社会黑暗? 我来告诉你一个监狱故事。哈哈,哈哈哈!"

---

① 弗莱夫人,指伊丽莎白·弗莱(Elizabeth Fry,1780—1845),英国贵格会教徒,社会改革家,推动了监狱制度的进步。

草药医生一阵瑟缩,这笑声实在使他惊骇不已。

"拜托了,朋友,"他说,"赶紧打住,我受不了这笑声,请不要笑个没完。我的恻隐之心虽然与生俱来,可是你这通大笑,会迅速将它赶跑。"

"别急,让你心肠变硬的好戏还在后头。① 我叫托马斯·弗莱。二十三岁以前,我一直有个绰号:快乐汤姆②。——快乐——哈哈,哈哈哈!听到没有,他们管我叫快乐汤姆,因为我天生好脾气,整天笑呵呵,跟现在一样——哈哈,哈哈哈!"

草药医生又想逃走,但对方好像鬣狗,再次把他逮住。很快,瘸子平静下来,继续说道:

"我生长在纽约,日子稳当,是个勤勤恳恳的箍桶匠。一天傍晚,我去公园③参加政治集会——说明一下,我当时是个了不起的爱国者。很不走运,那里有人在打架,一方是个喝过酒的绅士,另一方是个神志清醒的铺路工人。后者嚼着烟草,

---

① 这两句对话是文字游戏。草药医生的"与生俱来的恻隐之心",原文"milk of kindness",为习语,可直译作"仁慈的牛奶",而"很快会把它赶跑"原文为"will soon turn it",可直译作"会很快让牛奶变质"。接下来,瘸子说"让你心肠变硬的好戏还在后头",原文为"I haven't come to the milk-turning part yet",可直译成"我还没讲到让牛奶变质的部分"。两人围绕"牛奶"(milk)一词玩起了文字游戏。

② "汤姆"(Tom)是"托马斯"(Thomas)的昵称。

③ 应指市府公园(City Hall Park)。

醉醺醺的绅士说他野蛮,推搡他,要他滚蛋。嚼烟草的铺路工也以推搡回敬。唉,那位绅士挂着一杆剑杖①,他一眨眼就把铺路工刺倒了。"

"怎么弄成这样?"

"咳,你看,铺路工不自量力。"

"那位绅士想必就是参孙②了。俗话说'壮得像个铺路工'嘛。"

"确确实实,绅士的身体相当孱弱,可是,无论如何,我再讲一次,那个铺路工不自量力。"

"你胡扯什么呀? 他不过是想维护自己的权利,对吧?"

"对,可是,无论如何,我再讲一次,他不自量力。"

"我不明白。请往下说。"

"那位绅士,以及我和另外几个目击证人被带去了'坟墓'。经过一番讯问,再出庭受审,那位绅士和所有证人统统保释——我是说,除了我,全部保释。"

"你为什么没保释?"

"达不到条件。"

"你这样一个工作勤奋、收入稳定的箍桶匠,怎么会达不

---

① 剑杖(sword cane),内藏利剑的木杖。
② 参孙(Samson),《圣经》中记载的犹太士师,天生神力。

到保释条件？"

"工作勤奋、收入稳定的箍桶匠没有朋友。所以，你瞧，我进了一间湿漉漉的牢房，好像一艘平底船哗啦啦开入了船闸，好像塞到了泡菜坛子里，在那儿等待开庭。"

"但你究竟犯了什么法？"

"唉，我说过，我没有朋友。这条罪状比杀人还严重，你不也见识了吗。"

"杀人？那个受伤的铺路工死了？"

"第三天晚上咽气了。"

"这么说绅士就算保释也没用，他进监狱了，是吧？"

"他交友广阔，没进去，**我**进去了。继续往下说。白天，他们允许我在廊道上走动。可一到晚间，必须待在牢房里。潮气深入骨髓，十分痛苦。他们给我治病，但毫无用处。等到开庭，我被拎到法院，提供证词。"

"你说了什么？"

"我说我看见钢剑刺中受害者，插在他身上。"

"所以那绅士应该吊死。"

"拿金链子吊他吗？他无罪释放，戴着金表金链，参加了朋友们在公园的集会。"

"无罪释放？"

"都说了他交友广阔嘛。"

两人不再吭声。终于，还是草药医生打破了沉默："唉，凡事总有光明的一面。如果这话对法律不适合，那么用它来评论友谊总该很贴切！不过，你继续往下讲吧，好伙计。"

"我说完证词，他们通知我可以走了。我说我需要帮助。警察就问我，要上**哪儿**去。我说要回'坟墓'，此外我无处可去。'你朋友住在哪儿？'他们问。'我没有朋友。'于是他们把我塞进一台支着雨篷的双轮手推车里，送到码头，再送上轮船，离开布莱克韦尔岛①，前往社团医院。在那儿，我病情恶化了——和我眼下的状况差不多。没法治好。我待了三年，躺在吱吱嘎嘎的铁床上，跟那些疼痛呻吟的窃贼和浑身霉烂的强盗共处一室，简直烦得要命。他们发给我五块银圆，还有这两根拐杖，我便瘸着腿走人了。我只有一个兄弟，多年前去了印第安纳。我沿途乞讨，积攒路费去找他。好歹到了印第安纳，经人指引，看见兄弟的坟墓。它落在一片开阔的平地上，附近有一座木结构教堂，墓园的围栏是些树桩子，朝四面八方

---

① 布莱克韦尔岛（Blackwell's Island），罗斯福岛（Roosevelt Island）的旧称，是美国伊斯特河中的岛屿，位于纽约市曼哈顿区和皇后区之间。1828 年划归纽约，岛上建有监狱。1921 年改名福利岛（Welfare Island），1973 年为纪念富兰克林·罗斯福总统再次改名为罗斯福岛。

乱戳的根权好像麋鹿的角枝。棺材架在即将挖好的墓穴旁边，用新伐的山胡桃木做成，没刷油漆，嫩芽直往外钻。有人往土丘上栽了紫罗兰，但那里土地瘠薄（我们素来把不毛之地划作坟场），全是易燃的枯草死树。我坐在棺材上休息，回忆着魂归天国的自家兄弟，不料棺材却塌了，原来脚架钉得很简陋。结果呢，我轰走几头乱拱墓地的阉猪，就离开了。好，长话短说，我来到这条船上，像其他残废的家伙一样随波逐流。"

草药医生默然良久，陷入深思。最后他抬起头，言道："朋友，我仔细琢磨了你的整个遭遇，而且尽力依照我对现实事物的认知来看待它。但它跟我理解的人情世态，是那么格格不入，难以相容。请原谅，我必须诚实地告诉你，我不信你这个故事。"

"我一点儿也不吃惊。"

"为什么？"

"几乎没有谁相信我，所以，我给大多数人讲另一个版本的故事。"

"这又是为什么？"

"稍等，我待会再谈。"

语罢，他摘掉旧帽子，好好整了整自己的破烂军装，继而一瘸一拐地穿梭于甲板附近的众多乘客之间，以欢欣的调子说道："先生,给快乐汤姆赏个银币吧,他在布埃纳维斯塔①战斗过;女士,给斯科特将军②麾下的士兵捐些小钱吧,他在辉煌的孔特雷拉斯③战役中负伤,双腿致残。"

这时候,神差鬼使,有个跟瘸子素昧平生的古板男士,先前不经意听见几句他讲述的故事,此人望着正伸手四处乞讨的瘸子,对草药医生愤怒道："先生,那无赖谎话连篇,是不是太过分了?"

"爱是永不止息④,亲爱的先生,"草药医生回答,"这可怜人作恶,情有可原。您想,他撒谎并不是由于挥霍无度。"

"好个不是由于挥霍无度。这等猖狂的谎言,我闻所未闻。他前一刻才向您吐露听上去挺真实的故事,紧接着又大肆篡改,完全换了个说法。"

"即便如此,我仍要重申,他撒谎不是由于挥霍无度。有位出自索邦大学艰难岁月的成熟哲学家指出,我们向陌生人

① 布埃纳维斯塔(Buena Vista),墨西哥北部的一个地区,美墨战争期间在此爆发过一场战役。
② 斯科特将军,指温菲尔德·斯科特(Winfield Scott, 1786—1866),美国陆军将领,继扎卡里·泰勒将军之后,在美墨战争中担任美军指挥官。
③ 孔特雷拉斯(Contreras),墨西哥城联邦区的一个行政区,美墨战争期间在此有过一场战役。
④ "爱是永不止息"(Charity never faileth),本书第 1 章骗子扮演哑巴时,在板子上写过这句话。

诉苦以索取金钱时,困境才最为甜美。他在潮湿的地牢里损伤了膝盖,这并不光荣,又远比他在光荣的孔特雷拉斯战役致残更令人同情。不过,他仍旧觉得,后者虽然是谎言,虽然不那么沉重,但引人注目。而前者尽管真实无欺,包含更多苦痛,却可能使我们厌恶。"

"胡说八道。他属于魔鬼军团。我一定要揭露他。"

"真可耻,竟想戳穿这个不幸之人的谎言——先生,您不该这样做。"

那人注意到草药医生的态度,认为自己还是退到一旁,保持缄默好些。不久,瘸子回来了,他收获颇丰,心情舒畅。

"好啦,"他笑道,"现在你知道我是什么样的士兵了。"

"嗯,你没跟愚蠢的墨西哥人打过仗,却成了手段高明的祸害——好运气!"

"喂,喂!"瘸子大声抗议,活像个在廉价小剧院里看戏的家伙,"我可搞不清你什么意思,但一切进展顺利。"

言讫,他脸色陡然阴郁,不再好好回答友善的提问。他挖苦地称自己的国家为"自由的亚美利基",这个字眼很不妥①,似乎令草药医生相当苦恼,深感不安。经过一番思索,男人严

---

① "亚美利基"原文为"Ameriky",并非常见的"America",两者发音不同。"Ameriky"在此使用,应为贬义,所以文中才说"这个字眼很不妥"。

肃道：

"尊敬的朋友，对于政府，这个让你生活坎坷的政府，我注意到，你满腹牢骚。你的爱国精神哪里去了？你的感恩之心哪里去了？诚然，正如你自己所说，善良人听完你的身世遭遇，将不难理解你为什么怨气冲天。可就算事实摆在眼前，你的愤恨依然站不住脚。姑且假定，你确实吃过你刚才讲述的种种苦头，那样政府是难辞其咎，多多少少犯了些错误。但绝不应忘记，我们人类的政府乃神明创设，故此在某种程度上，它自然也分有神性。所以，人间的法则总体而言增进了幸福，不过有时候，若纯以理性的眼光去观察，世道很可能不甚公平，这就好比，依循同一个失之偏颇的观念，连天国的律条或许都不够公平。但不管怎样，对一个拥有正确信仰的人来说，在各种情况下，最高的善必定与人间的法则相伴，又与天国的律条相随。我一个劲儿长篇大论，可怜的好伙计，是因为这些个问题必须搞清楚，你只有想通想透，方能历尽劫难，而不使信念受损。"

"你跟我扯这一通大道理干什么？"瘸子喊道。草药医生侃侃而谈时，他始终是一副冥顽不灵的臭模样，并且又一次满脸怒色地来回摆动身体。

草药医生眼睛瞥向一边，直到他恢复平静，才继续说道：

"朋友,慈悲心之神奇,不在于信念要多么坚定,反正你无疑相信自己很正直,可是别忘了,那些受罚者也蒙上天所爱①。"

"惩处他们没必要太严厉,也没必要太久,毕竟这些人会变得皮糙肉厚,心如铁石,令刑罚越来越不疼不痒。"

"我承认,就事论事,你遭的罪确实值得同情。但不必沮丧,你还拥有很多东西——那些最好的东西。你呼吸着充盈的空气,沐浴着温煦的阳光,虽然贫穷,虽然无亲无友,也不及年轻时那么灵活敏捷,可是,你日复一日在林间漫游,采摘新鲜花果,足以令忧愁本身也变成某种快乐,多么甜蜜呀,你毫无罪咎,你独立于世,你欢呼雀跃!"

"拽着两根拴马桩子欢呼雀跃——哈哈,哈哈哈!"

"抱歉,我忘了拐杖。我只顾着描绘你在我的医术发挥功效之后的样子,倒忽略了你站在我面前的样子。"

"你的医术?你自称是一位跌打大夫——一位草药医生,对不对?走吧,先去给这个扭曲的世界正正骨,再来给我这瘸子正正骨。"

---

① "那些受罚之人也蒙上天所爱"(those who are loved are chastened),典出《圣经·希伯来书》第12章:"因为主所爱的,他必管教。"(For whom the Lord loveth he chasteneth.)

"我衷心感谢你,真诚的朋友,你让我重新找到自己的初心。让我给你检查检查,"汉子弯下腰,"啊,我明白了,我明白了。跟那个黑瘸子的情况差不多。你见过他吗?哦,他下了船你才上来的。好吧,他的症状和你的有点儿像。我给他开了药。如果他过几天就能健步如飞,同我本人一样,我绝不会感到惊讶。怎么,你对我的医术没信心?"

"哈哈,哈哈哈!"

草药医生沉默不语,等瘸子停止狂笑,才接着往下说:

"你没信心,我也不勉强。但我很乐意为你做件好事。拿着这盒药。记得早上和晚上涂抹关节处。拿着吧。不用花钱。上帝保佑你。再见。"

"等一等,"瘸子不再摆荡,草药医生出乎意料的行为触动了他,"等一等——谢谢——这东西真管用? 你敢担保,它真管用? 别诓骗一个穷光蛋。"瘸子气色一变,目光灼灼。

"不妨试试。再见。"

"等一等,等一等! 它**确实**管用?"

"可能吧,可能。试试没坏处。再见。"

"等一等,等一等。再给我三盒,我付钱。"

"朋友,"草药医生走回来,愉快的神情中掺杂着伤感,"我为你重拾信任和希望而高兴。听我说,信任和希望会像你的拐杖那样，长久支持一位残疾人士。怀揣信任和希望吧，显然跛了脚还扔掉拐杖是不可理喻的疯狂。你想再要三盒药。很走运，我正好还剩三盒。拿着。价钱是一盒五十美分。但我白送给你。拿着吧。上帝保佑你。再见。"

"等一等，"瘸子声音颤抖，身体连连晃荡，"等一等，等一等！你让我焕然一新。你是我的良师益友，耐心开导我，不仅如此，还送我这些药。给你钱。我不能白拿。收下吧，收下。愿无所不能的天主一直护佑你。"

草药医生离开后，瘸子猛烈摇晃的躯干才渐渐停摆。或许这表明他激动的情绪已趋于平复。

第 20 章

诸位可能还有印象的某人再度登场

　　草药医生没走太远，便目睹了一种奇特景观。有个干瘪的老头子，身材跟十二岁的男孩差不多，步履蹒跚，让他想起一个人。那老头子穿着皱巴巴的旧鼠皮大衣，可见刚刚还躺在床上。轮船各处下雪般铺满了阳光，他不停眨动自己的细眯眼，充满愚蠢的渴望，又不时咳嗽两声，四下张望，仿佛在惊慌失措地找寻他本人的陪护者。老头子这副尊容，分明是一个长久卧床的家伙突然间受到极大刺激，比方说火燎了眉毛，因此才出来走动。

　　"您在找人，"草药医生上前搭话，"我可以帮忙吗？"

　　"可以，您可以。我年高体弱，病痛缠身，"老头子咳嗽道，"他在哪儿？我爬起来找了他很久。我孤零零一个人，眼下勉强支撑着。他在哪儿呀？"

"您要找谁?"草药医生走近,让这个如此虚弱的老人别再继续游荡。

"啊,啊,啊,"老头子注意到对方的装扮,"啊,您,是您——您,您——咳咳,咳咳,咳咳咳!"

"我?"

"咳咳,咳咳,咳咳咳! ——他提到过您。他是谁?"

"唉,这恰恰是我想知道的。"

"可怜可怜我吧!"老头子语无伦次,咳嗽道,"自从遇到他,我一直头昏脑胀。我应该雇个保镖。您这身衣服,是不是褐色长外套? 反正我再也不敢相信自己,因为我相信了他——咳咳,咳咳,咳咳咳!"

"哦,您相信了某个人? 这话我听着高兴。不管信了谁,为什么信了他,我都高兴。看看世人如今的德行。至于您问这是不是褐色长外套。没错,它是。我还要补充一点,它正穿在一名草药医生的身上。"

此时,老头子又断断续续解释说,自己要找的人就是他(草药医生)——而先前提到他的家伙,姓甚名谁仍无从知晓。老头子急于搞清楚那老兄究竟什么来路,眼下身在何处,还有他宣称能够让投资收获三倍的回报,是否可以信赖。

"嗯,这下子我有点儿明白了。您十有八九在说我那个好朋友,他心地极其善良,帮别人发财致富——俗话说,有钱大家赚嘛——而他只求给予一点点信任。是啊,我懂,委托他管理资金前,您想了解一下他。这很正常——我可以向您保证,完全不必犹豫。此人举世无双,举世无双,**实在是**举世无双。上回,我投资的一百块钱他三下五除二就获利一倍。"

"他那么厉害? 他那么厉害? 他人在哪里? 带我去见他吧。"

"请挽好我的胳膊! 这船很大! 得好好找上一番! 来吧! 咦,那是他吗?"

"哪儿? 哪儿?"

"哦,看错了,我把那个穿长外套的当成他了。不,我诚实的朋友绝不可能这样子落荒而逃的。啊! ——"

"哪儿? 哪儿?"

"又看错了。长得太像。我把那位牧师当成他了。走吧!"

寻遍周遭,他们一无所获,便转到客轮的另一区域接着找。这时候,大船在一座码头停靠。路过敞开的舷边护栏时,草药医生突然向登岸的人群冲去,高呼:"杜鲁门先生,杜鲁门先生! ——瞧,他走了,那是他。杜鲁门先生,杜鲁门先生! 这该死的蒸汽管道。杜鲁门先生,老天爷啊,杜鲁门先生! 不,不。瞧,抽掉船板了——来不及了——开船了。"

庞大的客轮如海象用力一滚，推开河岸，继续自己的航程。

"真气人啊!"草药医生往回走时大喊道，"我们再早来几秒钟该多好——这下子，他走了，拎着行李箱，去了岸上那家旅馆。您看到他了，是吧?"

"哪儿? 哪儿?"

"再也见不到他了。机会稍纵即逝。非常抱歉。其实我跟您盘算的一样，想着交给他一百来块钱。相信我，这笔投资会很值。"

"哦，我**已经**让他拿走了钱。"老头子咕哝道。

"真的? 亲爱的先生，"草药医生握住守财奴的双手，使劲抖个不停——"亲爱的先生，我衷心祝贺您。您运气可真好。"

"咳咳，咳咳! 怕是没那么好，"老人再次咕哝，"他叫杜鲁门，对不对?"

"约翰·杜鲁门。"

"他家在哪里?"

"圣路易斯。"

"公司地址呢?"

"我想想。"

"琼斯大街，一百号——不，不——反正，在琼斯大街什么地方的办公楼里。"

"您还能想起门牌号吗？想一想？"

"一百——二百——三百——"

"哦，我的一百美元！我想搞清楚它会不会赚到一百、二百、三百！咳咳，咳咳！还能想起门牌号吗？"

"我原本记得，眼下是忘了，忘得一干二净。奇了怪了。不过没关系。您去圣路易很容易打听到。他在那里是个大明星。"

"但我没有收据——咳咳，咳咳！没个质证——不知道如何是好——应该雇个保镖——咳咳，咳咳！我一头雾水。咳咳，咳咳！"

"哎，您知道自己信任了他，是不是？"

"不错。"

"那不就得了？"

"可是，唉，唉——怎么办，怎么办——咳咳，咳咳！"

"难道他没有告诉过您？"

"没有。"

"啊！他没有告诉过您，那是个秘密，不能外传？"

"哦——说过。"

"那不就得了？"

"可是，我手上没证券呀。"

"杜鲁门先生做生意不需要那些。杜鲁门先生的承诺便是证券。"

"但我该如何获得收益——咳咳,咳咳!——又如何拿回本金?我一头雾水。咳咳,咳咳!"

"哦,您必须保持信心。"

"别再提那个字眼。让我犯晕。哦,我又老又病,没人照料,个个都想敲我一笔,我却一直犯晕——咳咳,咳咳!——这咳嗽把我折磨得够呛。再说一遍,我应该雇个保镖。"

"是应该。而您让杜鲁门先生理财,就相当于请他保护您。很遗憾,我们刚才没跟他见面。不过他会给您写信。好了。这样揭自己的短可不聪明啊。我带您回铺位上。"

老守财奴极其沮丧地跟随草药医生慢慢离开。然而,走下一道楼梯时,他猛烈咳嗽,不得不停住脚步。

"这咳嗽真够您受的。"

"要人命的——咳咳,咳咳!——要人命的咳嗽——咳咳!"

"您有没有试着治一治这病?"

"试到彻底厌烦了。什么也治不好我——咳咳,咳咳!甚至连猛犸洞①也治不好。咳咳,咳咳!我在那里住了六个月,

---

① 猛犸洞(Mammoth Cave),位于美国肯塔基州的猛犸洞国家公园,内部空间极其巨大。1843年有一群肺结核患者进入该洞穴,认为洞内的恒温环境可医治他们的疾病,结果并无任何疗效。

但咳嗽得太厉害——咳咳, 咳咳! ——被其他病人轰了出来。咳咳, 咳咳! 什么也治不好我。"

"先生, 您试过十全大补膏吗?"

"那个杜鲁门——咳咳, 咳咳! ——说我应该用这种药。草方大夫。您就是那位草方大夫啰?"

"正是。来一盒试试吧。请相信, 根据我对杜鲁门先生的了解, 任何东西, 如果他不真心觉得好, 即使是一个朋友的, 他照样不会向人推荐。"

"咳咳! ——多少钱?"

"每盒只要两美元。"

"两美元? 你怎么不说两百万? 咳咳, 咳咳! 两美元, 就是两百美分, 也就是八百法新①, 也就是两千密尔②, 用这些钱买一小盒草药。脑袋啊, 我的脑袋! ——啊, 我应该给自己的脑袋雇个保镖。咳咳, 咳咳, 咳咳, 咳咳咳!"

"如果您嫌两美元一盒太贵, 好吧, 二十美元卖您一打。等于白送四盒。③ 您服用这四盒足够了, 剩下的, 你提高售价出手, 这么一来您既治好了咳嗽, 又赚到了钱。怎样, 这生意

———————————————

① 法新(farthing), 英国 1961 年以前使用的旧铜币, 1 法新等于 0.25 便士。
② 密尔(mill), 美国货币单位, 只用于统计中, 1 密尔等于 0.001 美元。
③ 原文如此。或许是作者有意将数字写错。

做得过。货到付款。可提前一两天预订。瞧瞧吧,"男人举着一只盒子,"纯草药的。"

这时,老吝啬鬼又是一通狂颤,他抓住每个间隙,朝药膏投去半信半疑的目光,满怀渴望地掂量它。"确定——咳咳!确定是纯天然的?除了草药什么也没有?如果眼下我认为它是纯天然药物——全草本——咳咳,咳咳!——啊,这咳嗽,这咳嗽——咳咳,咳咳!——把我身体给毁了。咳咳,咳咳,咳咳咳!"

"看在上帝的分上,试试这药吧,哪怕就一盒。纯天然,您不必怀疑,想一想杜鲁门先生吧。"

"我要知道他的门牌号——咳咳,咳咳,咳咳,咳咳咳!这咳嗽啊。确实,他郑重推荐过这药膏,说它可以治好我——咳咳,咳咳,咳咳,咳咳咳!——少要一块钱,我就买一盒。"

"不行,先生。不行。"

"那一块五怎么样。咳咳!"

"不行。全国统一价,不打折。"

"少一先令——咳咳,咳咳!"

"不行。"

"咳咳,咳咳,咳咳——我买。收钱吧。"

老头子很不情愿地递给对方八枚银圆,可是它们还在他手中的当儿,咳嗽再次发作,他身子一阵抖震,钱币掉落到甲板上。

草药医生将它们逐一拾起,验过成色,说道:"这几枚不值二十五美分,这几枚是比塞塔里恩①,还挨过刀子刮锉。"

"哦,别那么小气——咳咳,咳咳! ——宁成大坏蛋,不做守财奴嘛——咳咳,咳咳!"

"算了,不跟您计较。只要能治疗您这咳嗽,比什么都强。我权当行善,希望您能够好转,别让我枉自同情您一场,那样我的药膏也就物有所值了。记住,晚上再服用。在睡觉之前。好,您可以自己走回去,是吧? 我也想多陪您一会儿,可我要下船了,得赶紧收拾行李。"

---

① 比塞塔里恩(pistareen),西班牙旧银币名,价值略小于二十美分。

第 21 章

极佳例证

"草方,草方。天然,天然。你个老蠢货！他耍了你,坑了你,对吧？你还真以为,天然药物能治好你那根本治不好的咳嗽?"

说话者样貌相当怪异,有点儿像熊。他套着生皮护腿,穿着一件粗糙、破旧、大伙称之为"熊皮"的齐腰短夹克,戴着浣熊皮制成的高顶帽,那条毛茸茸的尾巴在脑后摆荡不已。冷酷的下颌布满硬胡茬,手中还握着一杆双管猎枪——这是一个密苏里单身汉,一名山地人士,有着斯巴达式的悠闲和富裕,以及斯巴达式的举止和情感,另外,正如接下来将要发生的,他那斯巴达式的言辞,亦即借助于哲学和书本,而非借助于伐木技术和火枪的言辞,大概诸位也并不陌生。

草药医生和吝啬鬼的交谈,此人想必已听到些许。所以,前者刚离开,他随即走过去,跟后者打招呼。老头子当时正杵在楼梯下方,倚着栏杆歇气。

"以为它能治好我?"吝啬鬼连连咳嗽,"为什么它治不好我?这药膏是天然草方,纯草药的,草药肯定能治好我。"

"因为某种东西是所谓天然的,你就相信它一准管用。那你这咳嗽怎么来的?它是不是天然的?"

"你肯定不同意,大自然,我们的自然母亲,会损害一个人的健康,对吗?"

"大自然是仁慈的伊丽莎白女王,霍乱又该谁来负责?"

"但草药,草药,草药是好东西呀?"

"颠茄好不好?它也是草药吧?"

"哦,文明人不该诬蔑大自然和草药——咳咳,咳咳,咳咳咳!——难道我们没有把病人送到乡间,让他接触大自然,接触草木?"

"是啊,诗人也将染疾的心灵遣至碧绿的牧场,如同跛脚马来到草甸上,养好它们蹄子的角质。诗人医治自己受创的心灵,就好比那些个草方大夫用他们的方法医治肺部病痛,把自然当成最佳药物。可又是谁,冻死了我在草场上的畜群?

又是谁,让野彼得①变成了个白痴?"

"那么说你不相信这些草方大夫?"

"草方大夫? 我记得在莫比尔②一家医院的病床上,见过一个高高瘦瘦的草方大夫。某位医生前去探视,以胜他一筹的得意劲儿说道:'啊,是格林医生。你那些草方不顶事了吗,格林医生? 来找我们了,来找体温计了,格林医生? ——大自然! ——草——方!'"

"你们在谈论草药医生?"有人走近,笛子似的嗓门又尖又亮。

是那名草药医生本尊。他拎着地毯包③,碰巧兜了一圈回到这里。

"请原谅,"他向密苏里汉子致意道,"如果我没听错,您似乎对大自然缺乏信心。而在我看来,您这人非常爱猜疑。"

"敢问阁下又是何方神圣?"汉子转身冲着草药医生,拨弄着枪栓,神情半是玩世不恭,半是粗野狂暴,他这副脸相格外怪异,其中究竟包含了多少真诚,颇可玩味。

---

① 野彼得(Peter the Wild Boy,1713—1785),1724 年在德国哈默尔恩市附近的树林里被人发现。当时他十二岁左右,不会直立行走,靠吃野果为生,此后也无法学会人类的语言。
② 莫比尔(Mobile),美国亚拉巴马州的海港城市。
③ 地毯包(carpetbag),即毡制手提包,用便宜结实的旧地毯制成。

"一个相信大自然、相信人,并且有那么一点点自信的男人。"

"这算你的信仰宣言,对吧?相信人,嗯?请问,你认为骗子多还是傻瓜多?"

"两类人我都几乎没接触过,恐怕不适合回答这问题。"

"我来代你回答。傻瓜多。"

"此话怎讲?"

"相较于马匹,燕麦的数量更多,道理一样。骗子坑傻瓜,像不像马儿嚼燕麦?"

"您很幽默,先生。您很幽默,段子很好笑——哈哈哈!"

"我可说认真的。"

"这恰恰是幽默所在,认认真真讲一个夸张的笑话。——骗子坑傻瓜,像马儿嚼燕麦——哦,实在是非常幽默,哈哈哈!先生,我明白您的意思了。我真笨啊,刚才还一本正经去琢磨您幽默的妙喻,而且以为您不相信大自然。实际上,您相信它,跟我一个样。"

"**我**相信大自然?**我**?再说一遍,没有什么比大自然更让我怀疑的了。我曾因为天灾损失一万美元。大自然从我口袋里抢钱,夺走我一万美元的财产。好好一片种植园,在这条河边上,突然给决堤的洪水冲了个一干二净。土地变成一片汪洋,淹掉一万美元。"

"但您是否相信,许多天以后,那片土地会移归原处①?——啊,我可敬的朋友在这儿,"草药医生看见了老吝啬鬼,"还没回到您的铺位呀? 如果您**打算**继续往前走,别挨着栏杆了,来吧,让我搀扶您。"

老头子照办不误。于是两人并排站立,老吝啬鬼靠在草药医生身上,似乎对他信赖有加,如同暹罗双胞胎②当中较为瘦弱的那一个倚着自己的兄弟。

密苏里汉子盯着他们,不发一语,直到草药医生打破了沉默。

"先生,您看样子很惊讶。只因我公开向此人施以援手? 即使他穿得再破烂,我也绝不会为做好事而感到羞愧。"

"瞧你,"仔仔细细查看了一番,密苏里汉子说道,"你这人当真古怪。搞不懂你是拿什么材料造的。总而言之,你让我

① "许多天以后,那片土地会移归原处"(by a reverse shifting that soil will come back after many days),典出《圣经·传道书》第 11 章:"当将你的粮食撒在水面,因为日久必能得着。"(Cast thy bread upon the waters; for thou shalt find it after many days.)

② 暹罗双胞胎(Siamese twins),借指连体人。1811 年一对连体人昌和昂(Chang and Eng)出生于泰国(时称暹罗),他们曾随巴纳姆马戏团在欧美巡游,是 19 世纪西方世界最为著名的连体人,此后连体双胞胎往往也被称作"暹罗婴"。

想起了自己雇用的最后一个小家伙。"

"很好,我希望那是个靠谱的小家伙。"

"哦,非常靠谱!眼下,我开始购买机器,用来代替小家伙们工作。"

"那么说,您把小家伙们解雇了?"

"我连成年人也解雇了。"

"可是,亲爱的先生,这岂不又一次表明,或多或少,您缺乏信心吗——(站直些,稍微站直些,我可敬的朋友,您靠得太起劲了。)——您不相信孩子们,不相信成年人,也不相信大自然。先生,请问您相信谁,相信什么?"

"我相信怀疑,尤其相信应该怀疑你和你的草药。"

"行,"男人抱以宽容的一笑,"相当坦率。但请不要忘记,当怀疑我的草药,等于怀疑大自然。"

"我先前不就说过吗?"

"很好。为了方便讨论,我姑且假定您真这么想。那么,大自然的怀疑者,难道您要否认,不正是这同一个大自然,让您降生于世,又始终养育您,使您变成今日这般健壮,这般逍遥?是不是大自然令您思想坚定,您却不心怀感激,反而运用理智来诋毁她?请问,是不是大自然给了您一双眼睛,您却仗着它们对她指手画脚?"

"不！我之所以还看得见东西，多亏一位眼科大夫，我十岁那年，他在费城为我动过一次手术。是大自然让我双目失明，还企图让我一直当个瞎子。眼科大夫打破了她的如意算盘。"

"可是，先生，从肤色上不难判断，您经常在户外活动。您不知不觉地心向大自然，拥抱大自然，我们的万物之母。"

"好个慈母！先生，我见识过鸟儿从激情澎湃的大自然朝我飞来，即便我一脸恶相。是的，先生，风雨大作时，它们来我这儿避难。"密苏里汉子拍打着自己的"熊皮"短夹克，"千真万确，先生，千真万确。怎么样，夸夸其谈先生，你一根筋地夸夸其谈，难道你从未把一个又湿又冷的大自然之夜挡在门外？难道你从不拒绝她，从不推开她，从不驱赶她？"

"这种事嘛，"草药医生平静回答，"做过很多次。"

"那你要怎样自圆其说，"汉子挠乱了自己的头发，"你办不到，先生，你办不到。"接着，他如诗人般呼喊道："看啊，大自然！我承认，你的三叶草很甜美，你的蒲公英也很恬静，然而是谁用冰雹砸坏了我的窗户？"

"先生，"草药医生仍旧和和气气，掏出一盒药来，"遇上一个将大自然视为畏途的人，我深感痛苦。您举止优雅，嗓子却很嘶哑，足见您咽喉大概有毛病。凭着遭到中伤的大自然之名,我向您推荐这款药膏。我可敬的朋友也有同样的一盒。不过,先生,我白送你。我恰巧是一位大自然正规授权的代理人,她乐于经由我,让一个肆意贬低她的人得到好处。请收下吧。"

"赶紧拿开! 别让它接近我。十有八九是装了炸药。这种事情发生过。报纸编辑就是那么给弄死的。喂,让它离我远点儿。"

"上帝啊! 亲爱的先生——"

"听清楚,我绝不要你的药膏。"汉子攥着自己的来复枪说。

"哦,拿着吧……咳咳,咳咳! 快拿着吧,"老吝啬鬼插话道,"我巴不得他免费给我一盒。"

"你发觉自己孤零零的,嗯?"密苏里汉子稍稍回身,"因此也来帮着骗,好有人做伴。"

"他怎么会孤零零的,"草药医生接住话头,"何况我还在他身边呢,他怎么会想找人做伴。他信任我,即便是我。至于说骗人的勾当,请告诉我,那样讲一个悲惨的老头子您良心过得去吗? 他盼着这药救命,就算没效果吧,但他除了自我安慰,已经没有更好的办法支撑下去,您却非要打碎他恢复健康的希望,合适吗? 再回到您,如果您对人对事缺乏信心,又多亏了天生体质不错,至少眼下您没有这信心也能应付得来,还不必指望我的药。然而,你拿自己的状况来当论据,对饱经折磨之人来说,是多么残忍啊!此等行为,岂不好比一个强壮的拳击手,大冬天仍周身发热,感觉没必要生火取暖,所以他冲进医院,灭掉炉子,完全不管里面的病号冷得发抖?叩问一下良知吧,先生,您会承认,无论这名受苦的老汉相信什么样的大自然,您若大加反对,不是脑袋坏掉了,就是心肠太狠了。如何啊,您并非冷酷无情,对不对?"

"没错,可怜鬼,"密苏里汉子神色严峻地直视老头子,"没错,实话告诉你吧,我是冷酷无情。你一辈子就像个熬夜晚睡的家伙,换成别人早上床躺下了。而真相,有些人觉得是一顿营养丰富的早饭,在其余人眼中却无异于一顿太过油腻的晚餐。油腻的食物,晚上吃,夜里做噩梦。"

"主在上,他——咳咳,咳咳!——到底在说什么?"老吝啬鬼看向草药医生,问道。

"赞美天主!"密苏里汉子大吼。

"他精神错乱了?"老吝啬鬼仍旧一头雾水。

"先生,"草药医生对密苏里汉子说,"您满怀感激,究竟是何缘故?"

"是如下缘故:真相,对某些人来讲,其实根本没多大意思,而认识到这一点,就好比又穷又狠的大坏蛋找到了装满子弹的手枪,惊喜多于恐惧——此发现的独特价值不可估量,除非你太过鲁莽,白白让良机从手上溜掉。"

"我假装不去揣摩您这话的意思。"草药医生说。他停顿了片刻,注视着密苏里汉子,神色悒郁、苦涩而充满好奇,仿佛内心十分悲痛,同时又很想弄明白,是什么让他变成了目前的样子。"不过我好歹清楚,"他补充道,"至少可以说,您的观念从总体上看颇为不幸。它们虽很有力量,但这股力量的来源,亦即肉体,必将衰弱。您迟早会改弦更张。"

"改弦更张?"

"不错。像这位老人一样,您言行败坏的日子加速消亡,当你满头白发,躺在房间里,会跟书上那个关进了地牢的意大利人①差不多,愉快地寻找信心的慰藉,它生成于温馨的青春时代,若能在您年迈之际回归,将是一份无可言喻的幸福。"

"重新叼上奶嘴,嗯? 第二次童年对吧。你是个软蛋。"

"请有点儿仁慈之心吧!"老齐啬鬼呼喊道,"你到底说了什么呀! ——咳咳,咳咳! 通情达理些,我的朋友。你要不

---

① "书上那个关进了地牢的意大利人"(the dungeoned Italian we read of) 或指《基督山伯爵》(Le Comte de Monte-Cristo) 中的法里亚神父(Abbé Faria),该书于 1846 年翻译成英文。

要，”他对密苏里汉子说，“买上一两瓶药？”

“我可敬的朋友，”草药医生试图挺直腰杆子，“您靠得太起劲了，我胳膊都麻了。轻一点点，稍微轻一点点。”

“去吧，”密苏里汉子说，“去躺到你的坟墓里吧，老头，如果你没办法凭自己的力气站着。这世界容不下一个倚靠别人的家伙。”

“他离自己的坟墓，”草药医生说，“还远着呢，只要他定时定量服用我的药膏。”

“咳咳，咳咳，咳咳咳！——他说得在理。不，我还——咳咳！不打算死——咳咳，咳咳，咳咳咳！还能活很多年。咳咳，咳咳，咳咳咳！”

“您这份信心，我很欣赏，”草药医生说，“但咳嗽太伤身体，而且也让我难受。来吧，让我扶你到铺位上。你最好躺下休息。我们的朋友肯定会等我回来的。”

他领着老吝啬鬼走了，不久又踅返原地，继续与密苏里汉子交谈。

“先生，”草药医生说，语气庄重而动情，“这下子，我们体弱多病的朋友离开了，请容许我充分阐述自己的看法，他在场时，有些话不便讲。您刚才所言，假如我没理解错，除了有意使病人产生可悲的怀疑，似乎也针对我——他的医生——来了一番毫不客气的指责。"

"是又怎样?"汉子语带威胁。

"唉,那么——那么,实际上,"草药医生恭恭敬敬,避其锋芒,"我不得不回到先前的观点,即您爱说笑话。我有幸与一位诙谐之士——一名滑稽小丑为伴。

"那你最好退后,使劲摇晃。①"密苏里汉子大嚷。他向草药医生直逼过去,帽子上的浣熊尾巴几乎扫到了对方面部。"你,好好看一看!"

"看什么?"

"看这只浣熊。你这只狐狸,能逮到它吗?"

"如果您是想说,"男人不为所动,冷静答道,"我是否认为自己能耍尽花招欺骗您,或者利用您,或者在您面前伪装假扮,我必须诚实回应您,我既没有意图,也没有本事那么做。

"诚实?我觉得你这样子更像个胆小鬼。"

"您要挑起一场争吵,要故意羞辱我,必定是白费工夫。我问心无愧,正大光明。"

---

① 密苏里汉子在玩文字游戏。草药医生说"我不得不回到先前的观点"(I fall back upon my previous theory),又说"一名滑稽小丑"(a wag)。其中"fall back"也含"退后"之意,而"wag"也含"摇晃"之意。所以汉子说"你最好退后,使劲摇晃"(Fall back you had better, and wag it is)有鹦鹉学舌的意味。

"像你骗人的药膏一样光明正大。但你实在古怪——非常古怪且可疑。总之,我阅人无数,而你是最古怪、可疑的一个。"

汉子一边说一边审视对方,这让腼腆的草药医生很不舒服。仿佛为了表示自己并无怨恨,也为了转换话题,他揣着一股亲昵的热乎劲儿问道:"那么说您打算找些机器,帮您干活啰? 无疑是良心上的顾虑,阻止您远赴新奥尔良购买奴隶?"

"奴隶?"密苏里汉子转眼又陷入忧烦,"我才不要! 看到白人缩头缩脑、嬉皮笑脸地四处求助,而那些可怜的黑鬼却不在田间为他们收割玉米,这可太糟糕了,即便黑奴的价格相对更低。你是一名废奴主义者,没错吧?"男人两手支在长枪上,把它当成一根文明棍来使,他盯着草药医生,神情漠然,如同盯着一块靶子。"你是一名废奴主义者,没错吧?"

"这个嘛,不好回答。如果您是指一名激进的废奴主义者,那么我不在此列。但如果您是指一个人,他心怀包括奴隶内在的全人类,不损害任何人的利益,因此也不引发任何人的敌意,他对各种肤色一视同仁,以合法的行动消除世间的苦难(假设它多多少少存在),如果是那样,我算一个废奴主义者。"

"高明而审慎。你性子沉稳,是大恶人麾下价值连城的仆从。你这性子沉稳的家伙,也可能走上邪路,远离正途。"

"由此可知，"草药医生依然是一副宽容大度的样子，说道，"您这密苏里人，尽管生活在一个蓄奴州，却不赞成蓄奴。"

"是的，但你呢？瞧你这气色，那么没精打采，逆来顺受，岂不正是一个奴隶的气色？请问你的主人姓甚名谁？又或者，你属于哪家公司？"

"**我的**主人？"

"是的，你来自缅因州或佐治亚州，即来自一个蓄奴州，那儿的奴隶窝棚可以买到最好的货色，价格从家居级到总统级不等。你奉若神明的废奴主义，不过是奴隶对奴隶的同情罢了。"

"看来身处边远山区令您抱持着相当古怪的观念，"草药医生面带微笑，礼貌而不乏优越感，仍旧无畏地承受着一次次卑劣攻击，"不过，言归正传，既然您此行既不要成人也不要小孩，既不要奴隶也不要自由劳动者，剩下的选项，真就只有机器之类的了。衷心祝愿你顺利，先生——哦！"草药医生望向河岸，"开普吉拉多①快到了，我得说再见了。"

---

①　开普吉拉多（Cape Girardeau），密苏里州的城市，从圣路易斯行船约 140 英里可抵达。

第22章

如《图斯库路姆论辩集》①般温文尔雅

"'哲学信息咨询处'②——新奇的点子！可你怎么会觉得，我要用你这个荒唐的办法，嗯？"

轮船从开普吉拉多下行约莫二十分后，密苏里汉子冲着一名偶然遇见的陌生人如此大吼。这位主动搭讪的老兄是个

---

① 《图斯库路姆论辩集》(*Tusculanae Disputationes*) 是古罗马哲学家西塞罗 (Marcus Tullius Cicero, 前106—前43) 的一部对话体著作。这本著作的讨论语气友好、礼貌。但本章的对话既不友好，也不礼貌，本章标题无疑是一种反讽。

② "哲学信息咨询处"原文为"Philosophical Intelligence Office"，据说"Intelligence Office"是一个当时用于职业介绍机构 (employment agency) 的词组，故译作 "信息咨询处"，而不译成今天较为常见的"情报局"。另外，霍桑 (Nathaniel Hawthorne, 1804—1864) 写过一个短篇小说，名字就叫《信息咨询处》(*The Intelligence Office*)，麦尔维尔在文论《霍桑与他的青苔》(*Hawthorne and His Mosses*) 中提到了这篇小说，他写道："……《信息咨询处》,（是）人类心灵秘密活动的一个绝妙象征。" (... the *Intelligence Office*, a wondrous symbolizing of the secret workings in men's souls.)

驼背,膝盖内翻,穿了一身五块钱的破旧套装,戴了一条链子,链子的小铜牌上刻着"哲信处"①字样。此人的举止鬼鬼祟祟,神色堪比丧家之犬。②

"你怎么会觉得,我有求于你这个行当,嗯?"

"哦,尊敬的先生,"男人猫着腰,满脸谄媚,又走近一步,似乎还在摆动他那件衣服的破烂燕尾,"哦,先生,凭着多年的经验,本人一眼就能看出谁亟需我们卑微的服务。"

"假设我想找一个小家伙——他们逗趣地称之为'好样的小家伙'——你那荒唐的咨询处打算如何帮我? ——哲学信息咨询处?"

"是的,尊敬的先生,该咨询处建立在严格的哲学和生理学——"

"你说说看——到这儿来——根据哲学或者生理学,怎样雇用一个好样的小家伙? 到这儿来。别让我伸着脖子讲话。到这儿来,来吧,先生,来吧。"汉子像是在招呼自己的学生,"告诉我,怎样把众多的优点安排到一个小家伙身上,好比将乱七八糟的肉末塞进一个馅饼里?"

---

① "哲信处"原文为"P. I. O.",即"Philosophical Intelligence Office"的首字母缩写。

② 这人是骗子假扮的第七个角色。

"尊敬的先生,我们的咨询处——"

"你老说咨询处咨询处。它在哪儿? 在这艘客轮上?"

"哦,不,先生,我刚上船。我们的咨询处——"

"上船地点是前一座码头,嗯? 请问,你在那里认识一名草药医生吗? 一个滑头,穿着褐色长外套。"

"哦,先生,我只是在开普吉拉多短暂停留。不过,既然您提到了褐色长外套,我想我跟您说的这个人打过照面,当时他正下船登岸,而我正要上船,我觉得此人有点儿眼熟。我要说,看起来是个脾气非常好的正派之士。尊敬先生,您认识他?"

"聊过几句,但比你以为的更加了解。继续介绍你的生意吧。"

男人恭敬、谦抑地鞠了一躬,以感谢对方的许可,并接着说:"我们的咨询处——"

"瞧瞧你,"密苏里单身汉粗鲁地打断道,"你脊椎有什么毛病? 你干吗老是弯着腰,驼着背? 站直了。你们的咨询处在哪儿?"

"我代理的分支机构,位于奥尔顿①,先生,就在我们正航

---

① 奥尔顿(Alton),美国伊利诺伊州南部城市,位于密西西比河流域。

行通过的这个自由州。"男人骄傲地指着河岸上的什么东西。

"自由,嗯？你一个自由人,你在自吹自擂？凭你那衣服的下摆,连同你那卑躬屈膝的生病脊椎？自由？不如用脑袋瓜想想谁是你的主子吧,行吗？"

"哦,哦,哦！我实在——实在——不明白您说什么。但是,尊敬的先生,前头讲过,我们的咨询处,建立在全新的原则之上——"

"让你的原则见鬼去吧！一个人开始谈论原则,可绝不是什么好兆头。等等,回来,先生。回这儿来,回来,先生,回来！我们别再说什么找小家伙的业务。不,我是个玛代人、波斯人①。在我老家,树林里不乏松鼠、花栗鼠、黄鼬、臭鼬,我真受够了。我可不想又多弄些祸害回去,败坏心情,浪费材料。别再提小家伙,别再提你烦人的小家伙,招瘟的小家伙,头顶生疮的小家伙！至于什么信息咨询处嘛,我在东部住过,所以知道。那是一群玩世不恭的下流坏开办的诈骗机构,全凭阿谀奉承来使坏,来愚弄大众。而你是他们的优秀代表。"

"哎呀呀,哎呀,哎呀！"

---

① "我是个玛代人、波斯人"(I'm a Mede and Persian),典出《圣经·但以理书》第 6 章:"照玛代和波斯人的例,是不可更改的。"(the law of the Medes and Persians, which altereth not.)玛代人和波斯人同种。

"哎呀？好吧,雇一个你的小家伙我也得哎呀三次。你那些该死的小家伙!"

"可是,尊敬的先生,如果您不要小家伙,我们可否谦卑地为您供应①一名成年劳力?"

"供应?毫无疑问,你们还可以向我供应一位知心好友,对不对?供应!蛮不讲理的供应。这下子供应有注脚了,向人供应一笔贷款,假如他还钱不够利索,再给他供应手铐脚镣。供应!上帝不允许我接受供应!不,不。你看,我对你那位堂兄弟,那名草药医生说过,我乘船旅行是为了买些机器来干活。让机器帮我。我的苹果酒磨坊有没有偷过我的苹果酒?我的割草机——有没有睡过懒觉?我的剥玉米机——有没有摆过什么谱?没有:苹果酒磨坊、割草机、剥玉米机——全部忠实于各自的工作。而且不打小算盘,不吃不喝,不领工钱,始终在世间做有益的事情。它们是无上美德的光辉典范,是我知道的唯一可用的好家伙。"

"哎呀呀,哎呀,哎呀,哎呀!"

---

① "供应"原文为"accommodate",这个英文单词有"提供住宿""加惠于某人"等多个含义,今据上下文译为"供应"。在莎士比亚戏剧《亨利四世》(*Henry IV*)下篇的第 2 幕第 3 场,巴道夫(Bardolph)和夏禄(Shallow)也围绕"accommodate"展开过一番对话。而在本书后面的章节里,"accommodate"仍不时出现,但词义不尽相同。

"是的,先生——小家伙? 真让我恼火啊,从道德上讲,一台剥玉米机和一个小家伙到底有何区别? 先生,一台剥玉米机,一直勤勤恳恳工作①,差不多能上天堂了。你认为一个小家伙办得到吗?"

"一台剥玉米机,上天堂!"男人翻着白眼,"尊敬的先生,你说这话,好像天堂是华盛顿专利局的博物馆——哦,哦,哦! ——好像只有跟机器、木偶一样工作,才够格上天堂——哦,哦,哦! 没有自由意志的死物,竟然要收获善行义举的永恒报偿——哦,哦,哦!"

"好你个普列斯戛德·巴本②,你在抱怨什么? 我有没有讲过那种话? 照我看,你光是言语动听,其实很狡猾,说一套做一套,抑或你打算同我好好争吵一番?"

"尊敬的先生,可以吵也可以不吵,"男人恭谦答道,"但如果争吵,仅仅是因为一名战士,出于荣誉,要机智地应对侮辱,

① "一直勤勤恳恳工作"(patient continuance in well-doin),语出《圣经·罗马书》第 2 章:"凡恒心行善,寻求荣耀、尊贵和不能朽坏之福的,就以永生报应他们。"(To them who by patient continuance in well doing seek for glory and honour and immortality, eternal life.)因指机器,译者感觉不适合采用《圣经》的句子"恒心行善",故译作"一直勤勤恳恳工作"。

② 普列斯戛德·巴本(Praise-God Barebone,约 1596—1679),英国皮革商和再洗礼派牧师,曾为奥利弗·克伦威尔组织的 1653 年"小国会"成员。"普列斯戛德·巴本"(Praise-God Barebone)的字面意思是"赞美上帝的瘦子",作者采用的正是此意。

正如一名基督徒出于信仰而机智行事,洞察异端邪说时,偶尔他还可能稍嫌太过机智。"

"嚯,"密苏里汉子惊异地沉默了片刻,"你和那个草药医生真是不可理喻的一对,应该捆在一块儿。"

两人继续交谈。单身汉目光锐利地盯着男子,后者脖子上挂的小铜牌提示了他,让他想起此人语含谄媚,急切想同他再聊聊雇工的问题。

"关于这件事,"心血来潮的单身汉大声说,似冲天炮般直奔主题,"现在,所有思考都指向一个结论——它来源于前人的丰富经验——且听听贺拉斯和另一些古代贤哲如何谈论仆从①——结论是,不得不说,成年人也好小家伙也罢,对于大多数工作而言,我们人类统统不合格。不堪信任;不如牛可靠;责任心还比不了一条转叉狗②。因此,成百上千的新发明——梳毛机、钉掌机、隧道挖掘机、收割机、削皮机、擦鞋机、缝纫机、剃须机、送信办差机、端茶送水机,还有天知道什么神机鬼机,这一切等于在宣告人力时代的终结,那些顽固不化的劳

---

① 贺拉斯的不少作品,如《讽刺诗集》(Satires)、《长短句集》(Epodes)和《书信集》(Epistles)等,均提到奴隶不值得信任。

② "转叉狗"(turnspit dog),指能帮人类转动烤叉的狗。过去在欧美各国,人们曾训练狗转动炙叉、烤肉架,并制造相应的器械,方便转叉狗工作。

工、侍者必将被历史淘汰,沦为彻底无用的老古董。在这辉煌的日子降临前夕,我毫不怀疑,他们的皮囊会像刁滑的负鼠一样标价出售,尤其是小家伙。没错,先生,"汉子用火枪敲击着甲板,"我愉快地想到,这样的年月为期不远了。那时候,在法律的许可下,我要扛着这杆枪,出门猎捕小家伙。"

"哦,天!上帝啊,上帝啊,上帝啊!——但**我们**的咨询处,尊敬的先生,当我壮起胆子去批评,会——"

"不,先生,"密苏里汉子满是硬胡茬的下颌一沉,搁在浣熊尾巴上,"不要打算贿赂我。先前的草药医生试过。我想起一桩往事——简直比流涎症还糟糕——那支队伍由三十五个男孩组成,已足以证明少年儿童是一帮子天生的小浑蛋。"

"上帝保佑,上帝保佑!"

"是的,先生,是的。我名叫匹奇。我坚持自己的说法。我十五年的经验作证。三十五个男孩,有美国的、德国的、爱尔兰的、英格兰的、黑种的、黑白混种的,居然还有个中国男孩,来自加利福尼亚,是一位熟知本人难处的先生介绍的,还有个印度男孩,来自孟买。土匪啊!我发现他吸食已变成胚胎的鸡蛋黄。全是些无赖,先生,彻头彻尾的无赖。要么是高加索山民,要么是蒙古游牧人。五花八门的混账儿童,真令人惊诧。我一个接一个解雇了这些小家伙,总共二十九个——

他们坏得可以说完全出人意表,各具特色——我仍记得,我对自己说:这下子肯定没事了,统统给开了,连一个都不留。如今我还得找一个小家伙,跟前面那二十九个不同的小家伙,他务必听话,符合我一直以来的要求,可是,神啊!这第三十个小家伙——插一句,那时我早已放弃你们的信息咨询处,他是我千挑万选,从移民局专员手上,从纽约城大老远弄来的,总之吧,应我特殊要求,男孩出自一支八百个小家伙组成的队伍之中,他们是各民族的精华,他们给我写信,他们的临时营地位于东河①的一座岛上——嘿,这第三十个小家伙举止相当得体,他已故的母亲做过一位女士的仆役,或者是差不多类似的工作。他讲礼貌,哦,以平头百姓的方式讲礼貌,堪称一位完美的切斯特菲尔德②。他聪明伶俐——迅捷如闪电。但又那么温顺乖巧!'对不起,先生!对不起,先生!'他总是鞠躬说:'对不起,先生。'这小家伙的言行极为奇特地融合了儿女的依恋和侍从的恭敬。他对我的事务很热心,非常感兴趣。我想,应该考虑把他收作养子。有天早晨,我去了趟马厩,他揣着小

---

① 东河(East River)位于纽约城,实际上它并不是一条河,而是一个连接上纽约湾(Upper New York Bay)和长岛海湾(Long Island Sound)的潮汐河口。

② 切斯特菲尔德(Chesterfield),指菲利普·道摩·斯坦霍普(Philip Dormer Stanhope,1694—1773),第四任切斯特菲尔德伯爵(Earl of Chesterfield),英国政治家和文学家,以书信闻名,其称号至今是温文尔雅的代名词。

孩子的天真善良评价一匹老马:'对不起,先生,我觉得它越来越肥壮了。''可它瞧着不太干净,是吧?'我不愿狠下心肠敲打这小子,'它屁股好像有点儿往下凹,是吧? 或许我看错了,今天早上我眼睛不太灵光。''哦,对不起,先生,我想它那儿是掉了些膘,对不起。'好个文质彬彬的小混球! 我很快发现,他晚上从不给那匹可怜的老马喂燕麦,也从不给它铺垫子。这全是家仆该干的事情。他刻意的疏失当然不止于此。可他越是偷奸耍滑,对我越是毕恭毕敬。"

"哦,先生,您有些误解他了。"

"绝对不会。另外,先生,这家伙表面上是个切斯特菲尔德,骨子里破坏力极大。他把鞍褥剪成了一小块一小块皮子,把木箱的铰链卸掉,却矢口否认。他滚蛋后,我在他床垫下面找到了好些碎片。为了不再锄地,他狡猾地弄折锄柄,还大大方方地忏悔自己勤劳得过头,用力太甚。他说要修补那堆破烂——便优哉游哉晃到离我们最近的村落——这一路上尽是挂满果子的樱桃树。他客客气气地偷我的梨子,偷钢镚,偷小钱,偷大钱,像一只搬运坚果的松鼠,有条不紊。然而我缺乏证据。我向他表明了自己的怀疑。我颇为温和地说:'少点儿礼数,多点儿诚实,我更喜欢。'他恼羞成怒,威胁要告我诽谤。后来,在俄亥俄,有人看见他往铁轨上潇潇洒洒地放了根横木,就因为一个火车司炉斥责他是无赖,关于这件事我懒得再提。总而言之,够了:礼貌的小家伙或者粗野的小家伙,白皮肤的小家伙或者黑皮肤的小家伙,聪明伶俐的小家伙或者懒惰成性的小家伙,印欧人种的小家伙或者蒙古人种的小家伙——无一例外,统统是小王八蛋。"

"令人震惊,震惊!"男子紧张兮兮地把他的破旧的领巾下端塞进外衣里头,"无疑,尊敬的先生,您刚刚的讲述充斥着可悲的幻觉。呃,我再次请求原谅,您似乎对小家伙们毫无信心,实际上,不得不承认,至少有一部分男孩,极易沾染这样那样的愚蠢小毛病。但是,尊敬的先生,即便如此又有何妨?反正依照规律,他们终将彻彻底底甩掉各种问题。"

此前,戴小铜牌的男子一直在用狗一般的呜咽和呻吟表达他哀怨的不满情绪,眼下似乎才开始拾起勇气,与对方大胆交锋。然而他初试啼声,效果却不怎么令人鼓舞,这从紧接着发生的谈话便可见一斑:

"那些小家伙甩掉了他们身上的什么问题?从坏孩子一跃变为老实汉?先生,'孩童乃成人之父'①。所以说,既然所

---

① "孩童乃成人之父"(The child is father of the man),出自威廉·华兹华斯的诗歌《我的心怦然跳动》(My Heart Leaps Up),这句诗又出现在《不朽颂》的题词之中。本书第10章有一首《多疑颂》,是作者对《不朽颂》的诙谐仿写。

有小家伙全是浑蛋,成年人也统统是浑蛋。不过,上帝保佑,
诸如此类的事情你肯定比我更懂。你经营着一个信息咨询
处,这样的机构,洞察人性自然是强项。来,到这儿来,先生。
痛快承认你心里一清二楚吧。莫非你不知道,所有成年人全
是浑蛋,所有小孩也全是浑蛋?"

　　"先生,"因为震惊,戴铜牌的男子似乎鼓起了些许干劲,
不过仍分外谨慎——"先生,谢天谢地,您刚才讲的,我远远谈
不上什么清楚不清楚。真的,"他若有所思地继续说道,"到十
月份,我跟同事们一起经营信息咨询处将满十年,我们始终专
注于此业,在大城市辛辛那提①也开张已久,而如您所言,在这
么长一段时间里,我肯定多多少少有些好机会探究人性——
因着做生意,不仅见过成千上万张面孔,男的女的,来自世界
各国,既有雇员也有雇主,九流三教,鱼龙混杂——还记录下
他们的个人情况。我坦率承认,当然不乏一些例外。但根据
范围有限的观察,我发现,无论是在公共领域,还是在私生活
领域,可以说人类大体上——人非圣贤,孰能无过——道德高
尚得出奇,堪比我们所能设想的最纯洁的天使。尊敬的先生,
对此我信心十足。"

———————————

① 辛辛那提(Cincinnati),美国俄亥俄州城市。

"胡扯！你要么没讲真话，要么不食人间烟火。看来你对世风、习气一无所悉，而它们近在眼前，像蛇一样悄悄爬行，穿街过巷，让你难以察觉。简单说吧，我们脚下的大船就迷雾重重。哼，你这种菜鸟不知道它能否经得起风浪，却依然跟蠢货一样哼着歌，袖着手，在千疮百孔的甲板上溜达，傻不拉叽地人云亦云，听信狡猾船东的谎话，那家伙拍胸脯保证客轮安全，任由它沉入水底……

    湿淋淋的帆索，滚滚的海！① ——

"嗯，先生，此刻我想到，你那一整套说辞，也不过是湿淋淋的帆索，滚滚的海，不过是一阵穷追猛赶的盲风②，为本人的论述提供了鲜明对照而已。"

"先生，"戴小铜牌的男子渐渐没了耐性，大声喊道，"请允许我深怀敬意地指出，您的某些措辞不够理智。当我们的客户走进咨询处，为一个我们推荐的小家伙而怒火中烧——那

---

① "湿淋淋的帆索，滚滚的海"（A wet sheet and a flowing sea），是苏格兰诗人艾伦·坎宁安（Allan Cunningham，1784—1842）一首诗作的题目和第一行文字。

② "一阵穷追不舍的盲风"（an idle wind that follows fast），由《湿淋淋的帆索，滚滚的海》的第二行"一阵疾风在追赶"（A wind that follows fast）演化而来。

孩子又完完全全是受了冤枉,这时候,我们也这么告诉来者。是的,先生,恕我直言,您并未充分考虑到,我虽然身材瘦小,照样有一份小小感情。"

"好吧,好吧,我根本不想伤害你的感情。我相信你说的,它们很小,非常小。对不起,请原谅。可是真相好比打谷机,容不得温情脉脉。希望你理解。我无意冒犯你。我只不过要说,我从一开始就说过,而我现在敢赌咒发誓说,小家伙一概是浑蛋。"

"先生,"男子低声答道,他仍旧保持克制,像一名在法庭上纠缠不休的老律师,或者一个好心肠的呆瓜,顽皮地晃动着屁股——"先生,既然您又回到这句话,可否准许我,以低微的、不起眼的方式,向您呈上我低微的、不起眼的观点?它们出自一个我经手的实际案例。"

"哦,请吧,"密苏里汉子搓着下巴,望向另一边,无礼而冷淡,"哦,请吧,继续。"

"那么,尊敬的先生,"男人一副斯斯文文的模样,仿佛那身讨厌的五块钱烂衣服真可以满足他装腔作势的需求,"那么,先生,我要说,本咨询处是建立在特殊的原理,亦即严格的哲学原理之上的,"渐渐地,他越说越慷慨豪迈,身材似乎越来越高大,"它们指导我以及我的同事们,以我们低微的、不起眼的方式,去小心谨慎地分析研究一个人,而且,我们依据的理论普普通通,我们自主设定的目标也不易吸引关注。该理论我此刻没打算详加说明。但不少发现来源于它。若你准许,我将简要介绍一二。我认为,它可以指导世人科学地看待我们的童年阶段。"

"看来你研究过这些个东西?还特别研究过小孩,嗯?你原先怎么不露两手?"

"先生,我是小本生意,得不到那么多专家,有身份的专家,免费指导。我听闻,见解如同人一般,也讲先后次序。您已表明自己的观点,现在轮到我投桃报李了。"

"别一个劲儿文绉绉的——快讲啊。"

"第一条,先生,我们的理论教导说,要以自然界的现象类比道德问题。先生,这您没意见吧?好,先生,如果有一名男童,或者一名男婴,总之是个小家伙——先生,烦请相告,您首先会作何评价?"①

"浑蛋一个,先生!现在是,将来也是,浑蛋一个!"

"先生,激情占据的领域,科学必然退出。我能否继续?好,请问,尊敬的先生,大体而言,您如何评价一名男童或

----

① 戴小铜牌的男人开始采用苏格拉底的对话方式,不断设问,以驳倒密苏里汉子匹奇。

男婴？"

　　单身汉暗自咆哮。不过比较先前，眼下他好歹压住了火气，虽然相当勉强。实际上他觉得，保险起见，还是不要清楚明白地回应对方为好。

　　"您作何评论？容我恭敬地再问一次。"然而没有应答，只有勉强压抑住的低沉咆哮，如同一头熊①躲在树洞里。于是提问者接着说道："好吧，先生，若蒙您许可，我将以自己低微的方式，代您答话，尊敬的先生，代您评价一个初生的受造物，一件散乱的未完成作品，一首写在白纸上初步成形的练习曲，一张随意涂抹了几笔的漫画，也就是说，评价一个人。尊敬的先生，您看，理念已有，可它尚待落实。总而言之，尊敬的先生，男孩在这儿了，尽管各方面还很欠缺，我承认。不过他大有**希望**，没错吧？是的，我敢说，他确实非常有希望。（因此，同样的，我们对主顾说，切勿将品质可贵的小家伙当成了**侏儒**。）但是为了更进一步，"男子迈出他裤子破旧的腿脚，走近了些许，"我们不得不抛弃那张随意涂抹了几笔的漫画，且从园艺学领域借一件东西来，以便需要时立即可用。您如果愿意，权当它是一颗蓓蕾，百合花的蓓蕾。好，这名新生儿具有若干特

———————————

① "一头熊"的原文为"Bruin"，该单词的本意是"童话故事中的熊"，可直译为"布伦熊"。

质——我大可以坦承,并非全是优点——然而,这些特质,它们天生就存在,与成人的特质一样分明。但我们不应止步于此,"男子又往前跨了一步,"孩童虽则年幼,却不仅仅拥有刻下的特质,他如同百合花的蓓蕾——我们的园艺学概念这下子派上用场了——蕴含着另一些事物的雏形。换句话说,那是目前还未曾显现的特质,不乏优点而又暂且蛰伏。"

"喂,喂,你说得越来越园艺学,越来越诗情画意了。简短些,简短些!"

"尊敬的先生,"男子像个老迈的军士,身姿僵硬而英武,"当我们在正式讨论的战场上投入了重要论据的先头部队,新儿童哲学的主力军洪流势将滚滚而来。在下以为,您必会欣然允许我实施大范围的游走,这番动作也是低微、谦逊的。尊敬的先生,请问我可以接着往下讲吗?"

"可以。别再文绉绉的,继续吧。"

戴小铜牌的哲学家备受鼓舞,随即说道:

"先生,假设那位高贵的绅士(符合该词含义者,是指这么一名主顾,他偶然步入我们的视野),尊敬的先生,假设那位高贵的绅士,亚当,突然间掉进了伊甸园,好比一头小牛来到了牧场。先生,假设如此吧——请问,即使是那条学识渊博的蛇,又怎能预见这个嘴上没毛的小乖乖,终可媲美胡须浓密的老滑头？先生，睿智如那条蛇，竟也差点儿受到蒙蔽。"

"这我不大清楚。魔鬼是非常精明的。由此判断，魔鬼对人的了解，似乎还胜过造人的万物之主。

"看在上帝的分上，先生，别这么说！重点是，眼下可否公允地承认，那个男童纵或留胡子，也并不比天父更威严，而将来的这样一副美髯，难道还能让我们慷慨大度地对他——即使他尚在摇篮之中——抱以信任？先生，恕在下直言，难道我们应该那么做？"

"是啊，藜草①一长，得立刻除掉。"单身汉好像猪一般，用他满是硬胡茬的下颌磨蹭着浣熊皮。

"这个譬喻，跟我讲的意思差不多，"男子颇为平静，无视对方的打岔继续发言，"请想一想，假设一名小男孩品行低下，再大大方方地相信他将来会提升进步。您明白吧？当我们的主顾不得不退还一个不称职的小家伙，您这样说：'女士，或者先生，视情况而定，这孩子长胡子了吗？''没长。''烦请相告，他到目前为止，品行是否高尚？''并不高尚。''那么，女士，或者先生，我们谦卑地恳求您，把他领回去，留下他，静待他品行

---

① "藜草"的原文"pig-weed"含有"猪"（pig）这一语义单元，而后文的"好像猪一般"（porcinely）与之呼应，有文字游戏的意味。

改观。请保持信心，因为高尚的品行正如胡子，潜藏在他身体里。'"

"很棒的理论，"单身汉不无轻蔑地高喊，然而，这些古古怪怪的新观点有可能触动了他，"但需要什么样的信心？"

"无与伦比的信心，先生。我往下说了。您若不介意，我们仍旧讨论那个小男孩。"

"且慢！"汉子猛然伸出一只手，仿佛伸出爪子，"在我跟前别小男孩小男孩的说个没完。如果你不喜欢面包，自然也不喜欢生面团。只要能把道理讲清楚，尽量少提你那个小男孩。"

"再来谈谈那个小家伙，"男人重复道，脖子上垂挂的铜牌给了他莫大勇气，"我是指，谈谈他成长的过程。最初这小男孩没有牙齿，六个月大才出牙——先生，我说得对不对？"

"我对此一无所知。"

"那么，继续：尽管生下来没有牙齿，大约第六个月，他开始长牙。这番小小的努力实在是纯真可爱。"

"非常可爱，但牙齿就这么直接从嘴里冒出来了，不值得大惊小怪。"

"的确如此。因此，要求退货的主顾，他们抱怨小家伙不仅品行欠佳，还有很多坏毛病，你我应该对这些人说：'女士，或者先生,那孩子表现得十分差劲,是不是?''他们荒唐透顶。''但请保持信心,您会有信心的。想想看,女士,这小家伙还是个婴儿时,长出第一颗乳牙,然后呢,他今天不也有了一副齐整的,甚至相当漂亮的坚固牙齿? 而那些个乳牙越是讨厌——其实并不讨厌,女士,我们姑且承认——今天这一副齐整的,甚至相当漂亮的坚固牙齿,越是有理由迅速地取而代之。''好吧,好吧,无可否认。''所以,女士,我们谦卑地请求您,把他领回去,耐心等待,转变会很快发生,您埋怨的种种短暂的品行缺陷会消失不见,他将持续生长,获得完备的,甚至相当高尚的持久美德①。'"

"依然那么富有哲理。"密苏里汉子的回答充满了轻蔑之意——也许这样的情绪外露,恰与他内心的不安互相映照。"确实饱含哲理,但请告诉我——继续使用你的譬喻吧——既然长出了第二副牙齿,而事实上它源于第一副牙齿,那有没有可能,缺点也随之传递下来?"

"完全不会。"男人侃侃而谈,谦卑的神色逐渐减少。"第二副牙齿只不过晚于第一副牙齿,并非源于第一副牙齿。两

---

① "完备的""高尚的""持久的"原文分别为"sound""beautiful""permanent"。前文形容牙齿时,作者也用了这三个相同的形容词。译者则依据中文的习惯分别译作"齐整的""漂亮的""坚固的"。

者是前后任关系,不是父子关系。第一副牙齿有别于苹果的花蕾,它们不是第二副牙齿的雏形,本身也未曾融入第二副牙齿之中。第一副牙齿脱落,是由于第二副牙齿从相同的位置独自长了出来。顺带提一句,相比我的言辞,这个图景的意涵更丰富,更好地传达了我心中所想。"

"它有什么意涵?"单身汉犹如一团乌云,体内蕴藏着无从宣泄的躁动。

"尊敬的先生,它表明任何一个小家伙,尤其是调皮捣蛋的小家伙,毫无例外地适用于这句话:孩童乃成人之父。即使他们遭受了不公正的诬蔑,这些小家伙仍非常契合于——"

"——你的譬喻。"单身汉活像只鳄龟。

"对,尊敬的先生。"

"可是譬喻算什么论证? 你在胡说八道。"

"尊敬的先生,胡说八道?"男子一脸愤懑。

"没错。你只是打比方,而不是直接说清楚。"

"哦,好吧,先生,不管是谁,用这种语气谈话,并且对人类的理性没有信心,瞧不起人类的理性,跟他讲道理便徒劳无益。但尊敬的先生,"男子换了一副腔调,"请允许我指出,要不是或多或少受到了譬喻的触动,您很可能根本就懒得去鄙视它。"

"扯远了,"单身汉轻蔑道,"还劳烦相告,你刚才的譬喻,跟你那信息咨询处生意有什么关系?"

"大有关系,尊敬的先生。我们可以从该譬喻推导出结论,以答复这么一名主顾,他雇用了我们介绍的成年劳动者,没过几天又想打回票。那位先生并非对工人不满,只是偶然听到另一位先生说,他多年前也雇用过此人,当时他没有长大,表现得不太好。应付这种苛刻的主顾,我们不妨把工人拉过来,再推荐一次说:'女士,或者先生,法不**溯及既往**,您给这个成年人挑的毛病,距今已远。女士,或者先生,您会因为蝴蝶曾经是毛毛虫而惩罚它吗?① 所有生命在其自然进程当中,难道不也如此演化,反复地蜕去旧我,无数次浴火重生,越变越好吗? 女士,或者先生,请将这个成年人领回去,他以前兴许是条毛毛虫,今天却是只蝴蝶。'"

"妙语双关。不过,即使认可了你的譬喻,又能怎样? 莫非毛毛虫是一个生命体,而蝴蝶是另一个? 蝴蝶是披上了花俏外衣的毛毛虫。剥去成年人的伪装,会看到一个长大的小男孩,跟以前的鬼样子相差无几。"

"您不接受譬喻,我们就来谈谈事实。您否认一个小家伙

---

① 蝴蝶和毛毛虫的譬喻,第14章也出现过。

能够变成一个品性相反的男子汉——好,我有现成的例子:拉特拉普修道院的创建者①和伊纳爵·罗耀拉②。在少年时期,以及在某一阶段的成年时期,二人皆是孟浪之辈,可他们终以隐修者的克己自持,令世人称奇不已。对了,安抚那种匆忙要辞退轻佻的年轻侍者的主顾,您不妨引用这两个实例。'女士,或者先生,耐心,耐心一点儿,'我们说,'善良的女士,或者先生,您会不会因为一桶好酒发挥效力时令人多少有些犯晕,就把它倒掉?那么请不要开掉这一名年轻侍者,他本身的优点正在发挥效力。''但他是个可悲的放荡之徒。''那恰恰是他的好处呀,放荡之徒实可谓圣贤的粗胚。'"

"啊,你真能说啊——你这样的家伙我称为唠叨鬼。你们说个不停,没完没了。"

"先生,请不吝赐教:最伟大的法官、主教或先知,倘若笨嘴拙舌,还如何伟大? 他们说个不停,没完没了。老师特殊的天职就是讲话。智慧不是闲谈是什么? 尘世最高等的智慧,

---

① "拉特拉普修道院的创建者"(the founder of La Trappe),指修士阿芒·杭瑟(Armand Jean le Bouthillier de Rancé, 1626—1700),他是西多会特拉普派(Trappist Cistercians)的创建者和拉特拉普修道院(La Trappe Abbey)的院长。但他并不是拉特拉普修道院的创建者,这座法国的修道院创建于12世纪。

② 伊纳爵·罗耀拉(Ignatius Loyola, 1491—1556),天主教耶稣会(Jesuits)的创建者。

以及尘世众生之师的最后言论,难道不是实打实的、真真正正的席间交谈吗?①"

"你,你,你!"密苏里汉子的火枪咔啦咔啦作响。

"既然我们无法达成一致,不如换个话题。请问,尊敬的先生们,关于圣奥古斯丁,您作何评价?"

"圣奥古斯丁?我,还有你,为什么要了解此人?依我看,你身处这么一个行业,还穿着这么一件外套,尽管说不上渊博,但其实学问已经很丰富,比你应当掌握的更丰富,或者比你有权掌握的更丰富,或者比你为了方便或保险起见而掌握的更丰富,又或者,比你在美妙的人生道路上本可以真正掌握的更丰富。我认为,你拥有这些学问恰如中世纪的犹太人拥有金子,你还缺少足够的见识②去好好利用它们,所以不配拥有它们。我一直在寻思这事。"

"您挺风趣,先生。不过我觉得,您对圣奥古斯丁大概有所了解。"

"圣奥古斯丁的《论原罪》是我的教科书。但我再问一遍,

---

① "闲谈"和"席间交谈"的原文均为"table-talk"。"最后的言论""实打实的、真真正正的席间交谈"是指耶稣与使徒们在最后的晚餐上的言语。
② "见识"和前面的"学问"原文均为"knowledge",译者根据上下文,选择不同汉语词汇译出。

你为什么有时间、有闲心来折腾这些个冷僻学问？实际上，我越是回想你先前的言谈，越是觉得十分独特，非同一般。"

"尊敬的先生，我还没有告诉您，本咨询处在建立全新的、严格的哲学方法之上，这促使我和我的伙伴们广泛地吸收研究人类的成果。同样，假如我并未说明，此等研究成果一贯指导着本机构为顾客——诸多善良的绅士——推选包括小男孩在内的各种优秀雇员，假如我没有这么做，是我不对。那些研究成果，唔，匀整分布于所有图书馆里，分布于所有国家的所有人民之中。好了，先生，您很欣赏圣奥古斯丁吧？"

"卓越的天才！"

"在某些方面，确实如此。然而，圣奥古斯丁在自己书中不是承认了吗？三十岁以前，他一直非常放荡。"

"圣人是一名放荡之徒？"

"并不是圣人放荡，而是圣人瞎胡闹的前身放荡——是那个少年放荡。"

"所有小家伙一律是浑蛋，所有成人也是这副德行，"密苏里汉子又一次话锋突转，"我名叫匹奇。我坚持自己的说法。"

"啊，先生，请允许我——当我看到，您在这温暖的春夏之交蹊跷作怪地穿着皮制的衣服，我只好断定，冷酷和您不合时宜的思维习惯一样，尽是些荒唐的做法，无论是在您纯粹的精神世界之中,还是在大自然之中,它们都毫无依据可言。"

"好吧,其实,嗯——其实,"这些柔和的攻讦使单身汉的良心受到冲击,他相当烦躁,"其实,其实,嗯,我不敢肯定,可能我对那三十五个小家伙有点儿太过严厉了。"

"很高兴您软化了一些,先生。无论您当初对待第三十个小家伙的方式多么值得商榷,您如今不失风度的灵活变通,谁知道呢,也许正是成熟之人最坚固内核的柔软外皮吧,这就好比玉米棒子有着柔软的玉米皮一样。"

"是的,是的,是的,"单身汉激动地喊道,好像一束光从天而降,照亮崭新的图景,"是的,是的,如今回忆起来,我常常在五月份苦恼地望着自家栽种的玉米,想知道这些个病恹恹的、给虫子吃掉一半的嫩芽,到八月份能否茁壮成长为坚硬的、雄伟似矛枪的玉米棒子。"

"极其令人钦佩的省思,先生。而根据本咨询处首创的譬喻理论,您只需把这一想法运用于第三十个小家伙,看看有什么效果。倘若您留下了那个小家伙——暂且容忍他种种败坏的品行,不断改善它们,给它们锄草——您将收获何等辉煌的回报啊,到头来,您会拥有一位马夫中的圣奥古斯丁。"

"其实,其实——好吧,我很高兴没送他进监狱,原本我是打算这么干的。"

"真要那样可就太糟糕了。假定他是个小恶棍。男孩子们的坏毛病，如同马驹不经意地尥蹶子，毕竟还没调教好。这些小家伙不知道何为美德，跟他们不知道何为法语的原因一模一样。从来没有人指点过他们。少年收容所是建立在亲情式关爱的基础之上的，法律规定它们要接纳犯错的孩子，而如果成人犯下类似的过错，待遇则截然不同。为什么呢？因为不管怎样，说到底，全社会一如本咨询处，对小家伙还是抱着文明人应有的信任。我们把这一切统统讲给顾客听。"

"你的顾客，先生，似乎是你招募的水手，可以对他们说三道四，"单身汉故态复萌，"为什么聪明的雇主不喜欢收容所的少年，即使他们的工资最低廉？我可不要你那些改过自新的小家伙。"

"我不会向您推荐这么一个小家伙，尊敬的先生，我会向您推荐一个根本无须悔改的。不要笑。正如麻疹和百日咳虽是小孩的常见病，可也有些孩子从没得过，与此相仿，有些小家伙并无同龄人的恶行恶状。确实，最棒的小家伙也可能染上麻疹，而坏习气会腐蚀好言行。但我要推荐给您的，恰恰是一个头脑清楚、身体健康的小家伙。如果在今天以前，先生，您遇到了一连串特别讨厌的小家伙，那么眼下越发有可能碰上一个好的。"

"不得不说,听着还挺合情合理——真的,有点儿。其实呢,你虽然讲了一堆蠢话,极蠢且极荒谬,不过总体来看,你这番言谈没准儿能打动一个比我更轻信的老兄,让他对你抱持某种有条件的信任,连我也几乎要认可你的咨询处了。好,为了找些乐子,姑且假定我,我本人,同样抱着诸如此类有条件的信任,即使就一点点,这时候,你打算给我推荐一个什么样的小家伙? 你又如何收费?"

"我们会安排妥当,"男子多少有些骄傲地回答道,他口若悬河,怀着传播教义的热情,信心满满地抛弃了所有伪装,"我们会在小心谨慎、仔细研究、认真工作的原则下安排妥当,超越同类机构的老一套做法,因此哲学信息咨询处的收费也不得不高于通常水平。简单说,您需要预付三美元。至于人选,我恰好有一名前途无量的小家伙——真是非常合适的小家伙。"

"诚实吗?"

"向来很诚实。可以把百万家财托付给他。至少,他母亲提供的一份颅相学简报是这么的判断。"

"年纪?"

"才十五岁。"

"高不高? 壮不壮?"

"以他的岁数,他母亲说,高大得异乎寻常。"

"勤快吗?"

"根本闲不住。"

单身汉陷入了长久的思索。最终,他犹犹豫豫道:

"坦率说,你认为——嗯,我坦率说——坦率说——对那个小家伙,我可否抱有一星半点——很少一点点、殊为保守的信心? 坦率说吧,嗯?"

"坦率说,您可以。"

"是个挺棒的小家伙? 顶不错的小家伙?"

"没有比他更好的了。"

单身汉再度陷入犹犹不绝的沉思,继而又说:"好吧,嗯,关于孩子,你提出了种种十分新颖的观点,关于成人亦然。这些观点具体怎么样,我眼下无法判断。尽管如此,纯粹为了验证真伪,我愿意试一试那个小家伙。请注意,我不认为他是一位天使。不是,不是。但我会试一试。给你三美元,还有我的地址。两周之内让他过去。收下吧,他路上用得着。揣好。"单身汉把钱交给对方,多少有些不情不愿。

"啊,感谢。我忘了他还要走一段路。"说完这句话,男子语气一变,郑重其事地接下钞票道,"尊敬的先生,我一向不愿意拿别人勉勉强强递过来的钱财,不愿意,除非您甘之如饴,我才肯领受。要么您对我完全信任,毫无疑虑(先别管那个小家伙),要么请允许我怀着敬意,退还这些钞票。"

"把它们收好,把它们收好!"

"谢谢。信任是各种各样交易必不可少的基础。缺乏信任,则人与人之间、国与国之间的商务活动,会像手表一样越走越慢,乃至停顿。现在,假设那个小家伙的表现并不尽如人意,难以符合此刻的期望,尊敬的先生,请勿仓促解雇他。保持耐心,保持耐心。用不了多久,暂时的坏毛病必将消失,完满、坚定,甚至永不改变的美德必将取而代之。啊,"男子朝河岸望去,看见一道怪石嶙峋的悬崖,"那边是'恶魔的玩笑',大伙就这么叫它。即将在码头停靠,铃铛很快会响。我得去找找那个厨子,我要送他去开罗,交给一位旅店老板。①"

---

① 在查尔斯·狄更斯的长篇小说《马丁·翟述伟》(*Martin Chuzzlewit*)中,主人公马丁·翟述伟买下了一家"伊甸园公司",结果发现,这家所谓公司位于美国伊利诺伊州南端城市开罗(Cairo)附近,其实不过是一片沼泽。在那里,马丁差点儿死于黄热病,随后他受雇于一位旅店老板,当了个厨子。

第 23 章

船至开罗,密苏里汉子再度心生恐惧, 足以证明自然景物的影响力之强

在开罗,寒热症这家老牌公司的生意方兴未艾。那位克里奥尔掘墓工,黄热病——敏捷挥动着锄头和铁锹①,斑疹伤寒先生则揣着死亡法典,加尔文·埃德森②与三名送葬人在沼泽中行进,狂乱地呼吸着毒臭的微风。

潮湿的暮暗里,蚊子嗡嗡作响,萤火虫闪烁不定,邮轮此刻停靠在开罗港。不少乘客已登岸离去,新一波乘客即将上船。密苏里汉子倚着邻近码头一侧的舷栏,望着朦朦胧胧、脏污不堪的大片泥沼。他在甲板上愤世嫉俗地独自咕哝,如同

① "敏捷挥动着锄头和铁锹"(his hand at the mattock and spade has not lost its cunning),典出《圣经·诗篇》第137章:"耶路撒冷啊,我若忘记你,情愿我的右手忘记技巧。"(If I forget thee, O Jerusalem, let my right hand forget her cunning.)

② 见本书第 16 章第 134 页注释③。

艾帕曼图斯那条狗①为了肉骨头而咕哝。单身汉想到，戴小铜牌的男子即将踏上这凶险的河岸，仅此一条，就让人怀疑。好像一个受了误导而吸入氯仿的家伙正慢慢清醒，眼下他大致可以断定，那位哲学家已经不知不觉变成了一个乖违哲理的骗子。世人由明变暗的幅度是何其巨大！他泛泛思考着人类主观意志之谜。密苏里汉子认为，自己通过克洛丝波恩斯②——他最为欣赏的作者——观察到，正如一个人早晨醒来，气色极佳，清爽得仿佛一名浪荡子，这多棒啊，然而到了睡觉时间，他却身心俱疲。所以早上起床，我敢保证，你又明智又审慎，非常明智，非常审慎，但入夜之前，简直像变戏法一般，你跌跌撞撞，沦为一个大傻瓜。健康与睿智同等宝贵，也同等稀缺，犹如可堪依靠的稳固财富。

　　然而，楔子是从什么地方悄悄打进来的？哲理、知识、经验——难道这些值得信赖的骑士临阵倒戈了？不，他们并不知道，敌人在城堡南面发动了奇袭，那一侧地势低缓，而"怀

---

①　艾帕曼图斯（Apemantus）是莎士比亚戏剧《雅典的泰门》中的人物。而"狗"（dog）与前文的"愤世嫉俗"（cynical）构成双关，因为 cynical 源于古希腊语，本意是"狗一样的"。

②　"克洛丝波恩斯"原文为"Crossbones"，本意是"交叉的大腿骨图形"，是死亡的象征，作者采用拟人化手法，将该单词的首字母大写，译文因此也采取音译。

疑"作为大门的守卫者,又习惯于谈判交涉。总之,他太宽容,太友善,太单纯,常常吃亏。他决定引以为戒,今后跟人打交道时务必凶一些。

他认真推敲着刚才那番闲聊的玄机奥妙。如他所想,戴小铜牌的男子慢慢解除他的防备,愚弄他,让他在不经意间同意破例,抛弃了自己在人种问题上的、放之四海而皆准的不信任法则。单身汉仔细琢磨着,却搞不懂那门生意,更搞不懂做生意的家伙。若此人在行骗,似乎无利可图,肯定是出于爱好。仅仅为了两三个脏兮兮的银圆,就不惜用尽花招?再说,他整个儿一副穷形尽相。眼下再去回想,单身汉十分迷惑,仿佛看到了一个衣衫褴褛的塔列朗①,一位穷困潦倒的马基雅维利②,一名邋邋遢遢的蔷薇十字会③修道者,他隐约觉得,那家伙正是以上三者的混合体。他心怀厌恶,又不得不找出合乎逻辑的解释。类比法再度登场。当这一方法屈从于一个人的

①　塔列朗,即夏尔·莫里斯·德·塔列朗-佩里戈尔(Charles-Maurice de Talleyrand-Périgord,1754—1838),法国大革命时期的政治人物,在政府中担任过外交部长、总理大臣等职,为人机警圆滑,老谋深算。

②　马基雅维利(Niccolò di Bernardo dei Machiavelli,1469—1527),意大利政治思想家和历史学家,著有《君主论》等影响深远的作品。

③　蔷薇十字会(Rosae Crucis),相传于13世纪在欧洲建立的一个神秘组织,会徽为等臂十字架上嵌一朵玫瑰,隐秘的教义和修行方法在其成员中代代相传。

偏见时,必然充满了谬误,不过它同样可以验证那宝贵的怀疑。于是,单身汉将这个言辞闪烁之人的阴险眼神,与他歪歪斜斜的衣服下摆相对照;将这个滑头天花乱坠的谈吐,与他那双破靴子的平滑斜面的反光相权衡;将这个含沙射影之徒反反复复的阿谀奉承,与那条用肚子爬行的卑鄙畜生①的谄媚相比较。

他没情没绪,陷入枯想,肩膀突然被人使劲拍了一下。他立即闻到一股浓烈的烟草臭味,听见一道如六翼天使般甜蜜的声音:

"好伙计,你呆呆愣愣寻思什么呢。"

---

① "用肚子爬行的卑鄙畜生"（the flunky beast that windeth his way on his belly）,典出《圣经·创世记》第 4 章:"你必用肚子行走,终身吃土。"（You will crawl on your belly and you will eat dust all the days of your life.）

第 24 章

博爱者宣称要感化厌世者,结果却没能驳倒他

"把手拿开!"单身汉嚷道,很是阴郁烦闷。

"把手拿开?你这标签在我们的交易场①里可不管用。在我们的交易场里,大凡品味良好的人士都喜欢摸一摸细绒布,尤其是当它穿在一个堂堂男子汉身上。"

"敢问阁下又算哪一路堂堂男子汉?你从巴西来,对不对?你这只巨嘴鸟。羽毛鲜亮,皮肉散发恶臭。"

单身汉粗鲁地提到巨嘴鸟,也许并没有偏见,而只不过想点出对方的着装颜色混搭,式样花俏。然而,即便你是一名服

---

① "我们的交易场"(our Fair),研究者认为,很可能是借指约翰·班扬所作《天路历程》(The Pilgrim's Progress)中的虚荣交易场(Vanity Fair,又译"浮华市集""名利场")。而霍桑的《通天铁路》(The Celestial Railroad)也同样提到了这个交易场。

饰方面的自由主义者，几乎在任何地域，除了在自由的密西西
比河上，穿过各种行头，即便你对千奇百怪的衣服早已见惯不
惊，又比密苏里汉子更加包容，很可能仍会觉得，此人的装扮
确实有点儿非同寻常。不过，说到单身汉自己的服饰，那些个
灰熊皮和浣熊皮，怪异程度恐怕也不遑多让。总而言之，陌生
人套着一身七彩斑斓的华服，洋红色在其中最为扎眼，混杂了
苏格兰格子裙、埃米尔长袍，以及法国女式衬衣的风格，正面
满是褶皱，乍一看如同绣花的赛艇衫。① 他还穿着一条白色大
鸭裤，踩着一双栗色拖鞋，头戴一顶颇有皇家气派的紫色吸烟
帽，俨然是一位旅行者之王。尽管他一身奇装异服，在别人眼
中却并不呆板或生硬，反倒显得相当随性，普普通通，毫不突
兀。他热情的手臂，连接着冷淡的肩膀，此刻正轻松惬意地贴
垂于身前，并以船员的风格，插在一条收束着精美大氅的印第
安腰带间。另一只手攥着根纽伦堡烟斗，它樱桃色的烟杆又
长又亮，漂亮的瓷质斗钵上绘有微型的绵延峰峦以及相关各
国的纹章——不啻一场华丽表演。烟草那醇香的精华将斗钵

---

① 这位博爱者(philanthropist)，亦即世界漫游者(cosmopolitan)，全名弗朗西
斯·古德曼，又名弗兰克，是骗子扮演的第八个角色，也是他扮演的最后
一个角色。他就是黑基尼在第3章所说的"穿蓝紫社(色)长袍的先生"。
其华服上的洋红色与黑基尼描述的蓝紫色相近。从本章起，直到最后一
章，他几乎一直在场。

缓缓浸透,使之愈发明润圆熟,类似一个人的脸颊因内在情绪
而展露玫瑰色晕斑。然而玫瑰色斗钵也好,玫瑰色面庞也罢,
当神情阴郁的单身汉讲话时,它们一概消散无踪。大船再度
起航所造成的喧闹稍稍减退后,男人继续说道:

"喂,"他盯着对方的帽子和腰带,不无嘲讽,"你肯定在非
洲哑剧里看过马泽蒂先生①的表演吧?"

"没看过——他演得好吗?"

"棒极了。扮演聪明的猿猴,活灵活现。他将一份不朽的
精神赋予了猴子,表现又非常自然。咦,你的尾巴哪儿去了?
在哑剧里头,马泽蒂扮演的猴子绝无矫揉造作,这一点,他足
可自傲。"

此刻,陌生人愉快地斜倚着,只以左脚支撑身体,右脚交
叉于前,垂直的拖鞋尖轻轻点在甲板上,悠长、闲适地呼出一
口气,淡漠而宽容,这多多少少表明,他久经世故,与那种真诚正
派的家伙恰好相反,并不总是一受人冒犯便怒形于色。这时,
他凑近了些,仍然抽着烟,再度将手搭在单身汉的肩膀上,神
色温和,格外友好地说道:"你这番话,正应了那句'**内心**

---

① 据诺顿版的注释,演员约瑟夫·马泽蒂(Joseph Marzetti,? —1864)于 1848
年参演了《巴西人猿》(*The Brazilian Ape*)一剧,1849 年参演了《黑猩猩》
(*Jocko*)一剧。

刚毅'，对此我想没人会有所怀疑，只要他不含偏见，但是否完全符合'**外在圆融**'①，我仍不敢确定。亲爱的伙计，"他目光灼灼地注视着单身汉，"我怎么刺激你了，莫非我打招呼时礼数不周？"

"把手拿开，"密苏里汉子再度将友好的陌生人屏退，"到底谁才像足了那头非凡的黑猩猩，是你，是马泽蒂，还是其他喋喋不休的家伙？你老兄究竟何许人也？"

"我四海为家，百无禁忌。我们这种人，从不偏听偏信、思想狭隘，我们吸纳各家所长，以及有益的言论和优秀品行。哦，我们在这壮美尘世上游历绝非徒劳。这让我们亲密无间，如兄如弟。人人都是朋友。你随便跟谁攀谈都可以。你热情而自信，不必左思右想。所以，这一次，我虽没有收获张开双臂的欢迎，但一位真正的世界公民仍将遵照其原则，以德报怨。亲爱的伙计，还请告诉我，你需要我做什么。"

"把你自己，尘世流浪汉先生，打发到月亮山②的中心去。那里才有你的同类。别让我再看见你！"

---

① "外在圆融"原文为拉丁文"*suaviter in modo*"，前面的"内心刚毅"原文为拉丁文"*fortiter in re*"。这两句拉丁文通常合在一起使用，译为"外柔内刚"，但作者在原文中将它们拆开使用，故译者也相应调整了译文。

② "月亮山"原文为"Lunar Mountains"，今多作"Mountains of the Moon"，位于非洲东部，19 世纪时，该山脉还介于真实和想象之间。

"这么说,你很讨厌人们相友相敬的场面啰?啊,我也许很愚笨,但我就喜欢那样子。不论你是极地人还是摩尔人,是匪徒还是北佬,总不外乎好菜一碟①,我来者不拒。或者这么说吧,人如美酒,我从来不倦于比较、品尝。因此,我是个货真价实的世界漫游者,是伦敦码头仓库②的品酒师,我四处奔走,鉴赏众多民族,从德黑兰到纳基托什③。我的嘴唇不断嗫着所有年份的芳醇人种。当然,在厌酒之辈眼里,哪怕阿蒙提亚多雪莉酒④都不是什么好东西,所以我认为,应该也不乏厌人之辈,在他们眼里,哪怕最高级的人类都不值得欣赏。请原谅,我凑巧发现,你,亲爱的伙计,生活中可能很孤独。"

"孤独?"密苏里汉子好像在询问占卜师。

"不错,孤独之人往往言行古怪而不自知——比如喃喃自语。"

"还有人在偷听,嗯?"

"哦,人群中自言自语的家伙,我们很难搞清楚他在讲什么,这对旁人来说并不丢脸。"

---

① "好菜一碟"原文为"good dish"。"dish"有"一盘食物"之意,也有"相貌出众的人"之意。
② 伦敦码头仓库(London Dock Vault)曾经贮存着来自世界各地的葡萄酒。
③ 纳基托什(Natchitoches),美国路易斯安那州的城市。
④ 阿蒙提亚多雪莉酒(Amontillado),一种榛子味的白葡萄酒,酒精度较高。

"你就是个偷听者。"

"好吧，算是吧。"

"你承认自己是个偷听者啰？"

"我承认刚才你在这儿嘀嘀咕咕时，我正好路过，听到了一两个字眼，而且，纯粹凑巧，之前还听到了你和那位信息咨询处先生的几句聊天。顺便提一句，他颇明事理，跟我想法很接近。照理讲他本该穿得像我一样。看到才智卓越之士一身破衣烂衫，光彩全无①，好人岂能不伤心落泪——嗯，仅以听到的只言片语来判断，我对自己说，这家伙有一套厌恶人类的无用哲学。大体上，我所目睹的病症——请原谅——若不是源于性情乖僻，便是源于卑下低微，这种情绪与遁世离俗的状态关联紧密。相信我，一个人最好置身于在同类之中，而且别那么特立独行。整日忧愁苦恨，欢乐可没法上门。生活是一场**盛装**②野餐会。你必须参加进来，扮演某个角色③，时刻准备揣着明白装糊涂。穿戴寒酸，闷闷不乐，智者如此做派，只会给自己平添烦恼，令旁人扫兴。好比将一罐凉水搁在众多酒

---

① "光彩全无"原文为"hide his light under the bushel"，典出《圣经·马太福音》第 5 章："Neither do men light a candle, and put it under a bushel . . ."（人点灯，不放在斗底下……）

② "盛装"原文为法语"*en costume*"。

③ 可谓骗子的夫子自道。莎士比亚也表达过类似思想。

瓶子中间,大伙高高兴兴,唯独你一个满怀怨尤。不,不,这样凄凄惨惨可不行。还应当知道——我跟你**推心置腹**①才这么说——狂饮未必烂醉,但滴酒不沾也同样使人上瘾,而且可能演变成另一种酗酒。要治疗这种清醒的酗酒,在下认为,唯有反其道而行,小酌两三杯。"

"请问,是哪一伙酒商,哪一帮酒徒,聘你来大发议论?"

"恐怕我没有把自己的意思表达清楚。我讲个小故事吧。歌珊地②的可敬老妇人的故事。这老妇人道德十分高尚,她不让自己的猪崽食用催肥的秋季苹果,生怕那些果子在它们的脑子里发酵,使它们变蠢变坏。有一回,圣诞节没下雪,这对于年长者并不是什么好兆头,可敬的老妇人深陷抑郁,躺在床上,不吃不喝,也不出门拜访她最好的朋友。她丈夫如临大敌,请来医生。医生看过病人,提了一两个问题,示意男主人到屋外说话:'执事,你希望她病愈吗?''我希望。''那你去吧,去买一瓶圣克鲁兹③回来。''圣克鲁兹?让我妻子喝圣克鲁兹?''要么喝它,要么死。''得喝多少?''她能喝多少就喝多少。''可她会喝醉的!''那正是治疗的方法。'高明之士,譬如

---

① "推心置腹"原文为法语"*en confiance*"。
② 歌珊地(Goshen),埃及北部地区,土地肥沃,《圣经》有载。
③ 圣克鲁兹(Santa Cruz),指一种产自加勒比海小岛圣克鲁兹的朗姆酒。

医生，他们的意见必须遵从。素来美酒难侵的执事违拗本性，去买了使人酩酊大醉的药物，同样，可怜的老妇人也背弃自己的良知，将它喝下。但之后没过多久，她恢复了健康，精神大好，胃口大开，而且重新快快乐乐地访亲问友。经此一役，老妇人打破了清规戒律的坚冰，再也没让自己的酒杯空过。"

单身汉对这么个令人惊讶的故事并不认同，但挺感兴趣。

"关于你的故事，如果我理解得没错，"他说道，粗鲁的态度分毫未减，"其寓意是，除非一个人抛弃过分节制的生活理念，否则他没法享受生活之乐。然而，无可置疑，过分节制的理念比过分迷醉的理念距真实更近。尽管真理是凉水，谬误是美酒，我相信真理仍高于谬误，因此不会丢掉自己的瓦罐子。"

"我明白了，"男子悠然喷出一口缓缓螺旋上升的烟雾，"我明白了，你向往崇高。"

"那又如何？"

"哦，没什么！你要是不觉得枯燥乏味，我还可以再讲一个故事，关于馅饼商人阁楼里一只旧靴子的故事，它在太阳和烤炉间日益皱缩，扭曲变形，状如干肉。你见识过阁楼上堆放的陈年皮革，对吧？这类旧靴子高高长长，非常冷峻、孤独、深沉、巨大。但我宁肯做一双馅饼商人穿在脚上、踩在地上的便鞋。说到馅饼商贩,我喜欢谦卑的馅饼多于喜欢自大的蛋糕。追求凄清、孤傲是一个可悲的错误。我以为男子汉在这方面应效法公鸡,而那些躲到凄清、孤傲的栖木上啄食的家伙是母鸡,或者是刚出壳的小鸡。"

"你在骂人!"单身汉喊道,情绪相当激动。

"谁挨骂了?你,还是那一类人?看到他们挨骂,你不打算袖手旁观?哦,由此可见,你比较尊重他们。"

"我比较尊重**我自己**。"密苏里汉子的口气已不及先前那般笃定。

"那么**你**又属于哪一类人?亲爱的伙计,难道你不明白,假装厌恶他人将使自己陷入重重矛盾之中?看来我只不过略施小计,却收效极佳。哎,哎,想开一点儿吧,何不放弃孤独,当作你迈向新境界的第一步?再说,我担心你读齐默尔曼有些时日了,那位老糊涂先生齐默尔曼,他那本《论孤独》跟休谟①的《论自杀》,培根的《论知识》一样言之无物,这些个作者企图借此来掌控灵魂和肉体,类似于散布虚假的宗教。上述几位,随你怎么吹嘘他们,世人因渴望认识事物的规律而推崇其思想,可是我等在精神上从未获得过蔼然可亲的愉悦,它们

---

① 休谟(David Hume,1711—1776),英国哲学家。《论自杀》(*On Suicide*)是休谟的一部著作。

只适合可怜的受骗者，以及更加可怜的行骗之徒。"

男子的态度是如此真诚，几乎足以给任何一个人留下深刻印象，或多或少，而焦虑不安的争论对手则很可能感到一丝丝畏惧。单身汉思考了片刻，回答道："你若阅历丰富，当然会知道你那劝酒的理论，无论从什么角度看，都跟其他所有理论一样脆弱。而拉伯雷赞成饮酒的圣典①与先知反对饮酒的圣典也不过是半斤八两。"

"够了，"男子从烟斗里敲出烟灰，要终结谈话，"我们不停说啊说啊，却一直站着没动。散散步你觉得怎样？何不挽着手去逛一圈，大伙今晚要在顶层甲板跳舞。我打算跟他们跳个苏格兰吉格舞。这些零碎小钱你帮忙保管吧，免得我弄丢了。接下来，鄙人建议，亲爱的伙计，收好你的猎枪，跳水手角笛舞时再甩掉你那身熊皮——我替你拿着怀表。你说怎么样？"

这个提议让密苏里汉子如梦初醒，再度冷静下来。

"瞧你，"他用火枪敲了敲地板，"你是杰雷米·迪德勒三号②吧？"

---

① 拉伯雷（François Rabelais, 1494？—1533）创作的《巨人传》（*Gargantua et Pantagruel*）里，主人公庞大固埃去海外寻找神瓶的旨意，最终得到一句话："喝吧！"

② "杰雷米·迪德勒"暗指骗子，见本书第 3 章第 27 页注释②。

"杰雷米·迪德勒？我听说过先知杰雷米①、神圣的杰雷米·泰勒②,但你提到的那位杰雷米先生,我不认识。"

"你是他的亲信,对不对?"

"**谁的**,请说清楚? 我并非觉得,自己配不上别人信任,但我没弄明白你在讲什么。"

"你是他们中的一员。反正我今天遇到了最不同寻常的高明骗子手。可以说他们从天而降。那个草药医生迪德勒不知为何匆匆离去,紧接着又来了几个没经验的迪德勒。"

"草药医生? 他是谁?"

"跟你一样——也是他们中一员。"

"他们指**谁**?"男子凑近,仿佛要同单身汉倾心长谈,他左手伸展,烟杆与之交叉,下垂如一根戒尺。"你对我有误解。为了让你拨云见日,我现在要稍稍争辩一番,而且——"

"不,不必争辩。我不会再听你稍稍争辩。今天已有太多的稍稍争辩。"

"仅举一例。你敢否认——我打赌你肯定否认——离群

---

① "先知杰雷米"(Jeremy the prophet),指《圣经》中的先知耶利米(Prophet Jeremiah)。"Jeremy"这个名字即源于希伯来语,本义为"耶和华至高无上"。

② 杰雷米·泰勒(Jeremy Taylor,1613—1667),英国教士、神学家,以诗文创作名传后世,因诗歌风格而获称"教会的莎士比亚",也被认为是最出色的英语散文家之一。

索居之人接触外界时，特别容易产生最可悲的错误观念？"

"没错，我**是要**否认，"单身汉激动了，再度咬住了引发争论的诱饵，"而且我只消一眨眼工夫，就能驳倒你。瞧啊，你——"

"喂，喂，喂，亲爱的伙计，"男子张开两掌，挡在胸前，"你挤得我太厉害。你不让人喘口气。为了回避类似我提出的那种入世合群的建议，为了在各方各面与社会隔绝，你展现的个性是如此不讨人喜欢——漠然可憎，冷若冰霜。毕竟，如果要拥抱大众，你得友好，亲切，总之十分阳光开朗才行。"

此时，密苏里汉子又一次亢奋不已，异乎寻常地大谈诸多最薄情寡义的家伙，他提到冥顽不灵的老聋子在这喧嚣至极的世界中生存，再提到痛风的饕餮之徒一瘸一拐地走向他们为之痛风的丰盛饮宴，还提到衣裙紧窄的轻佻女子搂着她们衣裤紧窄的男伴跳起华尔兹，这一切全是冷漠无情的社会所致。更有成千上万人因挥霍奢靡而破产，因纯真的甜蜜相恋而毁掉了自己——并非由于妒忌、争夺，或者其他不那么光彩的原委。

"啊，等等，"男子举烟斗表示不同意，"反讽是如此偏狭，反讽永远让人受不了，反讽包含着邪恶。上帝使我免于反讽的侵害，也免于反讽的难兄难弟讥诮挖苦的侵害。"

"好一通无赖的祷词,好一通傻瓜的祷词。"单身汉将猎枪折叠开来。

"老实说,你这话有点儿无理。可你并不是故意的,不是,不是。无论如何,我能够体谅。啊,你知道吗,相较于一直摆弄那杆厌人怨世的猎枪,抽这支仁慈善良的烟斗舒服多了。至于你刚讲的冥顽之辈、饕餮之徒和轻佻女子,当然,毫无疑问,他们所以那样,也许各有瑕疵——谁又没有呢?——但是,此三者的过错,均无法同避世绝俗的可怕罪行并列。我称之为可怕,只因它常常引来一个比它自身更黑暗的东西——悔恨。"

"悔恨驱使人与人相疏远?那么该隐①,你们的同类,是如何在犯下史上第一桩杀人罪之后,又去建立史上第一座城市的?而现代的该隐为什么偏偏最害怕单独监禁?"

"亲爱的伙计,别太激动。你怎么说都行,反正我一定要待在同类中间。并且,得人多才好——我喜欢人多。"

"扒手也爱待在同类中间。啧啧,老兄!除非有所图谋,谁会往人堆里挤。再者,大部分图谋,跟扒手的图谋没什么两样——钱包。"

---

① 据《圣经》,该隐(Cain)杀死了自己的弟弟亚伯(Abel)。

"喂，亲爱的伙计，你可不能昧着良心说话，我们人类是群居动物，像羊一样，这主要受制于自然规律。你不得不承认，在社会上，每个人有他特定的目标。而根据这一认知，你可否，我是说你自己可否，置身于人群，现在，立即，并接受一套更温和的思想观念。来吧，让我们逛一圈。"

男子再一次伸来他亲如兄弟的臂膀，但是单身汉再一次把它挡开，还举起了猎枪，激情澎湃地祈祝呼号："今天，高贵的警官已将市镇里所有的骗子和谷仓里所有的老鼠逮住，惩处，假如在这艘船上，在这座此刻装满人类的谷仓之中，尚有狡诈、油滑、戏弄我们的老鼠仍未落入法网，您，倚靠着这道栏杆的高贵捕鼠者，别让它跑掉。"

"好一轮崇高的爆发！说明你是一张王牌。王牌一旦登场，不论黑桃、方块，统统靠边站。你是一瓶佳酿，想更上一层楼，只需摇晃摇晃。来吧，让我们达成一致吧，在新奥尔良下船，起程去伦敦——我要到樱草山①拜访朋友，你可以住在考文特花园广场②——考文特花园广场。还请告诉我——既然你不会成为一名死心塌地的追随者——请告诉我，第欧

———————————

① 樱草山(Primrose Hill)，位于伦敦的中心区域。
② 考文特花园广场(Covent Garden Piazza)，伦敦心脏地带的大型广场，离樱草山不远。

根尼①的幽默感让他在花卉市场上过着混吃混喝的生活,而那笨蛋雅典人的幽默感,则使他像个鬼鬼祟祟的稻草人住在松林里,同样是幽默感,两者谁更好? 我是指那位脑袋不开窍的先生,泰门②大人。"

"把你的手挪开!"单身汉抓住对方的手。

"天啊,多么热情紧握。看来,你同意我们互称兄弟了?"

"跟厌世者的拥抱一样热情,"密苏里汉子抓着对方,五指再次发力,"我原以为,现代人已大为退化,已无法成为厌世者。很高兴还有一个实例令我清醒,尽管仅此一例,而且充分伪装。"

男子茫然无措地瞪着他。

"没用。你是第欧根尼,改头换面的第欧根尼。要我说——是一个伪装成世界漫游者的第欧根尼。"

陌生男子神色惨变,静静站了一会儿。最终,他苦叹道:"热情的辩论者如果太过容让,而自身立场又注定了此人不论多么徒劳枉然,也只能循循善诱,这时,他想劝服对方是何等

---

① 第欧根尼(Diogenes),指锡诺帕的第欧根尼(Diogenes of Sinopeus,约前412—前323),古希腊哲学家,犬儒学派的代表人物。

② 泰门,见本书第3章第27页注释①,据说泰门住在森林中的洞穴里以避世。

困难！"接着，男子又转换语气说："你，一个以实玛利①，不断抹黑我的本意，我作为全人类的代表向你保证，对于你的厌恶，我们不是以怨恨作答，而是试图与你和睦相处。虽然你并不把我当成忠实可靠的特使，先生，但我从没见识过什么旷古未闻的间谍，"他降低调门补充道，"你要明白，你误解了我，所以也可能误解所有人。看在上帝的分上，"男子双手往单身汉的肩头一搭，"拿出点儿信任来吧。瞧瞧疑虑重重将你坑害到什么地步。我是第欧根尼？我比厌世者走得更远，与其说我嫌恶人类，不如说我鼓吹人类，对不对？假如我又麻木又顽固，那该多好！"

博爱者扭头离开，步子比来时稍显沉重，留下了尴尬的厌世者，任由他守着自以为高明的孤独落寞。

---

① 以实玛利（Ishmael），《圣经》人物，其父亚伯拉罕将其母夏甲和他驱逐，母子二人在旷野中迷途，后得天使相助。

第 25 章

世界漫游者与人结识

世界漫游者走向远处时，遇到了一名乘客，此人有着西部地区的五大三粗，即便素不相识，仍冲他打招呼道：

"那个无可救药的怪胎，您的朋友，有点儿跟自己过不去。相当好玩的老怪胎，就是头脑太清楚。不知为什么，他使我想起伊利诺伊州的约翰·莫多克上校。不过，说到底，我觉得您这位朋友还差些火候。"

交谈发生在一间舱室的半圆形门廊里，那是甲板上的一个隐蔽之处，由舱顶一盏小灯照亮，光芒直直泼洒，好似正午的太阳。说话者立于灯下，足以让近处的任何人看得真切分明，但此刻落在他身上的匆匆一瞥并没有如此冒昧。

该男子既不高也不壮，既不矮也不瘦。他身材匀称，仿佛丈量过一般，以符合心智的要求。至于其余方面，他的衣着可能比他的相貌更讨人喜欢。而在衣着上,剪裁得当或许比合身适体更令人欣赏。外套精致的绒毛也十分夺目,似乎与细腻的皮肤相反相成。此外,他那件突兀的紫罗兰马甲,呈现落日的色调,映着他脸上多愁多病的惯有神情。

不过,大体来讲,说他外表庸凡失之公允。事实上,对于意气相投者,他显得颇为可亲,而在另一些人看来,这老兄至少还比较奇特有趣。他那浮夸的热忱让人如沐春风,同时,与之形成鲜明对照,谁也搞不清究竟有何种审慎沉稳的、似染疟疾的憔悴枯槁,潜藏在这一切背后。无礼的批评者说不定会认为,此人脸红的样子,多少有点儿像紫罗兰马甲映红他面颊那般,近乎某种虚构。虽然他的牙齿格外整齐漂亮,同一伙无礼人士说不定会宣称,牙齿太整齐漂亮,不可能是真的,又或者,它们没有看起来这么好。毕竟最优质的假牙上至少得出现两三处瑕疵,以显愈加逼真。不过很幸运,我们有更方便的解释,即那名陌生男子跟前并没有诸如此类的批评者,只有世界漫游者,他从一开始就向接近自己的男子点头致意——等于回应了对方,而这份回应,如果不及问候密苏里单身汉时那样友善,可能是由于刚才的交谈仍令人情绪低落——他答道:"约翰·莫多克上校,"世界漫游者心不在焉地重复着,"这个姓氏勾起了不少回忆。请问,"他语气快活些了,"他与英格兰北安普敦郡莫多克餐厅的莫多克家族有什么关系吗？"

"据我所知，他与莫多克餐厅的莫多克家族没什么关系，正如他与博尔多克酒馆的博尔多克家族没什么关系一样，"那人说，脸上莫名透着自立谋生之辈的神色，"我只晓得，已故的约翰·莫多克上校在世时名气很大，他长着洛希尔①的眼睛，手指硬如扳机，生了一颗豹子胆，但是有两个小怪癖——走到哪儿都背着他那支来复枪，而且像讨厌蛇一样讨厌印第安人。"

"所以，您的莫多克，似乎是那么一位莫多克，他来自厌恶同类者餐厅——森林。这名上校，我认为，并不圆滑世故。"

"您别管是不是圆滑世故，上校的穿着打扮可不马虎，他胡须柔亮，头发带卷儿，除了印第安人，谁不觉得他好比一颗甜美多汁的桃子。而印第安人——已故的约翰·莫多克上校，伊利诺伊的印第安人仇敌，是多么憎恨印第安人啊，毋庸置疑！"

"这样的事闻所未闻。憎恨印第安人？为什么他或者某一位先生会憎恨印第安人？**我**喜欢印第安人。我向来听说印

---

① 洛希尔（Lochiel），指尤恩·卡梅伦·洛希尔勋爵（Sir Ewen Cameron of Lochiel, 1629—1719），苏格兰贵族，政治领袖。麦考利的《英国史》称其为"苏格兰高地的尤利西斯"（Ulysses of the Highlands）。

第安人是最优秀的原始种族之一,有着许多英雄的美德,也不乏高贵的女性。每当我想到波卡洪塔斯①,我爱印第安人。别忘了马萨索伊特②,还有希望山的菲利普③、蒂卡姆西④、红夹克⑤以及洛根⑥——全是大英雄;还有易洛魁联盟⑦和阿劳卡尼亚人⑧——英雄的联盟,英雄的族群。上帝保佑,憎恨印第安人?已故的约翰·莫多克上校大概一直在自己想象的世界

① 波卡洪塔斯(Pocahontas,约 1596—1617),著名的印第安妇女,拯救了殖民者约翰·史密斯(John Smith,1580—1631)的性命,后皈依基督教,嫁给约翰·罗尔夫(John Rolfe,1585—1622)。

② 马萨索伊特(Massasoit,约 1581—约 1661),印第安酋长,领导万帕诺诺亚格部落(Wampanoag tribe),1621 年与约翰·史密斯创建并命名的普利茅斯殖民地签订条约。

③ 希望山的菲力浦(Philip of Mount Hope),即马萨索伊特的儿子梅塔卡姆(Metacom,1638—1676),他的英语名字为菲力浦王(King Philip),1662 年继承父兄之位,成为万帕诺亚格部落的酋长,后发动菲力浦王战争(King Philip's War,1675—1676)反抗新英格兰殖民者,战败身死。

④ 蒂卡姆西(Tecumseh,1768—1813),印第安肖尼部落(Shawnee tribe)的一位酋长。他希望在英国政府的支持下建立一个独立的北美原住民国家,遂与美国作战,战败身死。

⑤ 红夹克(Red Jacket),即萨戈耶瓦瑟(Sagoyewatha,1750—1830),印第安塞纳卡部落(Seneca tribe)的酋长,以雄辩而著称,凭演讲来争取印第安人的权利。

⑥ 洛根(Logan),即演说者洛根(Logan the Orator,约 1723—1780),印第安卡尤加族(Cayuga)的一位领袖,原名众说纷纭。其父为白人,其母为印第安人,因家人被杀而向殖民地的定居者开战,美国独立战争期间站在英国一方,后以演说而闻名。

⑦ 易洛魁联盟(Five Nations),北美易洛魁人(Iroquois)于 1570 年成立的部落联盟,最初由莫哈克(Mohawk)、奥奈达(Oneida)、奥农达加(Onondaga)、卡尤加(Cayuga)、塞内卡(Seneca)五个部落组成。

⑧ 阿劳卡尼亚人(Araucanians),智利的一支印第安部族。

里游荡。"

"他经常在森林里游荡,但从未在其他任何地方游荡过,我听说如此。"

"您不是开玩笑吧?难道有谁会把憎恨印第安人当成自己特殊的使命,以至于要为他创造一个专属词——印第安人憎恨者?"

"我实话实说。"

"上帝啊,您可真够气定神闲的。不过,我还真想了解一下那份针对印第安人的憎恨,这种事令人难以置信。可否向我略为讲述一下您提到的奇怪上校?"

"非常乐意,"男子随即步出门廊,请世界漫游者走到附近甲板上的长椅旁,"请,先生,请坐,我坐您身边——您想听一听约翰·莫多克上校的事情。好吧,我童年的某一日曾以白石①为记——那天我看到了上校的来复枪,附带着牛角火药筒,挂在沃巴什河②西岸的一座小木屋内。当初我跟随父亲穿

① 白石(white stone),比喻重要的纪念物。典出《圣经·启示录》第 2 章:"得胜的,我必将那隐藏的吗哪赐给他,并赐他一块白石……"(To him that overcometh will I give to eat of the hidden manna, and will give him a white stone . . .)

② 沃巴什河(Wabash river),美国俄亥俄河北岸最大支流,源出俄亥俄州西部的格兰德湖,在印第安纳州西南角汇入俄亥俄河。

过旷野,向西作长途旅行。那时邻近中午,我们下马进屋休息。里面有个汉子指着来复枪,向过客介绍它的主人是谁,并补充说,上校正裹着狼皮,在楼上的谷仓睡觉,我们切勿大声讲话,因为上校昨晚不停猎杀(应该是猎杀印第安人吧),忙了整整一宿,千万别吵醒他。我们满心好奇,想瞧一瞧这位大名鼎鼎的人物,于是等了两个多钟头,希望上校从谷仓下来。但他一直没出现。而我们必须在夜幕降临前赶到下一座屋舍,只好上马登程,未能如愿见他一面。不过,跟您说实话,本人可不是那个离开时心有不甘的家伙。趁着父亲去饮马的工夫,我溜回小木屋,爬上几级梯子,把头伸进谷仓瞟了瞟。光线昏暗,但在远处的角落里,我看见一张那汉子提到的狼皮,覆盖着一团什么东西,好像一堆树叶,另一端则像一颗苔藓球,上面是枝枝杈杈的鹿角,旁边是一只小松鼠,它从一碗坚果中蹿出来,尾巴扫过那颗苔藓球,钻入一个孔洞,吱吱叫着消失了。这林地景观一角,就是我眼中的一切。那儿没有莫多克上校,除非您把苔藓球当成他长着卷发的后脑勺。我本可以高高兴兴离去,但楼下的汉子警告我,上校习惯于露营生活,他能在隆隆雷声中入睡,也能在听到脚步声时迅速醒来,无论这脚步声多么细微,同类的脚步声尤其如此。"

"请原谅,"世界漫游者将手轻轻搭在说话者的腕部,"我觉得那位上校天性多疑——他极为不信任,或者完全不信任别人。他**有点儿神经兮兮**,对不对?"

"完全没有。他深谙世事。他并不是怀疑谁,然而他对印第安人相当熟悉。好吧,如您所知,我虽从未真真切切见过他,但本人道听途说,对莫多克上校的了解已不逊于对其他任何人的了解。特别是父亲的好友,詹姆斯·霍尔①法官,他一次又一次重复莫多克上校的故事。这些故事大伙都说起过,可是没人比詹姆斯·霍尔法官说得更好,最终,他说得如此有条理,以至于您会觉得他不只在对同伴讲述,还在对一名隐形的记录员讲述。仿佛是说给媒体记者听的,确实令人印象非常深刻。自然,法官那些关于克莫多上校的故事,我也记得清清楚楚,如有必要,我几乎可以逐字逐句为您复述一遍。"

"我很想听听。"世界漫游者请求道。

"霍尔法官的哲学信条,我一并也讲讲吗?"

"这个嘛,"男人停下填烟斗的动作,严肃答道,"各人有自己的见解,他是不是欣赏另一个人的思想观念,须看这思想观

---

① 詹姆斯·霍尔(James Hall,1793—1868),美国作家,曾在伊利诺伊州巡回法院担任法官。他撰写的《西部历史、生活、风俗概要》(*Sketches of History, Life, and Manners in the West*)第 2 卷第 6 章记载了许多仇恨印第安人的事件,本书下面两章即以这些史料为素材。

念属于什么学派。请问,霍尔法官尊崇哪个学派或体系?"

"唉,尽管法官能读能写,但不怎么成体系。非要说他是什么流派,我觉得,他可以归为自由派。没错,霍尔法官是个真正的爱国者,他对自由派大加赞同。"

"在思想观念上? 各人有自己的见解,所以,我既尊重霍尔法官的爱国之忱,也珍视他叙述的本领,正如我未必无法证明,谁知道呢,或许办得到,将可能属于法官的哲学观念谨慎地搁置一旁。不过我并非严苛之人,请继续吧,说不说哲学观念随您喜欢。"

"好,我打算尽量少谈这部分内容,只大略讲一些法官认为对陌生人必不可少的思想概要。您一定晓得,憎恨印第安人不是莫多克上校的专利,而是一股激情,形式多样的激情,某种意义上,它为同一阶层的男女所共有,浓淡各异而已。对印第安人的憎恨今天存在,毫无疑问,明天仍会存在,势必伴随始终。那么,对印第安人的憎恨将是我讲述的第一个主题,而莫多克上校,这位印第安人的憎恨者,将是第二个,也是最后一个主题。"

坐在长椅上,陌生汉子开始侃侃而谈——听者则专心致志,慢慢抽着烟斗,同时,目光呆呆落向甲板,右耳却直冲着说话者,好让每一个词儿都尽可能不受空气的干扰。为了聚拢听觉,他似乎停止运用自己的视觉。你找不到任何一次发言比这一次更受人关注,抑或听者是如此恭敬有礼,好比沉默无声的雄辩将注意力全部攫住。

第26章

憎恨印第安人的形而上学,所依据观点,
显然不像卢梭那么袒护野蛮人①

　　"霍尔法官惯用如下开场白:'边地居民对印第安人的憎恨一直是值得讨论的话题。我们认为,在边疆地区早期,这种激情还容易解释。然而,印第安人的掠杀举动在它一度盛行的地区已几乎销声匿迹,博爱者却惊讶地发现,对印第安人的憎恨并未随之终止。他们想知道,为什么边地居民看待印第安人,仍像陪审团看待凶杀犯一样,或像捕猎者看待山猫一样——在他们的认识里,怜悯绝非智慧,休战纯属枉然,所以印第安人一定得死绝。

　　"'这奇怪的观念,'法官会继续说,'即使详加解释,也难以让所有人都彻底明白。不过你若试图搞清楚,必须去学习,

---

① 卢梭(Jean-Jacques Rousseau,1712—1778)认为,"高贵的野蛮人"是人类未遭受文明侵蚀的典范。

又或者,边地居民的言行举止,你已不再陌生,已了然于胸,如同许多人知道印第安部落的风俗习惯,要么从历史中得来,要么从生活经验中得来。

"'边地居民与世隔绝。他们深思熟虑。他们强壮而淳朴。他们性子冲动,可能给人不讲原则的印象。无论你怎么说吧,他们按自己的意愿行动,不大喜欢听别人的忠告,更爱自己寻找答案,弄明白一切的缘由。处于困境时,他们几乎四顾无援,唯有指望自己,始终只能够依靠自己。这份自力更生虽很孤独,某种程度上却支撑着他们自主判断。不是说他们自认为绝对正确。太多随之而来的失误证明,实际情况正好相反。但他们觉得,大自然将灵活机敏赐予了负鼠,同样也赐予了人类。在那些天生天养的大自然同伴面前,与生俱来的灵活机敏是他们最好的依仗。倘若两者之中有一条不正确,比如负鼠踩上了捕兽夹,比如边地人闯入了敌手的埋伏圈,那么他们不得不吞下恶果,却无须自责。与负鼠的情况相仿,边地人的本能远胜于规训。像负鼠一样,边地人也是生命的奇观,是上帝独一无二的作品。然而,应当承认,他们可没什么虔诚奉主之心,顶多鞠个躬,点个头,如果单膝下跪,那是要瞄准开枪,或者要捡火石。由于少有伙伴,长年独处,他们经得起末日审判——一个人死后可能直面的最严苛考验,便是坚毅地忍受孤独。但边地居民并不仅仅安于独处，很多情形下他们甚至渴望独处。十英里外的炊烟也会刺激他们进一步远离同类，深入荒野。莫非他们觉得，不论人是好是坏，都跟自己不相干？荣耀、美丽、善良，对他们来说，皆无关痛痒？好比人类的出现惊走鸟雀，那些家伙的反应也近似鸟雀？不管怎样吧，边地居民的本性中尚有纤细之处。他们看上去好像全身毛茸茸的奥森①，如设得兰②海豹一般——粗硬的刚毛下面隐藏着柔软皮肤。

"'虽然边地人相当粗野，可他们之于美利坚，恰似统率大军征服世界的亚历山大之于东方君主。无论这个国家的财富或实力增长到何种水平，它永远追随着他们的脚步。他们是开路先锋，不辞艰辛，保障着后来者的安全。他们的业绩，足可比肩领着族人出埃及的摩西，或与征伐高卢的尤利安皇帝③等量齐观，那位元首亲临战阵，栉风沐雨，身在步兵团、骑兵团

---

① 奥森（Orson），15 世纪时法国浪漫剧《瓦伦丁和奥森》（Valentin et Orson）中的人物。奥森由熊哺养，成了野人，而他的孪生兄弟瓦伦丁则被培养为一位廷臣。奥森与本书第 2 章提到的卡斯帕·豪瑟、第 21 章提到的野彼得情况类似。

② 设得兰（Shetland），苏格兰东北部的群岛。

③ 尤利安皇帝（Emperor Julian），即弗拉维乌斯·克劳狄乌斯·尤利安努斯（Flavius Claudius Julianus，331—363），公元 361 年至 363 年为罗马皇帝。征战期间，他身先士卒，备尝艰苦，激励官兵作战。

的前列,日复一日穿梭于风沙水火之间。移民的大潮再怎么汹涌,都无法将边地人吞没,他们一贯是领头羊,犹如波利尼西亚人在海洋上乘风破浪。

"'所以,尽管整个一生不断迁徙,他们与大自然始终保持着几乎不变的关系,与大自然的造物,包括美洲豹和印第安人,同样如此。不无可能,在众多生灵之中,上述两者跟和平大会①的宗旨联系更为密切,但是,边地人应有资格提出一些实用的建议。

"'边地居民的孩子不得不循着父辈的方式生活——这样的生活方式关乎人性,更关乎印第安部族。我们说最好不要为了省心省力而掩盖事实,理当清楚明白地告诉孩子,什么是印第安人,该如何看待印第安人。不过,假使你满怀善意,将印第安人归为友好大家庭②的成员,设法让不了解他们的民众认同这支在自己土地上孤独跋涉、前路漫漫的部族,如果真那么做,你可能不仅浅薄,还很残忍。类似看法至少是边地人教导儿孙的准则。因此,通常情况下,年轻的边地人吸收知识

---

① 和平大会(Peace Congress),1848 年至 1851 年间举行的 4 次国际会议。其中 1851 年在伦敦举行的和平大会"谴责文明国家对野蛮民族的侵略"。

② "友好大家庭"原文为"Society of Friends",本意指一个基督教团体,中文名称"公谊会",译者据上下文意译作"友好大家庭"。

时,他们的校长几乎从不传授什么森林的古老编年史,只讲述印第安人撒谎、盗窃、欺诈、邪恶、阳奉阴违、背信弃义、伤天害理、嗜血凶暴的历史——这些历史虽出自莽莽林野,却差不多像《纽盖特记事》①或《欧洲年鉴》②一样,充满了恶行罪状。往小伙子们脑袋里灌输的,正是诸如此类印第安人的故事和传说。"幼苗弯曲,则树木歪斜。"③厌憎印第安人的本能伴随着是非感、善恶感在边地居民的心中生长。他们毫不费劲地知道,对待兄弟应当友爱,而对待印第安人应当仇恨。

　　"'以上全是事实,'法官会说,'假如你想教化边地居民,务必先搞清楚状况。若一个人那样看待另一个人,那样理直气壮地敌视整个种族,委实可怕。不过,可怕归可怕,会不会令我们惊诧呢?我们惊诧于某人憎恨一个族群,只不过因为他相信,那个族群应算作红种人,你说这跟园子里生活的昆虫一身绿皮有什么不同?该种族在边疆的名称是"**记住你终有**

① 《纽盖特记事》(*The Newgate Calendar*),由英国纽盖特监狱出版的一份杂志,副标题为"血腥的犯罪记录"(The Malefactors' Bloody Register),记述恶名昭彰的罪犯及其罪行,是18、19世纪英美等国流行的通俗读物。
② 《欧洲年鉴》(*Annals of Europe*),于1739年至1744年间按年出版,记录当年世界上发生的大事件。
③ "幼苗弯曲,则树木歪斜。"(As the twig is bent the tree's inclined.)引自亚历山大·蒲柏(Alexander Pope,1688—1744)的著作《道德论》(*Moral Essays*)中第一封书信。

一死"①,它身负千般骂名,要么是理当送进摩亚门森②的盗马贼,要么是纽约暴徒式的凶手,要么是奥地利人一样的撕毁协议者③,要么是发射毒箭的帕尔默④,要么是合法杀人犯⑤和杰弗里斯⑥,那位大法官以暴戾的、近乎闹剧的审讯,让无辜男女凄惨地走上绞刑台,又或者,把他们比作甜言蜜语的犹太恶棍,擅长欺骗并袭劫昏头昏脑的陌生人,毙其性命,再将死亡归因于曼尼托,他们的神灵⑦。

    "'即便那样,相较于印第安部族的真实面貌,他们给边地居民留下的印象要深刻得多——善良人兴许会认为,大伙冤枉了他们。的确如此。印第安人自己也这么认为,并且全体一致这么认为。实际上,印第安部族不同意边地居民对他们

----

① "记住你终有一死"的原文为拉丁文"*Memento mori*",这是一句古代格言。

② 摩亚门森(Moyamensing),美国费城的一座监狱。

③ 欧洲1848年革命爆发时,奥地利政府迫于形势,向人民作出诸多允诺,而当革命力量减弱后,这些允诺均未兑现。

④ 帕尔默(William Palmer,1824—1856),英国医生,1855年因谋杀罪名成立而被判处绞刑。他毒杀了自己的兄弟、岳母、朋友,以此攫取保险赔偿金。狄更斯称帕尔默是"伦敦中央刑事法院判决的有史以来最臭名昭著的罪犯"。

⑤ "合法杀人犯"原文为"Judicial murderer"。在英语里,"Judicial murder"意思是"合法但不公正的死刑判决"。

⑥ 杰弗里斯(George Jeffreys,1648—1689),英国大法官,以残酷和不公正而闻名。他1865年主持"血腥的巡回裁判"(Bloody Assizes)审理"蒙默斯叛乱"(Monmouth's Rebellion)一案时,判处超过300人绞刑。

⑦ 一些印第安部族认为,曼尼托(Manitou)有两位,其一善良,其一邪恶。

的看法。有些人觉得，边地居民发自内心的憎恶之情，其中一个原因是他们被贴上了义愤的标签，而他们也将此义愤挂在嘴边，相信它绝非虚假。但关于这个问题，或者任何问题，印第安部族是不是应获准为自己作证，最高法院有必要回答，为什么要把他们的证词排除在外。无论如何，当我们看到一名印第安人真正皈依基督教（诚然，这样的例子尚属少见，不过有时候，整个部落会在名义上沐浴圣光），他便不再隐藏已经启蒙的信念，即自己的种族在本质上是完全败坏的。而且，他同样认识到，边地人对此最坏的看法，离真实也并不那么遥远。另一方面，那些无比坚持印第安美德、慈爱的红种人可能恰恰是部族当中最声名狼藉的盗马贼和战斧手。至少在这一点上，边地居民所言不虚。他们了解印第安人的本性，正如他们知道自己了解那样，边地居民还认为，他们对印第安人某种程度的自我欺骗绝不陌生，这类自我欺骗相当管用，就像躲入灌木丛欺骗另一个人那么管用。然而印第安人的理论与实践差异明显，极度矛盾，以至于边地居民为解释它们，必须假设当一名手执战斧的红种人提出其种族的仁爱观念，他只是在说一个狡猾计策的某些环节，将它运用于战争、狩猎，以及日常活动之中，往往非常奏效。'

　　"进一步阐述边地居民对野蛮人的深刻憎恶时，法官觉得,谈论这个话题之前,思考一下森林地区的历史和传统所产生的种种效应,或许不无裨益。法官举了个例子,故事与莱特家族和韦弗家族的定居点有关,他们是来自弗吉尼亚的七位堂兄弟,陆续携家人迁移,最终在血腥之地肯塔基①落脚。'他们强壮、勇敢。但不同于那个年代的许多拓荒者,他们无意为冲突而冲突。肥沃的处女地以其强大的诱惑力,将这两个家族一点一点吸引到他们孤零零的居住地,在不断西进的过程中,他们没有遭到印第安人的劫掠,堪称绝无仅有。可是,辟建家园时,情况急转直下。附近一个日渐衰败的部落反复袭扰他们,攻击他们,继而又大举侵犯他们——袭扰导致谷物和牲畜的损失,攻击让他们丢了两条人命,其余大难不死的成员也个个受伤流血——幸存的五兄弟真心想妥协,与莫克摩霍克②酋长休战谈判。这么做是因为印第安人的袭击令他们没法好好过日子。岂料,莫克摩霍克居然迅速改变了敌对态度,让五兄弟备受鼓舞,颇为激动。那位酋长原本很凶残,几乎像

① "血腥之地肯塔基"原文为"Bloody Ground, Kentucky"。美国的肯塔基州、西弗吉尼亚州、俄亥俄州曾并称"黑暗和血腥之地"(Dark and Bloody Ground)。

② "莫克摩霍克"原文为"Mocmohoc"。"Mocmohoc"或为"Mock Mohawk"的谐音变体,后者意为"虚假的摩霍克"。摩霍克(Mohawk)是真实存在的印第安部落。有人根据"Mocmohoc"一词认为,作者意在暗示,陌生汉子的言谈并不像听上去那般靠得住。

恺撒·博尔吉亚①一样弃信违义，此时却一百八十度大转弯，扔掉了斧子，抽起了烟斗，要使情谊永存。这份情谊不仅仅是消除了敌意的情谊，更是亲切友好、积极主动、关系熟络的情谊。

　　"'不过，那位酋长今日的表现，没有让拓荒者全然忘记他往日的作为。所以，纵使这个印第安人改弦易辙的影响挺大，五兄弟对他仍有疑虑，不愿与之订立盟约。他们还商定，虽然印第安部落和白人定居点理应友好交流，互相来往，但任何情况下，兄弟五个绝不能一起走进酋长的帐篷。原因在于，尽管他们不觉得酋长全然是虚情假意，可万一他果真如此，很可能会对他们不利，那么就必须防着点儿。要避免五兄弟被同时干掉，这不只是出于照顾家人的考虑，也是出于报复的考虑。然而，莫克摩霍克精于奉承，知道如何让你高兴，过了一阵子终于赢得五兄弟的信任，成功邀请他们一块儿参加熊肉盛宴，并使出诡计将他们弄死。多年以后，在五兄弟及其家人的骨灰上，莫克摩霍克被一名光荣的猎手逮住了，后者斥责他背信弃义，这位酋长讥笑道："背信弃义？软弱无力！是他们先打

---

① 恺撒·博尔吉亚（Cesare Borgia, 1475—1507），教皇亚历山大六世的私生子，瓦伦蒂诺公爵，他冷酷无情，食言背信，但马基雅维利在《君主论》中对他大加称赞。

破了彼此的约定,五人同来。他们先违反约定,信任了莫克摩霍克。'"

"这时候,法官会停下来,举着手,转动着眼珠子,以庄严的声音呼喊道:'阴险的计谋,血腥的贪欲!那位酋长聪明才智只不过让他变得越发凶狠毒辣。'

"他再度停下来,随后开始模拟想象中一名边地人与一位提问者之间的对话:

"'可是,难不成所有印第安人都像莫克摩霍克一样?——事实证明,并非所有印第安人都如此,不过,他们至少隐含着作恶的萌芽。这是印第安人的天性。"印第安人的血液在我体内流淌。"混血带来了危险。——印第安人就没有善良的吗?——有,但善良的印第安人几乎全是懒蛋,而且据说很蠢。反正这样子的酋长少之又少。酋长选自红种人之中的活跃分子,其智慧得到公认。因此,善良的印第安人地位不高,影响也相应有限。更何况善良的印第安人可能被迫做一些坏事。所以"要当心印第安人,无论他们善良不善良",丹尼尔·布恩①讲过,他自己的儿子就死在他们手上。——然而,难道边地人全都吃过印第安人的苦头,或多或少?——并不是这

---

① 丹尼尔·布恩(Daniel Boone,1734—1820),肯塔基州垦荒先驱,美国历史上最著名的拓荒者之一。

样。——那么在某些情况下，他们好歹也善待过一部分边地居民，没错吧？——没错，但我们之中极少有谁会如此自高自大，或如此自私自利，以至于依据他未受印第安人摧残的幸运，去驳斥遭遇过不幸的绝大部分同伴，毕竟一般来说，他对印第安人肯定存着好感。如果他不顾主流意见，可能要受到怀疑，受到指斥。

"'简言之，'照霍尔法官的说法，'若完全信任边地居民，正确认识他们对印第安人的敌意，那么你应该明白，这份敌意既可以源于他们各自的经历，也可以源于旁人的感染，或者是两者共同作用所致。诚然，边地居民很少见过整个家庭被印第安人剥掉头皮或打伤打残，受害者通常要么是一名家庭成员，要么是一位亲友。所以说，某个，或某两三个印第安人善待边地居民，作用究竟何在？边地人会认为，他怕我。假设我没拿枪，让他有机可乘，结果将是怎样？或者，假设我没拿枪，我如何知道，为了防患于未然，他是不是暗中在作两手准备？——应付图谋不轨，可以给灵魂对症下药，这跟应付疾病时给身体对症下药一样。'

"你当然明白，不是说边地人确实讲过那些话，只是霍尔法官借以表达他心中所想。接下来他会如此总结道：'所谓"友善的印第安人"极其罕见。这也挺好，因为一个"友善的印第安人"变作敌手,乃是世间最残忍的事情。怯懦的朋友亦即勇悍的寇仇。

"'然而,我们讨论的这种激情往往被认为是某个群体的激情。当一名边地人原已分有这群体的激情,再加上他自己的激情,我们便得到他激情的总额,它进而构成了——如果确实构成了什么——**超群绝伦**的印第安人憎恨者。'

"霍尔法官将**超群绝伦**的印第安人憎恨者定义为'某君在儿童或少年阶段,吃着娘奶,爱着红种人,心肠还没有变硬,恰恰这时候,他听说一位亲友受到了侵害,或遭遇了后果差不多的祸事。他冥思苦索,深陷孤独,不可自拔,意识如弥漫的水雾从四面八方朝核心收拢,凝聚为风暴云,于是,源自另一些灾难的散乱思想融合成统一集中的思想,它们不断同化,又不断膨胀。最终,他考虑妥当,拿定了主意。这位激愤已极的汉尼拔①发誓,其憎恨犹如漩涡,那个邪恶种族的分支躲得再远,也难逃它强大的吸力,休想安生度日。接下来,他宣布自己将抛开俗务。他怀揣西班牙修道士的严苛精神,同亲友告别。应当承认,这样的告别往往比临终诀别更令人难忘。最后他来到了原始森林。在那里,只要他还活着,就会推进他冷静、

---

① 汉尼拔(Hannibal,前247—前183),迦太基的军事领袖,9岁时发誓要永远与罗马为敌。

隐忍的计划，实施他深谋远虑、不可更改、孤单寂寥的复仇行动。他永远在悄然追踪。他沉稳、镇定、耐心。他依赖直觉。他东嗅嗅西闻闻——俨然一位穿长靴的涅墨西斯①。定居点再也看不到他的身影。偶然提起他时，老伙伴们眼中含泪，但从不去找他，也从不呼唤他。他们知道，他不打算回来。日月如梭。倒垂莲开了又谢。婴孩降生，在母亲的臂弯下蹒跚学步。然而印第安人憎恨者仿佛已回归其永恒的家园②，"恐怖"正是他的墓志铭'。

　　"这时候，霍尔法官难免动容，他会再次停顿，不过很快又接着往下说：'很明显，严格来讲，任何一位**超群绝伦**的印第安人憎恨者均无传记存世，我们了解他比了解一条箭鱼，比了解诸如此类的大洋生物，又或者——这更是难以想象——比了解某一个死人还要少。**超群绝伦**的印第安人憎恨者，其生涯犹如一艘迷航的轮船，有着无从探知的命运。毋庸置疑，令你我惊骇的事情发生了，断然发生了，但因为种种根本性力量的作用，它们注定无法为天下所知。

———————————

① 涅墨西斯(Nemesis)，希腊神话中的复仇女神。
② "回归其永恒的家园"(gone to his long home)，语出《圣经·传道书》第5章："人归他永远的家，吊丧的在街上往来。"(man goeth to his long home, and the mourners go about the streets.)

"'不过,对好奇男女而言,很幸运,世间尚有平庸无能的印第安人憎恨者。这些家伙的意志不及他们的头脑那么坚毅,家庭生活的温馨诱惑也常常让他们脱离格外艰辛的追踪,好比时不时逃入尘俗的苦修士,又好比长年航海的水手,并不曾忘记自己的妻子儿女还住在某一个草木葱茏的港湾里。他们与皈依天主教的塞内加尔人一样,顶不住禁欲少食之苦。'

"霍尔法官一贯的看法是,印第安人憎恨者置身于极度孤寂之中,深受这孤寂的可怕影响,却从未稍懈,违背誓言。法官将向您讲述,印第安人憎恨者游荡数月之后,谵妄症会突然发作。他急不可耐地第一次抽烟,即使明知它是印第安人的玩意儿,他自称迷路的猎手,把枪交给了蛮族,他内心充满了仁爱,情感十分充沛,请求印第安人允许他留下来,住上一阵子,增进双方的美好友谊。这一连串举动如此癫狂,那些最熟悉印第安部落的人士可能最清楚其下场是什么。大体来说,霍尔法官有不少强有力而充足的理由坚持认为,在百折不挠地自我克制方面,尚无任何职业能与**超群绝伦**的印第安人憎恨者相比。极而言之,他相信这样的灵魂举世罕见。

"至于平庸无能的印第安人憎恨者,尽管他们开小差的行为损害其人格完整，但不应忘记，恰恰得益于他们的虚弱，你我才有可能构想——无论这一构想多么不充分——印第安人憎恨者的圆满形式究竟是什么样子。"

"等一等，"世界漫游者礼貌地插话道，"请让我给烟杆①再填上些烟草。"

他完事后，陌生汉子便接着往下讲：

---

① "烟杆"原文为"calumet"，一种北美印第安人使用的烟具，是和平的象征。

第27章

略谈某人可疑的道德,然而,即便如此,
他仍应获得那位著名英国道德家①的敬重,
后者自称喜欢优秀的憎恨者

"刚才谈了那么多,全部只是故事的铺垫。像您一样,霍尔法官烟瘾很重,他给每一个友伴点上雪茄,再给自己点上一根,随即离开坐椅,以最庄重的语气说道——'诸位,让我们为约翰·莫多克上校抽上一根吧。'他站在深邃的静寂无言和更加深邃的沉思默想之中,接连吞云吐雾,然后,霍尔法官坐回自己的椅子上,继续先前的讲述如下:

"'尽管约翰·莫多克上校不是一名**超群绝伦**的印第安人憎恨者,他仍对红种人深怀某种感情,并充分展现这种情感,

---

① "著名英国道德家"应指塞缪尔·约翰逊(Samuel Johnson,1709—1784),他说过:"亲爱的巴瑟斯特深得我心,他憎恨傻瓜,憎恨无赖,憎恨辉格党人,他是个很优秀的憎恨者。"见《塞缪尔·约翰逊生平轶事》(*Anecdotes of the Late Samuel Johnson*)。

以此向自己的往昔岁月致敬。

　　"约翰·莫多克的母亲结过三次婚，印第安人的战斧让她三次守寡。三位丈夫都是拓荒者，她陪伴他们在莽莽原野上漫游，总是身处边疆。她领着九个孩子，好歹住进了一座林间小屋，后来又前往温森斯①，加入一支队伍，准备迁移至伊利诺伊的新辟区。那时候伊利诺伊东部没有殖民点，但在西部，在密西西比河畔，靠近卡斯卡斯基亚河口一带，有几个法国人的古老村子。这些村子周边很清静，景色优美，简直是一处新阿卡迪亚②，莫多克夫人的同伴们想去那儿落脚，定居在葡萄藤环绕的地界。他们从沃巴什③乘船，打算顺流而下，来到俄亥俄河中，再从俄亥俄河进入密西西比河，北上奔赴目的地。起初一切顺利，直到遇上了密西西比河的巨塔岩④。他们不得不抛锚登岸，拽着船绕过急流。谁知一伙埋伏在此的印第安人突然冲出，几乎把他们砍杀殆尽。除了莫多克，寡妇和孩子们全数死于非命，当时他身在五十英里外，跟随着另一支队伍。

　　"'莫多克刚刚成年，就这么孤零零一个人留在了世上，举

---

①　温森斯(Vincennes)，美国印第安纳州的城市。

②　阿卡迪亚(Arcadia)，古希腊的乌托邦，人间天堂，传说是世界的中心。

③　沃巴什(Wabash)，美国印第安纳州的城市。

④　巨塔岩(the rock of the Grand Tower)，一块高约 23 米的巨岩，从密西西比河岸向河床突出，位于圣路易斯城与俄亥俄河之间。

目无亲。换成别人很可能沉湎于哀痛,而这小伙子还想着复仇。他的神经堪比电线——敏感,却也强健如钢。他个性沉静,既不会气得满脸赤红,也不会吓得面色惨白。据说,噩耗抵达时,他正坐在河边一株铁杉下,吃着充当晚餐的鹿肉——他听到家人的死讯,没有停止进食,但咀嚼的动作缓慢、刻意,他咀嚼着荒野上猎获的兽肉和荒野上传来的消息,仿佛将它们一块儿嚼烂,可以让他意志更为坚决。那顿晚餐吃完,他已变作一名印第安人憎恨者。他站起来,拿上自己的武器,说服一些友伴共同行动,立刻去搜寻罪犯。那些凶手组成了抢劫团伙,是一群来自各个部落的叛离者,即使在印第安人当中也堪称不法之徒。仓促间,他没能找到下手的机会,于是解散了队伍,谢过朋友,让他们继续前进,说将来某一天还会请求他们援助。他独自在荒野里待了一年多,跟踪那帮印第安人。有一回,他认为良机到来了——时值隆冬,野蛮人安营扎寨,显然要待很久——于是再度召集旧友,直奔仇敌而去,可对方收到他逼近的风声,提前跑掉了,他们如此惊惶,以至于只来得及带走武器,其余物件统统弃之不顾。整个冬天,类似景象又出现了两次。第二年,莫多克率领一支四十天内服从他指挥的队伍,到处搜寻仇敌。最后的时刻降临了。密西西比河畔,莫多克和同伴一路潜行,在微红发暗的黄昏发现了那帮杀

人犯，他们正涉水前往一座榛莽丛生的河心岛，到它上面宿营
更安全些。莫多克的复仇意志在旷野中流荡，犹如伊甸园传
来的呼唤声①，令他们担惊受怕。白人一直等到深夜，才拖着
一条满载枪械弹药的木筏，泅渡登岛。上岸后，莫多克割断了
印第安人那几只独木舟的系绳，让它们跟自己的木筏一同顺
水漂走。他下定决心，既不允许敌方逃脱，也不允许己方败
退。结果白人大获全胜。三名印第安人跳河求生。莫多克的
队伍毫无折损。

　　"'三个凶手捡回了性命。他知道这些人的名字和长相。
往后的三年时间里，他们陆续栽在莫多克手上。他们全死了。
但这远远不够。莫多克从未公开宣扬杀印第安人是其爱好，
不过如此而已。他体格强壮，罕有匹敌；他枪法神准，无人可
及；一对一决斗，他战无不胜。他是狡猾的丛林大师，擅长在
常人难以活命的恶劣环境下生存。他还精通各种追踪手段，
能一连数周，甚至数月，在森林中尾随你而不被察觉。落单的
印第安人遇到他，必死无疑。杀戮事件一发生，他就暗中跟着

---

① "伊甸园传来呼唤声"（the voice calling through the garden），典出《圣经·创
世记》第 3 章："天起了凉风，耶和华神在园中行走。那人和他妻子听见神
的声音……"（And they heard the voice of the LORD God walking in the garden
in the cool of the day ...）亚当和夏娃偷食禁果，听到上帝的召唤声，非常
害怕。

凶手,等待时机来一次突袭,如果自己的行踪暴露,他会凭借高超的本领将对方甩掉。

"'他积年累月这么干。后来,他多多少少回归了那个地区那个时代的日常状态,只是大伙相信,印第安人一旦撞到枪口上,约翰·莫多克必然痛下杀手。或许他宁肯承担犯过之罪,也绝对要避免疏忽之罪①。

"'认为莫多克天生残忍,性情乖僻,因历经坎坷而乐于远离世俗,'法官会说,'实在大错特错。恰恰相反,此人显然是一个自我矛盾的范例。他很古怪,但与此同时,不可否认,几乎所有印第安人憎恨者内心深处都藏有爱意。应该说他们比普通男子感情更丰富。以莫多克融入定居点生活的程度来看,他待人颇为友好。他并不是一个冷漠的丈夫,也不是一个冷漠的父亲。尽管他经常远离家庭,却时时刻刻惦念着它,支撑着它。他有时也十分愉快,会讲个精彩的故事(然而从不吹嘘自己),会唱首动听的歌曲。他热情好客,乐于帮助邻居。传闻说,他在暗地里行善,正如他在暗地里复仇一样。莫多克的古铜色皮肤又迷人又沧桑,这样的男子,总的来讲,尽管有时候很严肃,但除了面对印第安人,他们在任何人跟前总是彬

---

① "犯过之罪"(sins of commission)和"疏忽之罪"(sins of omission)是一组相对的概念。前者指"做了不该做的事",后者指"没有做该做的事"。

彬有礼而不失阳刚之气。好一位穿莫卡辛鞋的绅士，广获钦敬和爱戴！实际上，没人比他更受欢迎，下面要说到的事例即为证明。

　　"'无论是与印第安人战斗，还是与其他人战斗，莫多克都无比神勇，这一点无可置疑。一八一二年战争①期间，他是一名军官，在沙场上大显身手。该轶事恰恰表现了他的英雄气概。赫尔②在底特律令人生疑地投降之后不久，莫多克率领一队骑兵，夜间行军至一座小屋，便停下来休息到次日清晨。他们吃过晚饭，喂饱马匹，分配了睡觉的地方，主人将最好的床铺让给上校，那是一张四腿支地的床铺，其他人则要睡在地板上。莫多克感到不妥当，拒绝独占床铺，或者说他拒绝使用它。主人为了增大床铺的诱惑力，告诉他有位将军曾在上面睡过。"请问是谁？"上校问道。"赫尔将军。""那您可别生气，"上校扣好外套，"真人不说假话，胆小鬼睡过的床，再舒服我也不沾。"于是他选择了勇者之床——冷冰冰的地板。

---

①　又称第二次独立战争，美国与英国之间发生于1812至1815年的战争。是美国独立后第一次对外战争。由于种种原因，美洲原住民部落也卷入了战争。

②　威廉·赫尔（William Hull，1753—1825），美国军人，政治家，1812年战争期间，他指挥的部队在底特律要塞抵抗英军，受困投降，后被军事法庭判处死刑，詹姆斯·麦迪逊总统又将其赦免。

"'有一段时间,上校是伊利诺伊地区自治会的成员,州政府成立之初,大伙要推举他竞选州长,他婉拒了。虽然他没有透露拒绝的理由,不过,对于那些最了解上校的人士而言,所谓的理由不难猜测一二。莫多克一旦当上州长,也许在压力之下,不得不与印第安部落缔结友好条约,他可不想要这种东西。即使能避免此类状况,他身为伊利诺伊州州长,趁着立法机构休会的空当,不时溜到外头,在自己管辖的区域冲人开枪,这似乎不太合适。如果说担任州长是巨大的荣誉,那么站在莫多克的立场,牺牲更加巨大。总之他意识到,做一名始终不渝的印第安人憎恨者,就必须抛开世俗的追求,舍弃荣誉和地位。而我们的宗教既然宣称,它们不过是泡影,无足轻重,因此,不论你怎样看待仇恨印第安人的行为,仅从信仰的角度来评价,它并不缺少虔诚之心。'"

叙述者停住了。他坐得太久,感到烦闷,于是站起来,整理自己乱糟糟的衬衣,同时抖了抖穿着皱巴巴裤子的双腿,然后才总结道:"好,我说完了。记住,这既不是我自己的故事,也不是我自己的想法,它们属于另一个人。至于您那位顶着浣熊皮的朋友,我敢打包票,假如霍尔法官在这儿,会说此人是个大而化之的莫多克上校,他们的激情太过分散,失之肤浅。"

第28章

几个悬而未决的问题，关于已故的
约翰·莫多克上校

"仁慈，仁慈！"世界漫游者大喊道，"没有仁慈，就没有健全的判断力。当一个人评判另一个人，所谓仁慈并不是我们的悲悯之心给予的恩典，而是对人类易于犯错这一天性的宽容谅解。我奇怪的朋友并非像您说的那样，上帝不允许。您不了解他，或者了解得不够全面。他的外表蒙骗了您。起初它也差点儿蒙骗了我。但有一次，他因为某些人的恶行大为愤慨，稍稍放开了心防，而我抓住了机会。必须说，机会难得，让我可以一窥他的思想，并且发现他这人外冷内热，不善言辞。他的外表仅仅是假象。他为自己的善良感到不好意思。他对待同类，就好比传奇小说里那些古怪的老叔父对待侄子——总在斥责他们，却又深怀爱意，视之为珍宝。"

"嗯，我跟他只聊过一两句。或许他不是我以为的样子。

好吧,没准儿您说得对,亦未可知。"

"很高兴听您这么讲。仁慈,犹如诗才,其美好有赖于悉心培育。接下来,既然您抛开了自己的看法,会不会再让我高兴一次,抛开自己的故事?那个故事令人震惊,简直难以置信。我觉得它有些地方自相矛盾。如果约翰·莫多克上校满腔仇恨,岂能同时又富于爱心?他要么像赫拉克勒斯,是一位孤胆英雄,要么,坦白说吧,他亲切友善,其余也无非装装门面罢了。简言之,若天底下真有莫多克这种人,我认为,他只可能是个厌世者,而且他越针对单一种族,厌世的程度越强烈。虽然厌世如同自杀,好像特别受希腊人、罗马人青睐——理应归入异端,但在希腊或罗马的历史上,没有一个人类似于您和霍尔法官讲述的莫多克上校。总之,关于印第安人憎恨者,我不得不引用约翰逊博士评论里斯本大地震的那句话:'先生,我不相信。'①"

"不相信?干吗不相信?他有什么偏见?"

---

① 约翰逊博士(Dr. Johnson)指塞缪尔·约翰逊。据《塞缪尔·约翰逊生平轶事》(*Anecdotes of the Late Samuel Johnson*),该书作者赫斯特·林奇·皮奥齐(Hester Lynch Piozzi,1741—1821)曾问塞缪尔·约翰逊,他是否相信里斯本大地震造成了数以十万计的伤亡,塞缪尔·约翰逊表示,地震发生后的六个月里,他一直不相信。里斯本大地震(Lisbon earthquake)发生于1755年11月1日,是欧洲历史上最大的地震。

"约翰逊博士没有任何偏见，只不过跟大伙一样，"世界漫游者坦然一笑，"他心存哀矜，所以会感到悲痛。"

"约翰逊博士是个好人，对吧？"

"没错。"

"可否假设，他是另一种人。"

"那么对于所谓大地震，他就抱着些许怀疑。"

"可否假设，约翰逊博士也是个厌世者？"

"那么对于所谓在残垣断壁、烟尘灰烬之中发生的抢劫和凶杀，他就抱着些许怀疑。当时，那些不虔诚奉主的人，很快便相信了有关报道，相信了恶行的存在。确确实实，信仰迥异于日常观念，在许多情况下，它意味着不轻易认同的保守态度，而信仰缺失者，虽号称鄙弃盲从，却往往盲从得更为迅速。"

"您把厌世者和信仰缺失者混为一谈了。"

"我没有把他们混为一谈。这两种态度相伴而生。因为厌世情绪与怀疑上帝同根同源，二者是一体两面。我敢说，它们同根同源。姑且不谈唯物主义，先来讨论一下不信神的本质，它指一个人不理解，或者无法理解，爱是宇宙运行的最高法则。而厌世，乃指一个人不理解，或者无法理解，仁善是人类社会运行的最高法则。您明白了吧？两者的毛病，皆源于缺乏信心。"

"厌世是一种什么感受?"

"您不如问得了狂犬病是一种什么感受。我可不知道。从来没得过嘛。但我时常对此好奇。厌世者能体验到温暖吗? 我自问。他会放松娱乐吗? 他会善待自己吗? 厌世者会抽上一根雪茄陷入沉思吗? 他一个人怎么过日子? 厌世是一种癖好吗? 吃一颗桃子能让他重新振作吗? 他用怎样的目光去端详那香槟酒的泡沫? 他喜欢夏天吗? 他在冬天睡多长时间? 他会梦见什么? 如果被深夜的雷鸣惊醒,他孤身一人,会是什么感觉,又会做些什么?"

"跟您一样,"陌生汉子说,"我也搞不懂厌世者。以我自己的经验来看,人配得上真挚的爱,要不然我就太走运了。我没受过罪,没受过一丝一毫。欺骗、诋毁、傲慢、蔑视、残酷,以及诸如此类的遭遇,我从未亲身经历。曾经有个朋友冷漠地冲我耸肩,有个得过我好处的家伙忘恩负义,还有个心腹知己背叛了我——这种事或许难免;但我总要相信某些人吧。比如一座桥,让我安安稳稳到达彼岸,我又怎能不夸赞它?"

"面对一座有功之桥,的确得表示感谢。人类是高尚的生灵,在如今这个习惯了冷嘲热讽的时代,能看到一位同胞仍然对人类满怀信心,我非常欣喜,我一定勇敢地支持您。"

"是啊,我总在替人类说好话。不仅如此,我一贯乐于为他们做好事。"

"你我心心相印呀，"世界漫游者的回应坦率而不失冷静，"确实，"他补充道，"我们的观点这般相近，假如写进一本书里，哪句话是谁讲的，恐怕只有水平最高的批评家才分辨得出来。"

"既然我们的思想亲密无间，"陌生汉子说，"为什么我们两个不携手呢？"

"我的手一向听命于美德。"世界漫游者把对方视作人格化的美德，伸出了真诚之手。

"那么，"陌生汉子热情地握着他的手，"您很清楚我们西方的风尚。或许格调有点儿低，不过挺亲切。简单说吧，我们刚刚结交，应该一块儿喝上两杯。您看呢？"

"感谢。不过，还得请您原谅了。"

"为什么？"

"因为，说实话，我今天遇到了很多老朋友，他们全是率性、豪爽之士，真的非常率性、豪爽，尽管我眼下还算清醒，但已经快到极限，好比一个水手，长时间航海之后回到陆地上，夜幕降临前走入热烈欢迎的人群，他的心虽仍有余力，可他的脑袋承受不住了。"

听到对方提及老朋友，陌生汉子的神情有点儿沮丧，犹如嫉妒的恋人听到伴侣提及旧爱。不过他还是继续说道："毫无疑问,他们用一些烈酒招待了您。但葡萄酒——很显然,葡萄酒,是温润的造物。来吧,让我们就在这儿,找一张桌子,喝一点点温润的葡萄酒。来吧,来吧。"陌生汉子随即放声高唱,好像一支填满了烟丝的烟斗试图在大海上翻滚,可惜他的歌喉太过尖厉,不然听众会觉得感情更丰沛:

> 让我们喝一杯柔和的葡萄酒,
>
> 圣索维诺的温暖在杯中闪烁。①

世界漫游者盯着陌生汉子,目光热切,面对颇具吸引力的鼓动左右为难。突然间,他走向对方,一脸缴枪投降的神情,说:"荣耀、财宝、女色的诱惑无法让我动摇,美人鱼的歌声则可以使船首像也听得入迷。假如我是一艘船,那么一位好伙伴唱起一首悦耳的歌谣,就能像磁石一样,吸引我的每一根船钉,让我的整个船体破浪航行,默默追随。好吧。当一个念头在你内心萌发,再怎么压抑它都是枉费力气。"

---

① 引自英国诗人利·亨特(Leigh Hunt, 1784—1859)的诗作《巴克斯在托斯卡纳》(Bacchus in Tuscany),引文与诗歌原文略有出入。圣索维诺(Sansovino)是意大利著名的葡萄酒产地。

第 29 章

欢乐的同伴

两人点了葡萄酒,波特葡萄酒,坐在一张小桌子旁,打算高高兴兴喝上几杯。陌生汉子的目光移向附近的酒吧台,望着一个红脸膛、穿白围裙的伙计。他快活地擦拭着酒瓶,将酒杯和托盘排得整齐醒目。陌生汉子一阵激动,转过头来,对自己的同伴说:"我们两个一见如故啊,是吧?"

"是啊,"世界漫游者沉静而愉悦地回答,"一见如故与一见钟情相同:这是唯一真实、高尚的情感。它们首先意味着信任。试问谁敢像一艘外国船舰在夜间驶入敌方港口那样,轻易涉足爱情或友情?"

"对。勇往直前。我们总是意见一致,真令人愉快。另外,出于礼貌,朋友之间应该互通姓名。敢问高姓大名?"

"弗朗西斯·古德曼。至亲好友叫我弗兰克。您呢?"

"查尔斯·阿诺德·诺布尔。就叫我查理吧。①"

"好的,查理。在我们一生当中,没有什么比少年时代的兄弟情谊更珍贵。它使人的心灵永葆青春。"

"再次看法一致。啊!"

这时走来一名微笑的服务员,捧着微笑的酒瓶,软木塞已经拔掉。普普通通的一夸脱②酒瓶,只不过瓶底特别固定在一个树皮小筐里,这东西以豪猪的棘刺织就,华丽而深具印第安色彩。酒瓶放在了做东的查理面前,他兴致盎然地端详它,似乎搞不明白,或假装搞不明白,瓶身为什么贴着一张漂亮的红色标签,上头有两个大写字母——"P. W."。

"P. W.,"查理困惑不解地看着那个讨人喜欢的侍者,最终问道,"P. W. 是什么意思?"

"如果它代表着波特酒,"世界漫游者语气庄重,"也没什么好奇怪的。你点了波特酒,是吧?"

"哦,是的,是的!"

"我发现,某些小秘密要弄清楚并不难。"弗兰克不声不响

---

① "查理·诺布尔"(Charley Noble)是水手们的行话,指舰船上的厨房烟囱。据说船员间流传着一种习俗,要让每个新水手去寻找查理·诺布尔,老水手们以此取乐。足见跟骗子聊天的这位查理,很可能是另一个骗子。

② "夸脱"(quart),容量单位,美制容量一夸脱约等于 0.946 升。

跷起了二郎腿,说道。

陌生汉子仿佛没听见这句老生常谈,此刻他眼中只有酒瓶,用稍嫌枯槁的双手不断摩擦它,喉咙发出奇特的咯咯声,听上去好像叽叽呱呱的自言自语,并且大呼道:"好酒,好酒。真让人飘飘欲仙啊!"他斟满两只酒杯,把其中一只推到了桌子对面,似乎故意摆出一副轻描淡写的模样,说:"那些阴郁的怀疑论者没救了。他们坚持认为,纯正的葡萄酒如今根本买不到。又说几乎所有品类的在售葡萄酒,它们窖藏的时间,比葡萄生长的时间还短。又说大多数酒吧老板,不过是一伙男版的布兰维利耶①,他们殷勤备至,精通如何谋害其最好的朋友,亦即顾客。"

世界漫游者的脸庞蒙上了一层阴影。他低首不语,思考了几分钟,这才抬眼说道:"亲爱的查理,我一直认为,如今很多人都觉得葡萄酒的意义在于,它是世间缺乏信任的最令人痛苦的例证之一。瞧瞧这两个杯子。谁怀疑葡萄酒中掺了毒药,就会怀疑赫柏②的脸颊之所以红扑扑,是因为她得了肺结核。而我们一旦开始对葡萄酒商贩怀有疑虑,心中自然就不

---

① 布兰维利耶(Brinvilliers),指布兰维利耶侯爵夫人(Marquise de Brinvilliers,1630—1676),她毒杀了自己的父亲和两位兄弟,被判处死刑。

② 赫柏(Hebe),希腊神话中的青春女神,负责为众神斟酒。

再充满信任。大伙一定觉得，人心非常像一瓶波特酒，不是像桌子上这瓶波特酒，而是像攥在他们手里的波特酒。怪异的诽谤者视真诚如无物，不论这真诚多么圣洁。良药、神圣的葡萄酒，统统难逃诬蔑。携带小药瓶的医生，手执圣餐杯的教士，他们一概斥为狗皮膏药贩子，只会给垂死之人提供些假冒伪劣的汤剂。"

"可怕！"

"确实可怕。"世界漫游者神情严肃。"这伙怀疑分子极力想伤害信任的核心。如果这葡萄酒，"他高高举起斟满的酒杯，"如果这葡萄酒，它光明的许诺无法兑现①，凡人不那么光明的许诺又岂能兑现？再说，要是葡萄酒以次充好，而我们有血有肉，火热的欢乐又该去何处觅求？设想一下，诚挚、友爱的人们为彼此的健康碰杯，却喝下了见利忘义、谋财害命的鸩毒！"

"恐怖！"

"查理，真实例子太多太多了。让我们抛开这些事吧。来，今天你请我喝酒，可我俩还没干杯。我一直等着呢。"

---

① 耶稣对使徒们说过："这杯是用我血所立的新约，是为你们流出来的。"见《圣经·路加福音》第22章。所以葡萄酒在基督教文化中也被视为神赐的祝福。"光明的许诺"（bright promise）是基督教赞美诗中经常出现的意象。

"抱歉,抱歉,"陌生汉子半是匆忙半是夸张地举起自己的酒杯,"我敬你,弗兰克,衷心祝福你。"他抿了一口酒,动作极尽优雅,没法喝得太多,不过,这一口量虽小,却让男人不由自主微微咧了一下嘴。

"我也敬你,查理,发自肺腑,像这酒一样真心真意。"世界漫游者以王子般亲切温柔的姿势回应对方,豪爽地干了一大口,并使劲拍了拍桌面,不过,虽有声响,尚不至于使人厌烦。

"说到劣质葡萄酒,"弗兰克平静地放下酒杯,扬起下巴望着杯中酒,眼神坚毅而友善,"各种指控之中,最为离奇的或许是,据称,有一类人相信,北美洲出产的大多数葡萄酒皆为劣等货,可他们依然喝个不停。考虑到葡萄酒如此美妙,即便是劣等货,也总比什么都没有要强。照这个思路,倘若戒酒者宣称,那些人的健康迟早得毁掉,他们会说:'你以为我不知道?但光有健康,没有乐趣,还活着干吗?至于乐趣,哪怕是假冒伪劣的乐趣,我也愿意替它埋单。'"

"这些家伙,弗兰克,肯定嗜酒如命。"

"对,此等人士,我可不信任。这是一则杜撰的故事,从前我听某人提起过。那位先生与其说是天才,倒不妨说是怪胎,他还讲了一段警语,比杜撰的故事更深刻。他说,正如一篇寓言昭示的那样,野性难驯之辈仍可能易于相处,但他们同时也相信，世众大多尔虞我诈，而人组成的社会何等可贵，以至于虚情假意的社会也总比根本没有社会要强。照这个思路，倘若拉罗什富科①宣称，或迟或早，他将不再安全，那种人会回答说：'你认为我不知道？但光有安全，没有社会，毫无意义。而社会，哪怕是假冒伪劣的社会，我也愿意替它埋单。"

"这理论极其怪诞，"陌生汉子略显烦躁，投向同伴的目光里夹杂着些许好奇，说道，"实际上，弗兰克，这观点极其恶劣！"他突然激动大喊，情不自禁地流露出愤恨难平的神色。

"在某种意义上，你讲得有道理，非常有道理，"世界漫游者以他一贯的平和回答说，"但可笑可叹在于，仁善之心或许低估了邪恶之事。其实，幽默十分宝贵，假如在世人最歹毒的念头里找得到九个玩笑，那么哲学家们也将足够开明，承认这九个玩笑可抵消所有恶意邪念，即使它们的数量堪比索多玛的居民②。无论如何，不晓得为什么，这份幽默或多或少包含着仁慈，它好似灵丹妙药，极富魔力——几乎人人喜爱，而这

① 拉罗什富科（François de la Rochefoucauld, 1613—1680），法国贵族，作家。麦尔维尔在《霍桑与他的青苔》中引用过拉罗什富科的著名箴言："我们常以贬低一些人来抬高另一些人的荣誉。"

② 据《圣经》，上帝向亚伯拉罕保证，如果在索多玛（Sodom）能找到十个义人，他便不摧毁这座城市。有学者认为，"九个玩笑"（nine good jokes）代表着骗子的九个身份。

些人在其他事务上很难意见一致——总之不可否认,幽默为
尘世贡献良多,所以老幼皆知,如果某人不乏幽默感,能够哈
哈大笑——不管其余方面怎么样——他都不太可能是一个冷
酷无情的浑蛋。"

"哈哈哈!"查理指着一个脸色苍白的穷小子笑道。那家
伙的可怜相看上去使人动容。他穿着一双相当滑稽的巨大靴
子,它们显然是某位泥瓦匠丢弃的旧物,因久用而开裂,表面
一多半覆盖着石灰,鞋尖部分翻卷如巴松。"快瞧啊——哈
哈哈!"

"我看到了。"弗兰克说道,言语间仿佛充满了沉静的欣赏
之意,但他只不过是想表明,自己正关注着那个古怪的家伙,
并没有对眼前的状况视而不见。"我看到了,查理。这景象之
所以会吸引你,恰恰是因为它呼应着我刚才谈论的轶事。事
实上,你找不到比这更精彩的效果了。谁听到你大笑,他自然
可以推断出你有一副健康的肺脏,进而得知你有一颗美好的
心灵。没错,据说一个人可以满脸堆笑,骨子里却是个奸贼①,

---

① "据说一个人可以满脸堆笑,骨子里却是个奸贼"（it is said that a man may
smile, and smile, and smile, and be a villain）,典出《哈姆雷特》第 1 幕第 5
场:"我必须把它记下来:一个人可以尽管满面都是笑,骨子里却是杀人的
奸贼。"（Meet it is I set it down / That one may smile, and smile, and be a
villain.）译文引自朱生豪译本。

但我们从未听说过一个人整天哈哈大笑,到头来也是个奸贼,查理,是这样吧?"

"哈哈哈! ——是这样,是这样。"

"查理啊,我的观点拿你这一通狂笑当作证明,几乎像化学家的讲座以火山爆发为案例一样贴切。但即便生活经验与那则轶事相悖,我仍然坚信一个喜欢大笑的人不会是一个坏家伙。而既然这个说法在民众之中流传,我从未怀疑它同样来源于民众,因此它一定是真理。毕竟,民众的声音就是真理的声音。你也这么看吧?"

"那当然了。我听人说,真理,要么通过民众来发声,要么根本不发声。"

"千真万确。不过我们跑题了。幽默通常被当作心灵的标志,这一点亚里士多德似乎奇怪地论证过了——我记得是出自他的《政治学》①(插一句,这本著作,尽管不妨从总体上理解,但以部分章节的主旨来看,仍不该毫无戒心地把它推荐给年轻人阅读)——他认为,历史上那些最不讨人喜欢的家伙岂止厌恶幽默,简直憎恨幽默,而且他们往往对于乏味无聊的

---

① 亚里士多德的《政治学》并没有关于"幽默是心灵标志"的论述,这是麦尔维尔,或者说是这部长篇作品里的骗子杜撰的。

俏皮话情有独钟。我还记得,作者提到了法拉利斯①,西西里岛反复无常的暴君,他曾经下令,在骑马墩上砍掉一个可怜虫的脑袋,因为这么做最有可能让人放声狂笑。②"

"有趣的法拉利斯!"

"残忍的法拉利斯!"

好比放过炮仗之后,总有一阵沉寂,两人俯视着桌板,仿佛共同被这两句感叹的反差所震撼,兴许在思索其深远意涵。至少表面上是那样。但换一个角度来看,又可能并非如此——这时候,世界漫游者抬头一睨,说道:"刚才,我们借助一段警语,从嗜酒如命的怪客谈到可笑的愤世嫉俗之徒。那些个醉鬼即使知道真相,仍在饮用劣质葡萄酒——于是,我们有了一个绝佳的例子,表明险恶的想法如何寄寓在幽默之中。接下来我要再提供一个例子,让你看看险恶的想法如何源自恶行。你不妨两相比较,并且回答,在前一种情况下,恶毒是

① 法拉利斯(Phalaris,约前 570—约前 554),古希腊城邦阿克拉加斯的暴君。
② "骑马墩""放声狂笑"的原文分别为"horse-block"和"horse-laugh",两者均有"horse"(马)这一语义单元,这是作者玩的一个文字游戏。另外,法拉利斯下令在骑马墩上砍人脑袋一事,史料未见记载。英国作家斯威夫特(Jonathan Swift,1667—1745)在《书之战》(*Battle of the Books*)中记述了《法拉利斯书信集》(*Epistles of Phalaris*)被学者证明是伪作的概况。麦尔维尔也许是从斯威夫特这本著作里获得了灵感。

否已经被幽默抵消,而在后一种情况下,缺少幽默是否抑制了恶毒的肆意横行。我听过一则笑话,请注意,仅仅是一则笑话,某个巴黎不信教者讲的笑话,他说世人难舍杯中之物,唯有吝啬鬼和骗子手在戒酒的风潮里一马当先。因为,正如他所言,吝啬鬼不喝酒可以省钱,而骗子手不喝酒可以赚钱,这就好像船主们砍掉了定量供应的酒精饮料①,却又不发放替代品,而赌徒和形形色色的骗棍无赖一贯只喝凉白开,以便为了他们的勾当保持清醒。"

"这想法真够恶毒的!"陌生汉子激动大呼。

"没错,"弗兰克的胳膊肘抵着桌面,食指冲对方友好地连番比画,"没错,那么照我先前说的,你谈谈其中的恶毒如何?"

"是啊,我还没谈。弗兰克,这说法歹毒之至!"

"里头没有幽默?"

"完全没有!"

"好吧,查理,"弗兰克湿漉漉的目光扫向对方,"让我们喝吧。依我看,你并没有敞开喝。"

---

① "定量供应的酒精饮料"原文为"spirit ration",字面意思是"精神口粮"。在18世纪末,美国军队法定的所谓"精神口粮"包括白兰地、威士忌、朗姆酒,每位士兵可领取到一定数量。到了19世纪30年代,改用咖啡和白糖替代酒精饮料。1865年,"精神口粮"被取消。

"哦,哦——其实,其实——我也喝了不少。我得声明,像你朋友查理那么海量的家伙真不好找,"男人猛然抄起自己的酒杯,但只不过是装装样子。"对了,弗兰克,"或许是要提醒自己,或许不是,他补充道,"对了,前几天我在报纸上读到一篇颂词,很棒,很有水准。我非常高兴,读了两遍,记在心里。它应该算一首诗,其样式接近于无韵诗,恰似无韵诗却接近于韵诗。不妨称之为形式自由的歌谣,以叠句收尾。我可以背诵一下吗?"

"任何刊于报端的赞美文章,我都乐意听一听。"世界漫游者回答。"尤其当我发现,"他神情庄重,"新闻报道有被贬损的倾向,就更是如此了。"

"新闻报道被贬损?"

"岂止如此。白兰地,或称为"生命之水"①,这公认的伟大发明一现世,就被医生们视作万应灵药,就像它的法语名字暗示的那样——某些阴暗之徒却断言,这个观点可能还没有获得充分的证实。"

"你让我感到吃惊,弗兰克。难道真有人如此公然反对新闻报道? 再跟我说说吧,说说他们的理由。"

---

① "生命之水"的原文为法语"eau-de-vie",指白兰地烈酒。所以后文才说,白兰地的法语名字暗示它是万应灵药。

"他们找不到什么理由,不过是自诩有很多理由。请你尤其要注意,在帝王专制下,新闻报道对民众产生不了多大效果,作用相当于即兴歌手,而在民主政体下,它又很容易成为他们的杰克·凯德①。反正,这些个酸溜溜的智者将新闻报道当作一支柯尔特左轮手枪来使,他们可以从报纸上找理由,只要碰上合适的,而别人那么干就不行。他们相信新闻报道是在要笔杆子方面的一大进步,类似于枪械不断优化改良。因此,再怎么增加枪弹的威力,也没法帮助你击中标靶。所谓"新闻自由",在他们眼里无异于**柯尔特左轮手枪的自由**。实话实说吧,他们认为,不再对新闻业抱有希望,比科苏特②和马志尼③不再对枪杆子抱有希望,还要更理智一些。你大概觉得这种想法过于凄楚,简直让真正的改革派人士不屑一驳,对不对?"

"那是当然。不过请继续,请继续,我很感兴趣。"查理讨好地斟满了对方的酒杯。

---

① 杰克·凯德(Jack Cade,约1425—1450),英国农民起义领袖,领导了1450年暴动。莎士比亚在他的戏剧《亨利六世》(Henry Ⅵ)里,把杰克·凯德描绘成一个愤世嫉俗、刚愎自用的群氓首领。

② 拉约什·科苏特(Lajos Kossuth,1802—1894),匈牙利民族解放运动领袖,1848—1849年革命的领导人,在匈牙利人民的心中享有盛誉。

③ 朱塞佩·马志尼(Giuseppe Mazzini,1805—1872),意大利革命家,民族解放运动领袖,意大利建国三杰之一。

"举个例子，"世界漫游者大咧咧挺起胸膛，说道，"我认为新闻报道并不是民众的即兴歌手，也不是杰克·凯德；既不是他们掏钱雇来的丑角，也不是骄矜自大的刀笔吏。我觉得利益永远超不过责任。新闻行业虽饱受攻讦，但依然在为事实真相发声；它虽满目疮痍，但依然在与谎言对抗。贬低者称之为廉价的消息扩散器，我倒要说它是先进知识的使徒——是一位钢铁圣保罗！不错，是圣保罗，因为新闻报道不仅仅推动知识发展，它还维护正义。我亲爱的查理，在新闻报道之中，如同在太阳底下，蕴含着献身精神，充满了仁慈的力量和光芒。至于邪恶的新闻报道，使徒式新闻报道给它们造成的打击，就好比真正的太阳出现在虚假的太阳面前。尽管幻日看上去很狂暴，太阳神阿波罗才是白昼的主宰。总之，查理，英国的君王有名无实，而我希望新闻报道名实相符——信仰捍卫者！① ——让真理最终战胜谬误，让哲学战胜迷信，让理论战胜谎言，让机械战胜自然，让好人战胜坏人的信仰捍卫者！这就是我的观点，如果稍嫌冗长，查理，还请你原谅，毕竟一说到该主题，我便很难冷静下来，做到简明扼要。好了，我现在

---

① "信仰捍卫者"（Defender of the Faith），是教皇利奥十世（Leo Ⅹ）授予英国国王亨利八世（Henry Ⅷ）的头衔，当然，是在亨利八世实行宗教改革，与罗马教廷决裂之前。

等不及想听你朗诵那篇颂词了,它肯定会让我陶醉不已。"

"它的确能使人深深陶醉,"男子微笑道,"不管怎么样,弗兰克,它值得你一听。"

"你准备好了就告诉我,"世界漫游者说,"因为在宴会上,当人们为新闻报道祝酒时,我总是站着干杯,所以我也将站着你听朗诵。"

"很好,弗兰克。你现在可以站起来了。"

于是世界漫游者站了起来。陌生汉子也一同站立,他举着那瓶红酒,开始朗诵。

第 30 章

吟诵赞美新闻的颂辞,继而围绕它展开讨论

　　"赞美新闻报道,赞美诺亚而非浮士德的新闻报道。让我们称颂、褒扬新闻报道,诺亚那真正的新闻报道,打破了清晨宁谧的新闻报道。赞美新闻报道,赞美红色而非黑色的新闻报道。让我们称颂、褒扬新闻报道,诺亚那红色的新闻报道①,给人启发的新闻报道。莱茵兰和莱茵河的新闻工作者,请你们携手马德拉岛和米提林尼岛的新闻工作者,共同榨出欢乐

---

① "诺亚那红色的新闻报道"(red press of Noah)中的"红"指红酒。诺亚酒醉后,梦中接收到上帝启示。见《圣经·创世记》第9章。而前文"黑色的新闻报道"(the black press)可能指浮士德(Faust)受到魔鬼的诱惑,也可能指德国印刷商约翰·福斯特(约1400—1466,Johann Faust)与古腾堡结束合作之后,仍在使用古腾堡发明的印刷技术,此时"press"不作"新闻报道"解,而作"印刷出版"解。

的新闻琼浆吧①。——是谁让大伙长久盯着蝇头小字,以至于眼睛红赤?——赞美新闻报道,赞美诺亚那令人愉悦的新闻报道,它让大伙长久沉醉于红葡萄酒,令人由衷愉悦。——是谁吵吵嚷嚷,争执不休?是谁无缘无故,造成伤害?②赞美新闻报道,赞美诺亚那友好的新闻报道,它团结朋友,瓦解仇敌。——是谁收受贿赂?——是谁遭到束缚?——赞美新闻报道,赞美诺亚那自由的新闻报道,不为暴君撒谎,反使暴君吐露真言的新闻报道。来吧,赞美新闻报道,赞美诺亚那直白、古老的新闻报道。来吧,让我们称颂、褒扬新闻报道,诺亚那勇敢、古老的新闻报道。来吧,让我们给新闻报道,诺亚那恢宏、古老的新闻报道,套上花环,戴上花冠,它是知识的源泉,向人赐福,而非致人痛苦。"

"你骗了我。"世界漫游者微笑道,此时两人已重新坐下。"你相当机智,欺负我脑袋不灵光。你狡猾地利用了我的热

---

① 莱茵兰(Rhineland),德国莱茵河西部地区。马德拉(Madeira)和米提林尼(Mitylene)分别是葡萄牙和希腊的岛屿,均以出产葡萄酒而闻名。

② 以上几句,是对《圣经·箴言》第23章的戏仿。《圣经》原文为:"谁有祸患?谁有忧愁?谁有争斗?谁有哀叹?谁无故受伤?谁眼目红赤?就是那流连饮酒,常去寻找调和酒的人。"(Who hath woe? who hath sorrow? who hath contentions? who hath babbling? who hath wounds without cause? who hath redness of eyes? They that tarry long over wine, those who go to try mixed wine.)

忧。不过没关系。即使这是一种冒犯，也非常有意思，我挺希望你可以再干一次。至于你颂词里包含的奇言妙语，我心悦诚服，向诗人的永恒特权低头。大体上，它像极了抒情诗——我一直很欣赏抒情诗，因为西比尔①式的信心和笃定，或许正是它们的精华所在。来，"世界漫游者瞥了一眼同伴的酒杯，"抒情诗人，你喝得太慢，这可不行呀。"

"诗歌与美酒万岁！"查理兴奋狂呼，劲头真真假假，也不管对方说了什么。"葡萄树，葡萄树！在一切植物之中，难道它不是最为优雅、最为慷慨的一种？而它也因此具有了某些神圣的意味——对不对？毫无疑问，在我的坟墓上，应当栽下一株葡萄树，一株卡托巴②葡萄树！"

"很棒的想法。不过，你的杯子还满着。"

"哦，哦，"男人浅浅抿了一口酒，"那么你呢，你为什么不喝？"

"亲爱的查理，你忘了今天我告诉过你，我过去纵饮无度。"

---

① 西比尔（Sybill），希腊神话中的女巫。太阳神阿波罗爱上了她，赐予她预言的能力。

② 卡托巴（Catawba），一种白葡萄酒的名称，以南、北卡罗来纳州的卡托巴河而得名。

"哦,"那另一个人叹道,情绪低落下来,不再意兴遄飞,与他善于交际的同伴反差明显,"哦,陈年佳酿也不能喝太多——这可是真正的、醇冽的老波特酒。呔,呔! 尽情喝嘛。"

"那就让我作陪吧。"

"当然,"查理胳膊一挥,又抿了一口酒——"假设我们有雪茄可抽,又何必在意你那个烟斗。让烟斗自己待着,再好不过。喂,服务员,给我们来一些最好的雪茄。"

两人看到一只小小的西部陶具,看样子像某种印第安容器,色调类似于木乃伊,侧面微微泛红,里头的烟叶又绿又长,如梦幻般聚拢在一起。

伴随小陶具而来的两个物件,同样是小陶具,但比它更小,皆为球形。其中一个弄成苹果的样子,涂着红色和金色颜料,惟妙惟肖,从顶端的口子看进去,会发现它是中空的。它用于盛烟灰①。另一个呈灰色,表面并不平滑,犹如一个胡蜂窝。这是火柴盒。"来吧,"陌生汉子将雪茄架推过去,说,"请自便,我给你点烟。"他划了根火柴。"什么也比不上烟草,"当雪茄的烟雾开始袅袅腾卷,男人朝小陶具瞟了一眼,补充道,"我要往自己的坟墓上,在卡托巴葡萄树旁边,再种他一株弗

---

① 传说死海附近的索多玛出产的苹果(Apples of Sodom)外表光鲜,摘下即冒烟成灰。

吉尼亚烟草。"

"你原先的主意就挺不错，这下子又改进了——但你并不抽烟。"

"待会儿再抽，待会儿——让我再给你斟满。你不大喝酒。"

"谢谢。不用再倒了。**给你自己满上吧**。"

"待会儿再倒，待会儿。痛快喝吧。别管我。不得不说，我很惊讶，那些个知书识礼、道德高绝之辈，他们从不吸烟，只抱着廉价的生活情趣，这比一个翩翩佳公子穿上铁靴，比一个禁欲主义者独卧铁床更让人颓唐。至于那些个渴望烟草之乐，奈何无福消受的家伙，则委实令良善人士唏嘘不已，他们一次又一次疯狂地吞云吐雾，却因为肠胃虚弱而无从享受，他们屡遭可耻的挫败，仍初衷未改，做着不切实际的美梦，再度尝试猛烈的苦楚——可怜的病秧子！"

"你讲得在理，"世界漫游者说，依然神情庄重，"但你并不抽烟。"

"待会儿再抽，待会。你尽管抽。我刚才谈到——"

"可你**为什么**不抽烟——来吧。难道你不觉得，伴以香烟，葡萄酒的美妙程度将大大提升——简而言之，适当的搭配让人飘飘欲仙，对不对？"

"你这观点,显然曲解了相辅相成的意思。"查理友善地表示反对,"不,不。实际情况是,眼下我嘴里有一股恶味。我晚餐时吃了一盘糟糕透顶的杂菜炖肉,所以得先用葡萄酒将这残留的气味冲掉。你抽吧,请自便,而且别忘了喝酒。顺便说一句,我们俩坐在这里,亲切友好,随意闲聊,海阔天空,我突然想起你那位很不客气的、顶着浣熊皮的朋友,还真是对比鲜明啊。此刻他如果也在,就会知道自己拒绝了多少真诚的愉悦,而这份真诚的愉悦,跟他那种人交流根本不可能产生。"

"哎呀,"世界漫游者拖腔拖调,缓缓放下雪茄,"我还以为当时我已经让你醒悟了。我还以为你更加理解我那位古怪的朋友了。"

"好吧,我原本也这么认为;但第一印象又死灰复燃了。事实上,我一想到他,一想到同他短暂交谈时,他那顶浣熊皮帽子掉落的碎屑,就忍不住猜测他并不是真正的密苏里人,而是一个很久以前从阿勒格尼山脉①另一边来到大西部的年轻厌世者,他不图发财致富,只为亡命天涯。瞧,既然人们说有时小蝴蝶也能扇起大风暴,我丝毫不怀疑,如果对这位老兄的

---

① 阿勒格尼山脉(the Alleghanies),北美阿巴拉契亚山系西北部的分支。延伸于美国宾夕法尼亚州、马里兰州、弗吉尼亚州和西弗吉尼亚州境内。美国西进运动初期,阿勒格尼山脉是向西移民的障碍。

过往详加盘查,会发现其童年读到波洛涅斯给予雷欧提斯忠告①时产生的厌恶感,间接助长了他对浣熊皮的糟糕爱好②——那段忠告向世人灌输着自私自利的思想,几乎可与一支颂扬节俭持家的歌谣相提并论,我们偶尔能看到它贴在新英格兰小零售商的办公桌上。"

"亲爱的朋友,我多么希望,"世界漫游者温和地抗议道,"至少我在场时,你不要对清教徒的后裔们妄加褒贬。"

"真是兴旺发达,盛极一时,"男子恼火地大喊道,"好个清教徒的后裔!什么清教徒,要让我,一个亚拉巴马人,如此毕恭毕敬?不过是一群妄自尊大、性情孤僻的老马弗里奥③罢了,莎士比亚在喜剧里对他极尽嘲讽。"

"关于波洛涅斯,你有何高见?"世界漫游者问道,他相当克制,展现了一名高雅之士在鲁莽的低劣者面前应有的忍耐

---

① 波洛涅斯(Polonius)和雷欧提斯(Laertes)均为亚士比亚戏剧《哈姆雷特》中的人物。波洛涅斯是御前大臣,雷欧提斯是他的儿子。文中所说的忠告,见《哈姆雷特》第1幕第3场,忠告里包含这样一句:"不要向人告贷,也不要借钱给人;因为债款放了出去,往往不但丢了本钱,而且还失去了朋友。"在后面的篇章里,也出现了相似言论。
② 浣熊皮(Coonskins)是美国开发西部时猎人们喜欢猎取的毛皮,为胜利的象征。
③ 马弗里奥(Malvolio),莎士比亚戏剧《第十二夜》(*Twelfth Night*)中的人物,他是一名清教徒,经常沦为笑柄。

力。"你如何评价他给予雷欧提斯的忠告?"

"虚伪造作,遗祸无穷,言辞恶毒,"查理大声说,他满怀的激情,与一个人对族徽遭受了污损的憎恨旗鼓相当,"有怪物父亲必有怪物儿子。你看到的状况是:儿子将赴国外,生平第一次。而父亲又做了什么?祈求上帝赐福于他?往他的旅行箱里放一本保佑平安的《圣经》?不。他给儿子塞了一堆切斯特菲尔德①式的箴言,再加上法国的警句,意大利的格言。

"不,不,行行好,不是那样。他为什么偏偏要说:

> 相知有素的朋友,
>
> 应该用钢圈箍在你的灵魂上。②

难道这也跟意大利格言相容?"

"对啊,弗兰克。你还没明白吗?雷欧提斯应该尽力关照朋友们——他那些可靠的朋友们,正如一名装酒人应该尽力保护酒瓶子。当一个酒瓶子受到剧烈撞击而没有破碎,他会

---

① 见本书第 22 章第 208 页注释②。
② "相知有素的朋友,应该用钢圈箍在你的灵魂上。"(The friends thou hast, and their adoption tried, Grapple them to thy soul with hooks of steel.)出自《哈姆雷特》第 1 幕第 3 场,译文引自朱生豪译本。

说：'嘿，我要留下这个酒瓶子。'为什么？因为他喜欢它？不，他用得着它。"

"朋友，好朋友！"世界漫游者难过地恳求道，"那种——那种批评是——是——实际上——是站不住脚的。"

"果真站不住脚吗，弗兰克？你待人十分友善，请注意波洛涅斯说话的调子。让我给你讲讲，弗兰克。他那番忠告里，有哪一句可以让人做出崇高的、英勇的、无私的举动？有哪一句类似于'去变卖你所有的，分给穷人'①？而且，再说了，波洛涅斯心中最渴望的事情，是使他儿子珍视自己的高贵出身，或者警惕别人的鄙陋习气。波洛涅斯这位劝诫者可没有虔诚的信仰，弗兰克——他是一个不敬天主的顾问先生。我讨厌他。同样，我也无法忍受你对圆滑世故之徒的赞许，说什么遵照老波洛涅斯的忠告来驾驭自己的生命航船，便可以避开沿途的礁石险滩。"

"不，不——我希望谁也不要这样说，"弗兰克回答，他意绪消沉而平静，侧着身子，将整条胳膊搭在桌子上，"我希望谁也不要这样说，因为波洛涅斯的忠告若按你的思路去理解，那么阅历丰富者推荐它时，就会多多少少显得有点儿阴暗，有点

---

① "去变卖你所有的，分给穷人"（sell all thou hast and give to the poor），语出《圣经·马太福音》第 19 章。

儿太执迷于人性的丑陋。不过，"世界漫游者语含疑惑，"你这观点对我来讲是如此怪异，确实令我有些忐忑，动摇了我关于波洛涅斯及其言论的原初看法。坦白说，你运用聪明才智让我疑虑重重，若不是因为我们的意见大体上一致，我几乎会认为，自己终于得承受某种幼稚思想造成的不良影响了，这种幼稚思想与健全思想极为相似，两者却没有主要原则构建的共同基础。"

"真是这样，没错，"查理大喊道，言语间不乏愉快的谦逊和惬意的关心，"我的观点太弱势，抛出来也很难吸引并抓住人心。近来，我确实听过一些大学问家夸夸其谈，说什么他们的追随者比受害者更少。至于我自己，即便我有能耐去做此类事情，也没有欲望去做。"

"我相信你，亲爱的查理。但是，我再讲一遍，不知为何，你关于波洛涅斯的见解，让我感到忐忑。所以眼下我也不明白莎士比亚借波洛涅斯之口要表达什么。"

"有人说他是想通过剧中角色，擦亮观众的眼睛。但我不这样认为。"

"擦亮眼睛？"世界漫游者重复着对方的说辞，继而慢悠悠问道："天底下还有什么值得一个人擦亮眼睛去看？我是指在你提到的那种引发厌恶的意义上。"

"嗯，另一个说法是他想败坏世人的道德。还有一个说法是，作者无任何明确的意图，但在一场戏里实质上擦亮了观众的眼睛，并且败坏了他们的道德。这些说法我统统反对。"

"如此粗陋的假设，你当然会反对。不过，我承认，在船舱里读莎士比亚时，我一度放下书本说：'这位莎士比亚真怪啊。'有时候他似乎不负责任，并非始终可信。他看上去好像——该怎么形容呢？——比方说吧，好像一轮隐匿的太阳，既放射光芒，又神神秘秘。[1] 接下来，请允许我再谈谈，本人如何看待这一轮隐匿的太阳。"

"你不觉得那是真实之光吗？"查理又一次为同伴斟满酒杯，神色亲密。

"我不愿回答一个如此绝对的问题。莎士比亚已近乎神灵。[2] 关于他，审慎者心中各有定见，而且它们持续经受着考验。不过，我们可以有限度地展开一番光明正大的探讨。莎

---

[1]　麦尔维尔在《霍桑与他的青苔》中写道："通过哈姆雷特、泰门、李尔王、伊阿古的阴暗口吻，他（指莎士比亚）狡狯地说出的，或旁敲侧击地透露的诸般事物是如此真实无误，以至于对任何正常人而言，按他自己的本性把它们说出来，甚至仅仅是暗示出来，都显得极其疯狂。"

[2]　同样，在《霍桑与他的青苔》中麦尔维尔写道："对莎士比亚这种绝对的、无条件的崇拜，已经成为我们盎格鲁-撒克逊民族迷信的一部分。但不要忘了，在他生活的年代，莎士比亚尚不是莎士比亚，还只是精明的威廉·莎士比亚大师，是生意兴隆的康德尔和莎士比亚公司，是伦敦环球剧院的老板。"

士比亚本人依然值得崇敬,而非受到指摘,但我们不妨以谦虚的姿态,检视他创造的角色。比如他笔下的奥托里古斯①,此人始终让我感到困惑。该怎样理解奥托里古斯?这个无赖如此快乐,如此幸运,如此成功,他邪恶的事迹又是如此具有吸引力,几乎足以让一名陷入困窘的道德高尚之士(这类人我们不时能见到)渴望改换门庭,追随于他。然而听听作者让他说了些什么。'哈哈,'奥托里古斯欢欢喜喜,疾步冲上舞台,喊道,'哈哈,'他放声大笑,'诚实真是个大傻瓜!他的把兄弟,"信任",脑筋也很简单!'②想想吧。信任,意味着信心——这可是全宇宙最神圣的事物——显然也是最简单的事物。作者之所以刻意构思那些个无赖形象,似乎只为了证明他自己的主张。注意,查理,我从未说过真相**就是**如此,我从未说过,但**我的确**说过似乎是如此。对,奥托里古斯很像潦倒的恶棍,所作所为让人觉得与其讨钱,不如偷钱,与其做一个贫穷落魄的乞丐,不如做一名技艺高超的骗子手。有鉴于此,他认为,蠢蛋比软蛋更多。奥托里古斯仿佛披着天使的外衣,令我们欢欣鼓舞,其实他在为魔鬼训练新兵。看到一个角色的人格和

---

① 奥托里古斯(Autolycus),又译作"奥托吕科斯",希腊神话中狡猾的窃贼,也是莎士比亚戏剧《冬天的故事》(*The Winter's Tale*)中的角色。

② 出自《冬天的故事》第4幕第3场,译文引自朱生豪译本。

营生是那么邪恶，又那么快乐，我唯一的安慰是，这种家伙现实中从来不存在，他生成于强大的想象力。不过，尽管奥托里古斯来自戏剧家的创造，他依然是一个人，一个大活人。很可能，那个由纸笔构建的奥托里古斯，比一个由血肉组成的奥托里古斯对我们更有影响。他会否给世人以启发？确实，奥托里古斯挺幽默，但依我看，幽默大抵应该算一种补偏救弊的品质，而奥托里古斯的幽默却属例外，因为他所谓的幽默，是要给他那些恶作剧推波助澜。奥托里古斯虚张声势的恶作剧凭着幽默跃入尘世，犹如一艘五彩缤纷的海盗船醉醺醺地闯入大海。"

"我跟你一样不喜欢奥托里古斯。"陌生汉子说。他似乎没把同伴的陈词滥调放在心上，反倒一直凝神于琢磨种种新颖的念头，它们注定要令刚才的发言黯然失色。"但我无法相信，奥托里古斯，不得不在舞台上胡闹一番的奥托里古斯，与波洛涅斯那样一个角色有多少相近之处。"

"我可不这么认为，"世界漫游者言谈直率，却仍不失礼貌，"当然啰，若接受你关于那位老廷臣的判断，再来回答你提出的问题，即他和奥托里古斯谁比较不讨人喜欢，我会同意你的看法：后者表现更佳。因为一个诙谐的浑蛋可使人发笑，而一名无趣的庸夫只能够让人皱眉生厌。"

"波洛涅斯并不是无趣，"查理激动喊道，"他麻木不仁。醌醌、年迈的纨绔子弟，大多麻木不仁，看起来很有智慧。他那卑劣的精明因其卑劣的老态龙钟而愈发卑劣。卑躬屈膝、畏畏缩缩、趋炎附势的老罪人——这种货色要给年轻人谆谆告诫？谨小慎微、四平八稳、把持国政的老糊涂。暮气沉沉，愚昧昏聩！这一条身着丝带的老狗，早已半身不遂，偏借此假充高贵。他灵魂已死，不过是行尸走肉。好比一棵老树，树皮比树芯活得还久，僵硬地杵着，只剩下一圈朽木，老波洛涅斯正是如此，徒具形骸罢了。"

"好啦，好啦，"世界漫游者神情严肃，快要生气了，"尽管赞颂热情时我从不落人后，但我认为，即使是热情也该有个限度。恶言詈骂一向或多或少令人们苦恼。再说，波洛涅斯年事已高——我记得——他在舞台上满头白发。所以无论你怎么看他——我们都不妨对这样一个人物抱以宽容——至少应保持礼貌。除此之外，年老意味着成熟，我曾听闻：'成熟比稚嫩好。'①"

"但衰朽可不比稚嫩好！"查理使劲拍了下桌子。

"哟，上帝，"弗兰克略显讶异，注视着他亢奋的伙伴，"你

---

① "成熟比青涩好"（Better ripe than raw），见莎士比亚戏剧《李尔王》第5幕第2场，爱德伽说："成熟就是一切。"（Ripeness is all.）

怎么就杀出来斥责那个倒霉的波洛涅斯——斥责一个从来不曾存在，也不可能存在的角色。然而，按照文明人的看法，"他若有所思地补充道，"我怀疑生一个稻草人的气，比生一个真人的气更不明智，疯狂，对任何事情都生气是一种疯狂。①"

"或许是，或许不是，"查理回答，似乎有些暴躁，"但我坚持自己的说法②，稚嫩比衰朽要好。对此，应当忧虑的问题可能来源于以下事实：有一颗好心，如同有一颗好梨子——而在这上头纠缠太久与玩火无异。波洛涅斯就是那么干的。谢天谢地，弗兰克，我还年轻，牙齿还齐全，如果好酒能使我身体健康，我可以再保持相当长时间。"

"是呀，"弗兰克微笑道，"不过要让酒发挥效力，你就必须喝醉。你说了很多，说得很好，查理，但你喝得太少，冷冷清清——满上吧。"

"待会儿，待会儿，"男人的神情急切而专注，"如果我没记错，波洛涅斯是在暗示，任何情况下，我们都不该吝于用金钱去帮助一位窘迫的朋友。他不疼不痒地说了好多陈腐的

---

① "疯狂，对任何事情都生气是一种疯狂。"（Madness, to be mad with anything. ）可与《白鲸》第 36 章斯达巴克的发言比较："发疯！去跟一条哑物赌气，亚哈船长，这似乎是亵渎神明了。"（Madness! To be enraged with a dumb thing, Captain Ahab, seems blasphemous. ）《白鲸》的译文引自曹庸译本。

② 在本书第 22 章里，密苏里汉子匹奇也两次说："我坚持自己的说法。"

见解,诸如'放贷往往不但丢了本钱,而且还失去了朋友'①,对不对?我们葡萄酒,怎么还这么多?继续喝呀,亲爱的弗兰克。好酒啊,我开始上头了,老波洛涅斯通过我——嗯,没准儿是这酒让我太过兴奋,才对那条可憎的没牙老狗大加挞伐。"

这时候,世界漫游者叼着雪茄,慢腾腾举起酒瓶,借着灯光,久久盯着它看,好像人们在八月时盯着温度计看,不是看温度有多低,而是看它有多高。他吐了口气,放下酒瓶,说:"好吧,查理,如果你喝的酒是从这个瓶子里倒出来的,我想说,假设——不妨假设——有个家伙要灌醉另一个家伙,而你有本事灌醉这家伙,那么实施起来就相对简单了。你觉得呢,查理?"

"哼,我觉得我不大喜欢这个假设,"查理一脸恼怒,"我敢说,弗兰克,跟朋友开玩笑开过了头,对我们没什么好处。"

"上帝啊,查理,我这假设不是针对你,只是泛泛而谈。你别太过敏感。"

"如果我很敏感,那全是葡萄酒闹的。有时候,当我喝多

---

① "放贷往往不但丢了本钱,而且还失去了朋友"(loan losing both itself and friend),出自《哈姆雷特》第1幕第3场里波洛涅斯给儿子的忠告。查理说出的句子,与原句稍有出入。译文参考了朱生豪译本。

了，就会变得敏感，这我知道。"

"喝多了？你根本没喝够一杯的量。而我呢，已经第四杯、第五杯了，全怪你不停劝酒。我今天早上还喝过几杯，遇到老熟人的缘故。喝吧，喝吧。你一定得喝。"

"哦，你说话的当儿，我在喝，"查理笑道，"你没注意，但我干掉了一杯。我跟一位寡言少语的老叔叔学到的怪招，他总是神不知鬼不觉地喝光杯子里的酒。满上，你我一样。干！好了，咱们先缓缓，再抽一根雪茄。友谊万岁！"他又一次襟怀舒畅，"你说说，弗兰克，咱们是男人不是？咱们是人不是？告诉我，造出咱们的那些家伙是人不是？在天主面前，我相信咱们应该也能够造出他们。满上，满上，满上，好朋友。让这深红色的大潮继续高涨，让所有亮闪闪的愿望一起腾飞！满上，满上！让咱们快活喝酒。什么是快活？请问'快活'这个词是什么意思？意思是共同生活。① 但蝙蝠就共同生活，你有没有听说过快活的蝙蝠？"

"如果我听说过，"世界漫游者答道，"那本人的记忆肯定不大灵光了。"

_____

① "快活"的原文为"convivial"和"conviviality"，该词的前缀"con-"有"共同"的意思，而后半段"-vivial"和"-viviality"则有"生活"的意思。所以查理说，"快活"这个词的意思是"共同生活"（living together）。

"然而，**为何**你从未听说过快活的蝙蝠，而其他人也从未听说过？原因是蝙蝠虽共同生活，却没法亲切友好地共同生活。蝙蝠生下来就跟亲切友好不沾边。但人类能办到呀。只要想一想人与人之间的这个词意味着圆满和谐的状态，意味着必不可少的、神佑天眷的酒瓶子，我实在欣喜之至。没错，弗兰克，为了过上最美好的共同生活，我们必须共同喝上他两杯。所以说，不爱喝酒的家伙，那些个清醒的混球，无不心如枯槁，好像给拧干了的、陈旧的漂白粉袋子——而且也不爱同类，这又有什么奇怪？跟他们断交，好好收拾他们，吊死他们——吊死这帮没心没肺的家伙！"

"哎呀，喂，喂，你要快活，就不能和气点儿吗？我喜欢轻轻松松、风平浪静的快活。对清醒者来说，好吧，对我来说，高高兴兴喝上一杯自然很棒，但我不会把自己的好恶当成法律，去约束其他人的好恶。所以，别滥用清醒者的名头。欢乐是一件好事，清醒也是一件好事。不可偏执一端。

"唉，如果说我偏执哪一端，那一定是酒。确实，确实，我太温良恭俭。轻微的刺激便让我如此兴奋，足以说明问题。但你的酒量更好。喝吧。再说了，谈到温良恭俭，近来是大大增加了，对不对？"

"对，而且我尊重事实。天底下最好的事情，是人道主义精神一路高歌。在过去的野蛮时代——竞技场与角斗士的时代——温良和善几乎局限于火炉边、餐桌旁。不过在我们的时代——合资公司与灯红酒绿的时代——这份珍贵的品质则堪比古老秘鲁的珍贵黄金，皮萨罗①发现后者既用来制作炖锅，也用来制作印加王冠。是的，我们这些黄金似的男子，我们这些现代人，处处展现着温良和善，好像正午的阳光大肆播撒。"

"确实，确实如此。我又得感慨了。温良和善已侵入每一个领域、每一个角落。我们有温良和善的参议员，温良和善的作家，温良和善的教师，温良和善的医师，温良和善的牧师，温良和善的外科大夫，接下去我们还将迎来温良和善的刽子手。"

"至于你提到的最后一种人，"世界漫游者说，"我相信不断进步的良善精神终会使大家摆脱他们。没有杀人犯——便没有刽子手。诚然，等到全世界一派温良和善的时候，再谈论杀人犯可就不合适了，恰如在一个众皆奉主的世界里谈论罪人不合适一样。

"往深了想，"另一个人说，"万事无不善中有恶，而且——"

---

①　弗朗西斯科·皮萨罗（Francisco Pizarro，1471—1541），西班牙征服者，灭亡了印加帝国。

"等一等，"世界漫游者说，"这句话，我们把它当作闲扯比较好，不必当作充满希望的信条。"

"姑且假设它是真理吧，这句话可以让良善精神在未来成为主导的力量，往后它将与刽子手一路相伴，正如它曾在旋转的纺纱机呼呼作响、纺织业蒸蒸日上之际，与纺织者一路相伴。① 倘若杰克·凯奇②丢了工作，他还能干什么？做屠夫吗？"

"他能干什么就干什么吧，但如果情况真变成那样，在有些人看来，问题自然就出现了。首先，我倾向于认为——相信大伙不会鸡蛋里挑骨头——某君若曾经受雇去终结同类的性命，而行刑机构再把他调走，改让他去终结牲畜的性命，那对于我们的人格尊严很不适宜。我建议这位老兄换工作时，不妨当个仆役——如此一来，他在人体方面的娴熟灵巧也不至于全无用武之地。特别是，如果要给一位先生的围巾打个结，据我所知，十之八九，很少有谁比得上一名做过刽子手的专业人士。"

"你没有开玩笑吧？"查理瞪着气定神闲的谈话者，毫不掩

---

① 18世纪，美国的农村家庭纺织业相当盛兴，但在19世纪上半叶衰落下去。

② 杰克·凯奇（Jack Ketch,? —1686），英国历史上臭名昭著的刽子手，活跃于查理二世复辟时代，处决过蒙默斯公爵等著名人物。

饰自己的好奇，"你确实没有开玩笑吧？"

"我从不开玩笑，"弗兰克的语调轻柔而恳切，"不过说到良善精神的进步，我倒是希望它最终可以在疑难杂症上，比如在厌世者身上，发挥一些影响。"

"一个亲切友善的厌世者！我还以为，谈论一名亲切友善的刽子手时，我已经把绳子拽得够紧了。一个亲切友善的厌世者，跟一个性情乖戾的博爱者一样难以想象。"

"是的，"弗兰克轻轻弹掉了雪茄上积攒的一截烟灰，"是的，你提到的这两种人正好针尖对麦芒。"

"嘿，你说话的口气，好像世间当真**存在**一个性情乖戾的博爱者似的。

"当真存在。我那位古怪的朋友，你叫他'浣熊皮'的那位，就是一个实例。正如我向你解释过的，他难道不是一个面恶心慈之辈吗？好，接下来说说亲切友善的厌世者。随着时代流转，他必将出现，成为与前述博爱者截然相反的个体。他和颜悦色，遮掩着一颗厌世之心。概括而言，亲切友善的厌世者是一类全新的怪物，且较原先的怪物大有改进，因为他不再像那个老可怜虫泰门，冲大伙做鬼脸，扔石头，他会踩着步点，拉着小提琴，让这欢欣的世界翩翩起舞。总之，当信仰上帝的队伍不断扩充，那些个思想无法矫正的家伙也将收敛他们的行为,这跟友好之人不断增多的效果几乎一模一样。所以,在良善风气的影响下,厌世者会改变其粗野举止,表现得文质彬彬,温柔敦厚——事实上,他如此亲切友善,以至于下个世纪的厌世者极有可能,我很抱歉这么说,像今天的博爱者那般受欢迎,而未来的博爱者反倒不吃香。我刚才提到的古怪朋友,即为例证。"

"好吧,"谈话另一方嚷道,兴许对一番太过抽象的推断有点儿厌烦,"好吧,下个世纪没准儿是那个样子。但无论其他世纪如何不同,在本世纪,你要么亲切友善,要么一无可取。所以,满上吧,满上,要亲切友善呀!"

"我尽力而为,"世界漫游者说,依然又冷静又和气,"刚才我们聊到了皮萨罗、黄金,以及秘鲁,毫无疑问,你肯定记得那个西班牙人第一次进入阿塔瓦尔帕①的宝库,看到大堆大堆的金块到处垒放,酿酒场上摆满旧木桶,这穷汉不禁感到一阵忧郁的苦痛,感到信心遭受了打击,因为真正的阔佬竟奢豪至此。他用指关节轻叩亮闪闪的坛坛罐罐。它们统统是黄金做的,纯粹是黄金做的,漂亮的黄金,顶级的黄金,如果戈德史密

---

① 阿塔瓦尔帕(Atawallpa,约1500—1533),印加帝国的最后一位君主,被弗朗西斯科·皮萨罗俘虏并处死。

斯大厅①镶嵌了这等成色的黄金，该多么令人高兴啊。那帮穷光蛋的表现不外如是。他们心理阴暗，不相信同类，惶惶然把当代的慷慨善意皆视作欺骗。他们以自己的方式成为一伙小皮萨罗——震惊于别人高尚的善意，对它满腹猜疑。"

"咱们跟这类猜疑可不沾边儿，亲切的好朋友，"男子大呼，"满上，满上！"

"喂，分工好像一直很明确啊，"世界漫游者微微一笑，"酒我全包了，而你只负责——友好。不过你天生有本事跟大多数人相处融洽。好了，朋友，"他神情异常严肃，似乎要转入重大话题，很可能与个人利益紧密相关，"你知道，酒使我们敞开心扉——"

"敞开吧！"查理狂喜道，"它令人心软化。每个人的心都封冻着，直到美酒让冰霜融解，让底下柔嫩的青草和甜美的蓓蕾显现，它们携了珍贵的秘密，犹如遗落的宝石隐藏在雪堆里头，整个冬季无人问津，静静等候着春天降临。"

"诚如所言，亲爱的查理，现在我有个小秘密要向你透露。"

---

① 戈德史密斯大厅(Goldsmiths' Hall)，位于伦敦的福斯特巷和格雷汉姆街的连接处，是一座金碧辉煌的厅堂。"戈德史密斯"的原文"Goldsmiths"有"金匠"之意。

"啊!"男人急切地绕着椅子打转,"什么秘密?"

"别那么激动,亲爱的查理。且听我说。你当然知道,我这人的自信并不是那么强大。总体上,我行事很可能犹犹豫豫,谨慎保守。所以,如果我变得与此不同,原因肯定是你在交谈过程中始终亲切友善,尤其当你表达自己对世人的好感时,当你吐露自己永远做不到失信于任何人时,你一度彰显的高贵品质,不过最主要的原因是,评论波洛涅斯那番格外心胸狭隘的建议时,你展现的愤怒情绪——总之,总之,"弗兰克难堪至极,"除非我再加一句,你整个人都迫使我承认你精神高尚,如若不然,我很难讲清楚自己的想法。简言之,我信任你,非常信任你。"

"我明白了,明白了,"男子兴致勃勃,"你是要倾诉衷肠了。好,弗兰克,你想说些什么?风流韵事?"

"不,不是。"

"那么,**亲爱**的弗兰克,到底是什么?说吧——你大可对我放心。一吐为快吧。"

"那么,我可就说了,"世界漫游者道,"我缺钱,急需一笔钱。"

第 31 章

比奥维德《变形记》更令人惊诧的变形

"缺钱!"查理将椅子往后一推,仿佛突然遇上了陷阱或者巨坑。

"是啊,"世界漫游者直愣愣回应道,"你得借我五十美元。我其实还想多借一些点儿,纯粹是为了你好。没错,亲爱的查理,为了你好,那样你就可以更充分展现你的高尚、善良,我亲爱的查理。"

"别再说什么亲爱的查理。"另一人大吼。他猛然起身,扣好外套,似乎要匆匆离去,踏上漫长的旅程。

"怎么啦,怎么啦,怎么啦?"弗兰克抬头,苦涩地望着他。

"别再说怎么啦,怎么啦,怎么啦!"查理抖了抖脚,"见鬼去吧,先生! 叫花子,骗子! ——我这辈子还没这样给人诓过。"

第 32 章

魔术和魔术师的时代并未终结

查理不是在交谈,而是在嘶吼,这位快乐伙伴所经历的变故之大,堪比神话传说的转折。旧瓶装新酒。卡德摩斯悄然化为长蛇。①

世界漫游者站了起来,先前的情绪已消散无影。男人默默望着他怫然变色的朋友好一阵子,才从口袋里掏出十个半鹰金币②,弯下腰,把它们一个接一个搁在地板上,环绕查理摆了一圈。接着,他后退一步,挥舞他装饰着流苏的长烟斗,神色有如巫师,而衣服的式样使之越发像一位巫师。他每挥舞一下,都要庄严地念诵一句神秘的咒语。

---

① 卡德摩斯(Cadmus),希腊神话人物。在《变形记》中,卡德摩斯因为杀了战神阿瑞斯宠爱的一条恶龙而遭到诅咒,变成一条蛇。
② 半鹰金币(half-eagles),美国发行的一种金币,一枚等于 5 美元。

突然间,立于魔法圈中的汉子陷入迷狂,整个人一副鬼魂附体的模样——脸孔发白,姿势僵硬,目光呆滞。他怔怔出神,而发挥功效的与其说是舞动的魔杖,不如说是地板上那十颗威力强大的法宝。

"重现吧,重现吧,重现吧,哦,吾先前之友! 以汝美好之身影,代替那可憎的幽灵,且将这一句话作为你回归的信号:'亲爱的弗兰克。'"

"亲爱的弗兰克,"复原的伙伴大喊道,他热切地一步夸出圈子,重获自我,并重新镇定下来,"亲爱的弗兰克,你真有趣啊,有趣得好像一颗鸡蛋,充满了蛋清蛋黄①。你怎么能讲述一个荒谬的故事,说你需要帮助? 而我因为太欣赏这通笑话,顺水推舟把它挑破了。当然,我很享受,还假装中了你的计,演得极其冷酷无情。哈,这次闹着玩的交恶小插曲只会使我们更加愉快。来吧,坐下吧,让我们干杯吧。"

"乐意之至。"世界漫游者抛开了巫师的派头,轻松迅速如同他刚才变脸一样。"对,"他冷静地拾起金币,丁零当啷地装

---

① "有趣得好像一颗鸡蛋,充满了蛋黄蛋清"(full of fun as an egg of meat),典出莎士比亚戏剧《罗密欧与朱丽叶》(Romeo and Juliet)第 3 幕第 1 场:"你的脑袋里装满了惹事招非的念头,正像鸡蛋里装满了蛋黄蛋白。"(The head is as full of quarrels as an egg is full of meat.)译文参考了朱生豪译本。

进自己的口袋里,补充道,"对,我时不时变得挺有趣,而你,查理,"他一脸温情,凝视着伙伴,"你说自己顺水推舟,也是大实话。在从旁帮着开玩笑这件事情上,没人比你方才做得更好。我的表演没有你的逼真。你的表演,查理,简直活龙活现。"

"实不相瞒,我早年参加过一个业余剧团,所以会表演。快来吧,满上,咱们聊点儿别的。"

"嗯,"世界漫游者应了一声,坐下来,把酒杯飞快斟满,"聊点儿什么呢?"

"哦,随你的意。"男人殷勤又多少有些紧张。

"好啊,聊聊查理蒙特如何?"

"查理蒙特?什么是查理蒙特?谁是查理蒙特?"

"少安毋躁,亲爱的查理,"世界漫游者说,"我来给你讲讲查理蒙特的故事,这位绅士加狂人的故事。"

第33章

世人往往误以为可能有价值的东西

然而,讲述查理蒙特颇为沉重的故事之前,先要礼貌答复我听到的某些言论。回顾以往各章,尤其是上一章,不难发现,有人在装模作样大呼:全都太假了!谁会像你那个世界漫游者一样穿衣打扮,举手投足?谁会穿得跟小丑一样,任人指摘?

很奇怪,在一个娱乐行业之中,此等死死抱着现实生活不放的态度,本该人人摒弃。既然选择了这份工作,表明他们可以抛开现实生活,可以暂且扮成另一个样子。没错,很奇怪,世人总在为自己厌倦的东西而鼓噪不休。确实很奇怪,不管是谁,不管出于什么原因,他感到生活沉闷时,依然会要求那些帮助他摆脱乏味现实的人们,务必认真看待那沉闷乏味。

另有一个群体,我们赞许的群体,这些人坐下来,轻轻松松享受欢娱,仿佛坐下来欣赏一出戏剧,而且怀着几乎同样的期待和感触。他们看上去如此华贵,跟那帮一年到头围着海关办事处的庸人大相径庭,跟那帮一年到头在食堂的饭桌旁吃吃喝喝的家伙大相径庭,他们的脾性,亦不同于那帮每天在老街区依照老路线彼此碰面的老熟人。况且,现实生活的礼仪不允许你赤诚相见,而换到舞台上,这么做倒也无伤大雅。因此他们读故事书,不仅仅是为了获得更多快乐,根子上还是为了体验更多现实,更多日常生活本身没办法揭示的现实。所以说,他们需要新奇,但也需要自然,只不过他们需要的自然,是无拘无束、欢快活泼的自然,实质上改变了的自然。按这个思路,小说中的人物,好比戏剧中的人物,穿戴、言谈、举止都必须与众不同。小说如宗教一般,应当展现另一个世界,我们感到似曾相识的另一个世界。

因此,若一位作家抱持着善意,试图在所有篇章里迁就那些偏爱欢娱的读者,满足他们隐秘的欲愿,而作家本人又心知肚明,那么我们也无须苛责过甚。在这样的读者眼中,滑稽的角色穿得越花里胡哨越好,戏谑的场景越闹腾越好。

再补充一句。众所周知,自我辩护在任何时候都白费工夫,这倒不妨碍一个人深信他从未行差踏错。然而,对你来说,同道者的认可已十分珍贵,还想获得外人的称许固非易事。你不得不承受他们的无端指责：作品是虚构的①。这个缺陷，足以解释那一类读者缘何会认为，他们察觉到东吵西嚷的世界漫游者和脾气暴躁的厌世者具有某种共同点，而世界漫游者谦逊美好的品质又与他友伴的快活性子相通，归根结底，此时应老老实实承认各章节之间类似的明显矛盾，好好向读者赔礼道歉。

---

① 麦尔维尔的一些早期作品受到批评，他在此为自己隐晦地辩护。

第34章

世界漫游者讲述了绅士加狂人的故事

"查理蒙特是一个有法国血统的年轻商贾,生活在圣路易斯——他头脑灵活,优秀而友善,富于魅力,风华正茂的单身汉之中很少有谁能够与他媲美,他往往可以将非凡的优雅洒脱和风趣幽默结合到一块儿。理所当然,每个人都对他赞赏不已,许多人都爱他,而爱是人类独有的情感。但是,二十九岁那年,他性情大异,在一天之内从开朗变为阴郁,如同某些人一夜白头。他不再跟遇到的朋友打招呼。对待挚交,男子更是肆无忌惮地、变本加厉地视而不见,反应近乎凶狠。

"有人受到这样的侮辱,怒气填膺,便以鄙视的言辞来展开回击。还有人惊诧于查理蒙特的转变,并出于对朋友的关心,大度地容忍了他的冒犯之举,希望弄清楚究竟是什么突然的打击，秘密的痛楚，让他神志如此混乱。然而人们恼恨也好，亲近也罢，查理蒙特一概置之不顾。

"不久，出乎众人意料，商人查理蒙特见诸报端，宣告破产。据称他在同一天已离开城区，此前他为了偿还债务，已将自己的所有财富移交给可靠的受托方。

"没人晓得他躲在什么地方。最终，任何消息也打听不到，大伙猜测他独自跑路了——很显然，这番猜测源于他破产前那几个月的变化，对此人们记忆犹新——而他变化之大，只能归因于精神备受冲击，转眼间失去了平衡。

"事隔多年，在一个明媚春日的早晨，哦，查理蒙特走进圣路易斯的众多咖啡馆之间悠闲漫步——欢乐、礼貌、友善、亲切，衣着极尽高雅华贵。他不仅活得好好的，而且复原如初。撞见老熟人时，他便主动上前，而这样一来，想半道上避开他都不可能了。至于那些没能凑巧遇到的老朋友，他要么亲自登门拜访，要么留下纸条，表达问候之意，甚至还给几个人送了野味或大瓶红酒当作礼物。

"他们说这世界有时候严酷无情，却向查理蒙特网开一面。他回来了，投入世界的怀抱，而世界随之感受到，大伙对他的爱也回来了。好奇心复苏的众人交头接耳，彼此询问，自从查理蒙特宣布破产，已经过去那么长时间，他究竟是如何重做富翁的？流言，跟真相多少有点儿沾边的流言，说他在法国马赛待了九年，又一次发财，于是衣锦还乡，从此不再抛下他可贵的友谊。

"又过了好些时日，这位归来的闲游者依然如故，甚至，在街谈巷议的旺盛阳光下，他凭着高贵品格像黄金玉米般茁壮成长。不过仍有一个问题悬而未决：他当年与如今几乎一样，很显然拥有相同的财富，相同的朋友，相同的名气，那么他为何发生了转变？但是，没人觉得，应该在这件事情上质疑查理蒙特。

"终于，有一回，大伙在他家吃过晚饭，相继离开，只剩下一名客人没走。这位留下来的老朋友喝了挺多酒，因此敢于谈及敏感的话题。他没再拐弯抹角，直接讲出心里话，大着胆请求主人解释其毕生之谜。查理蒙特的愉悦神情蒙上了深深的愁郁。好一阵子，他身体颤抖，默坐无言，继而将满满一瓶酒推到客人跟前，语带哽咽道：'不，不！我们借助园艺，加上精心护理和适当的时间，能使鲜花在坟头绽放，谁会为了洞悉秘密，又把一切重新挖出来？——喝吧，'他将两只杯子斟满，举起自己的那一只，低声说，'今后，你若有幸，会见识到什么是祸从天降，并为你的友谊颤抖，为你的骄傲颤抖，而你还自以为了解人性。此外，部分由于你对友谊的热爱，以及你对骄傲的畏惧,你会决定,提前做好一切准备,且通过预先把罪加诸己身,来避免你的生活横遭罪的戕害,到那个时候,你的所作所为,将与我当初本该采取的行动雷同,而你一旦做了,也必须承受相应的痛苦。不过,如果你真那么干,倒是非常走运、非常值得庆幸的。等到一切过去之后,你就可以再度小小地快活一阵了。'

　　"客人打道回府时,心里明白,查理蒙特表面上恢复了精气神,正如他恢复了自己的万贯家财,可是,他昔日的症疾至今残存,所以朋友们最好不要去拨动他那道危险的心弦。"

第 35 章

世界漫游者毫不遮掩地展现自己淳朴的天性

"好了,你对查理蒙特的故事有什么看法?"故事讲述者和和气气问对方。

"非常奇特的故事,"听者始终谨慎,回答道,"不过,它是真事吗?"

"当然不是。我讲这个故事,跟所有故事讲述者的意图相同——博君一乐。因此,你若觉得奇特,要怪故事本身奇特,那正是它与现实生活的差异。简而言之,与真实相对是虚构作品的发明创造。你应该问问自己,亲爱的查理,"世界漫游者亲切地朝他倾身,"我交给你来判断,查理蒙特先下手为强的念头是否也对他本人的转变施加了影响? 还有,他这个念头是否完完全全不违背人类社会的本质? 比方说,你会不会冷漠对待一位朋友——一位快活的朋友,假如他突然向你袒露自己穷困潦倒的境况？"

"亲爱的弗兰克，你怎会提这么个问题？你很清楚我一向鄙夷你那些吝啬之徒。"不知为何，男人有些慌张——"时间还早，不过我真得回去休息了。我的脑袋，"他用手扶着头，"晕晕乎乎的。这讨厌的深红老酒，我才喝了一点点，就给整懵了。"

"这深红老酒你才喝了一点点？哎呀，查理，你糊涂了。说实话，老波特酒可真够劲儿。没错，我也觉得，你是该回去好好睡上他一觉了。好啦——不用道歉——不必解释——走吧，走吧——我懂你。咱们明天见。"

第36章
有个神秘旅客跟世界漫游者打招呼，
于是，不出所料，长谈随即展开

那名快乐的同伴急匆匆离开后，有个陌生男子走过来，跟世界漫游者打了个招呼道："我刚才应该是听到您说，会与那人再次见面。我得警告您：别这么做。"

弗兰克转身打量着讲话者。男子有一双蓝眼睛，浅棕色头发，萨克逊人长相。他四十五岁上下，个头挺高，要不是脸庞线条过于坚硬，样子还蛮英俊的。他似乎不属于这个大厅，却有着朴实的清教徒式礼节，以及某种农场主的自豪感。他紧锁眉头，尤其显得老气横秋，不过从总体上看，他像个成熟稳重的青年，天生一副好体格。为了保持健康，或者多多少少为了节制情欲，遵从道德，使身心状态良好，他一直锻炼不辍。男人的面庞匀称、俊朗，颇为红润，英气勃发，宛如一朵红苜蓿花在凉爽的黎明绽放——温暖的色泽之中仍保留着美德的清冽。不知什么原因，他身上的机敏与神秘产生了奇异混合，彼此融为一体。于是，其形象介乎北方小商贩和鞑靼人的萨满教巫师之间，而在关键时刻，十有八九，前者不会只是给后者当一当副手。

"先生，"世界漫游者起身鞠躬，动作缓慢而庄重，"您想必知道，方才与我饮酒交谈的老兄，令我由衷开怀，而另一方面，窃认为以我们此时此刻的关系，您讲这样一番话并不适合。我朋友的座位还热乎，他刚走，要回房休息，瓶子里剩着一点儿酒没喝完。不如请您坐下，代替他继续同我碰杯。这样一来，他的热情友好多少还可以传递一些给您，他的殷勤周到也可以让您受到感染，倘若您仍打算继续说他的坏话，那么悉听尊便。"

"相当美妙的言辞，"陌生人望着稀奇古怪的讲话者，眼神中满含探究和玩赏之意，仿佛对方是一尊皮蒂宫①里的雕像，"非常美妙，"男子兴致盎然，说道，"先生，如果我没弄错，您一定有美好的灵魂——充盈着爱和真理。毕竟，美好所到之处，爱和真理势必形影相随。"

"您这个观点令人愉快，"世界漫游者回答，语气平静，"不

---

① 皮蒂宫(Palazzo Pitti)，位于意大利佛罗伦萨的宏伟建筑，以油画、雕塑等艺术藏品而闻名。

得不承认,很久以前,我也曾为此感到愉快。没错,跟您和席勒一样,我乐于相信美好与丑恶归根到底是水火不容的,并因此偏离常轨,对那美好造物潜藏的仁善颇具信心,这些响尾蛇,颈部十分柔软,在阳光下高高盘绕,金灿灿亮晃晃的表皮使人目眩,草原上谁会对它们视而不见?"

他声音低沉,似乎进入了状态——就像某些最热情的描述者——他无意识地扭曲自己的身体,脑袋极力往上方斜伸,非要把自己弄成一条响尾蛇才罢休。其间,陌生男子面不改色地注视着他,显然已陶醉于玄妙深奥的思绪之中,过了一会儿才说道:"您为毒蛇的美丽而着魔时,性情是不是从未因此改变?是不是从未感觉自己像一条蛇?是不是从未在草地上偷偷摸摸爬行?是不是从未一击毙命,从未把自己当作一副死亡的华丽刀鞘?总之,您是不是从未希望自己摆脱常识、良知,短暂沉迷于全凭本能、无拘无束、放纵恣肆的生灵那欢欣而惬意的日子?"

"这样一个愿望,"世界漫游者并没有惶惶不安,回答道,"不得不说,从未在我脑海中浮现。实际上,那样一个愿望,普通人的想象力应该很难生成,而我的想象力比一般水准也好不了多少。"

"但想法既然提出来了,"陌生男子的观念颇为幼稚,"难道它不吸引人吗？"

"不大吸引。对于响尾蛇，本人虽不抱持任何冷酷的偏见，但是，我并不想做一条响尾蛇。假如我此刻变成一条响尾蛇，就不可能与人好好相处了。大伙会害怕我，而我将沦为一条非常孤独、凄惨的响尾蛇。"

"是啊，大伙会害怕你。为什么？因为你嘎哒嘎哒直响，你那空洞的嘎哒嘎哒——这种声音，我以前也说过，像是踩着死亡华尔兹的节奏，不停晃动一颗干枯的小骷髅头。啊，我们又掌握了一则漂亮的真理。任何动物，若天生便对其他动物有威胁，大自然会给它打上记号，好比药剂师给一瓶毒药贴上标签。如此一来，无论谁死于响尾蛇的毒牙，或死于另一种伤害，只能怪自己。他本该重视这类记号。所以，经书上记载着一句意味深长的箴言："术士为蛇所咬，有谁怜悯他呢？"①

"**我**会怜悯他。"世界漫游者说，或许太过直截了当。

"可您难道不觉得，"男子依旧不为所动，问道，"您难道不觉得，一个人怜悯大自然里无须怜悯之事，是不是有点儿自作聪明呢？"

"让诡辩家自去诡辩，让同情心决定什么东西值得它同

---

① "术士为蛇所咬，有谁怜悯他呢？"（Who will pity the charmer that is bitten with a serpent?）语出《便西拉智训》第12章。

情。不过,先生,"世界漫游者越发严肃,"眼下我才第一次意识到,您刚刚不过是采取了一种我不习惯的轻佻方式,将这个词引入谈话之中。请听好,先生,纵然我希望自己能秉持宽容精神,尽量从容地看待任何揣测,只要此类揣测的动机并无不纯,但是,这一回,我不得不说,在这个问题上,您确确实实让我感到不安。因为合理的世界观,可以催生出一份让信心合理的世界观,它教导我们,若我理解无误,由于所有事物已各据其位,所以,大自然必定按某种规律运转,承担责任的生灵无须太多。"

"响尾蛇要承担责任吗?"陌生男子问道,语气异常冰冷,明澈如蓝宝石的眼睛闪闪发光,看上去不像一个大活人,更像一只神话中的鱼怪,"响尾蛇要承担责任吗?"

"如果我无法确认它要承担责任,"另一方以老练思想家的谨慎回答,"那么,我同样无法确认它不必承担。但我们若假设它要承担责任,毋庸置疑,这份责任既不是为您而承担,也不是为我而承担,更不是为普通诉讼法庭而承担,实是为某种较高级的存在而承担。"

世界漫游者滔滔不绝,没让陌生男子打断自己,他从对方眼神中读出了欲言而未言之意,便抢先说道:"您不同意我的假设,因为一旦如此,响尾蛇的责任便不是大自然赋予的。但人类会否也受到几乎相同的责难？**归谬法**，令反驳失效。不过，"他接着说，"如果您觉得，响尾蛇有本事作恶（注意，我并没有谴责它们作恶，只想点出它们有这个本事），莫非你还坚持认为，世间万物是均衡对等的？要知道人不能逾越法律杀死同类，响尾蛇却获得默许，可以干掉包括人在内的任何生灵而不受惩罚，全凭自己喜好。但这并不是友善的交谈，"世界漫游者言语中透着疲惫，"至少对我来说不是。热情，让我不知不觉陷了进去。真不应该。请坐吧，我们喝上他两杯。"

"您这番见解，让我大开眼界。"男子说，差不多是在纡尊降贵地表达激赏之情，仿佛一个人因钟爱真知灼见，即使它们再怎么微不足道，他依然会郑重其事，报以掌声。"而且，我跟雅典人一样欢迎新观念，所以不同意如此简简单单地抛掉它们。"

"好了，那些响尾蛇——"

"别再提什么响尾蛇了，算我求您，"世界漫游者苦愁道，"要重新谈论这个话题，我绝不答应。先生，我恳请您，坐下吧，喝点儿酒。"

"您为人热情友好，邀请我落座，"男子从容接受了话题的转换，"待客之忱据说发源于东方，是令人愉快的阿拉伯传奇故事的主旨，正如它本身就极具传奇色彩——因此，我一直很乐意听到好客之辞。至于这酒嘛,我觉得太烈了,怕它让人难受,不碰为妙,还是让我敬而远之,继续保持对它纸上谈兵的喜爱吧。总之,我从哈菲兹①的诗篇里畅饮了大量美酒,但在生活当中几乎滴酒不沾。"

世界漫游者朝对方投去柔和的一瞥,此刻两人相向而坐,那男子好像一根三棱镜,辐射着纯净、冷淡的光彩。我们仿佛能听到他如玻璃般丁零当啷地响个不停。趁着服务员走过,世界漫游者打了手势,指明要一杯冰水。"多加冰,服务员。"他说。"好,"他转身冲着陌生男子,"如果您愿意,可否讲讲,刚才为什么向我发出警告?"

"希望我这番警告,不同于大多数警告,"陌生男子说,"那样的警告无法让世人防患未然,而只在事后讥笑我们。不过种种迹象使我觉得,无论您那位骗子朋友对您耍了什么阴谋诡计,它都还没有完成。您读得懂老天给他打上的标签。"

"这标签表明'他是个友善之人',所以,您要么抛弃贴标签那套说辞,要么放下针对我朋友的偏见。告诉我,"世界漫游者热情重燃,"您认为他是什么人? 他是什么人?"

"您是什么人? 我是什么人? 没人知道谁是什么人。仅

---

① 沙姆思·哈菲兹(Shams al-Din Muhammad Hafiz, 1320—1389),波斯抒情诗人。

凭生活提供的信息,很难判断某个人的真实情况,这就好比在几何学中我们无法仅凭三角形的一边去推断它的形状。"

"但三角学与您的标签学难道不矛盾吗?"

"矛盾。那又怎样?我很少顾虑矛盾不矛盾。从哲学上讲,我们思考时,某种程度的连贯性始终存在。可是,自然的地形起起伏伏,几无平直,您怎么可能一路高歌猛进,免于跌宕迂回?步入知识领域,恰如行船驶入伊利运河①,高度必定随地势改变而改变。绵绵不绝的矛盾将您抛上抛下,您却照样一直向前。整条航线中最枯燥的部分是船员所说的'无坡长路'——在平坦、稠滞的沼泽间行驶六十英里。"

"有一种特殊情况,"世界漫游者回应道,"没准儿可以令您的比喻失效。毕竟,经受了这么多累人的抛上抛下之后,您最终能达到怎样的高度?它又是否能让您满意?我幼承庭训,懂得要尊重知识,因此,如果我不接受您的类比,还望见谅。不过,您诱人的论说多多少少令我着迷,以至于我不知不觉偏离了自己的观点。您告诉我,您也无法断定我的朋友是什么人,打算做什么。请问,您觉得他想干什么?"

"我觉得吧,他就是古埃及人所说的一位——"男子说了

---

① 伊利运河(Erie Canal),美国纽约中部的运河,连接伊利湖和哈德逊河。

一个陌生的字眼。

"一位——什么?"

"一位——普罗克鲁斯①,在他第三本研究柏拉图神学的著作里,有一小段注释,把自己界定为——"男人讲了一句希腊语。

世界漫游者举起杯子,凝视着透明的酒液,作答道:"普罗克鲁斯如此界说,已使其在可容许的范围之内,向现代人最为清晰明确地表达出来,所以我不会仓促否定。然而,您若能以适合我思考的词句呈现它,在下将感谢关照。"

"关照!"男人轻轻扬起他骄傲的眉毛,"我倒是知道如何关照新郎新娘:礼品盒上的洁白缎带,打着漂亮的蝴蝶结,寓意纯真美满的婚姻。至于其他形式的关照,我还没搞清楚。不过,您使用的字眼,让我模模糊糊生成一个总体印象,似乎为了积德行善而不得不可怜地、胆怯地卑微屈从,那让人很不愉快。"

服务员端来一杯冰水,世界漫游者示意把它放在陌生男子面前。后者没说谢谢,拿起喝了一口,精神为之一振——凉入心脾,无可抵御,令人开怀。

---

① 普罗克鲁斯(Proclus,约 412—485),希腊数学家,新柏拉图主义哲学家。麦尔维尔在长篇小说《玛迪》(*Mardi*)中嘲讽过此公。

他放下高脚杯，文雅地擦去嘴唇上刚刚留下的水迹，犹如抹去礁石上散布的珍贝，进而以最为冷静、自持，并且尽可能平淡的口吻，对世界漫游者说："我相信轮回转世。无论我如今是谁，我觉得自己曾经是斯多葛学派的阿里安①，还觉得自己当初也同样困惑于古希腊语中一个词的含义，这应该可以答复您所说的**关照**。"

"您能否通过解释句子的方式来关照我？"世界漫游者客客气气，问道。

"先生，"陌生男子的回应稍显严厉，"我喜欢事事物物清晰明确，如果您不牢记这一点，恐怕我很难与您顺畅交谈。"

世界漫游者若有所思地盯着对方，过了一阵子才说："我听闻走出迷宫的最好方法，是原路折回。因此我退到自己的始发处，并恳请您一块儿来。总之，重返起点：您出于什么缘故，要警告我提防那位朋友？"

"简略而言，那么，很清楚，是因为，正如先前讲到，我觉得他就是古埃及人所说的一位——"

"好，请打住，"世界漫游者急切地抢过话头，"请打住，何必搅扰那些长眠的古埃及人呢？他们的语言或思想，与你我

---

① 　阿里安（Flavius Arrianus，约 86—160），希腊哲学家、历史学家，主要著作为《亚历山大远征记》。

有何相干？难道咱们是阿拉伯贫民，无家可归，不得不栖身于积满尘土的墓穴里，同木乃伊作伴？"

"法老手下最穷困的打砖工，纵使衣衫褴褛，也比所有拖青纡紫的俄罗斯沙皇要骄傲，"陌生男子断言，"因为死亡，即便是爬虫的死亡也不乏庄严，而生命，即便是国王的生命，也流于可鄙。故此切莫侮辱木乃伊。我的使命之一正是教导人们适当地尊崇木乃伊。"

幸好，此时有一名面黄肌瘦、神色癫狂的男人走过来，终止了这场牛头不对马嘴的谈话，或者毋宁说转移了他们的注意力——这是个发疯的乞丐，打算兜售一本虚妄的小册子，以便讨几个钱。他本人撰写了那东西，还声称自己有狂热的追随者。尽管穿得破破烂烂，邋邋遢遢，但此人并不粗俗，在天性上是个举止优雅之辈。他身材修长，而他粗大的、未加修剪的、乌亮卷曲的眉毛，尤其在他皱缩如枯果子的面庞上投下了一抹极深的色调。他无可比拟的脸相，宛若诗情画意的意大利古迹和废墟，因饱含理智的闪光一瞥而更为醒目，虽然这不足以给予他持久的助益，但时不时流露一下他暗自狐疑的苦楚，想来也够用了，无论他那稀里糊涂的光荣美梦是真是假。

世界漫游者接下小册子，扫了几眼，大致内容已了然于胸。他合上书本，揣进口袋，盯着那人看了一会儿，然后身体前倾，递过去一个先令，以友善而周到的口吻说："抱歉，朋友，我刚才很忙。不过既然购买了你的著作，我保证待会儿空闲时，必定好好拜读。"

满脑子糨糊的男人穿着一件破敝的长外套，单排扣，直直扣到下颌，他出于礼貌鞠了一躬，简直有点儿贵族派头，继而转向陌生男子，默默请求。但后者正襟危坐，越发像一块冰冷的三棱镜，那副殷勤北佬的可爱脸相，眼下换成了原先的神秘表情，使之更为冰冷。他冷冷说："我不买。"遭拒的乞求者向他投去怨恨而孤傲的一瞥，极尽厌憎鄙夷，随即离开。

"唉，好吧，"世界漫游者稍稍有些怪罪陌生男子，说道，"您应该怜悯那个人。莫非您没有同情心？瞧瞧他的小册子，相当超尘脱俗。"

"请原谅，"陌生男子推开小册子，"我从不资助恶棍。"

"恶棍？"

"我发现，先生，他是个贼眉鼠眼的讨厌鬼——非常讨厌；卑劣之徒乍一看往往很癫狂。我认为这个流浪汉相当狡猾，他擅长装疯卖傻，借此云游四方。您有没有注意到，他在我面前，是多么畏畏缩缩？

"真的？"世界漫游者惊讶不已，深深吸了一口气，"我可没看出来，您竟如此敏感多疑。畏畏缩缩？当然啰，那个可怜的家伙。你待他冷若冰霜。至于说他装疯卖傻,刻薄之辈也这样指摘现今的某些巡演魔术师。但我对此毫无研究。不过,回到正题,先生,请容我再问一次,最后问一次,您为什么警告我要提防那位朋友?如果您不信任他,跟您不信任刚才的疯子一样缺乏依据,我会感到高兴,而且我觉得这一点不言自明。说说吧,您为什么警告我?我恳请您稍作解释,记得用英语。"

"我警告您要提防他,因为大伙怀疑——他们告诉我——他是个密西西比河上的骗子。"

"骗子,啊?真是个骗子,对不对?那么说,我的朋友犹如一位印第安人称颂的神医,对不对?他下手,他排毒,他放血。"

"我发觉,先生,"陌生男子对可笑的插科打诨压根儿就无动于衷,"必须纠正您关于神医的观念。印第安人所谓神医的治病本事,相较于一个妄自尊大之徒的见识智慧更糟糕。"

"莫非我的朋友没有见识?莫非我的朋友缺乏智慧?按照您的说法,莫非我的朋友不是一位神医?"

"不,他是一个骗子,一个密西西比河的骗子,是一个不可靠的家伙。毫无疑问,他让我大开眼界,堪比我从未去过的西部地区让我感觉处处新奇。再说了,先生,如果我没弄错,您也是第一次在密西西比河旅行（不过，实际上，这个陌生的宇宙，谁不是第一次来?），所以我觉得有理由警告您，要提防一名危险的同伴，他只会给喜爱自由和信任他人的灵魂造成损害。但是，我要再一次告诉您，至少到目前为止，他还没有在您身上得手，我相信将来他同样无法得手。"

"谢谢关心。然而您如此固执地认定，我的朋友心术不正，我无法为此向阁下表达同样的谢忱。的确，我今天刚与他结识，对他的过往一无所知，但其性情已足以赢得别人的信任，这一点可谓顺理成章。再说根据您本人的讲述，您对那位先生的真实情况也缺乏了解，所以请原谅，我不会再接受任何贬损他的言辞。行了，先生，"世界漫游者不失友好地决断道，"让我们换一个话题吧。"

第 37 章

神秘莫测的大师介绍他躬行实践的弟子

"话题和谈话者缺一不可。"陌生男子站起来回应道。他等待着一名乘客走近自己,那人在廊道尽头正打算转身。

"埃格伯特!"他大喊一声。

埃格伯特,一位衣饰考究、商人气派的先生,三十岁上下,恭敬得令人侧目。他来到陌生男子跟前,态度与其说是一个平等的同伴,不如说是一名关系密切的追随者。

"这一位,"陌生男子攥着埃格伯特的手,将他领到世界漫游者面前,"这位是埃格伯特,我的弟子。我想让您认识一下埃格伯特。他是第一个正在躬行实践马克·温索姆信条的人类——这些信条一度被认为不适用于生活,只适用于隐居遁世。埃格伯特,"陌生男子转向那个斯斯文文、受到恭维时有些瑟缩的信徒说,"埃格伯特,这位,"他向世界漫游者点头致意,"与我们所有人一样,旅途陌异的先生。我想让你,埃格伯特,认识一下这位陌生人兄弟。好好跟他聊聊。尤其是,如果你们谈论的东西勾动了他的好奇心,那种作为我的哲学思想本质的好奇心,我相信你不会让它衰减。埃格伯特,你只需坚持自己的实践,就可以比我的学说,比我的发言更启发人。实际上,正是由于你,我才彻底理解了我自己。因为对每一位哲学家而言,总有一些眼睛看不到的部分,又非常重要的部分,比如后脑勺,要通过镜子反射才瞧得清楚。而你,埃格伯特,你的生活犹如一面镜子,向我呈现了我的思想体系中至为关键的部分。他呢,他认同你,认同马克·温索姆的哲学。"

这番高谈阔论似乎是为了自我吹嘘,但从讲话者的神色语气中又感觉不到他扬扬得意的迹象,他平实,淡然,庄重,堂堂正正。可以说,这位导师和先知也许更关注观念本身,而不仅仅关注自己作为谈论者的言行举止。

"先生,"世界漫游者好像对新话题很感兴趣,"您提到某种哲学,而它大概是一种或多或少有点儿神秘的哲学,并且融贯于生活实践之中。烦请相告,这种哲学的论点是否与尘世经验有着近似的一系列特质?"

"确实有。而这正好可以验证其真实性。对于任何一种哲学来说,实际运用时若与世俗手段有所矛盾,倾向于与之抵牾,那么这样一种哲学必然只是一个骗局,或者一场美梦。"

"您让我有些吃惊,"世界漫游者说,"因为您不经意流露的深刻,也因为您谈到自己在柏拉图神学方面的精微研究,这不免引人推测,倘若您是某个哲学体系的创始者,就不得不找人分担那些玄奥的思想,让它们为昏昏浊世所用。"

"照我看,您这话挺对。"另一方答道,他立在原地,温雅恭谦如一位天使长,"如果老门农①还操着他漂亮的口音,低吟他难解的谜语,那么每个人的损益账簿上,仍会把生活的收获与亏失记录得清清楚楚。先生,"男子气定神闲,"人来到世界上,不是为了凝坐沉思,不是为了用虚幻微茫之物使自己充满疑惑,而是为了扎紧裤腰带干活。神秘寓于清晨,神秘也寓于夜晚,神秘之美则无所不在,但朴实无华的真理依然如故:我们必须填饱肚子,必须挣钱养家。如果您一直认为我是个空想家,再好好瞧一瞧吧。我既不是一个偏执狂,更无意以先知自况。塞涅卡放过高利贷,培根当过侍臣。而斯维登堡②,虽然他一只眼睛观察着无形的世界,可另一只眼睛还关注着致

---

① 门农(Memnon),希腊神话人物,黎明女神厄俄斯和埃塞俄比亚国王提诺托斯的儿子,在特洛伊战争中死于阿喀琉斯之手。他死后,灵魂仍思念母亲,于每日黎明时分哭泣哀吟。

② 斯维登堡(Emanuel Swedenborg,1688—1772),瑞典科学家、哲学家、神学家和神秘主义者。

富良机,对不对? 无论上天为我指定了什么道路,我始终钻研着实用的学问,始终生活在人间。多了解我这一面吧。至于我的弟子,"讲话者转向埃格伯特,"假如您打算从他那里找到任何柔弱的社会空想或往昔的美好时光,我乐于想象他怎样为您纠偏。我相信,我向他传授的学说,不会领他去疯人院,也不会领他去济贫院,而别家学说往往使轻信的追随者落到那般田地。此外,"他慈爱地看了弟子一眼,"埃格伯特是我的门徒,同时又是我的诗人。因为诗歌并非笔墨,也非韵格,实则关乎思想与行动,而后者,只要认真探寻,任何人在任何地方皆可觅得。总之,我这名弟子是一位年轻有为的商人,一位西印度贸易中实践躬行的商人。好,"他让埃格伯特握住世界漫游者的手,"我介绍你们认识了,可以告辞了。"说罢,这位导师没再点头致意,便径直离开。

第 38 章

弟子放松下来，开始与人交谈

站在导师身边时，那名弟子十分拘谨，他一脸谦抑，掺杂着某种恭恭敬敬的沮丧。可是上位者一走，他立刻神情大异，好像玩具盒子里头的弹簧人，从底部一跃而起。

如前所述，他是一名三十岁左右的青年。面相较为中性，气质沉静，既不讨人喜欢，也不招人厌烦，搞不清他应酬交际时会有怎样的表现。他衣着整洁、摩登，倒也不算标新立异。这位弟子的服饰装扮，大致沿袭了他导师的风格，只不过细微处所有调整。反正，总体来说，他显然是世界上最后一个愿以门徒身份探求超验哲学的家伙。实际上，此君刮净的下巴和尖尖的鼻子似乎在暗示，作为一名如假包换的新英格兰人，他若领悟了什么神秘知识，自有手段将一件往往无利可图的事务，变成一桩收益丰厚的生意。

"那么，"此刻他坐在空出的椅子上，怡然自得，问道，"您觉得马克如何？是一位崇高之士，对不对？"

"朋友，我们人类大家庭的每一位成员都值得尊敬，"世界漫游者回答，"凡是这个大家庭的拥护者，谁会否认此说？不过，既然种种优良的品质可以用'崇高'来形容，那么人也可以用该词来形容，至于是否崇高，得由人自己来判断。其实，如果他下判断时斩钉截铁，我不便提出反对。但此刻我对你们的哲学很感兴趣，满脑子猜测。您呢，是人类当中的第一位门徒，所以尤其有资格来详细阐述一下。您不反对现在就开始吧？"

"完全不反对，"他直起身板，"让我从哪儿开始？从基本原理开始？"

"您该记得，令师相信您可以阐释得明明白白。至于您提到的基本原理，我自然雾里看花，不大清楚。而您追随着让我好奇的哲学思想，是它的实践者，所以，请允许我举些简单易懂的日常例子，再请你现身说法，讲讲遇到此类情况应如何处置。"

"很务实。你举例吧。"

"不仅涉及事情，还涉及人。下面我来举例。某甲某乙两个朋友，从小要好，是莫逆之交。某甲生平第一次陷入了困境,向某乙借钱,而某乙挺富裕,完全借得起这笔钱。假设我是某甲,您是某乙:即我是那个需要借钱的人——您是追求大道的门徒——我凡夫俗子一个,只知寒来穿衣,冷则发抖。请注意,您得尽可能调动想象力,把自己当成某乙,言行必须如他一般。为方便起见,您就叫我弗兰克,我就叫您查理。没问题吧?"

"很好。请继续。"

世界漫游者沉默片刻,然后,脸上流露严肃而忧虑的神情,进入角色,与他临时假扮的朋友交谈。

第 39 章①

两个临时假扮的朋友

"查理,我对你充满信心。"

"你不妨保持下去,这没问题。怎么了,弗兰克?"

"查理,我需要钱——十万火急。"

"那可不妙。"

"如果你能借我一百美元,查理,麻烦**立马**解决了。若不是情非得已,我绝不会开这个口。多年来,我们同心合意,亲密无间,尽管我做得不够,但我们的情谊深厚,完全可以互通有无,尽管我实在缺钱。你肯定会帮我,对吧?"

"帮你? 你请我帮你,是什么意思?"

---

① 有研究者指出,这一章的讽刺内容,受到梭罗的《康科德河和梅里麦克河上的一个星期》(*Week on the Concord and Merrimack Rivers*) 的启发,也受到爱默生友情观的启发。

"啊,查理,你以前从不这样说话。"

"那是因为,弗兰克,你以前也从不这样说话。"

"所以你不打算借钱给我啰?"

"不打算,弗兰克。"

"为什么?"

"因为我的信条不允许。我给钱,却从不借钱。当然,自称是我朋友的人,不应该接受施舍。商量借钱是生意上的事体。而我不跟朋友谈生意。所谓朋友,既与你相识,也与你相知。而相识相知的友谊,我看得很重,不想让它沾染世俗的铜臭味。诚然,生意上的朋友并不少见,我也有。他们是商场中的熟人,跟利益关联紧密。但我在他们和真正的朋友——我相识相知的朋友——之间画了一道红线。总之,一个真正的朋友跟借贷毫无瓜葛,其灵魂应超越借贷。借贷这种纾困手段,冷漠无情,来源于没有灵魂的金融机构,你得提供担保,支付利息。"

"**冷漠无情**的纾困手段? 这两个词,搭配在一起不好吧?"

"正如一户贫民,由一位老人和一头母牛组成,这个搭配也不好,却合乎情理。你瞧,弗兰克,收利息的借款,就是出售一笔钱的使用权。卖你一样东西,固然可以替你纾困,但情义何在? 除了投机之徒,几乎没人付息告贷,除非境况近似于无米下锅,不借不行。想想看,如果我给一个饥汉借钱,比方说这笔款子够买一桶面粉,将来某一天他得连本带息还我一桶半面粉,那么情义何在? 尤其是,我若再加上一条: 如果他无法按时偿债,为了确保我得到那一桶半面粉,将公开拍卖其财物,并连带他妻子和儿女的财物。这样,无异于拆家毁室,岂不残忍?"

"我理解,"另一方悲惨地颤抖着,"但即便走到那一步,走到债权人求偿那一步,且让我们常怀悲悯,祈盼这是情非得已,而不是故意为之。"

"但这情非得已,弗兰克,正是先前制订的预防措施造成的。"

"不过,查理,借钱本该是交谊之举呀?"

"而最终导致的公开拍卖,却是仇人之举。你懂了吧? 敌意潜藏于友情之中,正如损害潜藏于救助之中。"

"我今天才大长见识,查理,可说实在的,我搞不明白。还请原谅,亲爱的朋友,我觉得你探讨这件事所蕴含的哲理时,深度有点儿不够。"

"冒冒失失的涉水者面对大海时,也这么说。大海则回答:'我湿淋淋的朋友啊,恰恰相反。'然后把他淹死了。"

"查理,你这寓言对大海并不公正,好比伊索的某些寓言对动物并不公正。大海,浩瀚宽宏,根本不屑于扼杀一个可怜虫,更不要说反唇相讥了。我不知道你为什么讲'敌意潜藏于友情之中,而损害潜藏于救助之中'。"

"我来向你解释,弗兰克。穷困者相当于一列脱轨的火车。他找人借钱,支付利息,而放贷者为他提供了便利,将火车拖回轨道上来。但是,接下来,债权人得保障资金安全,再有点儿收益,因此给经纪人拍了电报,请他在火车前方三十英里的危险地段打灯警示。那位朋友,贫困者要向其支付本息的朋友,我再说一遍,是难免怀着敌意的朋友。不,不,亲爱的朋友,我不要利息。我蔑视利息。"

"好吧,查理,你不必收取利息。你把钱白借给我得了。"

"那依然是施舍。"

"要归还的借款也是施舍?"

"没错:是施舍。施舍的不是本金,而是利息。"

"哦,我急着用钱,所以不拒绝施舍。你瞧,查理,如果得到利息上的施舍,我将感激不尽。朋友之间,那并不丢脸。"

"啊,亲爱的弗兰克,你怎么能受得了自己的这番说辞,怎么能如此看待友情。你让我心痛。我不像所罗门王那样思想怪异,认为孤立无援时,陌生人会比兄弟更可亲。[①] 不过,我完全同意我崇高的导师,他在《论友谊》一文中精辟指出:倘若你贪恋尘世的利益,切勿寻求神交之友(亦不可寻求相知莫逆之友);为了尘世的利益,你应当寻求凡俗之友(寻求卑贱的生意之友)。我导师透彻地阐明了原因:秉性高尚者,绝不会降心相从,非要他那样做,徒使恼恨罢了,而秉性低劣者,境界无论如何没办法提升,总想谋取好处——这两种人相互抵触。"

"那么我不会当你是神交之友,只当你是生意之友。"

"这让我感到痛苦。但为了让你获得助益,我情愿痛苦。我们是生意之友。生意归生意。你打算谈一笔贷款?很好。那么合同怎么签?月息三分,行不行?你拿什么担保?"

"唉,老同学一场,你不必拘泥于式——当初我俩在学院的小树林里悠闲漫步,畅谈德性的美好,善良的高贵,与之相比,这笔钱简直微不足道。担保?我是你学院的同窗,是跟你一块儿长大的朋友,这就是担保。"

"请原谅,亲爱的弗兰克,我们的同学关系是最糟糕的担

① 所罗门王关于朋友的看法见《圣经·箴言》第 18 章:"但有一朋友,比弟兄更亲密。"(and there is a friend that sticketh closer than a brother.)和第 27 章:"你的朋友,和父亲的朋友,你都不可离弃。"(Thine own friend, and thy father's friend, forsake not.)

保。至于一块儿长大的朋友,这根本算不上什么担保。你忘记了我们眼下是生意之友。"

"而你,查理,以你的立场,则忘记了我作为你的生意之友,任何担保皆无法提供。我非常窘困,甚至找不到一个人肯替我背书。"

"没有人背书,就没有商业借贷。"

"既然如此,查理,既然这两类朋友在你这里都不顶用,那么加在一起呢? 我两者兼备。"

"你是半人马怪物吗?"

"说了这许多,我们的友情究竟有什么好处,你究竟怎样看待它?"

"在马克·温索姆的哲学里,所谓好处即在于,指引一名实修弟子去躬行践履。"

"那你何不说说,马克·温索姆的哲学对我有多大好处? 啊,"男人央求道,"如果友情不是雪中送炭,不是将心比心,那它是什么? 好心人①一向慷慨解囊,扶助困厄之人如拯救病患!"

"哦,亲爱的弗兰克,别天真了。一个人永远不可能透过

---

① "好心人"原文为"good Samaritans",可直译为"好心的撒玛利亚人"。见本书第 16 章第 133 页注释①。

眼泪在黑暗中找到出路。我觉得，你配不上我诚挚的友谊，我发现对于你，理想的友谊太过高远，超乎你想象。容我直言相告，亲爱的弗兰克，这番话你若再说一次，将大大动摇我们情义的根基。我追随的哲学思想，素来以平淡之道产生最深刻的效果。那么现在，且让我揭示一些你或许视而不见的问题。尽管我们幼年结交，但不应认为，至少我不认为，这一份友谊始于无知。据说孩子是小大人。你是我小时候选择的朋友，为你当初的种种优点所吸引，包括你礼貌的举止，漂亮的衣装，以及你父母所属的阶层和他们拥有的财富。总之，虽然我是个小孩，却跟成年人一样，去市场挑拣绵羊，羸瘦的不要，专挑肥壮的。换句话说，那时你这个学生哥兜里好像一直揣着银子，很可能永远无须向别人伸手要钱。而我早年的印象之所以改变，若不是由于今天的交谈，那么唯一的原因就是财富之流转实难逆料，你再怎么谨慎都于事无补。"

"哦，看来我该记取这冷血的剖析！"

"你灼热的脉管中有少许冷血，亲爱的弗兰克，我看不会造成任何损害。冷血？你如此形容，只因这剖析牵涉我自身令人厌恶的谨慎。但那并非事实。当年同你交好的部分原由，刚才已经说过，我完全是为了维系我们之间的微妙连结。想想吧——当你儿时的玩伴成年后，居然在一个雨夜来访，以便问你借区区五美元,还有什么比这更伤害你们脆弱的友谊? 脆弱的友谊能不能承受得住? 而且,反过来讲,如果脆弱的友谊始终脆弱,钱能借成吗? 你盯着门外湿淋淋的朋友,会否从心底冒出一个念头:'我被这家伙骗了,结结实实骗了。他不是真朋友。大概他想打着纯洁友情的幌子,来索讨友情的甜头?'"

"这甜头,是我们共有的权利,无情的查理!"

"你爱怎么讲都行。请留心,你一味强调这些权利,结果动摇了友谊的根基。实际上,尽管如此,我为了早年的友谊,仍设法在条件糟糕的地皮上修建了一座漂亮房子。然而我却为这座房子付出了巨大代价,忍受了巨大痛苦,无论如何,我非常珍惜它。不,我不愿丢弃你的友情给予我的快乐,弗兰克。但你要当心。"

"当心什么? 当心自己需要援助? 哦,查理! 你不是在跟一位坐拥广厦的富豪说话,而是在跟一个普通人说话,这人命运沉浮,于浪涛中大起大落,有时升上天堂,有时又跌入地狱。"

"哼! 弗兰克,人可不是那种可怜鬼——不是宇宙间随波逐流的可怜海藻。人有灵魂,所以,如果他愿意,必能摆脱命运的掌控,克服前途的艰险。别唉声叹气,像一条挨过命运鞭打的狗,弗兰克,不然,凭着老友的真情实意,我非要收拾你不可。"

"你已经把我给收拾了,冷酷的查理,而且干脆利落。回想一下我们当初去捡榛果的日子,那时候我们在林中漫步,挽着彼此的胳膊,好像两棵树,枝丫交缠:——哦,查理!"

"哼!那时候我们还没长大。"

"这么说,查理,埃及的头生子算是交上好运了?① 他们受严寒袭击而夭折,冰冷地躺在墓穴里。"

"呸!你是个娘们儿。"

"帮帮我吧,查理。——我需要你帮助!"

"帮助?先别说什么朋友不朋友了,你这个需要帮助的人问题就挺大。你啊,有缺陷,有某种缺点,某种不足,总之,极大的不足。"

"有就有吧,查理……帮帮我,帮帮我!"

"求助时声嘶力竭是多么不智,此等行为本身已表明,你不配获得援手。"

---

① 典出《圣经·出埃及记》第 12 章:"到了半夜,耶和华把埃及地所有的长子,就是从坐宝座的法老,直到被掳囚在监里之人的长子,以及一切头生的牲畜,尽都杀了。"(And it came to pass, that at midnight the Lord smote all the firstborn in the land of Egypt, from the firstborn of Pharaoh that sat on his throne unto the firstborn of the captive that was in the dungeon.)

"哦,查理,这一路谈下来,并不是你在说话,而是某个腹语表演者,利用你当人偶,他在说话。是马克·温索姆在说话,而不是查理。"

"如果是那样,感谢上帝,马克·温索姆跟我还真可谓同气相求。如果这位贤者的哲学思想在世人之中鲜有反响,不该怪他们无法教化,只能怪他们运气太差,以至于生来就与他格格不入。"

"很好,这分明是对人性的赞颂啊,"弗兰克激情高喊,"无意之间露真情。你揭示的这种人性,可以长远不变,也必然长远不变。正是由于困境很容易影响我们的内心感受,雪中送炭才如此珍贵,而人皆自私,仅此一点,便足以持久地遏制这样一种思想:它主张在现实中消除助人之举。但是,查理,查理!像从前那样说话吧。告诉我,你会帮我。如果我们俩身份对调,你求我借多少钱,我就借多少钱,白借。"

"**我**求你?**我**求你借钱?我举手发誓,不论何时何地,即使无须开口求人,也绝不接受借款,埃斯特①的经历对我是一个警告。"

---

① "埃斯特"原文为"China Aster",意为"翠菊",原产于中国的菊科植物。"Aster"使人联想到"star",下一章里,埃斯特以蜡烛制造商的身份出现,该名与之暗合。

"什么,埃斯特?"

"跟那个为自己建造月光宫殿的男人遭遇的情况不太一样,月亮下沉时,他的宫殿出乎意料地随之消失了。我来给你讲讲埃斯特的经历吧。我当然希望可以按自己的方式讲,但很不幸,故事的原创者如此霸道,以至于我不得不仿照此公的叙述风格,复述他书写的故事。但我有言在先,你千万不要以为,这个故事感动了我,正如它感动了原创者①一样。如果谁可以将意志强加外人,使之违逆自己最强烈的欲愿,尤其在鸡毛蒜皮的事情上也可以,那岂不太糟。无论如何,你放心,我完全认同人心所向的主流道德观。好了,开始吧。"

---

① "原创者"(the original story-teller),很可能指麦尔维尔本人,也有可能指第14章、第33章、第44章的叙述者。

第 40 章

埃斯特故事的转述者虽未否定道德，
对其精义却不以为然

　　"埃斯特是一名年轻的蜡烛制造商，居住在马斯金格姆河口的玛丽埃塔①——其营生似乎源自天国的众神，从属于他们的玄奥事业，也就是说，无论徒劳与否，他一直在生产光明，试图驱散那尘世的黑暗。然而他没赚到什么钱。可怜的埃斯特和家人终日穷忙。只要他愿意点些蜡烛，不难照亮整条街，但要以兴旺发达的生意照亮他家人的心，却不那么容易。

　　"很巧，埃斯特有一个朋友，奥尔奇斯②，是一位鞋匠。他主张世人应互相理解，而我们整日跟具体事务直接打交道，难免伤害这理解。此人的职业非常实用，况且智慧之士皆预言，

---

① 玛丽埃塔（Marietta），美国佐治亚州东南部城市。
② 奥尔奇斯（Orchis），英文本意是"红门兰属植物"，这个名字与"埃斯特"相照应。

只要山岩依旧坚硬,只要燧石仍会磨损,该手艺便几乎永不过时。有一天,这位好鞋匠买彩票中了大奖,摆脱了拮据的生活。他已然变成一个小富翁,对人们的理解也随之改弦易辙。并不是说他因为成功而扬扬得意,翻脸无情。事实绝非如此。某日上午,他穿戴整齐,晃晃悠悠走进了蜡烛铺子,快活地抡转着他那根金柄手杖。而可怜的埃斯特呢,脑袋上扣着油乎乎的纸帽子,腰上系着油乎乎的皮围裙,正在将一支蜡烛卖给一个穷困的爱尔兰女人,售价一美分。她面沉如水,矜傲于自己是一位关照他生意的主顾,要求用半张纸裹好蜡烛,仔细捆扎——女人走后,愉悦的奥尔奇斯终止了他手杖的快活抡转,说道:'你这一行赚钱真不容易,埃斯特老弟。你本钱太少。你必须丢掉这些个脏兮兮的牛脂,向世人提供纯净的鲸脂。我告诉你,你手头得有一千美元。事实上,埃斯特,你必须赚钱。我可不想看到你家的小孩像眼下这样,光着脚到处戏耍。'

"'上帝会报答你的好意,奥尔奇斯老兄,'蜡烛制造商回答道,'不过,接下来我如果引述我叔叔的言论,你别生气,我叔叔是个铁匠,拒绝过一次向他提供的贷款,说:"用自家的锤子,哪怕它轻了些,也得心应手,我想这总好过为了增加它的重量,跟邻居的锤子焊在一起。真要那样,倘若邻居又缺少锤子,再将焊点截断可就难了,于是两家人都会觉得,那锤子太重。'"

"'胡扯,埃斯特老弟,别那么古板。你家孩子光着脚呢。再说了,难道一个富人会因为一个穷人而衰败?难道朋友之间会因为彼此而倒运?埃斯特,依我看,今天早上你把脑袋伸进那些大木桶的时候,聪明才智统统流出来了。哼,我不再跟你歪缠!你的写字台在哪儿?哦,在这儿。'语罢,奥尔奇斯攥着支票,冲向写字台,飞快地签了上字,说道:'拿着,埃斯特老弟,借你一千美元。等你赚够一万时,这用不了多久(经验让我领悟的唯一真谛是,每个人总有走运的一天),到那时,埃斯特,嘻,你再决定是否还钱,你随意。反正,无论如何,只要你不提,我就绝不开口讨账。'

"你瞧,对一个饥汉而言,面包的诱惑之巨大,堪比美好的天堂。因此,如果有一份免费的饭菜摆在跟前,即使他没有考虑自己能不能报答人家而吃了这饭菜,那么我们亦无须对其大加指责。同样,在一名穷汉看来,唾手可得的银钱诱人已极,收下它,最糟糕的结局也不过类似于一个饥汉吃了份免费饭菜。总之,蜡烛制造商的谨慎德行屈从于他本人的迫切需求,恰如刻下的状况。他接过支票,正准备小心翼翼地收好,奥尔奇斯重新抡动他那根金柄手杖,言道:'还有个事儿,埃斯

特，你可别往心里去，留个凭证如何，没什么坏处，对吧？'于是
埃斯特应奥尔奇斯的要求，写了张借据给他。奥尔奇斯捏着
它瞧了好一阵子，'呸，我跟你讲过，埃斯特老弟，我从没打算
提任何**要求**。'他撕碎纸条，蜡烛铺子里抡转着手杖，漫不经心
地说：'写上四年的期限。'于是埃斯特重写借据，加上四年之
限，交给奥尔奇斯。'好了，我永远不再麻烦你写这些个劳什
子，'奥尔奇斯说着，将借据夹到一本口袋书里，'不要胡思乱
想，埃斯特老弟，专心考虑一下该怎么用好这笔钱吧。别忘了
我那个关于鲸油的建议。如果把原料换成鲸油，你的蜡烛有
多少我就买多少。'絮叨着鼓励的话语，揣着他习以为常、佻佻
不休的善意，奥尔奇斯离开了铺子。

"埃斯特留在原地。这时候，两个无事可做的老头子，在
一旁闲聊了几句。他们一聊完，埃斯特——戴着油乎乎的帽
子，穿着油乎乎的围裙——便追上奥尔奇斯，说道：'奥尔奇斯
老兄，你好心会有好报。不过，你还是把支票拿走，把借条还
给我吧。'

"'你正直得让人厌烦，埃斯特，'奥尔奇斯有些不高兴，
'我不会从你手上收回支票的。'

"'那你只好从地上收回去了，奥尔奇斯。'埃斯特说，他捡
了块石头，将那张支票压在人行道上。

"'埃斯特,'奥尔奇斯好奇地盯着他说,'我才刚离开蜡烛铺子,那两个蠢货给了你什么建议,让你急匆匆赶过来,像个大傻瓜一样讲了这么一通话?我不得不怀疑,是那两个老蠢货,那两个后生们给起了绰号"老实话"和"老小心"的家伙。'

"'是的,是他们俩,奥尔奇斯,但别说出他们的名字。'

"'两个十足的老废物。"老实话"娶了个泼妇,于是自己也跟个泼妇一样;"老小心"呢,年少时在一个苹果铺里摔过一跤,从此胆小如鼠。在我这种见多识广的人看来,什么也比不上听"老实话"哼哼着道出他那些陈腐的格言警语,而且"老小心"还站在一旁,撑着手杖,摇晃着灰白的脑袋,对方讲一句他就插嘴跟一句。'

"'你怎么能这样说,奥尔奇斯老兄,他们可是我父亲生前的朋友。'

"'如果那两个老废物是"老正直"的朋友,我也就不想交什么朋友了。我这样称呼你父亲,只因为以前没有谁不这样称呼你父亲。为什么他们让你父亲上了年纪还到城里去?唉,埃斯特,我经常听我无事不晓的母亲讲,那两个老家伙,外加后生们所说的那个"老良心"——亦即那个脾气暴躁的贵格会教徒,如今已经谢世——这三人去济贫院探望你父亲,站在他床铺周围同他说话,就好像以利法、比勒达和琐法同可怜的老穷汉约伯说话一样①。是啊，那三个安慰者之于约伯，正如"老实话""老小心"和"老良心"之于你可怜的老父亲。朋友？我倒请问，你又把谁视作敌人呢？他们一个劲儿吵闹，责骂，让可怜的"老正直"，你父亲，饱受折磨，直到他撒手人寰。'

"听罢这番话，埃斯特回想起他那位优秀父亲的凄惨结局，忍不住掉下眼泪。这时，奥尔奇斯接着说道：'唉，埃斯特，没人比你更沮丧阴郁。埃斯特，你为什么不乐观一些？如果不乐观一些，你的生意，或其他任何事情，都无法变好。悲观使人灭亡啊。'奥尔奇斯用他的金柄手杖快活地戳了戳他，'所以，你为什么不呢？你为什么不乐观些，积极些，像我这样？你为什么不怀揣信心，埃斯特？'

"'奥尔奇斯老兄，我自己也不知道，'埃斯特冷静答道，'但兴许是因为我没有像你一样，买彩票中了大奖，这中奖不中奖，毕竟不同。'

"'胡扯！我中奖之前，就像只百灵鸟一样快活，也跟如今

①　典出《圣经·约伯记》第 2 章："约伯的三个朋友提幔人以利法，书亚人比勒达，拿玛人琐法，听说有这一切的灾祸临到他身上，各人就从本处约会同来，为他悲伤，安慰他。"（Now when Job's three friends heard of all this evil that was come upon him, they came every one from his own place; Eliphaz the Temanite, and Bildad the Shuhite, and Zophar the Naamathite: for they had made an appointment together to come to mourn with him and to comfort him.）

一样快活。实际上,乐观始终是我立身处世的原则。'

"此时,埃斯特冲奥尔奇斯投去冷冷一瞥,因为实情是,幸运中奖之前,奥尔奇斯有个绰号'苦愁窝囊废',他一直郁郁寡欢,同样,他收入微薄,整天抱怨世事艰难,又不得不存几个钱防备荒年灾月。

"'好了,埃斯特老弟,我来跟你说个明白,'奥尔奇斯指了指石头下面的支票,然后拍了拍自己的口袋,'如果你一定要这么干,那就让它继续躺着吧,但你写的借据不该有相似的命运。其实,埃斯特,我诚心诚意待你,不可能趁你落魄之际,从你身上赚什么便宜。你**应该**从我的友谊当中获益。'奥尔奇斯一边说一边飞快地扣好外套,留下支票,大步走开。

"最初,埃斯特打算把它一撕了之,又觉得应该当着开票者的面撕才好。男人思忖片刻,捡起支票,踅回蜡烛铺子,决定忙完那天的工作后立即去找奥尔奇斯,在他眼前销毁支票。很不凑巧,埃斯特造访时,奥尔奇斯出门未归。埃斯特造徒劳等候许久,只好揣着支票回家,但他打定了主意多一天都不能耽搁。第二日一大早,晨光初露,埃斯特本该再度去拜访奥尔奇斯,这个时点他肯定还没起床:自从买彩票中了大奖,奥尔奇斯不仅一扫阴郁,也变得有些慵懒。然而,或许是命里注定,埃斯特前一晚做了个梦,梦见一名天使模样的人物,她微笑着，手持一个丰饶角似的东西，在他头顶盘旋，不断朝下方抛撒豆子大小的金粒。'我是好运神，'天使说，'如果你听从奥尔奇斯的建议，未来可期。'好运神再次挥动丰饶角，往埃斯特头上再次抛撒金粒，它们在他身边越积越多，他好像一个麦芽贩子在麦芽之中蹒跚迈步。

　　"众所周知，梦是奇妙的事物——它们如此奇妙，所以不少人会觉得，它们直接发源自天堂。埃斯特的观念产生了一百八十度的大转变。他寻思，既然有这么个梦兆，再等等又何妨，不必马上去找奥尔奇斯嘛。埃斯特当天一直在考虑那个梦，满脑子全是它，以至于'老实话'像往常一样，在晚饭前到蜡烛铺子看一看他这个'老正直'之子时，他说了一大堆梦中场景，还说一位如此辉煌灿烂的天使绝不可能有假。而且，他语速之快，甚至会让你觉得他相信那位天使是一个长相漂亮的人类慈善家。反正'老实话'就这么理解了，并以自己的直白方式谈道：'埃斯特，你说梦里出现了一位天使。好，这个梦除了让你看到一位天使，还能证明什么？埃斯特，我昨天建议过了，立即把支票物归原主。如果"小心"老弟也在这儿，他会给你同样的建议。'说罢，'老实话'便走上街头找'老小心'去了，但没找到，于是又独自返回蜡烛铺子。埃斯特远远望见他，以为是烦人的讨债者造访，慌忙关门，躲进铺子深处，没能听到笃笃的叩门声。

"这一可悲的错误,导致无人与埃斯特讨论问题的利弊,他独自回味着那个梦,越来越兴奋,最终一门心思只想着兑现支票,好拿钱去买鲸油做蜡烛,指望能大赚一笔,跟从前说再见。事实上,埃斯特相信,这正是梦中天使向他允诺的巨大财富。

"埃斯特动用这笔钱时,决定每隔六个月支付一次利息,直到本金偿还完毕。对此奥尔奇斯始终一声不吭。按照习俗,也依据法律,在类似情况下,如果借钱之初不说明免息,那么支付利息是合规合理的。奥尔奇斯事先有没有想过这个问题,我们不得而知,但种种征兆显示,他从未花心思去考虑什么利息不利息。

"鲸油生意兜头浇了埃斯特一盆凉水,使其大感失望,但他仍设法交付了第一期利息。接下来依旧不顺利。新鲜肉类从家庭的餐桌上消失了,没钱给孩子们交学费了,后者尤为令人痛苦,无论如何,埃斯特依然凑齐了第二期利息。他不无悲伤地认识到,正直有时候也要付出代价,这一点上,正直与邪恶相同,只是代价的程度存在差别而已。

"与此同时,奥尔奇斯听从医生的建议,前往欧洲旅行。不可谓不巧,自打买彩票中了大奖,奥尔奇斯便得悉自己的身体并不那么健康，尽管他向来挺壮实，只说自己的脾脏有点儿毛病，几乎不值一提。于是，奥尔奇斯身处国外，没法像以往一样，在埃斯特偿付利息的问题上慷慨相助，不论他再怎么反对收取利息也于事无补。毕竟，埃斯特是给奥尔奇斯的代理人汇钱，而这位代理人过于认真负责，不可能拒绝一笔贷款的定期付息。

"但埃斯特再也不会给那名代理人造成太多麻烦了。他做生意素来信任主顾，岂料产生了坏账，本该用于支付第三次利息的钱款几乎损失殆尽。对蜡烛制造商而言，这无疑是一记重创。'老实话'和'老小心'自然不会放过好好教训埃斯特的机会，谁让他不听劝告，非要搞什么借贷？'我早就提醒过你嘛。'用一块旧手帕擤鼻涕的'老实话'说道。'是啊，是啊。'用手杖敲击着地板的'老小心'在一旁帮腔，随即又停下来，忧心忡忡地望着埃斯特。可怜的蜡烛制造商十分沮丧。突然有一晚，那位天使，他光明璀璨的朋友，面带光明璀璨的笑容又出现在另一个梦里。丰饶角再度倾洒钱财，并许下更多承诺。埃斯特为此斗志复燃，鼓起干劲，决心卷土重来——他并未采纳'老实话'及其好友'老小心'的建议，其大致的意思是，如今之计，埃斯特最好关门歇业，能解决掉全部债务就解决掉，改当一个熟练工匠，领一份高薪，从今往后断了自己当老板的念头,安于受雇的身份,听更有本事的上司指挥。这么做是因为,埃斯特开业至今,只不过证明了他是'老正直'的亲儿子,尽人皆知,'老正直'没有什么经商的能耐,甚至,很多朋友说他在经商这件事情上,根本毫无才能可言。'老实话'将这些实话原原本本给埃斯特讲了一遍,'老小心'也表示完全赞同。但是,尽管'老实话'如此卖力,那位梦中天使依然让蜡烛制造商萌生了迥乎不同的种种想法。

"他仔细考虑如何让自己重整旗鼓。毋庸置疑,假如奥尔奇斯没去欧洲,肯定会帮助他摆脱困境。同样,另一些人也可能伸出援手。这正如世间虽多有冷漠,但一名运气欠佳的正直之士仍不难找到愿意支持他、扶助他的朋友。而埃斯特最终也确实从一个富裕的农场主手上借到了六百美元,利息不多不少,秘密担保协议由埃斯特和他妻子共同签字,协议要点是,如果他无法在约定期限内还清借款,那么她本可以从一位叔父——无儿无女、资产丰厚的昔日制革商——订立的遗嘱里继承的所有钱物,将一律划归债主。显然,埃斯特大概是使尽了手段,才成功劝诱妻子——一个谨慎的妇人——在担保协议上签字,因为她一向把叔父答应留给自己的财产,视作熬过艰苦时日的支柱,而这样的艰苦时日埃斯特或多或少一直在经历,她认为丈夫很难从中脱身。埃斯特在妻子心里的形象,兴许可以用一句话来概括,如果你正好撞上她谈论此事,往往会听到她这样说:'埃斯特做丈夫很称职,做生意很差劲!'实际上,她和'老实话'有血缘关系。假如埃斯特疏忽大意,让'老实话'和'老小心'得知他与老农场主的交易,那么他们十有八九要从中作梗,令埃斯特的计划落空。

"据传,埃斯特的正直,是促使放债人在他落魄时出手相挺的主因。这显而易见。如果埃斯特是另一副模样,放债人很可能不敢同他打交道,万一他没能按时还款,说不定会想出什么诡计——尤其是,当他陷入痛苦,悔恨自己拿妻子的财产冒险之际,没准儿会违信背约,要知道那份秘密担保协议是老农场主唯一的倚仗,而它在法庭上发挥的效用恐怕十分可疑。但即便你们能够凭以上记述归纳出结论,认定埃斯特倘若换一种性情,必然得不到别人的信任,这样就避开了放贷者的圈套,他自己和他妻子也就可以免遭劫难,即便如此吧,待一切水落石出时,你们仍会坚称,具体来看,蜡烛制造商的正直没给他带来任何好处,于是你们会说,每一个好人都活该受苦,而世故之徒对此一贯否认。

"不妨说一句,老农场主借给埃斯特的钱物,包括三头瘦奶牛和一匹患了鼻疽的跛脚马。它们的估价相当高。老债主有一个奇怪的执念:凡是他农场上饲养的牲畜,统统很值钱。

埃斯找不到私人买家接手这些病牛马,他大费周章,赔本吆喝,才总算通过公开拍卖处理掉它们。埃斯特竭尽所能,起早贪黑,终于重新上路,又一次信心满满地扩大了生意。然而,他没再折腾鲸脂,反倒依照自己的经验,回头捣鼓牛脂。可是正当他购入大量牛脂,制成蜡烛之际,牛脂价格暴跌,拖累了蜡烛行情,以至于销售收入与原料成本堪堪相抵。在此期间,未付给奥尔奇斯的一整年利息,又累积到借款本金里,但埃斯特没工夫理会那笔账,因为要付给老农场主的利息才是他眼下最关心的问题。无论如何,新一轮借贷还可以支持埃斯特一些时日,这使他感到欣慰。不过那名枯槁如柴的老农场主每隔一两天就骑着一匹瘦骨棱棱的老白马,坐在一个霉斑点点的老鞍子上,步子趔趄,没精打采,来找埃斯特晦气。左邻右舍都说,是死神本尊骑着死马①缠住可怜的埃斯特不放。此话形容得非常恰切。没多久,埃斯特果真卷入了足以夺命的麻烦之中。

"在这个节骨眼上,传来了奥尔奇斯的消息。他似乎已回

---

① "死神本尊骑着死马"(Death himself on the pale horse),典出《圣经·启示录》第6章:"我就观看,见有一匹灰色马;骑在马上的,名字叫作死,阴府也随着他。"(And I looked, and behold a pale horse: and his name that sat on him was Death, and Hell followed with him.)

到国内，并已秘密结婚，而且奇奇怪怪地前往宾夕法尼亚，住在他妻子的亲戚中间。那帮人促使他加入了一个激进教派①，或者说是一个半半宗教性质的学派。非止如此，奥尔奇斯并未返乡，仅以书函通知代理人处置他在玛丽埃塔的某些资产，再将收益汇去给他。未及一载，埃斯特收到一封奥尔奇斯寄来的信件，赞扬他头一年准时支付了利息，并对他（奥尔奇斯）眼下急需所有的进项表示抱歉。所以，他希望埃斯特可以支付此后六个月的利息，当然也包括先前拖欠的利息。埃斯特惊慌失措，打算坐轮船去拜访奥尔奇斯，但他已无须破费，因为奥尔奇斯本人出乎意料地回到了玛丽埃塔，这家伙近来很怪异，行踪飘忽不定。埃斯特得知老朋友返乡，立即跑去见他。看到奥尔奇斯穿得破破烂烂，脸色蜡黄，而且远不如从前那么愉悦、热情，埃斯特因此愈发诧异，过去他可不止一次听奥尔奇斯眉飞色舞地宣称，他（奥尔奇斯）若想变成一个幸福、欢乐、仁慈的人，只要去一趟欧洲，再娶一位妻子，让他的天性自由地发展便可。

"埃斯特将自己的境况告诉奥尔奇斯，他值得信赖的朋友沉默了片刻，随即语气古怪地说，他不会催逼埃斯特，但他（奥

---

① "激进教派"对应的原文为"Come-Outers"，通常为泛指，或也特指 1840 年代在美国新英格兰地区的一个宗教派别，主张脱离传统基督教。

尔奇斯)还是急着用钱。埃斯特难道就不能抵押自己的蜡烛铺？他为人忠实，肯定有富裕的朋友。他难道就不能推销推销那些蜡烛？市场难道就没办法刺激刺激？蜡烛的利润想必很可观。埃斯特发现，奥尔奇斯认为蜡烛生意挺赚钱，这无疑大错特错，于是他试图纠正朋友的谬见。但埃斯特难以让奥尔奇斯看清真相——奥尔奇斯顽固不化，同时，很奇怪，又非常忧郁阴沉。万万没料到，这个十足讨厌的话题令奥尔奇斯陷入了省思，促使他从信仰的角度去看待人心的反反复复和奸邪狡诈。然而埃斯特明白，自己也遭逢过类似景况，只是尽量不这么想罢了，所以他一如平日，几乎怀着与人为善的好心肠，并未驳斥朋友的观点。不一会儿，奥尔奇斯径直站起来，说他必须给妻子写一封信，两人没有像以往一样热情握手便匆匆告别了。

"这一变化让埃斯特十分担忧，他找消息灵通者详细打探，想弄清楚奥尔奇斯究竟遇到了什么鲜为人知的困难，乃至性情大变。最终，埃斯特听闻，除了旅行、结婚、投身激进教派，奥尔奇斯还患上了严重的消化不良，并且由于纽约的一位代理人犯错而造成信用违约，损失了一大笔钱。饱经世故的'老实话'获悉此事，摇着头告诉埃斯特，纵然他希望自己的预测不准确，可是综合考虑了他知道的、关于奥尔奇斯的所有信息之后，他依旧认为，这个人未来凶多吉少——特别是，他冷笑着补充道，加入激进教派无异于雪上加霜，因为那些人若深知自己的本性，就不会大张旗鼓地暴露它们，反而会竭力掩藏它们，谨慎地掩藏它们。'老小心'照旧酸言酸语，在一旁帮腔。

"付息日再次到来，埃斯特使尽浑身解数，只凑到了一小部分钱款，支给奥尔奇斯的代理人，而其中一部分又来自他孩子的压岁钱(崭新的十美分和二十五美分硬币，储藏在他们的小存钱罐里)，又典当了他最好的外套，外加他妻子的和他孩子的，于是一家人只好不再去教堂听布道。这时候，放贷老头也开始烦躁不安了。埃斯特终于不得不抵押蜡烛铺子，以便向他支付利息，并偿还另一些刻不容缓的债务。

"下一个付息日来临之际，埃斯特连一分钱都筹集不到了。他万分痛苦地将实情通告奥尔奇斯的代理人。同时，与放贷老头的合约到期，埃斯特却两手空空。偏偏在这个节骨眼儿上，上帝不再仁慈，那位富有的叔父，老皮革商，去世了，本该留给埃斯特妻子的遗产落到了老农场主的手上，让他赚了便宜。又一个付息日接踵而至，蜡烛制造商的处境却越来越糟糕：如今他不仅麻烦缠身，更兼染疾体弱。埃斯特拖着病躯去找奥尔奇斯的代理人，跟他在街上碰头，把自己的状况告

诉他。代理人神情严肃,说雇主已经吩咐他,让他眼下别逼着
埃斯特给钱,但埃斯特又得知,借款不日将要偿还,而且届时
必须是连本带息一块儿付清,因为奥尔奇斯也负债累累。不
仅如此,既然利息宽限了好一阵子,奥尔奇斯希望埃斯特明
白,本着互惠互利的原则,利息的最终数目应以复利方式计
算。当然啰,法律并没有这么规定,只不过在彼此扶助的朋友
之间,那是相沿成习的做法。

"恰好此时,'老实话'和'老小心'转过街角,猛地撞上了
刚刚与代理人告别的埃斯特。或许是由于赤日炎炎导致中
暑,或许是由于他们没刹住脚步,或许是由于他太过虚弱,又
或许是这些原因叠加到一起,反正说不清究竟为什么,可怜的
埃斯特跌倒在地,脑袋狠狠磕了一下,随即不省人事。时值七
月盛夏,地处内陆的俄亥俄河两岸阳光炽烈,燠热已极。大伙
用一扇门板把埃斯特抬回家。他弥留数日,始终神志不清,最
后在一个死寂之夜,在一个无人关注的时刻,他撒手尘寰,魂
归天外。

"'老实话'和'老小心'从未落下过任何一次葬礼,实际
上,那是他们的主要活动——两人加入了沉痛的出殡队伍,将
老朋友之子的遗体一直送进坟墓。

"至于后事的料理,已无须赘述。抵押的蜡烛铺子遭变

卖；奥尔奇斯没拿回一分钱；凄凉的寡妇获得人道对待，因为她已一贫如洗，却还有儿女要抚养。但是，即使减除了债务，她仍满怀怨愤，叱责这冷漠的世界，哭诉自己承受的悲惨命运，于是没过多久，她便匆匆撇下了穷苦的阴影，步入了墓穴的深暗幽沉。

"然而，埃斯特给他家庭留下的困境，大大降低了民众对他的尊崇，同样也使得死者正直的品格黯然失色。某些人认为，尽管这并不是对世界的称誉，可埃斯特的例子，跟其他例子一样，表明我们的世界也许会暂时受到蒙蔽，不过或迟或早，它总是能够拨云见日，给予一个人应有的公正评价。所以，寡妇辞世后，玛丽埃塔市民为了纪念埃斯特，也为了表达他们对其高尚品德的敬意，特别通过一项议案，规定埃斯特的子女在成年之前一直是城市贵宾。该议案绝不像某些公共机构那样，仅仅流于表面。它通过当天，埃斯特的遗孤便正式地安顿于热情好客的济贫院之中，而他们杰出的祖父，上一代城市贵宾，就在此地溘然长逝。

"有时候，荣誉确实会给予值得纪念的诚实者，但他们的墓冢仍无任何纪念碑。蜡烛制造商的情况却并非如此。早些年，'老实话'就弄了块石头过去，并往上边简单放了一两句话，以此寄托哀思。后来人们发现，在埃斯特那本该空空如也

的荷包里,存着一篇墓志铭,可能是他写于某个怅怅不乐的时
刻,可能他动笔之际多少还有点儿精神恍惚,要知道埃斯特去
世前几个月常常精神恍惚。纸片背面的附文表明,他希望可
以把这些词句刻到墓碑上。尽管'老实话'不赞同这墓志铭的
观念,他自己的怀疑症时时发作——至少很多人这么说——
但那些句子使他颇感震撼。因此跟'老小心'商量之后,'老实
话'决定先对墓志铭作一番删减,再刻到碑上。然而,等完成
了删减,他还是觉得啰唆。无论如何,'老实话'思忖,既然死
人要说话,就让他说说吧,尤其是他说得那么真诚,又说得那
么富于教益。'老实话'将删减过的文句镌刻如下:

　　这里安躺着

　　蜡烛制造商埃斯特

　　的遗体,

　　此君一生

　　是圣典所揭示真理的一则范例,它在

　　智者所罗门

　　那醒人神志的思想

　　之中

　　亦可觅得;

他毁灭于接受了劝诱，

未能遵从自己的理智行事，

恣意沉溺于信任，

以及

热烈光明的生活理念，

更将

那

逆耳之言

统统

拒绝摒弃

"铭文在市镇里引发了议论，并招致银行家的严厉批评——这很有意思——此人依靠埃斯特的抵押物保全了自己借出的钱款。可见他在集会上率先向已逝的埃斯特致意，乃是不情不愿之举。事实上，大伙认为他曾诋毁蜡烛制造商，他甚至不相信那篇墓志铭出自埃斯特的手笔，反指'老实话'是其作者，声称文中的种种迹象表明，这些怨天尤人的字字句句也只有老于世故的臭嘴才讲得出来——不管怎样吧，反正石碑立好了。自然，'老实话'事事得到'老小心'的支持。后者有一天去了墓园，穿着大氅和长靴——那个早晨，阳光明媚，但'老小心'觉得,由于雾气浓重,泥土可能很潮——他在石碑前伫立良久,整个身体的重量全凭手杖撑着,鼻子上夹着眼镜,一个字一个字地拼读墓志铭。稍后,'老小心'在街头遇到'老实话',用手杖使劲敲了一下路面,说:'"实话"老友,那篇墓志铭棒极了。不过,少了一个短句。'而'老实话'表示为时已晚,铭文的排列很讲究,经过这么一弄,通常来讲,就再也插不进任何字眼了。'好吧,''老小心'说道,'我可以把它刻在背面。'于是,征得'老实话'同意后,他在石碑左下角,贴近底部的地方,添上了一行字:

"这一切的根源,是一笔来自朋友的借款。"

第 41 章

以假说破灭而告终

"你给我讲这个故事，"弗兰克仍扮演着某甲，高声说道，"究竟是何居心？我绝不可能认同这个故事，它的寓意令我无法忍受，更会使我丧失最后一点点生活的胆气。除了充满欢欣的信任，埃斯特对人们还有什么积极的启发？如果他始终勇敢，勤奋，乐观，结局会好吗？如果你企图通过这个故事，查理，让我感到痛苦，感到非常痛苦，那么你成功了。但是，如果你打算摧毁我最后的信心，赞美上帝，你并没有做到。"

"信心？"查理大呼，似乎仍全身心地沉浸于叙述情节的氛围之中，"这和信心有什么关系？故事的寓意我正准备为你揭示——其实是：朋友彼此扶助，乃属愚蠢之举。奥尔奇斯借钱给埃斯特，不就是他们关系疏远的第一步吗？实际上，那笔款子引发了奥尔奇斯的恨意,对不对?我跟你说,弗兰克,真正的友情,恰如其他珍贵的事物,切不可鲁莽地往里头掺沙子。朋友之间,还有什么比借钱更妨碍交谊?标准的坏事手段。请问,看到一位扶助者转变成一个债主,你作何感想?而一个债主兼朋友,这两重身份能一直不冲突?不,即使在最从容的情况下也办不到。出于宽仁而放弃债权,与其说他是一位友好的债权人,不如说他已经不再是一位债权人。然而,这样的宽仁并不可靠,不,富裕者不施予这样的宽仁,因为富裕者与穷困者相同,要遭遇各种性命攸关的紧急状况。他会出国旅行,会结婚,也会加入激进教派,或者类似团体和派系,更不用说他会做另外一些多多少少令旁人改变看法的事情。而且还有其他方面,可以对一个人产生很大影响,促使他转变,没错吧?"

"但是,查理,亲爱的查理——"

"容我说完。如果你不明白,无论我此刻看上去多宽容,多公正,都不能保证将来依然如故,如果你不明这一点,那刚才的故事你算白听了。亲爱的弗兰克,看到我变化无常,阴晴不定,天知道今后是什么样子,难道你还无动于衷,不换位思考一下?想一想吧。以你目前的需求,你愿不愿接受一笔朋友的借款,以你的家宅作为抵押,而且这么做时,即使知道它有可能落入一名仇人之手,你也毫不介意?这个人和那个人的区别,与同一人今天和明天的区别,两者实际上差不太多。毕竟,若他们的意志或本性坚如磐石,便不会改变想法,转换思维。即使有些人在情感和观念上认同不朽正义和永恒真理,他们也可能——这是我一己之见——仅仅是命运之神掷骰子造就的偶然结果。因为,不考虑事物的肇端,以及种种习性的根源,姑且将层次降低一些,那么请告诉我,假如你改变了某丙的经历,某丁的学识,纵使他们的信念不变,他们的智慧还会依然如故吗?日有所思,夜有所梦,同样,特定的经历、学识,生成特定的体验、信条。任何关于事物的变化及其规律的长篇大论,我都不想听。观念和感受的变化,不过是时间和潮流的变化。弗兰克,你不妨认为我一直在闲扯。但良知促使我向你表明,我确实不得不这么做。”

“但是,查理,亲爱的查理,这些算什么新观点?我不认为人类像你说的那样,是在宇宙间漂流的可怜杂草。否则他们又怎么会拥有自己的意志、向往、思想,以及自己的心灵?但是眼下,你再次把一切搞颠倒了,你前后矛盾,让我大吃一惊,深感诧异。”

“前后矛盾?哈!”

"那个腹语表演者又在发言了。"弗兰克苦涩地叹道。

这话先前讲过一次,意在表明埃格伯特没什么独创精神,却又无形中赞扬了他的恭谦顺从。门徒大概高兴坏了,放声呼喊:"是啊,我日思夜想,废寝忘食,琢磨我导师的崇高学问,而对你来说,很不幸,亲爱的朋友,我在**其中**没找到任何东西,能让我改变此时此刻的想法。够了:在这个问题上,埃斯特的遭遇发人深省,要比马克·温索姆或者我自己的所有言辞更切中要害。"

"我不这么觉得,查理,因为我既不是埃斯特,与他的处境也并不相同。埃斯特借钱是为了拓展自己的事业;我借钱是为了解决生计问题。"

"亲爱的弗兰克,你着装体面,你气色很好。为什么你要谈论生计问题,在衣不蔽体、食不果腹才算得上真正的生计问题时?"

"但我需要宽裕些,查理。眼下我只好非常痛苦地祈愿,你不妨忘了我这个朋友,而我是以伙伴的身份向你提出请求,显然,这样的请求你不会拒绝。"

"不会,不会。脱下你的帽子,跪到地上,在伦敦的大街上向我乞求施舍吧,即使你四肢健全,也不会白白浪费力气。但是,我告诉你,没人要往一个朋友的帽子里丢钱。如果你想变成乞丐,那么,为了高尚的友谊,我就变成陌生人。"

"够了,"世界漫游者喊道,他站起来,猛地一甩胳膊,似乎轻蔑地抛开了他一直扮演的角色,"够了。用马克·温索姆的思想指导行动,我不玩了。鄙人发现,他创立的这套哲学,表面上高深莫测,本质上却非常实用主义。但他为了表明自己的体系很完善,宣称其内容几乎包罗万象,跟世界一样复杂,我若信以为真,肯定是天生的大白痴。——聪明的门徒啊!你为何双眉紧锁,既虚掷了生命又浪费了灯油,最终却变成一个铁石心肠、头脑冷静的家伙?你那位卓越的魔法师传授的,任何一位衰弱、贫乏、枯涩的纨绔之徒可能都讲过。劳驾,快走吧,收好你那堆反人道的哲学思想的残渣。另外,拿着这一先令,等到下次靠岸,到码头上买些炸薯条,暖一暖你和你那位哲学家的冰冷性子。"

世界漫游者的表情极为轻蔑,他话音方落,立刻转身离开,抛下了埃格伯特,后者茫然无措,搞不清他们是何时从虚构角色切换回真实身份的,如果说两人的确有那么个真实身份。而之所以要计较这个"如果",是因为埃格伯特瞪着远去的世界漫游者时,他脑海中回响着下面这段熟悉的台词:

全世界是一个舞台,所有的男男女女不过是一些演员;他们都有下场的时候,也都有上场的时候。一个人的一生中扮演着好几个角色。①

---

① 这段话出自莎士比亚的喜剧《皆大欢喜》(*As You Like It*)第 2 幕第 7 场。译文引自朱生豪译本。

第 42 章

世界漫游者离开埃格伯特后,

走进了理发店,满口祝福

"上帝保佑你,理发师!"

此时入夜已深,理发师好一会儿没有顾客登门了。他独自闷坐,觉得自己应该同苏特·约翰和汤姆·奥桑特①好好乐一乐,或者,找来索姆努斯和摩耳甫斯②,这两个家伙很棒,尽管一个不够机灵,另一个又愚蠢又话痨,他说的我们听得多了,但明智之士从来不把它们当真。

总之,辛勤的理发师背对着明晃晃的灯盏,因此也背对着

---

① 苏特·约翰(Souter John)和汤姆·奥桑特(Tam O'Shanter)是苏格兰民族诗人罗伯特·彭斯(Robert Burns,1759—1796)的长诗《汤姆·奥桑特》(*Tam O'Shanter*)中的人物。两人是朋友,喝醉了,汤姆·奥桑特于是产生幻觉,看到了巫婆、巫师和魔鬼。

② 索姆努斯(Somnus)和摩耳甫斯(Morpheus)在罗马神话中分别为睡神和梦神。

门,正缩在椅子上打盹儿,做梦。所以当他突然听到世界漫游者真心诚意地道了声祝福,登时弹了起来,昏昏沉沉望着前方,却什么人也没看见,毕竟访客站在他身后。由于打盹儿、做梦、茫然困惑,那声音他听上去如圣灵显现一般。因此,这一刻,他呆若木鸡,两眼发直,还举着一只胳膊。

"哟,理发师,你打算伸手抛些盐去抓鸟儿吗?①"

"啊!"汉子转过身,如梦初醒,"只不过是个人在说话。"

"**只不过**是个人?听上去好像人不值一提。但别对我轻下结论。你管我叫人,跟索多玛的市民管那两个去罗得家的人叫天使一样②,跟犹太乡民管那两个从坟墓爬出来的人叫魔鬼一样③。理发师,仅依据人类的外表,你什么也推断不出来。"

"但我可以从您这番话里,从您的穿衣打扮上推断出一些东西来。"理发师得意地盘算着,重新以镇定的目光打量对方,又不免隐隐害怕单独与此人共处一室。世界漫游者似乎

---

① 典出斯威夫特《木桶的故事》(*Tale of a Tub*)第七节:"因此,人们把他们的才智投在一本书的后部,像男孩子们抛些盐在麻雀尾巴上,去逮麻雀那样。"(Thus men catch knowledge, by throwing their wit at the posteriors of a book, as boys do sparrows with flinging salt on their tails.)

② 典出《圣经·创世记》第 19 章。

③ 典出《圣经·马太福音》第 8 章。注释②③两处用典,属于作者对《圣经》故事的活用,与《圣经》原文关系相对不那么密切。

猜到了理发师的念头，愈加理性而庄重，仿佛在期待对方也能够这样。他说道："无论你猜到了什么，我都希望你能猜到，我想好好刮一刮胡子，"男人松开领巾，"理发师，刮胡子你拿手吧？"

"没有哪个经纪人比我更在行了，先生。"理发师回答。凭着在商言商的直觉，他向来访者自我举荐。

"经纪人？经纪人和肥皂泡有什么关系？我一直认为经纪人的业务是买入卖出证券和金银。"

"正是，正是！"理发师此刻将对方当成一个讲乏味笑话的家伙，全凭他顾客的身份，才获得了赞赏——"正是，正是！您说得完全正确，先生。请坐，先生。"理发师把胳膊搁在一张高背高扶手的深红色大皮椅上，它由一个底台支着，看起来挺像一个缺少了顶盖和帐幔的王座，"请坐，先生。"

"谢谢，"世界漫游者坐下来，"那么，请你解释一下经纪人的意思吧。哦，快瞧瞧——这是什么？"男子突然站起，用自己的长烟斗指着一面从天花板垂下的镀金布告板，它周围是五颜六色的捕蝇纸，好像一块酒馆招牌，"**勿信他人？**勿信他人意味着怀疑；怀疑意味着不自信。理发师，"世界漫游者兴奋地转过身来，"为什么如此多疑，非要写上这句可耻的信条？老天啊！"男人跺着脚，"如果说你告诉一条狗，你不相信它，则无异于冒犯了它,那么,用这句话来刺痛高傲的全体人类,又是何等的羞辱啊!先生,我真心实意!不过你至少很勇敢。你以阿伽门农的胆气,支撑着忒耳西忒斯的毒舌。①"

"先生,您讲的这些,我可不大擅长,"理发师相当懊恼,再度对他的顾客不抱希望,于是难免感到不安,"先生,我不擅长。"他又强调了一次。

"可你擅长牵着人们的鼻子走。我感到悲哀,理发师,你向来打心眼儿里瞧不起人。说实在的,若对人存有敬意,又怎么可能一直想要牵着他们的鼻子走?不过,我虽然知道这告示的意思,却不知道所为何事。给我讲讲吧,你干吗把它挂出来?"

"先生,您终于问到点子上了。"谈话不再拐弯抹角,理发师松了一口气。"这告示非常管用,省了我很多麻烦。没错,把它挂出来之前,我浪费了大量时间,积少成多。"他充满感激地瞥了它一眼。

"但是,你写给谁看?当然啰,你扯了这么一大通,并不意味着,你对人毫无信任可言,对吧?打个比方,"世界漫游者把

---

① 在荷马史诗里,忒耳西忒斯(Thersites)是一名攻打特洛伊城的希腊联军士兵,嘲讽阿喀琉斯,被后者所杀。阿伽门农(Agamemnon)是希腊联军的统帅。

领巾丢到一旁,再把衬衫往后一扔,重新坐到椅子上,望着理发师从一盏酒精灯上拎起个铜壶,动作机械地倒了杯热水,"打个比方,假设我对你说:'理发师,亲爱的理发师,真不巧,今晚我没带零票子,帮我刮胡子吧,我明天付钱。'——假设我这样说,你会不会相信我?你能否信任一个人?"

"如果是您那么做,先生,"理发师一边打泡沫,一边殷勤搭话,"如果是**您**那么做,先生,我不打算回答。没必要回答。"

"当然,当然——这也说得通,但不妨假设嘛——你会相信我,对不对?"

"哟——是的,是的。"

"那你为什么还挂这个牌子?"

"啊,先生,不是人人都像您一样。"理发师答得干脆利落,同时给顾客干脆利落地抹上泡沫,仿佛是为了干脆利落地结束争论。然而世界漫游者打了个手势,请对方停下来,好继续原先的话题。他说道:

"不是人人都像我一样。所以与大多数人相比,我要么更好,要么更差。你大概不是指我更差。不,理发师,你不是那个意思,不太可能是。因此,你应该是指,我比大多数人更好。但我还没自负到相信你这番话。我得承认,即使竭尽全力,我仍然做不到彻彻底底摆脱虚荣心。不过,跟你说认真的,理发师,我骨子里也并不急着成为一个多么无害、多么顶用、多么舒坦、多么令人愉快地怀揣荒谬激情的家伙。"

"大实话,先生。以我的名誉起誓,先生,您讲得非常好。可是泡沫很快就不热乎了,先生。"

"理发师,冰冷的泡沫总比冰冷的心要好。为什么挂那块冰冷的牌子?啊,我明白了,你希望省去认错的麻烦。你心里清楚,那句话有多恶劣。但是,理发师,此刻我看着你的眼睛——以前你母亲想必也曾这样看着你的眼睛——我敢肯定,尽管你可能拒绝承认,那告示的精神与你的本性不符。好,姑且抛开生意经,我们不妨抽象地考虑考虑。总之,假设有这么个场景,理发师,我是说假设,你遇到一位陌生人士,无须细究他长相如何,反正容貌堂堂正正。好,理发师——凭着你的良知、仁厚,扪心自问,你对此人的印象怎样?他完全是个陌生来客,那么,你会不会把他视作一个无赖?"

"当然不会,先生。绝对不会。"理发师出于人道而心生厌恶,大喊道。

"你会否依据他的长相——"

"打住,先生,"理发师说,"这跟长相没关系,您得知道,先生,知人知面不知心。"

"我给忘了。好吧,那你会否**背着**他下判断,认为他说不定天性纯良,是一位正直之士,你会否这么做?"

"我有可能这么做,先生。"

"好吧——请刷得轻一些,理发师——假设那名正直之士夜间跟你在客轮的某个黑暗角落相遇,你看不到他长什么样,而他请你先帮他刮胡子,回头再付钱——你怎么办?"

"我不打算相信他,先生。"

"但是,难道不应该相信一名正直之士?"

"嗯——嗯——应该相信,先生。"

"所以呀! 这下你明白了吧?"

"明白什么?"理发师相当恼火,感到困惑。

"哦,理发师,你自相矛盾了,是吧?"

"我没有。"汉子油盐不进。

"理发师啊,"世界漫游者思索片刻,严肃说道,"我们的大敌有句俗语:伪善是人类最普遍、最根深蒂固的恶行——持续阻碍着我们真正进步,无论是个体的进步还是全世界的进步。好了,理发师,既然你这么固执,何不为这通毁谤辩护辩护?"

"神气活现呀!"理发师失去了耐性,不乏尊重地大喊道,"固执?"他用小毛刷戳得杯子啪啪作响,"您究竟刮胡子还是不刮?"

"刮,理发师,我很高兴刮一刮。但请你压低点儿嗓门。唉,你这么咬牙切齿地过日子,会很不舒服的。"

"我过得挺舒服,跟您过得一样舒服,也跟任何人过得一样舒服!"理发师大叫道。对方的好脾气看来非但没能够安抚他,反倒刺激了他。

"我时常发现,指摘类似于苦难这样的事物,会让某些人特别恼怒。"世界漫游者若有所思,几乎在自言自语,"生活幸福不过是次等的美好,较差的恩泽,所以本人对指摘苦难没什么兴趣,而我也注意到,余下众人同样很奇特。劳驾,理发师,"男子抬起头,眼神无辜,"你认为哪一种人更高贵?"

"您拉拉杂杂说了这么多,"理发师不为所动,大声道,"重复一遍,我不感兴趣。再过几分钟我就关店了。您还刮不刮胡子?"

"刮吧,理发师。我怎么就妨碍你了?"世界漫游者的表情灿烂得像一朵花。

理发师动手刮胡子,全程静默无声,直到他不得不再弄些泡沫——世界漫游者没有放过这个机会,回到先前的话题。

"理发师,"男人小心翼翼,试探着展现友善,"理发师,对我耐心点儿吧。请相信,我无意冒犯。我一直在琢磨那个蒙脸先生的例子,却无法摆脱这么个印象:你拒绝回答我提出的问题时，样子跟其他许多家伙差不多——也就是说，你对人时而信任，时而不信任。我想问，你认为一位明智之士对人既怀揣信任，又抱持怀疑，这合乎理性吗？难道你不觉得，理发师，你应该作出抉择？难道你不觉得，要么说'我信任所有人'，并且摘下你那块告示牌，要么说'我怀疑所有人'，并且留着那块小板子，这样才不会自相矛盾吗？"

世界漫游者心平气和得甚至不乏恭敬的提问方式，多多少少触动了理发师，同时，与之相应，还多多少少安抚了他。这也让理发师陷于沉思。他没有按原先的打算，从铜壶里倒出更多热水，而是终止动作，攥着空杯子，停顿了一会儿才说道："先生，希望您别冤枉我。我没说，也不可能说，也不会说，我怀疑所有人。但我确实说过，别相信陌生人，所以，"他指着告示牌，"勿信他人。"

"可是你瞧，我求求你，理发师，"世界漫游者言辞恳切，并不指望理发师改变自己的暴脾气，"你瞧，若说陌生人不可信，这岂不意味着世间之人都不可信。毕竟，面对芸芸众生，一个人如何去认识他们？嘻，嘻，朋友，"男子乐呵呵道，"你不是泰门，认为芸芸众生不值得信赖。摘下你的告示牌吧。它很没人情味。泰门在他洞穴外面的骷髅头前额上，用木炭写过差不多的文字。摘下来吧，理发师，今晚就摘下来。相信我。姑且在这次短短的航程里试着信任别人。好了,我是个慈善家,保你不会损失一分钱。"

理发师冷漠地摇了摇头,回答道,"先生,请原谅。我还有家小要养活。"

第 43 章

魅力非凡

"敢情您是一个慈善家呀,先生,"理发师似有所悟,补充道,"那一切就说得通了。慈善家向来非常古怪。先生,您是我遇到的第二个慈善家。确确实实,慈善家,非常古怪。啊,先生,"男人搅动着杯中的小毛刷,又一次陷于沉思,"恐怕,很抱歉这么说,你们慈善家对慈善的理解,比你们对人的理解更肤浅。"理发师瞪着世界漫游者,犹如瞪着笼子里的珍禽异兽,"敢情您是一个慈善家呀,先生。"

"我是爱世者,一个喜欢人类的人。① 而且,我可不像你,

---

① "我是爱世者,一个喜欢人类的人。"(I am Philanthropos, and love mankind.)此句仿拟了莎士比亚喜剧《雅典的泰门》第5幕第3场中泰门的一句话:"我是恨世者,一个厌恶人类的人。"(I am Misanthropos and hate mankind.)译文引自朱生豪译本。

理发师,我相信他们。"

理发师这时突然想起了手头的活计,他本该给杯子倒满热水,但刚才用完铜壶,他并没有把它重新搁回酒精灯上。现在他搁回去了。加热铜壶的当儿,理发师变得友好可亲,仿佛加热的不是水而是威士忌,他口若悬河,足以媲美传奇故事里那些快活的理发师。

"先生,"他坐在顾客身边的王座上(同一个底台支撑着并排的三个王座,似乎是为科隆的三王①而准备的,他们是理发师的守护圣徒),说道,"先生,您自称相信世人。好吧,假如我从事的这个行当,不至于让您打退堂鼓,那么我估摸,我应该也可以分到些许您的信任。"

"我大概明白,"世界漫游者一脸悲戚,"有些人的盘算跟你不同,但言谈相差无几——他们当中不乏律师、议员、编辑,还有其他行业的人士,这些人一个个怀着奇特、阴郁的矜傲,声称自己的使命是为我们提供最明白无误的证明,好让大伙相信人其实天性低劣。所有这些个凭据,如若可靠,不难彼此印证,给一个正常人的思想纠偏。但是,不,不,错了——全然

---

① "科隆三王"(three kings of Cologne)是指耶稣基督诞生后,前去朝拜的东方三圣。德国的科隆大教堂内有一巨大的黄金神龛,据说其中供奉着三位圣人的遗骸,故三位圣人又被称为科隆三王。

错了。"

"有道理,先生,非常有道理。"理发师表示赞成。

"你能这么看,我很高兴。"世界漫游者神采飞扬。

"别高兴得太早,先生,"理发师说,"我同意您说的,律师、议员、编辑的想法不对头,但这些人的错误仅限于,他们主张以各自的专业知识去解决问题。实际上,先生,您也看到了,我们通过种种业务、工作来接触现实,而这些业务或工作,先生,都能够让人深入现实。"

"这究竟是**如何**做到的?"

"唉,先生,依我看——过去二十年间,我时不时思考这个问题——欲知人,必然已有所知。我这么说并不轻率鲁莽,没错吧,先生?"

"理发师,你像在传达神谕——晦涩,理发师,相当晦涩。"

"哈,先生,"汉子不无自满,"理发师向来是神谕传达者,至于晦涩嘛,我可不承认。"

"但是,请问,你认为,这神秘的事业究竟可以从你的行当中获得什么益处?确实,刚才也聊到了,我同意,当个剃头匠,就得好好整饬人们脑袋上的毛发,这大概不怎么走运,非常不走运。而且即便如此,仍不难想象,你那异乎寻常的自负受到了刺激。但我希望讨教的问题是,理发师,你只不过修整了众人脑袋的表面部分,凭什么不相信他们内心的东西?"

"哦,先生,不说其他,单说一个人能否一辈子跟发油、染发剂、化妆品、假胡子、男女假发打交道,还依然相信人就是他看上去那个样子? 先生,当一名办事周全的理发师在精心安置的帘子后面,刮掉一颗脑袋上稀疏、槁枯的发茬,给它套上熠熠生光的褐色鬈发,再把它打发到人间,您对这样一名理发师的思想有何高见? 而顾客呢,跟帘子后面的羞惭神色相反,跟害怕熟人觑见的表情相反,他怀着愉快的确信,引人侧目的自豪再次走到街上,某个老老实实、头发蓬乱的家伙还谦卑地给他让路。先生,他们可以说真理无所畏惧,不过我这行当教导我,真理有时候很怯弱。谎言,谎言,先生,大胆的谎言才是狮子!"

"你曲解了格言①,理发师,你可悲地曲解了它。你看,何不这举例分析:有个庄重的男人突然赤身裸体冲到街上,难道他不觉得丢脸? 把他拽进来,给他穿上衣服吧。他能否重拾信心? 穿和不穿两种情况,都有些什么指责? 好,整体的真实性,与部分的真实性成正比。秃头相当于裸体,假发相当于外套。想到一个人的脑袋有可能裸露便不舒服,再想到我们会

---

① "格言"的原文为"moral",又有"道德"之意。"曲解了格言"(twist the moral)还可以作"歪曲了道德"解,一语双关。

给它穿上衣服又觉得安慰——这些感受,并非秃子的耻辱,实乃对他自己和他的伙伴们的一种适当尊重。至于说这是欺骗,那你不妨将高档别墅的高档房顶也称为欺骗,毕竟高档房顶跟高档假发一样,同属人造物,盖住头部,而且在一般人眼里,它们都对使用者起到了装饰作用。——所以,亲爱的理发师,我驳倒你了;我击败你了。"

"请原谅,"理发师说,"我不认为您赢了。没人会把外套或房顶当成自己的一部分,但秃子出于他本身的需要,会把头发,不是他的头发,当成自己的一部分。

"不是**他的**,理发师?如果他公平交易买到了他的头发,法律将保障他的所有权,即使它是从别人脑袋上生长出来的。你才不相信自己说的,理发师。你只不过在开玩笑。我可不认为,你会高高兴兴跟自己指责的骗术做交易。"

"啊,先生,我得糊口呀。"

"那你相信自己这么干不违背良知吗? 转行吧。"

"转行也于事无补,先生。"

"那么你认为,理发师,所有行当和职业在某种程度上都差不多啰? 按照这个结论,"世界漫游者一抬手,"理发师这一行真要命了,可怕得无以言表。理发师,"他激动地盯着对方,"在我看来,你不像一个异端,一个被误导的人。好,让我指引

你走上正轨吧。让我帮助你再度相信人性,而且只需借用理
发师这一行说理便足矣,也正是这一行,导致你对人性产生了
怀疑。"

"您的意思是,先生,要我试着摘下那块告示牌,"理发师
又一次用刷子指着它说,"可是——哎呀,我们闲聊的空儿,水
已经开了。"

言辞间,理发师一脸自得、狡黠、惬意的表情,仿佛成功实
施了小小诡计。他赶忙走到铜壶旁边。很快,他的杯子便溢
满了白色泡沫,犹如一扎鲜啤。

这时候,世界漫游者本想继续刚才的话题,但机灵的理
发师一个劲儿挥动小毛刷,弄得他脸上全是泡沫,好似波浪
滚滚,根本没办法张口说话,那阵势堪比一位即将在海水里
溺毙的牧师要劝诫木筏上的同伴悔罪一样。除了闭上嘴巴,
他做不成任何事。这段间歇无疑可用来沉思。终于,脸部彻
底清爽了,世界漫游者离座起身,洗手,洗脸,提一提神,再整
理好衣服,最后,很奇怪,竟以不同于先前的态度跟理发师交
谈。很难准确描述其态度,只能泛泛说那是一种迷人的、温
和的、模棱两可的寓言式态度,有点儿像某些野生动物的态
度,具有令别人信服的力量——能够吸引其他动物的眼球,
即使受吸引者极不情愿,甚至强烈反抗,也休想摆脱。以这

种态度说话,下结论就不那么突兀了。毕竟,到头来,所有争论和规劝皆是徒劳一场。理发师抵挡不住攻势,被说服了,同意按照商定的做法,试着相信他人,权当此次航行的纪念。诚然,为维护自由职业者的信誉,理发师大声宣布,他同意这么干仅仅是出于好奇尝新,并且要求对方像之前说的那样,自愿提供担保,不使他蒙受损失。尽管如此,他仍旧有可能因信任别人而蒙受损失,而以往他从未信任过别人,至少从未毫无保留地信任过别人。除此之外,考虑到维护自己的信誉,他还提出了一点要求:协议必须白纸黑字写清楚,尤其担保这一条。世界漫游者并无异议。纸、笔、墨水已经摆好,男人坐下来,庄重有如公证员。但提笔之前,他瞟了一眼布告板,说道:"先摘下那块牌子,理发师——那块泰门的牌子,摘下来吧。"

根据达成的协议,理发师照办了——尽管有些不情不愿——他给自己留了条后路,将布告板放进一只抽屉,仔细收好。

"那么,我写了,"世界漫游者挺直身子说,"唉,"他叹息道,"我恐怕是个糟糕的律师。你瞧,理发师,我不习惯这么一种交易:忽视荣誉的准则,匆匆达成协议。奇怪呀,理发师,"男人捏着白纸,"薄薄一页文书,能产生如此强大的约束力,如此可鄙的约束力。理发师,"世界漫游者停下来,"我不打算白纸黑字写下来。这关系到我们共同的荣誉。我会相信你的承诺,而你也应该相信我的承诺。"

"但是,先生,您的记忆没准儿不够好。对您来说,白纸黑字有好处,相当于备忘录,合理吧。"

"还真是这样!是啊,它同样也可以帮助你记忆,对不对,理发师?你的记忆,从你的立场看,我敢说,也差了点儿意思。啊,理发师!我们人类是多么智慧,我们又是多么包容彼此,对不对?哎,理发师,还有什么能更好地证明,我们互相体谅,我们同气相求?不如谈交易吧。让我瞧瞧。理发师,你叫什么名字?"

"威廉·克林姆,先生。"

世界漫游者思索片刻,开始动笔。然后,经过一番修改,他抬头坐好,大声宣读如下:

协议

甲方:弗兰克·古德曼,慈善家,世界公民

乙方:威廉·克林姆,密西西比河"忠诚号"汽轮理发师

甲方同意,本次航程的余下时间里,若乙方因信任他

人而在其业务上造成一定损失,甲方负赔偿之责。**条件是**,乙方在协议生效期间,将其写有**"勿信他人"**的布告板摘下,并且,不以另外方式,包括不以暗示或公开声明等方式,让人倾向于认为自己在乙方的业务范围内,在上述规定时间内,得不到乙方信任。与此相反,乙方应以恰当且合理之言辞、举止、态度,以及神情来表明,其对所有人,尤其是陌生人,皆抱持极大信任。如有违反,协议作废。

一八某某年,四月一日,二十三点四十五分,于前述"忠诚号"汽轮,前述威廉·克林姆店铺内,诚立此约。

"好了,理发师。这样行吗?"

"行,"理发师说,"只差签上名字了。"

双方签字盖章。既然是理发师提出的要求,文书自然该由他来保管。不过他为了安心,仍建议两人一起去找船长,把文书交给船长保管——理发师说,这么做更稳妥,因为船长必然是利益中立方,不仅如此,在这件事情上,即使有人违反协议,船长也得不到什么好处。世界漫游者听罢,表现出些许讶异和担忧。

"哎,理发师,"他说,"这可不对头。我嘛,我完全相信船

长是个正人君子,但他跟咱们的事情不沾边。理发师,我相信
你,即使你不相信我。拿着,文件你自己保管吧。"世界漫游者
将协议大度地递给对方。

"很好,"理发师说,"现在,除了收您一笔现金,没有任何
问题了。"

大凡提到"现金"这个字眼,或者它为数众多的同义词,几
乎就意味着催促某人掏腰包,所以多多少少会让他神情发生
变化,而且往往是让他神情猛地冷下来——换成其他人听见,
脸孔会扭曲、歪拧到未免可怕的程度,又或者面色苍白,惊恐
之至——但你从世界漫游者脸上看不到一丝一毫此类迹象,
尽管理发师的要求非常突然,令人措手不及。

"你提到现金,理发师。请问为什么?"

"因为,先生,"理发师直白答道,"我想起有个言语动听的
男士希望我信他一回,帮他先刮胡子,还用一个八杆子打不着
的理由来搪塞我。"

"是吗,你怎么跟他说的?"

"我说:'谢谢,先生,但我不明白为什么要相信您。'"

"你怎能给一个言语动听之人如此生硬的回答?"

"因为我记得西拉之子在《传道经》里讲过:'仇敌的唇舌

出言甘甜。'①所以我听从了西拉之子相应的建议:'不要信靠他所说的一切。'②"

"理发师,这等充满怀疑的训示,你说出自《传道经》,那么它的依据当然是《圣经》啰?"

"是的,还有很多类似的段落,不妨读一读《箴言书》。"

"嚯,那就怪了,理发师。我可从没见过你引用的句子。睡觉前,我得翻翻《圣经》,今天客房桌子上放了一本。注意呀,对进门的顾客,你不可再这么转述《传道经》,否则等同于违反我们的协议。但你一口气签掉了那些个劳什子,肯定想不到我有多高兴。"

"别高兴,先生,您如果没现金,协议就作废了。"

"又是现金! 你究竟什么意思?"

"哎,在协议这一条上,你保证,先生,要让我免于一定的损失,而且——"

"一定? 难道你一定会损失?"

---

① "仇敌的唇舌出言甘甜"(An enemy speaketh sweetly with his lips),语出《传道经》(Ecclesiasticus)第 12 章。《传道经》不是《圣经》中的《传道书》(Ecclesiastes),它又称《便西拉智训》,属于基督教次经。另,在原文中,理发师并没有用"Ecclesiasticus"一词,而是用"the True Book"来指《传道经》,字面意思是"真理之书"。

② "不要信靠他所说的一切"(I believed not his many words),语出《传道经》第 13 章。

"哎,我们用这个词,应该不至于有歧义,我也没想着要制造歧义。我的意思是一定**得**损失;您明白吧,**必定**损失。换句话说,必然损失。所以,先生,除非您预先付我一笔保证金,否则仅凭签字和几句话,想一直让我踏踏实实,那怎么够呢?"

"我懂了。必须实物保证。"

"对,我也不漫天要价,来五十美元吧。"

"这是一个什么样的开端啊?你,理发师,将在一段时间内不怀疑他人,信赖他人,而为了迈出第一步,你就向敦请你这么做的人提了个要求,从中看不到丝毫信任。当然,五十美元是小意思,我乐得让你满意,但很不凑巧,我身上没揣太多零票子。"

"您行李箱里总该有钱吧?"

"肯定啊。可是你瞧——其实,理发师,你必须言行一致。不,眼下我不会给你这笔钱,我不会让你那样违背我们协议的最本质精神。晚安吧,回头见。"

"等等,先生——"理发师吱吱唔唔道——"您忘了什么东西。"

"围巾?——手套?不,我没落下任何东西。晚安。"

"等等,先生——刮——刮胡子的钱。"

"啊,这个确实忘了。但我突然想到,我不该现在就付钱。

看一看协议。你必须信任他人。喏,你得到了保证,可免于损失。晚安,亲爱的理发师。"

说着,他优哉游哉离开了,留下了一头雾水的理发师,在身后直勾勾瞪着他。

但好奇心一如自然哲学,在不合适的地方难以发挥作用,因此理发师没多久便恢复了冷静,不再胡思乱想。而这么说的第一个明证也许是,他从抽屉里取出告示板,挂回原先的位置,随后又撕掉了那份协议。理发师觉得,这样更自在些,反正人海茫茫,他大概再也遇不到那个拟定协议的家伙了。无论他这想法有没有充分的理由,世界漫游者已不见踪影。然而,接下来几天,优秀的理发师向朋友们讲述这一夜的不凡经历时,坚持把那位奇怪的顾客说成是"耍人者"——好比印度的"耍蛇者"——朋友们一致认为,理发师这人**极具创意**。

第 44 章

本章要讨论上一章的最后四个字, 如果读者
还没有忽略它们, 或多或少会对讨论感兴趣

"极具创意"①: 这个短语, 我们认为, 相较于年长者、学识渊博者和周游列国者, 往往是年轻人、没文化的人和不旅行的人更经常使用。当然, "独创性"在一个幼童眼里最了不得, 而在一个接受过完整科学教育的成人眼里, 很可能最没价值。

至于虚构作品的独创性, 读者若有幸遇着, 必深怀感念, 铭记不忘。没错, 有时候我们听说某位作家在一部著作里塑造了三五十个诸如此类的角色。不无可能吧。但他们在独创性方面很难与哈姆雷特, 或堂吉诃德, 或弥尔顿的撒旦相提并论。所以, 从绝对意义上讲, 他们毫无独创性。他们要么新颖, 要么古怪, 要么吸引眼球, 要么富于魅力, 要么以上四者兼备。

---

① "极具创意"(Quite an original)曾在本书第 1 章用来形容那个神秘的骗子手, 而关于他的悬赏告示, 下文则说成是海报。

也许，称之为奇特的角色更合适。但如此一来，与其说作者具有独创性，不如说他以自己的方式展现了奇特的天赋。而独创性又源于何处？或者这么问：小说家在哪儿找到它们的？

众多小说家在哪儿找到作品人物的？大部分自然是在城镇里。每一座了不起的城镇都相当于一场表演，小说家来此收集素材，如同农场主来牲畜交易场选购牛马。但在集市上，新品种的四足动物挺常见，而城镇的新奇者，即与众不同的人士——相对罕见。他们数量稀少的原因可归结为：奇特不过意味着角色的外貌举止奇特罢了，而具有独创性，意味着角色的灵魂独一无二。

总之，在虚构作品里，情节配合着人物的性格特征，昭示了他们的伟大，正如在真实历史当中，哈姆雷特是一位新时代的立法之君，堂吉诃德是一位勇于改革的哲学家，而弥尔顿的撒旦是一位新宗教的创建者。

几乎每一个具有独创性的角色，无不彰显了地域、时代赋予他们的某些特质，可这在作品中往往着墨较少，因为文学创作的原则是，应以细节描写来呈现这些特质。

此外，思考一番便不难发现，让作品角色富于独特性的，其实是一些难以言状、相当自我的东西。这类人物并不以他们的特质笼罩周遭,然而,独创性人物大多如同一束旋转的德拉蒙德光①——将近旁一切照亮,成为它们的源泉(想想哈姆雷特的情况),因此在某些人看来,这个角色便十分丰满,效果类似于《创世记》中万物初创给人留下的特别印象。

所谓天无二日,出于几乎同样的原因,一部虚构作品当中也只能有一位该等级的独创性人物,否则必致混乱。据此观点,若一本书里存在多个那样的角色,倒不如连一个都没有。但新鲜、奇异、闪亮、古怪、反常的角色,以及各种各样逗人发笑、富于教益的角色,一部好小说又岂可缺少他们。为了创造这些角色,作者首先得见多识广,目光还得锐利。而要写出且只写出一个独创性人物,他得非常幸运。

小说这一现象和世上所有现象之间唯一的共同点大概是:它们无法凭作者的想象力生成。在文学领域,在动物界,这个真理一律适用——所有生命皆来自一枚卵。

为了尽可能呈现**极具创意**这一短语的不当之处,我们像理发师的友人那样,不知不觉陷入了一个相当枯燥的话题之中,时时若坠烟雾。与其如此,何不好好利用这烟雾,借着它的掩护回到故事上来,并铆足劲头,使叙述圆融稳妥。

①　德拉蒙德光(Drummond light),即石灰光(lime light),由托马斯·德拉蒙德(Thomas Drummond,1797—1840)发明,一度用于灯塔的照明。

第 45 章
世界漫游者越发严肃

男士客舱中央,亮着一盏大灯,它从天花板垂下来,磨砂玻璃的球形灯罩上满是斑斓陆离、富于幻想色彩的透明图案,长角的祭坛①自火焰中升起,与一名穿长袍者交相辉映,此人的头颅环绕着晕轮。大灯的耀眼光芒抛洒在雪白的圆形大理石上——它是一张桌子的台面——阴影如石块入水激起的涟漪,向四周扩散,层层加深,到达房间的角落时已是一片昏暗。

其余灯盏悬挂于各处,它们徒具外观,好像荒芜的行星,并不发亮,这要么是因为油料烧干了,要么是因为躺下的乘客觉得灯光刺目,熄灭了它们,那些人想睡觉,不想再费眼睛。

---

① 长角的祭坛(horned altar),典出《圣经·出埃及记》:"要在坛的四拐角上作四个角。"(And thou shalt make the horns of it upon the four corners thereof.)有学者认为,"穿长袍者"和"长角的祭坛"象征《圣经》。

离客舱中央不远的某张床铺上,有个不通情理的汉子希望灭掉那盏亮灯,但乘务员不许他这么做,说船长下令,要它一直亮着,直到白天的自然光把它盖过。这名乘务员,正如其他许多乘务员一样,有时候口无遮拦,而那个顽固的汉子令人恼火,不仅让他想到舱房漆黑一片没准儿会导致祸事,还让他想到在一个挤满了陌生旅客的地方,有人急于制造出黑暗,这份急切,至少也很不合时宜。因此,那盏硕果仅存的大灯得以继续放光,不少人偷偷感到高兴,另一些人则暗骂不已。

有位穿着整洁、仪表堂堂的老者一个人坐在孤灯下读书,灯光照亮了搁在桌子上的书本,他头发像大理石一样白,面容与我们想象中那个西缅①颇为神似。此时此刻,他注视着我们的诚信大师,给予祝福后平静离开了。老者可能是个富裕的农场主,他外表整洁,不失俊朗,头发如大理石般雪白,两只手的棕褐肤色,很明显来源于往昔许多个夏季的累积,而不仅仅是当前这个夏季的成果。他一生艰苦劳作,如今愉快地抛开了活计,在火炉边颐养天年——老先生七十岁上下,但心气仍像十五岁小伙子一般蓬勃,对他这种人来说,避世闲居比学识渊博益处更多,最终他们将凭此得入天堂,免受凡尘玷污,只

① 西缅(Simeon),《圣经》人物,利未之父。

因一直保持着无知状态。正如某个乡下人住进了一家伦敦的旅馆,却从未外出观光游览,所以他离开伦敦时,也就不曾在其浓雾中迷路,不曾在其泥泞街道里弄脏鞋子衣裤。

世界漫游者走了进来,通身散发着理发店的味道,好比一位新郎步入洞房,喜气洋洋,似可颠倒昼夜。但他随即看到了那位埋头阅读的老者,于是压住兴奋,轻轻凑过去,在桌子另一端坐下来,一声不吭。从表情上看,他好像在等待对方先搭讪。

"先生,"老者抬起头,困惑地看了他一阵子,说道,"先生,"他说,"别人会把这儿当成咖啡厅,战争时代的咖啡厅,我正在读报纸上的重大新闻,而报纸只有一份,因此您坐在那儿,十分焦急地望着我。"

"所以说,先生,您**有**好消息——最好的消息。"

"好到难以置信。"从一张垂挂帘子的床铺传来话音。

"听,"世界漫游者说,"谁在梦呓。"

"是啊,"老人说,"而您呢——**您**似乎也在梦呓,先生。您明明知道,我在读一本书——《圣经》,却说我在看报纸,看新闻,先生,这又是为什么?"

"知道,知道。而且等您把它读完了——不必急于一时——我会为此感谢您。我相信,它属于这艘船——是向乘客提供的读物。"

"哦,拿去,你拿去!"

"不,先生,我根本无心搅扰您。我只是想解释一下,为什么我在这儿等着——绝无他意。请继续,先生,否则我该为难了。"

这通客气话奏效。老人摘下眼镜,表示已读完想读的章节,将书本递给对方。世界漫游者接下它,回致谢忱。他读了几分钟,神色由专注转为凝重,又由凝重转为某种痛苦,随即缓缓放下书,重新望向老先生。此人一直友善而好奇地注视着他。世界漫游者说:"年长的朋友,您能否为我解答一个疑惑——一个令人困扰的疑惑?"

"有些疑惑,先生,"老人应道,"有些疑惑,先生,如果它们存在于凡人心中,便不是凡人可以解答的。"

"确实如此;不过,姑且听听我的疑惑吧。我一贯赞许人性。我爱自己的同类。我相信他人。但差不多三十分钟之前①,我听到了什么?有人说我会看见书中有这样一行字——'不要信靠他所说的一切——仇敌的唇舌出言甘甜。'——此人又说,我还会读到更多类似的句子,它们全在这部经里。我

---

① 世界漫游者与理发师订立协议是在 23 点 45 分,所以此时已过零点。有分析认为,这表明愚人节宣告结束。

可不那么认为,所以自个儿跑来翻一翻书。我看到了什么呢?
不只他援引的句子,还有另外许多引人注目、意思相近的句
子,例如,'他与你长谈,是要试探你。他向你胁肩谄笑,使你
信托他,并且问你需要什么。若是他用着你的时候,他拿你当
奴隶。倘使你穷困,他绝不顾恤你。你须留心防备。当你在
梦中听到这些事,就要警醒。'①"

"书里描述的骗子是谁?"话音再度从那张床铺传来。

"他果然没睡,对吧?"世界漫游者诧异地循声望去,"跟刚
才是同一个声音,对吧? 那个说梦话的怪家伙。请问,他的铺
位在什么地方?"

"别管**他**,先生,"老人焦急道,"恳请如实相告,您真是在
读这本书吗?"

"是呀,"世界漫游者语气一变,"我信任他人,助益他人,
所以对我来说,它苦似胆汁。"

"啊,"老人颇为动容,"您莫非要说,您刚刚复述的那些句
子,真是这本书里头的? 从小到大,我读了它七十年,没读到
过任何类似的东西。让我瞧瞧。"他急切地站起来,绕过桌子
走近对方。

---

① 皆出自《传道经》第 13 章。

"在这儿;还有这儿——这儿。"——世界漫游者翻开书页,逐一指出那些句子。"这儿——全在《便西拉之子,耶稣的智慧》①里。"

"哦!"老人神情一振,喊道,"这下我明白了。看,"他前后翻动纸页,将《旧约》的所有篇章归拢到一侧,又将《新约》归拢到另一侧,手指拎提着两者之间的纸张,"看,先生,右边这部分是真经,左边这部分是真经,而我捏着的这部分是伪经。"

"伪经?"

"对。这儿写得清清楚楚,"老人指着字,"它意味着什么? 差不多意味着内容没得到正式承认。而对于类似的文章,学者们怎么说的? 他们说那是伪经。我听牧师讲过,这个词本身就代表着可疑。所以,如果伪经的某些内容使您感到不安,"老人又拎起了书页,"别太当一回事,毕竟它是伪经。"

"那么《启示录》呢?"声音第三次从铺位上传来。

"他一直没睡,是吧?"世界漫游者再度循声望去,说道,"不过,先生,"他接上话头,"关于伪经,多亏您提醒了我,感激

① 即《便西拉智训》,亦即《传道经》。

不尽。我没有意识到这一点。实际上,把真经伪经全搁在一块儿,容易让人搞混。不属于正典的篇章,应该另作一册。而且,我认为,那些饱学多闻的博士为我们剔除了整本便西拉之书,做得非常好。我从未阅读过如此刻意摧毁人与人信任的文字。这位便西拉的儿子甚至说——我刚刚才看见:'谨防你的朋友。'①注意,不是谨防你的酒肉朋友,虚情假意的朋友,权且搭伙的朋友,而是谨防你的**朋友**,你真正的朋友——这等于说,尘世间最值得信任的朋友,也不应毫无保留地信任。拉罗什富科能与之匹敌吗?如果说拉罗什富科的人性观来源于此公,跟马基雅维利的状况一样,我丝毫不会觉得奇怪。而这还称作智慧——便西拉之子的智慧! 智慧,当真啊! 那得是多么丑陋的智慧! 说实话,我宁愿看一出滑稽戏,哈哈大笑几声,也不接受令人作呕的智慧。不,不,这不是智慧,这是一部伪经,诚如您所言,先生。宣扬他人不可信的文章,又凭什么值得信任呢?"

"我来给你们上一课,"还是那个声音,只不过嘲讽的语气淡了些,"如果你们两个因无知而无眠,就不要吵得智者也没法好好睡觉。如果你们想搞清楚什么是智慧,去盖上毯子,到

————————
① "谨防你的朋友"(Take heed of thy friends),语出《传道经》第6章。

梦里寻找。"

"智慧?"另一个人土腔土调地喊道,"半夜三更的,两只蠢鹅在那儿瞎嚷嚷,智慧啥呀?上床吧你们,两个活宝。还追求智慧呢,别太欢实,烧到了手指头!"

"说话得小声点儿,"老者说,"我们大概惹恼这些人了。"

"如果智慧惹恼了哪一位,我十分抱歉,"世界漫游者说,"不过诚如您所言,我们说话得小声点儿。继续吧:设想一下,我阅读那些段落时,脑袋充斥着不信任他人的观念,这非常难受,您不觉得惊讶吗?

"不,先生,我不惊讶。"老者说,继而补充道:"您这番话让我意识到,您思考问题多少跟我有点儿相似。您认为对受造物的不信任,可以说就是对造物主的不信任——哎,这位年轻朋友,怎么啦?已经很晚了。你有何贵干?"

老人是在向一个男孩发问。他穿着一件敝旧脱线、皱巴巴的黄色亚麻布外套,从甲板走进船舱,赤脚踩到软软的地毯上,所以一直没被察觉。小家伙的红色法兰绒衬衫相当破烂,褴褛不堪,飘动的布絮与黄色外套的布絮相混杂,将他点燃,有如画卷里一位**宗教裁判所**的牺牲者身披长袍,正在承受刑火。同样,他的脸庞泛着世故的油垢光泽,两颗乌溜溜的眼珠子镶嵌其间,仿佛煤精闪闪发亮。他是一名少年小贩,或者一位"**行商**"①(礼貌的法国人会如此称呼他),专向乘客兜售针头线脑。他没有铺位休息,在船上四处游荡,透过舱房的玻璃门觑着那两人,心想虽然很晚了,但没准儿仍可以做成一点生意。

不仅如此,他还揣着个稀奇物件——一扇迷你的桃花心木门,用铰链搭接在门框上。它处处精美,只有一个缺陷,不久你便会看到。少年故意将这扇小木门放在老人面前,后者盯着它瞧了一阵子,说道:"收起你的玩具吧,孩子。"

"嘿,但愿我永远不要这么老,也不要这么睿智。"脏兮兮的少年笑道。他露出猎豹似的牙齿,如同穆里略②画笔下那些贫穷无依的野孩子。

"魔鬼正发笑呢,对吧?"铺位又传来土腔土调的声音,"老天在上,魔鬼从智慧之中找到什么可笑的东西?跟你们睡一块儿,你们这些个魔鬼,真没谁了。"

"瞧,孩子,你吵到那个人了,"老者说,"不许再笑了。"

"啊,唉,"世界漫游者说,"请别这么讲。别让他觉得,可怜的发笑者因为天底下有个傻瓜而受困遭罪。"

---

① "行商"原文为法语单词"marchand"。
② 巴托洛梅·埃斯特万·穆里略(Bartolome Esteban Murillo, 1618—1682),巴洛克时期的西班牙画家。

"好吧,"老者对少年说,"至少你应该尽量小声些。"

"唔,那样做没坏处,十有八九,"世界漫游者说,"不过,好小伙,你似乎打算跟我这位年长的朋友说些什么。说说看?"

"哦,"男孩压低嗓门,沉稳地打开又关上他那扇小门,"是这样,上个月我在辛辛那提的展览会摆了玩具小摊,把不少拨浪鼓卖给了老人家。"

"不意外,"老者说,"我也经常买点儿玩具给小孙子。"

"但我说的那些老人家,全是老单身汉。"

老者盯着他看了一会儿,继而对世界漫游者低语道:"这孩子,真怪。是个笨蛋,没错吧?满脑子糨糊,嗯?"

"也没多满,"少年说,"要不然我哪至于邋邋遢遢成这样。"

"嚯,孩子,你耳朵挺尖!"老者大呼。

"如果它们不那么好使,我可以少听到一些关于我的坏话。"男孩说。

"你挺机灵啊,小家伙,"世界漫游者说,"为什么不兜售兜售智慧,给你自己买件外套?"

"信念,"少年说,"我坚持信念,它就是我凭智慧换来的外套。喂,你们要不要买呀?瞧瞧这扇门,非卖品,我只不过揣着它到处演示,如此而已。瞧瞧吧,先生,"少年把它搁在桌子上,"假设这扇小门,是你们头等舱的房门;好,"他打开它,"你们走进去休息,关上门,像这样——如此一来,是不是很安全?"

"应该是,孩子。"老者说。

"当然是了,好伙计。"世界漫游者说。

"安全无忧。嗯,现在大约是凌晨两点钟。好,有个蹑手蹑脚的先生,悄悄前来,握住了门柄——这儿;我们这位蹑手蹑脚的先生鬼鬼祟祟。嘿,突然! 猜猜看,钞票下场如何?"

"明白了,我明白了,孩子,"老者说,"这位先生是一个惯偷,你的小门上没装锁,他溜了进去。"言语间,老者端详着那扇门,凑得更近了。

"好吧,"少年再次展露他洁白的牙齿,"好吧,有些老伙计搞不清状况,看来果然如此。快瞧瞧这个伟大的发明吧。"他开始加装一个小小的新奇物件,非常简单,但是构想很天才,那东西附在小门里侧,用螺栓固定着。"弄好了,"他相当自得,伸直手举着模型,"弄好了。现在,让惯偷先生再拧这个小门柄试试,让他敞开了拧,他肯定一头雾水,怎么也拧不开门。买一副旅行专用锁吧,先生,只花二十五美分。"

"哇,"老者叹道,"眼见为实。好,小家伙,我买一副,而且我今晚就用上。"

少年把钱币慢悠悠装进兜子,活像个老银家,然后转向另一个人问道:"先生,您也来一副?"

"抱歉,好伙计,我从不使用这一类铁匠打制的玩意儿。"

"那些给铁匠们添了许多麻烦的家伙,几乎不使用。"男孩朝对方挤了挤眼,意味深长,那神情跟他的年龄简直不相匹配。但老者没注意到他挤眼,显然世界漫游者也没注意到,即便少年正是冲着他挤眼。

"那么,"男孩再次对老者说,"今晚您用上了旅行锁,大概就觉得安全了,是吧?"

"我想是这样,孩子。"

"可还有窗户呢,怎么办?"

"上帝啊,窗户。我还没考虑过,孩子。我得琢磨琢磨。"

"不必担心窗户,"少年说,"也不必担心旅行锁,我向您担保,没错,您买了一副旅行锁(我不会为卖掉一副而不好意思),只需再买个这样的小玩意儿,"他拿出一条吊带袜似的东西,在老者眼前直晃,"腰包,先生,才五十美分。"

"腰包?头一回听说。"

"有点儿像口袋书,"少年说,"不过更安全。非常适合旅行者。"

"哦,一本口袋书。依我看,这口袋书的样子够奇怪的。如果是口袋书,这东西也太瘦长了吧?"

"围在腰上,先生,外面衣服挡着,"少年说,"不管门锁不锁,不管您是醒是睡,是行是坐,腰包始终防盗。"

"明白了,我明白了。要抢一个腰包**肯定**不容易。我听说,密西西比河上盗贼猖獗。卖多少钱?"

"只卖五十美分,先生。"

"我买一个。给!"

"谢谢。我附赠一份礼品。"男孩从怀里掏出一沓小簿子,将其中一本递到主顾面前。老人看到上面写着"**鉴伪手册**"几个字。

"好东西呀,"少年说,"主顾花费超过七十五美分,我就送他一本这个。最好的礼品。先生,您也买个腰包如何?"男孩转而询问世界漫游者。

"抱歉,好伙计,我从不使用这一类玩意儿。钱,我一向随随便便揣在身上。"

"随随便便,未必坏事,"少年说,"不受表象欺骗,直达本质真相。您并不在乎一本《鉴伪手册》,对吧? 又或者,你觉得它可不是什么好兆头?"

"孩子,"老者不无担忧,言道,"你不该再待在这儿,很影响头脑健康。好了,去吧,去睡觉。"

"假如可以在别人的脑袋上躺倒,我乐意照办,"少年说,

"但您知道,榆木疙瘩很硬啊。"

"快走吧,孩子——走吧走吧!"

"好,孩子——好,好,"他顽劣地模仿着老者的语气,随即告辞,刮擦着两脚走过织花地毯,好比一头捣蛋的牛犊刮擦着四蹄走过五月的草场。少年挥了挥帽子,跟衣服一样破烂的帽子,它款式古旧,海狸皮材质——被成年人丢弃,只因世道艰难才戴在了男孩的脑袋上,不过挺契合他丰富的阅历。活像个卡非①小伙子——他一转身,离开舱房。

"这孩子真奇怪,"老者望着少年的背影,说道,"他母亲是谁?您觉得她知不知道,这么晚了他还四处晃荡?"

"很可能,"世界漫游者回答,"他母亲并不知道。但如果您还记得,先生,那孩子用他的小木门打断咱们谈话时,您正准备说些什么。"

"我是想说些什么——让我回忆回忆,"老人暂且放下他购买的物件,"哦,想说什么来着?我当时在说什么来着?**您**还记得吗?"

"记不太全,先生;不过,假如我没弄错,是这样:你希望自己不要去怀疑他人,因为那意味着怀疑造物主。"

---

① 卡非人(Caffre)是南非班图人的支系。

"嗯,八九不离十。"老者的目光不由自主地落到了他购买的物件上。

"请问,您打算今晚就将钱钞装进腰包里吗?"

"最好那样,对吧?"老人有些按捺不住了,"安全第一嘛,应该谨慎。船上到处写着'小心扒手'。"

"没错,肯定是便西拉之子,或者另外某个愤世嫉俗的怪胎,把它们贴在那些地方的。可醉翁之意不在酒。既然您要使用腰包,先生,请让我帮帮忙。我觉得,两人一块儿捣鼓,保准稳妥。"

"哦,不,不,不!"老者连忙说,"不,不,我绝不会给您添麻烦,"他紧张地叠好腰包,"而且,我也不会如此失礼,在您面前摆弄它。不过我想到一件事,"老者停顿了片刻,从一个隐蔽的内袋里掏出一小卷纸币,"这两张票子,我昨天在圣路易斯收到的。它们是真钞无疑。但为了消磨时间,我打算对着《鉴伪手册》查一查。好小伙送人这么一份赠品。那孩子,确实热心于公益啊!"

老者把《鉴伪手册》立在桌子上,然后像一位警官提溜着两个嫌疑犯走进酒吧间那样,将两张钞票往手册对面一搁,开始了费时费力的检查,他谨慎细致,右手食指高效如律师,不断追踪并觅得各种各样的证据。

世界漫游者旁观了一会儿,正经八百地问他:"怎么样,陪审团长先生,罪名成立还是不成立? ——罪名不成立,对吧?"

"我不知道,不知道,"困惑的老人回答,"有很多标记要核检,不太好确定。您瞧,钞票这儿,"他指着一个地方,"表明它是一张维克斯堡①信托保险银行的三美元纸币。哎呀,《鉴伪手册》却说——"

"嘻,都这样了,管它说什么? 信托! 保险! 您还要如何?"

"不对。手册说,得识别五十种标记,其中一条,它如果是一张真钞,票子的质地应该更厚实,有细小的波浪状红色纹理,而且摸着应该像丝绸一样柔滑,因为纸张的制造商往浆料大桶里掺入了红丝帕的纤维——这种纸专供那家银行。"

"好吧,看来——"

"等一等。手册补充说,这个特征不一定始终可靠。有些真钞流通得太久,红纹磨掉了。我的票子正是如此——瞧瞧,它多破旧啊——又或者,它是一张假钞,又或者——我看得不准——又或者——上帝啊,上帝啊——我实在没辙了。"

"这本《鉴伪手册》给您带来多少麻烦啊。相信我,钞票没问题。别那么疑神疑鬼。可见我一直坚持的看法没错:如今

_____

① 维克斯堡(Vicksburg)是美国密西西比州西部城市、河港。

人与人之间信任太少,恰恰是因为每一张桌子、每一道柜台上,都摆着这些个《鉴伪手册》。让大伙对真钞产生怀疑。我说,扔掉它吧,反正除了麻烦,您从里头什么也没有得到。"

"不,虽然麻烦,但我觉得应该留下——等一等,又找到一种标记。手册说,真钞的某个角上会印有这样的图案,一只鹅,非常小,小得要借助显微镜查看。而且,为了增加伪造的难度,它效仿用树枝树叶勾勒的拿破仑像,即使放大也很不起眼,除非你把注意力集中在它上面。唔,我使劲盯着它看了,没看见鹅。"

"没看见那只鹅?咦,我就能看见。还是一只漂亮的鹅。"(男人伸出手来,指着图案上某处。)"在那儿。"

"我没看见——上帝啊——我看不见那只鹅。真是一只鹅?"

"彻头彻尾的一只鹅,一只美丽的鹅。"

"上帝啊,上帝啊,我看不到。"

"再说一遍,丢掉那本手册。它只会把您搞糊涂。还没发现它让您多么徒劳无功①吗?钞票没问题。丢掉手册。"

"不。虽然,它不尽如人意,可我还得查验另一张票子。"

———

① "徒劳无功"的原文为"wild-goose chase",字面意思是"追逐野鹅",语出莎士比亚《罗密欧与朱丽叶》。前文提到寻找鹅的图案,作者在此玩了一个文字游戏。

"您请便吧。但凭良心说，我不能再提供帮助了。请吧，抱歉了。"

于是老人又不辞辛劳，埋头钻研，而世界漫游者也不去打搅他，顾自继续读书。最终，老头子绝望了，放弃了努力，空闲下来。世界漫游者看在眼里，跟他聊了几句，话题很有意思，又很严肃，是关于那本《传道经》。他们越往下聊，谈论的内容就越发严肃。世界漫游者把平放在桌面的大部头翻过来，努力辨认纸页上模模糊糊的镀金字迹，想认清图书捐赠机构的名称。"啊，先生，尽管一想到公共场所摆放着那么一部书，人人都会感觉高兴，但某些东西仍然令我们不舒服。瞧瞧这书，封面破损得厉害，堪比行李室里的旧箱包，再瞧瞧书页，又白又新，好像含苞待放的百合嫩蕊。"

"确实如此，确实如此。"老者悲哀道。他还是第一次注意到这些细节。

"类似情形并不稀奇，"男人继续说，"我见过许多船上、酒店里摆放的《圣经》。大部分如此——外壳破旧，内页崭新。诚然，这恰恰象征着它内容鲜盛，尽管非常古老，始终是真理的标杆，但在众多旅行者的心目中，那么好一本书理所应当写得更好才对。我可能说错了，不过，依我之见，尘途众生太信任此书，而它很难配得上这份信任。"

　　老者此刻的神情,跟刚才他俯身研究《鉴伪手册》的神情已大为不同,他默坐良久,思索着同伴的议论。终于,老者一脸迷狂,说道:"但是,在所有人之中,旅行者们最需要相信,这本书能护佑大伙。"

　　"是啊,是啊。"凝想间,男人同意道。

　　"可以认为,他们希望相信,也乐于相信。"老者来劲儿了,接着说,"毕竟,当你我动身穿越这河谷时,满心欢喜也好,迫于无奈也罢,总期盼路途安全,不涉险地。假如众人没办法凭自己的力量做到这一点,便很容易相信有一股伟力,能够且愿意保护我们。"

　　受到对方思绪的浸染,世界漫游者身体前倾,语调哀伤道:"这个话题,在旅行者之间很少讨论。但对您,先生,我想说,我从您的言语中体验到某种安全感。我游历过很多地方,目前仍在游历,尽管如此,在这个国家,尤其是在这个区域,好些轮船和火车上发生的事情难免使人担惊受怕,不过,我本人无论是坐车还是乘船,从未产生过严重焦虑,当然啰,三不五时,我也会心神不宁。原因在于,先生,我信赖安全委员会①,它默默实行各种措施,它派出隐形的巡查队,它在我们熟睡时

———————————

① 安全委员会(Committee of Safety),似指法国大革命时期雅各宾党人设立的"公共安全委员会",该机构拥有巨大的权力,制造了许多恐怖。

保持警醒,它在城镇和森林搜索,沿着河流和街道搜索。总之,我永远记得圣典中那句话:'耶和华是你所倚靠的。①'旅行者如果不这么想,他该多么忧戚愁惨,又或者他安顿自己的方式多么徒劳,多么目光短浅。"

"即便如此。"老者低语。

"有这样一章,"男人再次打开书,继续说道,"应该好好读一读,我念给你听听。但这灯,这盏大灯,暗下来了。"

"是暗了,是暗了,"老者神色一变,"上帝啊,时候太晚了。我得睡觉了,睡觉!让我瞧瞧,"他站了起来,仔细检看四周,先是凳子、长椅,然后是地毯,"让我瞧瞧,让我瞧瞧——我是不是忘了——忘了什么东西?我隐约记得,有什么东西。我儿子——谨慎小心的儿子——今天早晨,就在今天早晨,还叮嘱我别弄丢了。这东西近在眼前——我一想起来,就上床睡觉。是什么呢?是关于安全的物件。哦,我可悲的记忆力!"

"让我来猜猜,先生。救生圈?"

"就是玩意儿。他告诉我,要找找船舱里有没有救生圈,还说邮轮提供这玩意儿。可它们在哪儿?我一个都看不到。这玩意儿长什么样?"

---

① "耶和华是你所倚靠的"(Jehovah shall be thy confidence),语出《圣经·箴言》第 3 章。

"我觉得，跟这个差不多，先生。"男人拎起一张凳子，它下方连着一圈白铁皮圆环①。"没错，我认为这个，就是救生圈，先生。而且它质量非常好，我敢肯定。当然，我不该假装自己很懂行，那东西我也没用过。"

"嚯，还真是啊！谁会想到？救生圈就**这么**个玩意儿？不就是我刚才坐的凳子嘛，你说对吧？"

"对。这表明一个人若不给自己找条活路，死路便找上门来。事实上，先生，如果轮船坏了，大半夜沉到河里，任何一张凳子都能让您免于溺水。但既然您要找一个，就拿它好了。"男人把凳子递过去，"我向您推荐它。这白铁皮的部分，"他用指节敲了敲，"似乎棒极了——听着空洞洞的。"

"它肯定**特别**棒，不过，"老者焦急地戴上眼镜，开始认真检查，"焊得结不结实？严丝合缝吗？"

"很结实，先生。不过，我刚才也说了，我自己从没用过这类东西。但我仍然认为，万一发生船难，遇上那些尖利的木料时，您就会觉得，这凳子是天赐的宝贝。"

"那么，晚安吧，晚安。但愿天赐的宝贝保佑我们。"

"肯定会的，"世界漫游者满含同情地望了老人一眼，此刻

---

① 其实是个痰盂。

他站在那儿,手攥着腰包,胳膊夹着救生圈,"肯定会的,先生,因为你我无论是对上帝,还是对他人,都一样怀着信任。哦,上帝,灯要熄灭了。呸!真够臭的。"

"哎呀,该怎么走,"老者在男人身前瞪大了眼睛,喊道,"我的舱房在那儿啊?"

"我还能看见,您跟我走;不过,为了肺部的健康,让我把灯灭掉。"

下一刻,微弱的灯焰消失。长有魔鬼之角的祭坛没了火舌,穿长袍者脑袋上没了光环,黑暗之中,世界漫游者友好地引导老人前行。或许船上的化装表演仍未落幕。